幸福先知

王晓珞 / 著

时代出版传媒股份有限公司
安徽文艺出版社

图书在版编目（CIP）数据

幸福先知/王晓珞著. —合肥：安徽文艺出版社, 2020.6
ISBN 978-7-5396-5640-3

Ⅰ. ①幸… Ⅱ. ①王… Ⅲ. ①长篇小说－中国－当代 Ⅳ. ①I247.5

中国版本图书馆CIP数据核字(2020)第021146号

出 版 人：段晓静
责任编辑：秦　雯　　曾　冰　　封面设计：许胜男　　徐　睿

出版发行：时代出版传媒股份有限公司　www.press-mart.com
　　　　　安徽文艺出版社　　www.awpub.com
地　　址：合肥市翡翠路1118号　　邮政编码：230071
营 销 部：(0551)63533889
印　　制：安徽新华印刷股份有限公司　(0551)65859551

开本：700×1000　1/16　印张：26　字数：350千字
版次：2020年6月第1版　2020年6月第1次印刷
定价：62.00元

（如发现印装质量问题，影响阅读，请与出版社联系调换）
版权所有，侵权必究

目 录

上部

1. 名字的故事　　　　　　　　003
2. 选美大赛　　　　　　　　　007
3. 特异功能　　　　　　　　　016
4. 成功的喜悦　　　　　　　　022
5. 青涩的滋味　　　　　　　　024
6. 分道扬镳　　　　　　　　　029
7. 陌生的追随者　　　　　　　033
8. 没有硝烟的战场　　　　　　037
9. 离别时分　　　　　　　　　040
10. 求而不得　　　　　　　　　045
11. 爱的困惑　　　　　　　　　051
12. 远方的告白　　　　　　　　056
13. 上海故事　　　　　　　　　060
14. 另类重逢　　　　　　　　　067
15. 共度新年　　　　　　　　　074
16. 神婆显灵　　　　　　　　　078
17. 神秘的眼神　　　　　　　　083

18. 沟通的时差	087
19. 惊喜？惊吓？	092
20. 美妙的假日	100
21. 恋爱进行时	108
22. 晴天霹雳	111
23. 痛苦的相聚	114
24. 思悼故人	119
25. 莫名的疏离	126

下部

1. 回到起点	135
2. 故人之约	139
3. 意外来电	142
4. 真相大白	146
5. 为了你，我愿意	149
6. 回家，部署	156
7. 贵人相助	161
8. 陌生的朋友	165
9. 形同陌路	173
10. 谁是谁的第三者	180
11. 疑惑	187
12. 真情流露	191

13. 神秘女子　　　　　　　　195
14. 换个思路　　　　　　　　200
15. 可望而不可即　　　　　　206
16. 物非，人亦非　　　　　　210
17. 三人行　　　　　　　　　217
18. 各怀心思　　　　　　　　222
19. 母子冷战　　　　　　　　229
20. 英雄与美女们　　　　　　234
21. 相互慰藉　　　　　　　　241
22. 狭路相逢　　　　　　　　248
23. 故地重游　　　　　　　　256
24. 朋友？敌人？　　　　　　261
25. 你难过，我明白　　　　　266
26. 有你们，真好　　　　　　271
27. 放下　　　　　　　　　　277
28. 新线索　　　　　　　　　281
29. 又是春节　　　　　　　　283
30. 大年初一　　　　　　　　287
31. 手机丢了　　　　　　　　292
32. 疑窦　　　　　　　　　　296
33. 试探　　　　　　　　　　301
34. 摊牌　　　　　　　　　　306
35. 我们和好吧　　　　　　　317

36. 假男友	321
37. 恍然大悟	324
38. 拒绝	329
39. 丢失的手机	333
40. 请求配合	341
41. 密谋策划	345
42. 真真假假	347
43. 试探	352
44. 表姐的决断	361
45. 安抚与陪伴	366
46. 突破口	369
47. 贾家被盗	372
48. 声东击西	376
49. 交流	380
50. 交涉	388
51. 智取	392
52. 梦	400

尾声

1. 归去	407
2. 归来	409

上　部

1. 名字的故事

13岁那年,尚可对自己的名字有了新的认识。

尚可,合格的,能通过检查的。这是新华字典里的解释。也就是说,只是勉强能接受的,却不是让人满意的、优秀的。

尚可仔细品味自己的名字,尚可,尚可,勉强、凑合。

她想起小时候曾问过尚母:"妈妈,我是哪儿来的呀?"

尚母说:"从垃圾箱捡来的。"

这个问题后来她又问过大姑,大姑也说:"是你妈从垃圾箱捡来的呀。"

那天晚上,小尚可做了个梦,梦见爸妈离婚了,谁也不愿意要她。梦有多真实,小尚可就有多伤心。醒来的一瞬间,她依然在啜泣,大脑缺氧,憋得难受。

自从中学开了生物课之后,尚可再也没问过这个问题,因为她已经知道了答案。她不再认为自己是从垃圾箱捡来的,但她开始怀疑,自己并不是让父母

幸福先知

满意的爱情结晶。也许，他们更想要个男孩。若不是赶上计划生育政策，她势必是要有个弟弟的。那样她的弟弟会叫什么名字呢？尚好？尚佳？

尚可这么想，并不是没有根据的。她的外婆很重男轻女，这事有她大舅家的两个表姐和小舅家的一个表弟在老人面前悬殊的地位为证；而兄弟姐妹们的地位悬殊，又有压岁钱的多少为证。因此，尚可跟外婆不亲，不得召唤，从不主动上前献殷勤。

老尚是个地级市著名的二胡演奏家，醉心民乐表演几十年。他是不是更想要儿子，尚可不敢肯定，但她能肯定的是，如果让老尚在二胡和孩子之间选一个，可能他还是要花一番心思的。

13岁的尚可斟酌了许久，终于做出了决定——前13年她不懂事，轻而易举地就被老尚两口子给糊弄了，可她现在已经长大了，再不能这么稀里糊涂地过日子——她得给自己正名！

对于女儿改名这件事，尚母的意见是——没事找事。取名字的时候，是老尚拿的主意，如今要改名字，小尚又要说了算，左右对她来说，叫什么还不一样是那个孩子？她懒得为这事劳心费神。

在尚可软磨硬泡、软硬兼施了一周后，老尚终于在女儿的威逼利诱下被带到了派出所，不情不愿地在女儿的名字中间加了个"小"字。自此，"尚可"变成了"尚小可"。

小可，虽然是轻微的意思，在古文中却有自谦的含义。尚小可的意思是说，我可以自谦，却容不得你小觑。再说，不是还有那么个词吗？非同小可。

尚可的女性特质是在初二那年之后才开始在曲从军的眼里慢慢明晰起来的。那时，尚可刚把名字改成了"尚小可"。

对于尚可改名字的缘由，曲从军大概能猜出个一二，虽然他并不清楚改个名字对打开她的心结有什么帮助，但是既然尚可这么坚定，他自然是支持的。然而出乎意料的是，自从尚可改了名字，曲从军觉得似乎她整个人的气质也慢慢变了,变得旖旎起来。尚可突然从一个邻居家性别模糊的同伴,变成了一枚锃光瓦亮的小姑娘。

尚可的执着,从老尚的表现就能看得出来。曲从军还记得,在那个并不久远的某一天晚饭后,老尚做贼似的来到他家,像斗败的公鸡一样来找曲副所长"走后门"。

老曲一看老尚吞吞吐吐的样子,原本以为出了什么大事。结果一听是小尚要改名字,他那蒲扇一样的大巴掌拍在老尚肩膀上,哈哈大笑着说:"小事小事,哈哈,孩子大了,有自己的想法是好事!明天你带着闺女去所里找我,我找个人给你办!"

隔壁屋里做作业的曲从军只听见啪的一声,就不由自主地浑身一哆嗦。老曲这一巴掌的力度,他是领教过的,光听声音,曲从军都能想象出老尚许是受了内伤。他一面同情老尚,一面对老曲的话嗤之以鼻,什么孩子大了有自己的想法是好事,这种冠冕堂皇的道理永远只能用来敷衍别的家长。

曲从军对自己的名字也不怎么满意,特别是在小可把他的名字像甩溜溜球一样来回在嘴里吞吐了几遍之后。他明明看见小可深深地吸了口气,却没完全吐出来,余下的像是被尽数消化在了肚子里。他当时就想,小可肯定对他的名字也不怎么待见,什么从军,都什么年代了还取这么老土的名字!她那半截没呼出的叹息,分明带着对他的同情。要说小可家的老尚还能让女儿欺负欺负,小曲家的老曲可是老虎的屁股摸不得,不然,小曲又只能靠着半个屁股坐一周了。

曲从军这个名字自然是拜他父亲老曲所赐。

老曲从小的梦想就是当兵,对那一身橄榄绿简直垂涎到一看见就挪不动窝的地步。只可惜天不遂人愿,尽管那时还是小曲的老曲又是锻炼又是争取好好表现,可当兵的光荣使命还是没能落在他身上。后来,灰心丧气的老曲只能退而求其次地去当了警察。一晃这么多年,虽然老曲依然对自己儿时的梦

幸福先知

未能实现感到遗憾,但他心里也有小小的庆幸——当年为了当兵练下的一副好身板儿给他当警察加了不少分。而且后来他发现,过去如愿当了兵的那帮小伙伴在风光了几年后,还不是乖乖地退伍另谋出路?有一个甚至还来他管辖的派出所当了个小警员,而那时,老曲已经是警长了。

老曲没当成兵,其实也没打算让儿子当兵,可他就是有那么个心结,所以小曲一落地,老曲一看是个"带把儿的",就大手一挥,给儿子取了这么个名字,顺便祭奠了自己儿时夭折的梦想。

所以呢,改了名儿的尚小可和改不了名儿的曲从军,自小就觉得同病相怜,对彼此深感理解,这段珍贵的友情让他们在自认为不那么完美的童年时光中彼此温暖,相互慰藉。

2. 选美大赛

　　曲从军从小就崇拜尚小可,因为他觉得小可特别有主见。小可的主见,不光体现在改名字这件事上。

　　有曲从军的一路提携,尚小可的数理化并没在中考中拖太大的后腿,两人顺利升入同一所高中,一个学文,一个学理。

　　就在两人即将结束高二的学业升入高三的时候,市教委突然心血来潮,不知是为了检验素质教育的成果,还是为了松弛一下即将奔赴沙场的同学们的神经,居然突发奇想地要在全市范围内举办一场"中学生形象大使"的选拔赛。

　　通知一出,全市沸腾。

　　家长们的意见很统一:市教委抽什么风? 在这个节骨眼上搞这些乱七八糟的活动,耽误时间不说,纯粹是扰乱"军"心! 什么形象大使,不就是选美吗? 伤风败俗!

　　学生们的意见也很统一:哇! 终于可以正式PK(较量)一下了,都说自己

幸福先知

的梦中情人最美，不比不知道，结果最重要！他们倒要看看，到底谁才是真正的校花和校草？

老师是这场运动的真正受害者。一方面对上面的决定，不满意也只能腹诽，既然不执行也得执行，还不如做出一副恭顺的样子。可另一方面，他们还要应付家长们如潮般的反对意见，话也得说得讲究分寸、滴水不漏。忙活这些已经苦不堪言，园丁们还得见缝插针、争分夺秒地安排教学任务。"形象大使"选完了，还得应付那场大决战，谁也不敢掉以轻心。

其实老师也是凡人，也有颗八卦的心，私底下也较着劲呢。你不是说你们班的那谁谁最漂亮吗？我还觉得我们班的谁谁谁更好看呢，不服？比比！

其实这场比赛的出发点还是积极向上的。大赛的宗旨概括起来就是，想要当选形象大使，不仅要形象好、气质好，还要品德好、学习好，得是新时代的"四好学生"。

尚小可觉得，能整出这么个比赛的领导真是开明又时尚，关键是能让整个市教委的领导都同意举办这场比赛，这个人肯定不一般。

小可看好的种子选手有那么几枚，都是别的班的女同学。倒不是同性相斥，只是她把几个男生心目中的"女神"细细筛选一遍之后，着实觉得都并没有男生想象中那么完美。也许，男人眼中的女人和女人眼中的女人永远不可能一样吧。

同桌高莹问："小可，你报名吗？"

小可撇着嘴说："我可不凑这热闹。"

这种站在台上让众人指指点点、评头论足的事，她尚小可可干不出来，但是让她坐在台下嗑着瓜子对着别人指指点点，她还是很乐意的。

放学后，曲从军雷打不动地等在离校门口不远的车棚外。小可远远就看见了他，加快脚步朝车棚走过去。经过两个女生身边时，她听见了两人之间的对话。

一个马尾上扎着蓝色蝴蝶结的女生问:"哎,你觉得这次比赛谁能赢啊?"

另一个把短发别在耳朵后面的女生说:"这次呼声最高的就是五班的汪岩和七班的仇娅。他俩可是学校公认的帅哥美女。"

蓝蝴蝶结说:"可他俩成绩一般,应该会拉低平均分吧?"

短发女生说:"也是啊,这次评比也不完全是看长相……哎,咱们扒拉扒拉那些学霸里有哪些颜值比较高……"

小可走到离曲从军五六米远的地方,朝他喊了一声:"等我一下。"

曲从军跨坐在自行车上,单脚支地,冲她挥了一下手。

小可往车棚里走了几步,突然回头看了一眼。以前怎么没发现,这家伙已经长这么高了。她还记得他们上初中那会儿,曲从军还没有自己高,一直坐在教室的前两排。

就因为个子矮,人也特别乖,曲从军初中时总被班里几个成绩差的高个儿男生欺负,而小可那时在班里,已经是出了名地蛇虫鼠蚁无所畏惧。她曾经很仗义地替曲从军出过头,可是曲从军并不领情。后来她才明白,对男人来说,面子有时比命重要,曲从军可不希望小姑娘替他出头。

有件事,曲从军以为小可早就忘了,但是小可没忘。

初二那年,一个初夏的午后,曲从军偷偷地把老曲的手铐带到了学校里。后来小可想,曲从军的目的肯定是想震慑一下那几个总欺负他的男生。他没说"我爸爸是警察"那样幼稚的傻话,但手铐就是证明。可是结果呢,第二节课上了一半了,曲从军才狼狈不堪地回到教室。更可悲的是,那堂课,是班主任于老太太的课。这位"马列主义"老太太一改过去争分夺秒教书育人的作风,居然省下宝贵的后半节课时间,把曲从军从头到脚数落了一通,直到曲从军失声痛哭。

小可想,这就是爱之深,责之切吧?如果换成是自己,可能也就当个屁,屁股一抬就放了。

幸福先知

　　于老太太的爱真可怕,嘴巴也是真厉害。那个场景让小可想起周星驰主演的电影《九品芝麻官》里,那个能把人骂到吐血的老鸨。于老太太虽然没说一个脏字,但小可知道,那一刻,曲从军一定开始怀疑人生了。

　　虽然曲从军到底也没在全班同学面前说出自己缺半节课的原因,但在回家的路上,他还是吞吞吐吐地告诉了小可——在那缺席的半节课里,他被挂在了一截需要踮起脚才能够着的树干上,用的就是他带来的那副手铐。至于这事是谁干的,不用猜她也知道。小可不知道曲从军最后是怎么把自己从那截树干上解脱下来的,单单只是想象,也能体会他那时的惶恐和无助。

　　这件事最终还是被于老太太逼问出了实情。于老太太知道了,就等于老曲知道了。

　　整人的学生肯定要被处罚,可被整的人也没得到宽慰。小曲被老曲狠狠地修理了一顿,两个星期都没能骑车上学。小可从头到尾对那件事没做任何评论,只是把她那个毛茸茸的小兔子坐垫塞给了曲从军。

　　从那以后,曲从军暗暗发誓,什么手枪、手铐,他这辈子都不会再碰,连看都不会多看一眼。

　　往事一闪而过,当年的弱质小男孩儿已经长大了,虽然还是瘦得跟杆儿一样,可现在看他闲闲地跨坐在单车上的动作,还是有几分帅气的。更重要的是,他成绩好啊!

　　小可像是突然发现了一块很有价值的璞玉,一路上不时侧过头打量他,直看得曲从军心里发毛,好几次差点儿掉下车来。

　　终于,在曲从军又一次被柳条打了脸之后,他再也忍不住了:"小可,你今天老看我干吗呀？眼神瘆得慌。"

　　小可哈哈大笑:"你报名了没？"

　　曲从军莫名其妙:"报什么名？"

　　小可说:"形象大使呀!"

曲从军说:"啊?我可不参加。我……我长得又不帅。"

小可急了:"谁说你长得不帅?你就是欠捯饬!"她神秘地一笑,"这样吧,我给你当经纪人,负责包装你怎么样?"

曲从军看着小可的表情,想起了电影里不怀好意的女人。他把胡乱支棱的几绺头发挠得更乱了,满脸戒备地问:"参加了……能有什么好处?"

小可翻着白眼想了想:"具体什么好处……我还没想出来,但是你有这个实力,为什么不展示一下呢?"

曲从军反问道:"那……小可,我觉得你也有这个实力,你怎么不参加?"

小可眨了眨眼睛:"我成绩很一般啊,再说我不喜欢抛头露面,不自在。"

曲从军又挠了挠头,说:"我也不喜……"

"欢"字还没出口,就被小可大喝的一声"不行"给截断了。她拍着他的肩膀坚定地说:"就这么说定了,你一定行!交给我了!"接着一马当先地冲了出去。

"啊?"曲从军还没反应过来,就成了被赶上架的鸭子,想下也下不来了。

其实曲从军班里有几个女生也和他说过报名的事,但他都一笑而过,说多了他就直接拒绝,她们也就不好再说什么。如今他想,虽然目前想不出参加这个比赛的好处,但是也没想出有什么坏处,既然小可主动提出要帮他出谋划策,倒让他觉得有了点儿意思,索性也就不再推辞了。

晚上做完作业,小可拿出一张纸,把"形象好、气质好、品德好、学习好"这四项写在纸上,对曲从军说:"你看啊,学习好这一项咱们不用管了,你稳坐年级前十名的交椅这么多年,这一条可以直接划掉!"说完刺啦一声用笔在"学习好"三个字上画了个大叉,宣布它出局。

"至于品德好,你爸是警察,这给你加了不少分,说明你的品德也差不到哪儿去。"小可正要把"品德好"这一项也划掉,曲从军说:"这样岂不成了老子英雄儿好汉?没有说服力吧?"

幸福先知

小可说:"你相信我,大部分人都有这样的惯性思维。再说了,你又没干过什么坏事儿。在学校里,大家总觉得学习好的孩子思想品德自然也好。"

曲从军想了想,觉得小可说的有道理,于是他看着小可把"品德好"也宣判出局。

现在只剩下了"形象好"和"气质好"这两项。

小可把笔一扔,开始上课:"听着啊,形象好的人不一定气质好,但气质好会给形象加不少分。所以,气质好比形象好更重要,也更难塑造。"

曲从军看着小可,有些不明所以,但又觉得似乎有些道理,既然他已经是砧板上的肉,只能任她宰割了。

小可围着曲从军来来回回推了几圈磨,一手叉腰,一手捏着下巴,眯着眼睛研究他的五官。曲从军从没被她这样盯着看,有些不自在。小可突然靠近,扯了扯他的头发,嘴里念叨:"这发型得换换。"

她像是鉴定完一件古董,若有所思地说:"你的五官其实挺好看的,就是吧……总觉得人没精神,为什么呢?"

曲从军正想说"我觉得我挺精神的呀",门突然嘎吱一声开了,老曲下班回来了。

老曲一见小可也在,声如洪钟地说:"小可也在啊,一会儿把你爸妈叫过来,咱们两家好久没在一起吃饭了。"

小可乖巧地应了一声:"好嘞!"

老曲换了拖鞋,经过小曲身边时,顺手抽了一下儿子的后脑勺:"臭小子作业做完了没?整天蔫儿了吧唧的!"

小可眼珠一转,对老曲说:"曲伯伯,我正在游说小军参加教委组织的那个活动呢。"

老曲脚步一顿:"什么活动啊?"

小可知道他工作忙,根本不可能知道这些事,于是故作惊讶地说:"您不知道啊？就是要在全市范围内评选形象好、气质好、品德好、学习好的中学生形象大使啊！"

老曲皱着眉头想了半天，摇了摇头："怎么听着这么花哨？我还真没听说。"他转过头瞟了儿子一眼，问小可，"你想让他参加？就他？"然后撇撇嘴，摇摇头，一脸不可置信地进了厨房。

小曲被老曲的不屑给激怒了，一拍桌子喊道："我怎么就不行了？我非赢给你看看！"

老曲在厨房听见客厅里"啪"的一声响，赶忙跑出来问："什么声音？"

小可赶忙拍起巴掌："是我是我，小军同意参加，我高兴！哈哈哈……"

老曲又扫了儿子一眼："既然决定了参加，就好好准备，别一天到晚蔫头耷脑的！"说完又一头扎进了厨房。

曲从军原以为对于这种乱七八糟的比赛，老曲肯定是很不屑的。没想到经过小可的一番渲染，两家四位家长居然一致同意，顿时让他有了压力。

老尚说："我觉得不错，以前在我们那个年代，评的是'四有青年'，现在呢，提倡'四好学生'，异曲同工，异曲同工！"

老曲此刻也来了劲头，说："小可，你想法多，帮小军参谋参谋。"

小可离诸葛孔明只差一把羽扇："我觉得小军哪儿都不差，只有气质好这一项差点儿意思。"

话音刚落，只听啪的一声，在座的人都吓了一跳。老曲拍完巴掌，一看把大家都吓着了，张开两只大手做了个安抚的动作，随即道："小可说得太对了！我就说这小子一天天的，一点儿没遗传我的精气神儿！你看看你看看，弯腰驼背，长得跟豆芽菜一样。"

曲从军低着头，脸朝向另一边，只有从小可的方向才能看见他敢怒不敢言的表情。

小可对老曲说："曲伯伯，这一点我要批评您。"

幸福先知

老尚捅她："瞎说什么呢?!"

老曲眼睛一瞪，比平时更吓人："批评我？为什么？"

小可说："这人的气质啊，跟周围的环境有很大的关系。您看您，身材魁梧、文武双全，周围的人都信服您，您自然就更自信了。可您对小军呢？以前总打他，现在虽然不常打了，可语言暴力也很可怕。他一看见您，就像耗子见了猫，您自己是英明神武的黑猫警长，他却成了闻风丧胆的'一只耳'，您让他怎么有气质啊?!"说这话时，小可觉得老曲那两只眼睛跟探照灯一样照着自己，烤得她吱吱冒油。

老曲听完，愣了半天，皱着眉头想了一会儿，对老尚说："小可就是有想法，说得很有道理。哎，你说，他俩一个班，一起长大的，吃的也差不多，怎么我们家这个小崽子就跟没开窍一样呢？"

小可嚷嚷："语言暴力也是暴力！"

老曲端起酒杯："哎哟哟哟……确实有我的问题。好！我自罚一杯！"说完，他伸手就想往儿子身上拍，曲从军下意识地一躲，那只大手就乌云盖顶般悬在了半空中。

一个扭曲的身体和一只悬空的大掌形成了尴尬的对峙，半晌才慢慢地各自归位。

老曲的表情难得有些羞愧："大家做个证，从今天起，这个毛病，我改！咱们以后文明交流！哈哈哈……文明交流！"

曲从军心里热热地想哭，小可真是他的恩人啊！这种话，除了小可，没人会替他说，即使说了，老曲也不会听。有时连曲从军也纳闷，老曲这么一个粗枝大叶的糙人，怎么会对尚小可青眼有加呢？

小可笑嘻嘻地说："既然咱们就只差这一点点，那么从明天起，小军开始早锻炼！每天一公里！先把精神面貌练起来！"

"好！"老曲带头鼓掌，他对这个建议一万个赞成。

014

这回曲从军真要哭了,本来晚上作业就多,觉根本不够睡,现在还得早起锻炼,啊……可不可以现在放弃呀?

突然,曲母插了一句:"小可,你条件也不差,你怎么不参加呀?"

其余的三个人集体转过脸看着她,小可赶紧摆手:"我可不行,我成绩不够好啊。呃……"小可在心里盘算着理由,说,"咱们是一个团队,当然得集中火力包装一个人胜算比较大,我甘当幕后工作者!"

这理由虽然听起来有些牵强,但是大家也没在这个问题上纠缠。尚母说起在书上看到的一个织毛线的花型,曲母的注意力立刻被吸引过去,话题也就散了。小可隐隐有些失落,对于她的成绩和表现,大家果然不是那么在意的。

小可的暗自神伤还没来得及漫延开来,只听老尚说:"小可,你干脆早上也早点儿起床跑跑步,你俩互相监督。"

此时小可只觉得老尚可恨,同时也后悔她挖了个坑,把自己给活埋了。曲从军的心里倒是有种绝处逢生的喜悦,还有个陪跑的,起码这下他不寂寞了。

幸福先知

3. 特异功能

初赛的前一周,小可带着曲从军去美发店,给他剪了个精神又不造作的发型,他整个人显得干净利落。之所以提前一周,是因为小可想,人常说剃头三天丑,三天后,就过了新发型的磨合期,效果很好。

曲从军换了新发型,心情更是不错。之所以高兴,是因为老曲自从听从了小可的建议,对他真的温和不少,不挤对他,也不寒碜他了,看他的眼神都渐渐宽容了,这都是小可的功劳。而且,小可每天陪他跑步,俩人虽然每天少睡半个小时,但是精神比以前好了许多。除此以外,还有一个很重要的原因,那就是曲从军觉得自己在小可的眼里,像是一件被精心雕琢的艺术品,小可看他的眼神越来越充满了欣赏。

曲从军毫无悬念地通过了初选,和小可一起等待决赛的到来。

决赛定在了两周后,地点就在两人的学校,也是现任市长的母校——市重点一中。

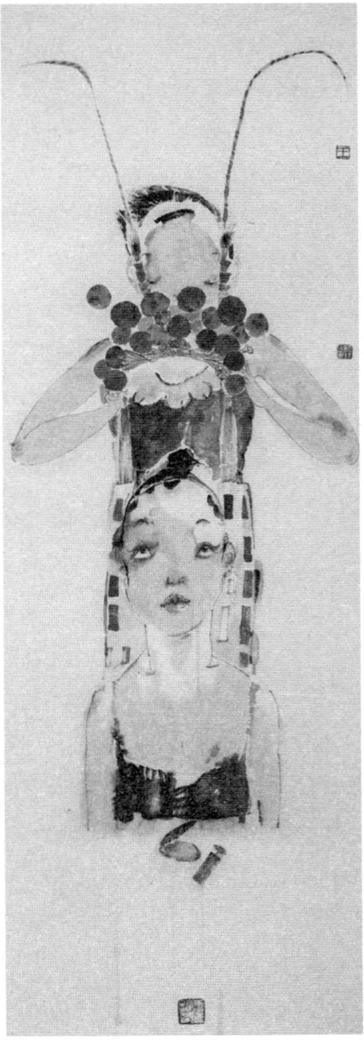

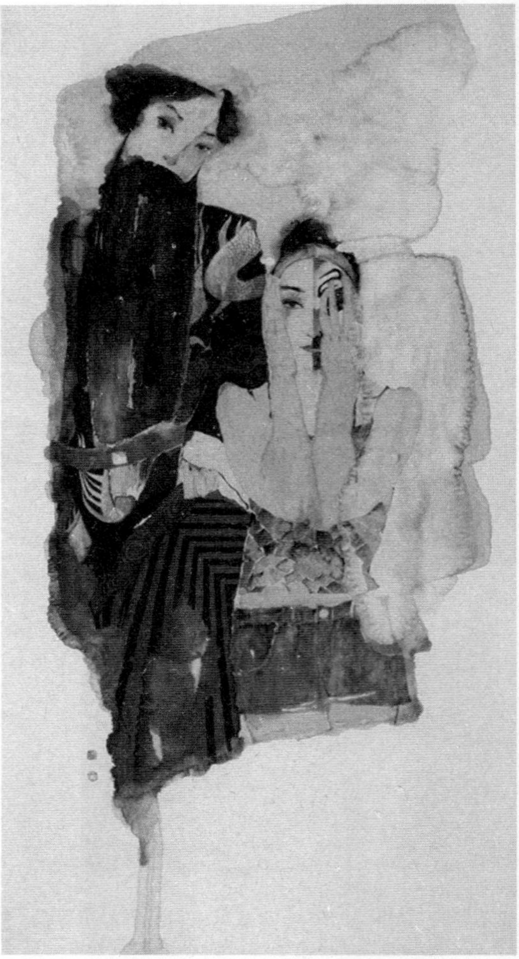

校服丑不丑，没有定论。但所有的人穿上后，颜值都降低了，就很能说明问题。有人说校服是检验外貌的试金石，有一定的道理。在颜值普遍都降低的情况下还能胜出的，一定是真正的帅哥美女。

小可只觉得眼前五彩斑斓、光影闪烁，正值花样年华的少男少女们脱去了青蛙的外衣，换回自己的华服，精心修饰一番后，都成了王子与公主。她突然领悟，为了让寒窗苦读的学子们心无旁骛，设计校服的人甚至不惜背上没有审美的骂名，真是用心良苦！

初赛犹如沙子里面挑珍珠，相貌端正、品学兼优的学生都是在明面上摆着的。每个学校都已经自行完成了最初的筛选工作，能来到一中的，都是代表各个学校来角逐冠亚季军的选手。

小可给曲从军挑了一条板型很好的直筒牛仔裤，显得他的腿又直又长。她又给他配了一件短袖衬衫，衬得肩膀立刻挺阔起来。曲从军还从没这么穿过，一开始浑身不自在，等他适应以后，慢慢找到了自信的感觉。

当然，这些开支都算在了老曲的头上。老曲看到儿子这段时间的变化，心里十分高兴。小可一说置装费，他二话不说，直接从皮夹子里掏出三张百元大钞塞给小可："剩下的，你们俩去吃点儿好吃的！不用还给我了！"

选手上台的顺序是抽签决定的。曲从军抽的签靠后，他和小可坐在一起，听她貌似专业地胡说八道。

小可说："那家伙怎么头这么大，脑容量肯定大，怪不得学习好，可是把头身比例给破坏了……"

小可又说："这姑娘细看五官哪儿都挺好看的，可惜俩眼距离太近了，不符合三庭五眼的标准，白瞎了这么大的两只眼睛……"

小可还说："这位选手一看就忠厚老实，长得也中规中矩，只可惜少年老成。你说他是怎么克服了心理障碍，跑来干这么不符合老子无为思想的事呢？"

幸福先知

　　这些听起来不着边际的评论，其实是为了缓解曲从军的紧张情绪。曲从军一开始以为她只是胡说，可仔细听来竟句句都在点上。曲从军慢慢地放松下来，被小可逗得直笑。

　　小可今天没扎马尾，一头长发披在肩上，在阳光下隐隐泛出柔和的棕色光泽。她穿了一条带着天蓝色暗纹的湖蓝色连衣裙，裙子刚刚过膝，剪裁得很合身。曲从军从没见她穿过，应该是新买的。这条裙子让她整个人看起来清爽俏丽，像极了雨后盛开在阳光下的鸢尾花。

　　选手们自我介绍之后，都要回答主持人的几个问题，这些问题都是从那本厚厚的赛前资料里抽出来的。曲从军把所有问题在心里默默回答了一遍，发现他全都会，于是更加自信。

　　小可黑白分明的眼珠子随着台上的选手滴溜乱转，偶尔转过头来对着他发表一番评论。听到知识问答部分时，她会比较安静，回答不上来的，她就转过头问曲从军："哎，这题怎么答?"曲从军把答案告诉她，然后，她就恍然大悟般地发出一声"哦"，继续转过头去盼着台上的人再出些什么纰漏。

　　曲从军觉得好笑，但他觉得这样的小可特别可爱，像只忠诚又护主的小狗，一见到神色鬼祟的人，就扯开嗓子号两声。

　　比赛进行到一半的时候，曲从军已经成竹在胸，神经也不似开始那么紧绷。他和小可都发现，其实能兼具"四好"的学生真的不多。有的同学外形条件确实很棒，捯饬捯饬，和偶像剧里的明星不相伯仲，可最终还是栽在文化考核上。小可一看见台上的选手犯低级错误，就用手捂着眼睛表示虚伪的同情，还拿胳膊肘捅旁边的曲从军，拉他和她一起笑。曲从军则觉得，这场比赛若是没了小可，着实无趣。

　　正在曲从军意兴阑珊的时候，台上站定了一位外形、气质都相当出众的同学，引起了大家的注意。小可突然变得安静认真，曲从军的注意力也回到了台上。

这个男生身高一米八左右,身材匀称,形象气质都不错,有点儿像《永不瞑目》里的那个男主角。他一上台,台下立刻安静了下来。曲从军听见小可喃喃自语道:"这家伙各方面条件都不错……只是……"曲从军转过脸,想听听小可的"只是"后面又有什么刁钻的见解。

小可没看他,眼睛像是雷达一样锁定在了那个男生的身上,这让曲从军心里微微有些不快,但是当他听到小可接下来的评论时,那一丝不快立刻就变成了惊讶。

小可像是喃喃自语:"只是他身上隐约有一种……一种……怎么形容呢?像是懒散?不羁?……到底是什么呢?"小可抓耳挠腮,一时想不出更贴切的形容词,"我怎么感觉他像是个收税的呢?"

曲从军愣愣地看着她:"啊?收税的?亏你想得出来,这都哪儿跟哪儿呀?"

话音还没落,只听见那男生开始做自我介绍:"我叫许翔宇,来自淮海市第三中学。我的母亲是市工商局的一名公务人员,我的父亲是国家地税局的工作人员……"

此时,曲从军已经无法用言语来形容自己内心的震惊。他张着嘴,瞪着小可:"你怎么看出来的?他身上有铜臭味?"

小可也慢慢转过脸看着他,脸上满是随口一猜就猜中了双色球彩票大奖般不可置信的神情。

从那天起,曲从军对尚小可的崇拜就多了一个理由——小可有特异功能,能一眼看出对方的背景和底细。

再后来,小可也慢慢发现,她确实在看人这方面有很强的直觉。一直到很多年以后,她才知道这就是传说中的第六感,只是她的第六感,比很多人更敏锐。

幸福先知

4. 成功的喜悦

那场比赛接近尾声的时候,曲从军带着久久不散的震惊,伴随着小可那句"相信我,你是最棒的!"上了台,拿了第二名。

回家的路上,小可捧着奖杯和证书乐得合不拢嘴,简直比自己赢了比赛还要开心。

曲从军斜着眼睛嘲笑她:"你至于吗?又不是第一名,瞧把你乐成那样。"

小可说:"那也是赢了,你赢了你自己!你想想,现在是不是自信心爆棚了?"

"那你呢?"曲从军承认小可说中了自己此刻的心情,转而问她,"你干吗这么高兴,又不是你获奖?"

"我有成就感啊,"小可美滋滋地说,"你是我培养出来的种子选手,说明我有能力和眼光啊!"

回到家,两家父母都很高兴,晚上又是一个热热闹闹的聚餐。

老曲平时不怎么喝酒,总怕遇到突发事件,今天也难得高兴得和老尚喝了两杯,为儿子庆祝。小可看着他们想,中国的家长就是这样,一听到什么活动和学习无关,第一反应就是跳起来反对,可是等比赛正式开始了,又巴不得自己的孩子能赢。还好老曲和老尚还算是开明,可是他俩的这份开明也是因为对孩子,一个没时间管,一个懒得管。

小可总觉得老尚对曲从军的事特别上心,别人家儿子赢了比赛,他高兴得跟吃了蜜蜂屎一样。喜悦在推杯换盏的祝贺声中慢慢消退了,取而代之的是深深的失落。她有些后悔,如果当初自己也报了名,好好准备一下,是不是也能让老尚高兴高兴,在人前嘚瑟嘚瑟呢?可是很快她就放弃了这种想法,自己再争取又怎样?要是他们压根儿就对自己的性别不满意,再怎么努力也是白费的。

比赛结束了,但是余波未消,有些过去不敢上台面的话题,似乎如今也能借着这场比赛被拿出来光明正大地讨论了。大家借着讨论比赛来讨论自己的心之所属,只是过过嘴瘾也觉得兴奋。

小可没参与讨论,她觉得自己已经成功地把曲从军从一个默默无闻的学霸打造成了"中学生之星",让大家认识了一个全新的曲从军。那场比赛的细节小可几乎都忘了,唯独还能让她偶尔想起的,就是那个被她誉为"税务员"的男生。当时曲从军看她的眼神就像是看天神一般,每每想到这里,她都很得意。

幸福先知

5. 青涩的滋味

这天下午,语文老师临时有事,语文课改成了自习课,因为接下来又是一节自习课,于是班主任大发慈悲,给全班提前"放了羊"。

小可想拉着曲从军去书店,让他帮着挑几本参考书。学霸总是会当凌绝顶的,一直以来,每次曲从军给小可随便一划拉复习范围,小可学起来总能事半功倍。她一边走一边美滋滋地想,有个学霸"闺密"真是方便,省了请家教的钱。

还没走到车棚,她就远远看见了曲从军的身影,还是那样跨坐在单车上,一只脚支着。可他今天的动作有些僵硬,看起来别别扭扭的。

小可疾走几步,错开前面挡住她视线的几个人,看见了站在曲从军面前的仇娅。她脚步一顿,站在原地看着两人无声地互动。

仇娅像是在说什么,曲从军挠了挠头,回答了一句什么,又挠了挠头,仇娅就笑了。她笑得真甜美,脑后的马尾轻轻摇摆,又浓密又垂顺,如果它属于一匹马,那一定是匹汗血宝马。一百个人扎马尾有一百个样儿,而漂亮的人扎马尾就只有一个样儿——迷人的模样。

心情突然有些低落,小可想绕开他俩悄悄地走掉。可是车棚的入口只有一个,怎么绕也绕不过曲从军的视线。直到今天小可才发现,曲从军等她的这个点选得真考究,视线完美地覆盖了进出车棚的必经之路。

她磨磨蹭蹭地往前走,想看看他们会不会有进一步的交流。可是她发现,自从刚才仇娅笑过之后,他们之间好像就冷场了,只有仇娅有一搭没一搭地说些什么,曲从军点点头或摇摇头,或者说句简短的话。每说完一句话,曲从军都要挠挠头。小可知道,这是因为他有点儿紧张。曲从军不太会主动和女孩子聊天,和小可在一起也是经过了很多年的相处才变得那么自然。此时,小可有些暗自庆幸曲从军不善交流,让她和他有了一种独特的亲近感,而这种亲近感,并不是能轻易获得的。

曲从军很快发现了她,大老远就冲她挥手,那热情劲儿超过了过去的任何一天,俨然把她当成了解救他逃出尴尬境地的救星。

觉得尴尬还能把人家姑娘逗得那么开心?小可暗想。她走到二人面前,对仇娅笑了一下。对方也露出甜美而迷人的微笑,晃花了小可的眼睛。可是恍惚中,小可分明看到了对方眼中一闪而逝的挑衅和玩味。她看向曲从军,眼神里带着疑问。

曲从军说:"仇娅想去书店让我帮她挑几本参考书。你和我们一起去吧?"

"我们?"小可敏锐地捕捉到了这句话里最刺耳的两个字,她居然这么快就沦为了外人。原以为三人之中,她和曲从军才是"我们",实在不济,自己起码会经历一段和他渐行渐远的过程,没想到他的一句话,就宣布了三人之间的亲疏关系。

小可还是面带微笑:"我不去了,你们去吧。我们班今天作业特别多,我想赶紧回家。"她期盼着曲从军说"仇娅我们能不能改天?我得先送小可回家"。

幸福先知

可是没有,曲从军只是有些失望地说:"那好吧,你自己路上小心。"

仇娅显然很开心,她对小可很有礼貌地摆手,像是英国女王检阅她的士兵:"那我们先走了,再见。"

又是"我们",小可的心里潮乎乎的,一路晃晃悠悠地回了家。其实她今天根本没什么作业,只有一点点习题,在学校的时候就被她解决了。她有些烦躁,好好的计划全被打乱了,参考书也没选成,"家庭教师"也被别人挖了墙角。

胡思乱想了一晚上,小可也没搞清楚自己的烦躁不安到底因何而来。比赛虽然结束了,但晨练项目却被保留下来,用老曲的话说就是,"身体是革命的本钱"。第二天早上,小可没起来晨跑,顶着两个肿眼泡独自骑车去了学校。

一整天,小可都不知道老师讲了些什么,只觉得昏昏沉沉地想睡觉却又不敢睡,极度煎熬。好不容易熬到放学,她毫不意外地又在车棚门口看到了那珠联璧合的一对。

小可想到了自己的邂逅,想起了自己睁不开的肿眼泡,但她此刻已经彻底破罐子破摔了,只想回家睡觉。她走到两人面前,耷拉着眼皮,无精打采地说:"我先回家了。"

这样的小可让曲从军有些吃惊。

小可推车出来时,只看见曲从军一个人立在原地。

"咦?仇娅呢?"小可问。

曲从军说:"我让她先走了。你怎么了?生病了?怎么无精打采的?早上跑步你也没来。"

小可说:"我困死了,我要回家睡觉。"

曲从军想,幸亏昨天让小可先回家了,这是做作业做到几点啊?

两个人的思维完全不在一个频道里策马奔腾,一路上也没什么交流。曲从军看小可骑着车都快睡着了,就放慢了速度骑在她的外侧,以防这家伙骑着骑着就歪倒在马路中间。

小可后来再也没在车棚外看见仇娅。曲从军再迟钝也能感觉到,每次仇娅出现后,小可都很反常。

仇娅还是会去找曲从军,只是改去他班里找。她从曲从军吞吞吐吐的表述中大概明白,自己最好不要出现在尚小可的面前。仇娅很得意。看来曲从军的那个好朋友并不喜欢自己,可是即便如此,曲从军还是愿意和自己保持来往,这就是初步的胜利。

对于尚小可,仇娅并没有把她放在眼里。她们俩的容貌,根本不在一个级别。

仇娅找曲从军的借口很简单,一个简单到几乎可以被忽略的理由——借书。虽然是个很俗套又做作的理由,但是却很实用,一借,一还,就是两次相会。

曲从军其实并不讨厌仇娅,甚至对她有些好感。这个女孩儿温婉又可爱,更重要的是她很主动地对自己示好。她并没有进一步地表示,让曲从军避免了在她和小可之间做选择,同时让曲从军即使想拒绝也找不到理由。每次她一出现在教室门口,班里的男生就得起好一会儿的哄,这让曲从军有些得意。被男生们公认的梦中情人追求,本身就是一件很能满足虚荣心的事。

说起上次的比赛,仇娅虽然没夺冠,却也名声大噪。她从小学舞蹈,身材和气质都非常好,往台上一站就完美诠释了四个字——亭亭玉立。她其实输得并不丢人,是抽到一道很偏的题没答出来而已。那道题即使让曲从军来回答,也要想一会儿才敢回答,而且并不能百分之百确定。因此,他觉得仇娅这个女孩儿输得着实有些可惜。可她失败了也并没有表现出任何不满和遗憾,还是每天笑眯眯的,这一点也让曲从军很欣赏。

曲从军问过小可:"你是不是不喜欢仇娅?"

小可回答得很坦诚:"不是不喜欢,是讨厌。"

曲从军很惊讶:"为什么?"

幸福先知

　　小可看了他一眼说："不为什么,就是感觉不好。"像仇娅这种女生,电视剧里太多了,假模假式地温柔,假模假式地可爱,就像是披着羊皮的野猪,谁家菜地里的菜长得好,她就哼哼唧唧地过去拱。可是这样的话,小可并不想说出口,那样降低的是自己的身份,她对仇娅的那一点点嫉妒就表现得太明显了。

　　曲从军却觉得小可这样有失公允："可是仇娅对你印象挺好的,她还说……"小可露出一个极其厌恶的表情,把曲从军的后半句话堵了回去。仇娅还说,曲从军的朋友,自然也是她的朋友。

　　他承认小可的感觉很灵敏,可她毕竟不是神仙,可以看透人心,仅仅凭感觉就给一个人下定论实在太武断了。可他什么也没说,悄悄地把小可不喜欢的这段暧昧情愫转移到了地下。

　　可是他忘了,小可是和他从小一起长大,同时又有着异常敏锐的直觉的女孩儿,这世上也许除了他妈妈以外,就属小可最了解他。

　　小可很快发现了曲从军在悄悄地经营一段性质不明的感情,她很难过,而不是愤怒。最初看见仇娅来找曲从军时,她愤怒过,那种愤怒就像是发现自己精心栽培的大白菜被别人家的猪给啃了。可是,现在曲从军的做法却让她难过了。小可想,谁都不是注定了一辈子只属于另一个人,更何况他们只是朋友,再好的朋友也有各自的隐私和空间,自己要学会放手了。她问过自己是不是因为喜欢曲从军而嫉妒仇娅? 她也不知道。她不知道自己对曲从军是日久生情还是单纯的占有欲,但是现在,这个问题已经没什么意义了,因为他已经做出了选择,她也自然会识趣。

6. 分道扬镳

就在小可绞尽脑汁地琢磨，如何用一种自然分开的方式结束她和曲从军长达十一年上学、放学的相伴之路时，一个人的出现适时地给了她一个完美的借口。

许翔宇，就是小可口中那个"收税的"，当一中还没放学时，他就站在学校门口琢磨他的开场白。比赛那天，他没注意谁是尚小可，哥们儿吕姜跟他这样描述："眼睛不大不小，长发披肩，长得不难看，看着挺……机灵的……"

大门一开，潮水般的人就拥了出来。许翔宇这时才发现，吕姜的描述基本等于没说。但是许翔宇有他的办法，他自带聚光的属性，很难被人忽视。

他站在大门口大喊："尚小可！尚小可！谁是尚小可？！"

尚小可彼时正磨磨蹭蹭地琢磨该怎么和曲从军摊牌，忽然听见从门口逆流而回的一个声音冲她喊："尚小可！门口有个帅哥找你，就是上次那个冠军！"

幸福先知

"找我?"小可指着自己的鼻子问那个同学。

"对啊,在门口扯着嗓子叫你呢,快去看看吧。"同学回答。

尚小可和曲从军两人推着车往校门口走,还没出门就听见茫茫人海的另一头传来一声声的呼喊"尚——小——可——"。周围有很多同学嬉笑着议论,有认识尚小可的人都冲她挤眉弄眼,一副看热闹的表情。

小可很纳闷,推着车挤到他面前。许翔宇依然把双手拢在嘴边,对着大门的方向一声接一声地叫。小可一言不发地站在他面前,仰着头打量他。

她忘了那天他是怎么夺冠的了,不过客观地说,这人确实比曲从军长得更好。他的个子比曲从军还要高一点儿,如果抛却小可窥探出的那一丝不屑和不羁,面前这个男生绝对称得上是阳光明媚的帅哥。

曲从军站在离小可不远的地方也在打量这个男生。他不得不承认对方赢了自己是有原因的。这个男生往人群里一杵,就像一根定海神针,穿过深海里的黑暗熠熠生辉。

小可看够了,问了一句:"你找我干吗?我们认识吗?"

最后一个"可"字还没说出口,就被卡在了嗓子眼儿里。许翔宇低头看着已经站在自己面前好一会儿的女生说:"你就是尚小可啊!我喊了你半天,你怎么不回答啊?"

小可说:"我这不是回答着吗?"

许翔宇眯着眼睛把尚小可从头到脚扫视了一遍——她的眼睛不是很大,可能是因为眼皮内双的原因,目光投射出来之前多了一道屏障,而显得深邃。鼻子、耳朵、嘴巴并没有什么非凡之处,但是组合在一起,让人联想到一个词——睿智。尚小可的相貌完全在他的预料之外,但气质却在他的意料之中。

他在打量对方的同时,对方也在打量他。许翔宇觉得自己似乎被一道光穿透了,他下意识地垂下眼帘,笑起来。

他大大方方地伸出右手:"很高兴认识你。"

小可不太习惯这种公式化的礼仪,她还从没和男生握过手。她低头看了那手一眼,问:"我们全校都知道你找我了,有多大的事说来我听听。"

许翔宇收回手,没表现出一丝尴尬:"我请你喝饮料,坐下聊呗。"

小可回头看了一眼曲从军,说:"你先回去吧。"

她从曲从军的眼睛里看到了些许失落,可她没再回头,跟着许翔宇走了。多好的机会,多么自然的分离,小可的心里有些释然,又有些悲伤,明明已经决定的事,做出来还是很难过。

两人一路无话,飞车到了学校后门的果汁店。各自点了一杯饮料坐下,小可看着窗外,静静地等着对方先开口。

只剩下他们两个人,许翔宇看起来沉静了许多,笑得也更内敛。他喝了口饮料说:"我哥们儿说,一中有个女生一眼就看出了我的背景,说我像……像收税的。呵呵,我当时就想,什么样的女孩儿这么神奇。"

小可也端起水杯抿了一口,掩盖自己的些许难堪。回忆了一下那天的情景,前后左右的人,除了曲从军她谁都没注意。好像是有个坐在她前面的男生回过两次头,许翔宇说的哥们儿难道就是他?但她懒得追究,只想赶紧结束谈话:"看完了,也没什么特别的,一个鼻子两只眼,两条胳膊两条腿。"

许翔宇哈哈笑:"你挺酷的,和别的女生不太一样。"

小可喝了口饮料:"有什么不一样?我没对你垂涎三尺,饿虎扑食?"

许翔宇一愣,又笑起来。他笑得明媚,露出一排整齐的牙齿。他继续问道:"我特别想知道你为什么这么说,难道我爸妈身上的气质遗传给了我?我身上有什么特征吗?"

小可认真地看着他说:"没有任何特征,纯粹是我的感觉。"

许翔宇的态度也变得认真起来:"感觉?这太抽象了,总会有迹可循吧?"

这个人真的不好糊弄,小可貌似认真地思索半晌,看着他的眼睛说:"没有,我只是看到你的时候,突然联想起了看过的一本小说里的人物,真的只是

幸福先知

单纯的感觉。"小可心里说,那本小说里描绘的欧洲中世纪的税务官身上就有和你类似的气质,但我不能告诉你,他傲慢、自负,没有人情味儿。

许翔宇皱眉,若有所思地"唔"了一声。

小可见他许久没再说话,问道:"问完了吗? 我得回家了。"

许翔宇问:"我以后还能找你吗?"

小可说:"找我干吗?"

许翔宇调皮地眨眨眼睛说:"你们全校都知道我来找你了,他们肯定觉得我想追求你。"

"不会的,"小可笑了一下,说,"如果我美若天仙,他们也许真会这么以为,可我不是。"

"哈! 我给人感觉这么肤浅吗? 只会追求漂亮的脸蛋?"许翔宇狡黠地望着她。

"男性都不会喜欢比自己聪明的女性,更何况如果不够漂亮,就更没有可取之处了。不过交朋友的话,可以。"说完她拎起书包走了,把笑容渐渐凝固在脸上的男生留在了身后。

许翔宇看着空椅子,想起另一个人。

她快死了吧? 去年冬天她一直在咳,夜里更是吵得他睡不着觉。她的肺里像是有一根生锈的管子直通到喉咙里,在寒夜里歇斯底里地吹着哨子,不知道哪一口气没上来,一切就会戛然而止。

他在漆黑的夜色中瞪着眼睛,盼望着一切赶快结束。可是结束以后呢? 他又该何去何从?

7. 陌生的追随者

第二天,许翔宇又来了。他这次没站在一中门口大喊大叫,静静地斜坐在自行车的后座上等着,像是悠然自得,又像在凝神思索。

小可是和曲从军一起走出来的,两个人都没说话。平时,曲从军即使不说话也会由小可填补他们之间交流的空白,可如今小可安静下来,就出现了一片突兀的沉寂。其实,他们俩今天倒是很有默契,因为他们此时想的是同一个人。小可想的是,许翔宇今天会不会来;而曲从军想的也是,许翔宇今天会不会来。

看到许翔宇的时候,小可暗暗松了口气。她想,终于可以从这尴尬的气氛中解脱出来了。可曲从军的心却像做梦时踩空了最后一级台阶,"咯噔"一下,失重了。

有多久没有自己一个人回家了?曲从军一边蹬着几乎要蹬不动的脚踏板一边想,小可今天会跟许翔宇去哪儿了呢?这个许翔宇是什么意思?是要追

幸福先知

求小可吗？……曲从军不知道今天这车为什么这么难骑，明明刚刚才保养过的。

许翔宇和小可其实哪儿也没去，就在一中对面的广场上坐了一会儿。

许翔宇问："那是你男朋友？"

小可说："不是。"

许翔宇说："那他怎么看见我不太高兴的样子？"

小可说："第二名看见第一名，能怎么高兴？"

许翔宇笑嘻嘻地耸耸肩，不置可否。

小可问："请问，我让你感兴趣的点在哪里？是什么原因让你千里迢迢跑来非要和我交朋友？你们学校那么多人，就没人能入得了你的眼？"

许翔宇看着远处来来往往的车与人，许久都没说话。正当小可觉得他可能已经神游天外去了，忽然听到他说："我就想看看，我是怎么在你眼前暴露得这么彻底的。"说完，他转过脸看着尚小可，眼神背后的不屑和不羁都不见了。

小可迎着他逼人的视线，直接换了个话题："你有想考的学校和专业吗？"

许翔宇看了她一会儿，语气恢复了一贯的闲散，还带了些明显的倨傲，说："我也不知道，我爸想让我考清华。"

清华……那是曲从军的梦想。

他们曾经讨论过高考的问题，对于未知的目的地，他俩有着一致的向往——北京。北京是首都，是全国的心脏。那时的他们都觉得，如果在那个遥远而陌生的城市还可以继续相依相伴，他们就不会觉得太孤单。可现在呢？小可想，他已经有了更好的选择，自己的陪伴或许没那么重要了吧？

许翔宇看小可一直不说话，问："你呢？"

小可说："我想……我想去南方。我想学景观设计。"

许翔宇说："那我也去南方，咱俩一起有个照应。"

小可斜了他一眼说："我们很熟吗？"

许翔宇又露出那个招牌式的能迷倒万千少女的笑容,凑近她说:"混着混着就熟了。"

小可看着他嬉皮笑脸,觉得这个人的笑就像是宇宙里的黑洞,能把一切都吸进去。可一旦进去了,谁也不知道会面临怎样的变幻莫测。他的内心并不如他表现得那般阳光得意,因为真正阳光的人,目光是通透的,不似他这般层层叠叠。

高考就像定时刮起的飓风,虽然现在大家都还聚在一起,但谁知道他们这些蒲公英的种子最后会被吹向何处,又在哪里落地生根,现在说什么都为时过早。小可瞟了一眼身边意气风发的少年,没再说话。

高二的暑假是容不得即将高考的学生们挥霍和浪费的,学校只给了他们一周的假期,算是入水前给了他们喘口气的机会。

小可跟老尚说想考景观设计专业,老尚还挺高兴的,但他也有一些顾虑。女儿的学习成绩不算太差,但是想考个重点大学比较困难。小可以前学过画画,基本功还是有的。可是如果真想考艺术专业,打定了主意就不能后悔了,因为接下来的学习计划完全要重新规划。爷俩脑袋顶着脑袋研究了一顿饭的时间,就算把这事给敲定了。

爷俩考察了两天,找了个美术考前培训班,又花了半天时间把所有的材料都配齐全,她就算正式进入了艺术生的行列。

小可只需要在学校上需要考的那几门课,其余的时间就全都在美术班里涂涂抹抹。这样更好,再也不用烦心会看见不想看见的人,做自己不想做的事。

曲从军是不会追小可追到考前班去的,但许翔宇会。

小可说:"你学习成绩再好,也不能整天不上学吧?你怎么这么闲啊?"

许翔宇说:"我懂得劳逸结合啊,所以我学得好。唉!一天看不见你我就想你了。"

幸福先知

小可盯着模特的眼仁儿转都没转，自动忽略了他这句没营养的话。

除了素描速写，小可还得学平面构成和色彩构成。她觉得挺新鲜的，画得不亦乐乎。她不知道自己为什么喜欢景观设计，总之，她梦想着能布置城市和城市里的风景，那感觉像是在构建自己心里的小世界。曲从军曾经说过，小可要是学景观设计，他就学个土木工程什么的。清华的土木工程专业，那可是杠杠的。当时小可还说："我看行，我更适合感性设计，你更适合理性规划。"

多好的小伙伴啊，现在却各自怀了不同的心思。小可看了一眼身边东瞅瞅西望望的许翔宇，心想，我们都长大了，注定会遇到不同的人和不同的事，早晚而已。

8. 没有硝烟的战场

高三的忙碌和紧张只有经历过的人才能体会。

当每个人都埋头沉浸在如山的案头教材和模拟考卷里时,小可已经开始去全国各地考专业课了。爷俩把每个学校不同的考试时间列了张表,又在地图上用红圈圈标出来,像是要点起一座座烽火台。

考第一场的时候,小可紧张得小腿肚子都有些发抖。考生们集合在大操场上,列成一个个即将上战场的方队。她头一次看见那么多背着画夹和马扎的考生,每一个看起来都准备好了要成为艺术家。他们的画夹上色彩缤纷,显得历史悠久、经验丰富。小可背着考试前刚买的崭新的画夹站在队伍中间,暴露了她是只菜鸟的事实。

身边有个长发梳成马尾的男生斜着眼睛看了小可几眼,说:"一会儿进场了站在我旁边。"

小可觉得莫名其妙,没作声。

幸福先知

　　入场时，老曲站在队伍后面目送女儿瘦弱的身影被裹挟在浩浩荡荡的大部队中进了考场，心中不免升起一股心疼和悲凉。他叹了口气，女儿大了，终究要飞出父母的保护，外面的世界纷乱复杂，自己能帮到她的越来越少了。

　　小可本不想理会那个马尾辫男生，谁知他竟十分主动热情，不仅抢到了好位置，也帮小可安排了不错的角度。小可对这种萍水相逢的好意自然不会不识好歹，小声说了句"谢谢"。

　　交卷时，小可瞄了眼马尾辫男生的画，倒吸了口凉气——偌大的白纸上，只在左上角画了个鹅蛋大小、铅球般乌黑的人头像。小可暗叹口气，看来他们是无缘再见了。

　　几场下来，小可也混成了考场老手。有的考场是抽签决定位置，她就乖乖排队进场；有的考场纯粹靠抢位，她就像敢死队队员抢占制高点一样冲上去。

　　考试的紧张气氛让小可暂时忘记了和曲从军之间的不愉快。她原本还在纠结，该怎么跟曲从军解释，为什么不按照两人原先的约定填报志愿，可是等专业录取通知书从全国不同的几个方向先后飞到她手里之后，这就再也不是个问题了。上海、广州、四川、湖北，一共四张来自不同地方的专业录取通知书，填哪个都和北京不沾边。文化课还没考，她的志愿已经填完了，毫无反悔的余地。

　　曲从军对小可的志愿表一点儿脾气都发不出来，只能憋在肚子里默默地消化不良。他明明觉得小可是在跟他赌气，可就是拿不出证据来质问她。曲从军想，不就是因为自己交了个她不喜欢的新朋友吗？她就摆出一副要和他绝交的姿态来，难道他以后交什么朋友都必须得到她的允许，看她的脸色？曲从军越想越气闷，觉得自己不能就这么妥协，不然以后没好日子过了！

　　曲从军的所有志愿都落在了北京。他的第一志愿依然是清华大学土木工程专业，这是他的梦想。她尚小可说话不算话，但他必须一言九鼎。他的第二志愿是北京邮电大学通信工程专业。虽然初中时的"手铐事件"给他留下了严重的心理阴影，但纠结一番之后，他还是听从了老曲的意见，在"提前录取"一栏里填了中国警官大学法律专业。

曲从军觉得，小可连填报志愿都比他潇洒，似乎大笔一挥就决定了自己的未来。可他并不知道，小可的犹豫和纠结早于他开始，又早于他结束，潇洒不过是表象而已。

几个月前，四所学校的专业录取通知书在小可手里捏得像是要斗地主一般，打哪张都不敢保证能出奇制胜。最后，经过三天的深思熟虑，小可决定，既然这几所学校的专业排名在国内都差不多，那就干脆选择占了地理优势的上海吧。那么繁华的大都市，有无数的可能，小可人还没去到那里，脑海里已经霓虹闪耀。

幸福先知

9. 离别时分

　　艺术类的志愿表是高考之前就必须填好的,也就是说,不管你文化课考得好不好,之前选定的,无论是占便宜还是吃亏,都没有反悔的余地了。
　　小可在心中暗骂,谁定的缺德规矩,逼着我拿青春赌明天!
　　其实文化课一考完,小可就知道无论报四所学校中的哪一所,自己都肯定会被录取,这点儿自信她还是有的。即使不被录取,她也不会选择省内的学校,大不了复读,总之无论早晚,她一定要离开家,在这个问题上她从没纠结过。
　　想好了就去做,从来都是小可做人的信条。当小可这边一切已成定局的时候,她恢复了往日的爽快,好像她和曲从军之间所有的不愉快从未发生过。而当曲从军填志愿时,她就在旁边瞎蹦跶,添油加醋地捣乱。
　　曲从军心想,你怎么就一点儿也不觉得愧疚呢?他说:"小可,你怎么没考北京的学校啊?北京的艺术类学校那么多。"

上 部

  小可躺在沙发上,倒挂金钩一样把脚靠在墙上使劲往上够,显得两条腿又细又长。她说:"考的时候时间没岔开呀,后来考了一个,没考上。"这是谎话。

  曲从军有些伤心,敢情就他一个人难过,没看出小可有一点点离愁别绪。可他不知道的是,离愁对小可来说,如同涓涓的细流,已经在心头萦绕流淌了许久,宁静而悠远。

  小可看他情绪有些低落,用手胡乱揉了一下他的头发说:"你要是上了中国警官大学,我会去看你的。你要是上了清华,你就来看我。到时我就向同学们炫耀,看!这是和我从小一起长大的好朋友,清华的!"

  她还是那么没心没肺地笑,天大的事在她面前似乎也不值一提。曲从军的心情缓和了一些,嗯了一声。他想,如果小可总来看我,中国警官大学也是个不错的选择。

  最终,为了稳妥,也为了小可的那句"我会去看你的",曲从军接受了中国警官大学的面试和体能测试,被该校法律系提前录取了。后来他不得不承认,但凡因为小可做出的选择都不会错,事实证明,他离清华确实还有一步之遥。

  备考时的压抑、考场上的紧张和填志愿等待成绩时的焦虑,全都在成绩公布的那一刻戛然而止。无数人的喜怒哀乐在同一刻爆发,可谓几家欢喜几家愁。

  小可的录取通知书也如期而至。

  两人北上和南下的火车票买在了同一天,前后只差一个小时。两家人一起给两个孩子准备了好些东西,送站时,曲、尚两家倾巢出动。

  老曲难得请了三天假,陪着儿子进京。

  相比之下,小可反而显得更独立一些。

  老尚倒是提出要陪女儿报到,还没等小可假装客气地婉拒,尚母就说:"考试的时候你爸带着你跑了不少地方,没少花钱!这学校你们都去过,而且上海离家近,你也大了,该学会独立了,自己去吧。我看看我女儿行不行!"

041

幸福先知

小可闷闷地嘀咕,你都这么说了,我能不行吗?

北上的火车是晚上8点发车,小可在候车室里看见了仇娅。

仇娅比那天站在车棚外时更美了。她没梳马尾,一头乌黑的秀发光亮如瀑,柔顺地垂在身后。能看出她精心地画了淡淡的妆容,秀美得不露痕迹。

当仇娅站定在他们中间时,小可看见了曲家父母赞许的眼神。他们对视一眼,显然在猜测这个美丽优雅的女孩和自己家儿子究竟是什么关系。

小可没和她打招呼,眼睛看向别处,却感觉到了来自那个方向的傲视。

在列车时刻表前看了很久很久,久到曲从军即将进站时小可才回来。她瞟了眼依依不舍、欲言又止的仇娅,突然走上前用力地拥抱了曲从军。曲从军一愣,还没来得及回抱她,小可已经转身向另一个进站口的方向走去,背对着他,手举得高高的,向他挥手再见。

小可想,不管以后怎么样,这一刻,我赢了。

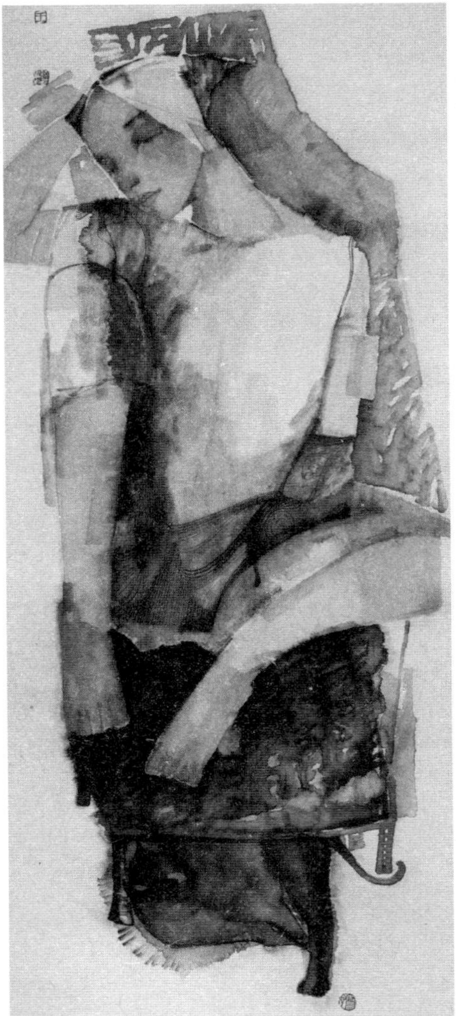

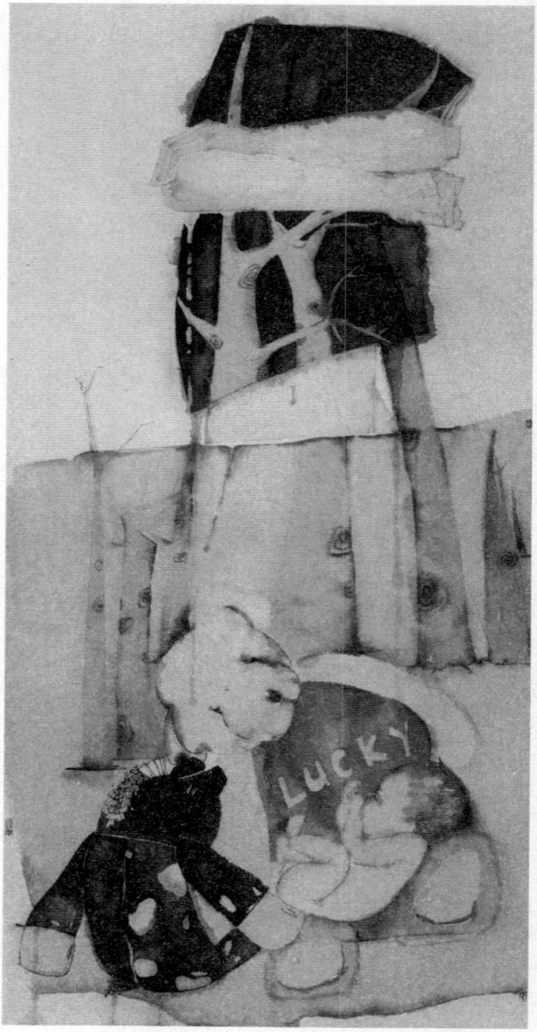
LUCKY

10. 求而不得

许翔宇倒是挺守信用的,尚小可去哪儿他就去哪儿。

对于他的追随,小可才不信他说的所谓"士为知己者死"的鬼话,更不相信他是真的对自己有好感,他到底想做什么,小可一时看不透。

无论许翔宇是何动机,小可都觉得他拿着能上清华的分数跟着她跑到上海来,纯粹是在游戏人生。不过她无所谓,路都是自己选的,她尚小可没强迫他。好在许翔宇选的学校的金融专业并不比清华的金融专业实力差,况且上海又是全国的金融中心,他也不算委屈。

一拿到录取通知书,许翔宇就兴奋地向小可展示。

小可瞟了一眼通知书,略带嘲讽地说:"暴露了吧?你骨子里就是个钱串子。"

许翔宇笑容一顿,旋即又嬉皮笑脸道:"没有钱怎么追女生啊,是吧?"

小可面对许翔宇时不时放电的姿态,就像绝缘体一样冷静,可是曲从军对

幸福先知

许翔宇一天到晚像只苍蝇一样紧盯着小可却很是反感。他想问问小可对许翔宇到底是什么感觉,可是看着小可一副无所谓的样子,他又一次次把这个问题咽了回去,说出来,倒显得自己小心眼了。更何况,如果他对小可说:"我不喜欢许翔宇,你别和他来往了。"那小可得怎么嘲讽他?这不是打自己的脸吗?

仇娅对他的心思他大概猜到了。他对这个女孩儿并不反感,但是说到喜欢,总觉得还差了点儿什么。每次一想到仇娅对他的暗示,他的脑子里就会蹦出小可的影子,噘着嘴一脸嫌恶地看着他,他就只能把这两个人统统从脑袋里赶走。

大学生活完全没有想象中精彩,除了枯燥就是累,这是曲从军开学两个月后的感受。警官大学实行军事化管理,虽说没有军校那么严苛,但比普通大学少了很多寻欢作乐的自由。

仇娅的信每周一封,满满都是对曲从军含蓄而委婉的思念。

曲从军还记得收到录取通知书的时候,仇娅来找他。

他们沿着学校里的小路在树荫下散步,阳光正好,天气虽然很热,树叶的缝隙中却透过徐徐的风。

"嗯……你走的时候,我去送你。"

"谢谢。"

静了一会儿,曲从军想说:"仇娅,谢谢你的友谊,你是我在学校里除了尚小可之外最好的朋友,今后保持联系……"

突然,他的手心一凉,一个柔软的东西塞进了他的掌心。

曲从军一惊,像被烫了似的,"嗖"地把手缩了回来。他直直地瞪着仇娅,两只手攥得紧紧的,不知该往哪里放才好。

仇娅羞得满脸通红,她没想到曲从军会是这种表现。他难道不该顺势抓住她的手,之后的一切不都顺理成章了吗?

那天,一切都结束得有些仓皇。曲从军的表现出乎仇娅的意料,也让她感到从未有过的挫败。仇娅的举动也让曲从军深感意外,他没有过这种经验,第一反应竟只想赶紧逃离那个尴尬的境地。

回家的路上,曲从军的脑子里反复重现那一瞬间的感觉,究竟是什么呢?惊讶、喜悦、恐惧,还是羞涩?……完全是混乱的。他想起小可提起仇娅时的表情,原来她一早就知道仇娅是什么意思。

仇娅上了当地一所普通大学。报名的当天,学校里就传开了——大一新生里来了一位绝色的师妹。很快,情书像雪片一样飞来,仇娅的桌上也时不时会有鲜花神秘出现。

没有人承认自己是"仇娅有男朋友"这一消息的第一个获取者,也没人能确认这个消息的真实性,因为当事人从没正面回答过。

在动物界,单身的雌性动物和名花有主的雌性动物,很难说哪个更有魅力,但是如果有另一只雄性动物想要挑战已知的所有权,势必会自认为更加优秀,这种自信在荷尔蒙分泌过剩的年轻男生身上并不少见。仇娅用这种方式轻松筛除了一大批滥竽充数的狂蜂浪蝶。

唯一能佐证这一猜测的,是每隔一段时间来自北京的信件。这些信很容易识别,上面印着红彤彤的"中国警官大学"的标志。每当收到这样的信,美丽的校花就会露出甜美的笑容。这样美丽的笑容成功激起了蠢蠢欲动的男生的挑战欲,不是有句话叫"狭路相逢勇者胜"吗?况且对手还远在天边。

仇娅表现得很矜持,她把每一个追求者在心里和曲从军默默地做了对比。她不得不承认,曲从军的条件很难被超越,外形、家庭、前途,除了性格有些木讷,几乎没什么可挑剔的。可比来比去有一点始终无法忽视,那就是曲从军不在她身边,未来怎么样也没有定数。况且,曲从军对她的态度……

她一直在想,她和曲从军之间是不是因为那个叫尚小可的女生。可是那女生早就知难而退了呀,以她尚小可的姿色,怎么可能赢过自己?可为什么自己和曲从军的关系就没法再进一步呢?她为此做过一些小小的试探,比如,明

幸福先知

明不顺路,却要求曲从军送她回家。曲从军也确实照做了,规规矩矩地送她回家,然后礼貌而得体地告辞,然而就是因为这种得体,让他们之间的关系只能止步于好友。

难道就为了这么一份模棱两可又遥遥无期的等待而放弃一整片森林吗?终于,有人让仇娅动摇了。

仇娅的信从一周一封渐渐变成了一个月一封。似乎为了配合她的节奏,曲从军也一个月回复一封。他们的学校似乎管得很严,丝毫没有被大都市精彩纷呈的生活所感染,曲从军的信里,除了学习、训练,再无其他。

终于,在上一封信躺在曲从军抽屉的角落慢慢冷却变硬之后,仇娅的最后一封信到了。

信很简单,只有几行字。

曲从军:

你好,转眼已经分别了那么久,每当想起我们在一起的时光,都觉得无比温馨。可是大学的生活充满了挑战,我遇到了很多困难,真希望你能在我的身边,帮助我渡过难关。

我常常对着日历默默地数,还有多久才能再和你相见,即使最近的寒假,也还要很久。

也许是该做个了断的时候了,虽然很舍不得。

直到想说分手的时候,才发现我可能根本没有这个资格。

一直以来,似乎都是我的一厢情愿,你不拒绝,也不接受。我站在这里等着你,等了很久,却迟迟得不到一个允许靠近的信号。直到今天我才明白,其实这就是无声的拒绝,只是我傻,一直没能领悟。

或许,你还不懂得什么是爱吧,可是我却再也等不下去了。我已经等得太久了,毕竟一个女孩子的青春有限。

上　部

　　还有就是,我已经有男朋友了,希望你以后不要再给我写信了。
　　再见,祝你一切顺利。

仇娅

　　曲从军把这封满是幽怨的信摊在书桌上,两眼直勾勾地盯着面前的白墙,脑子缓慢地转动:我不懂爱吗?

　　室友们从外面打水回来,一进门就看见他这副痴痴呆呆的样子。老卢把摊在桌上的那张信纸捡起来浏览了一遍,说:"老四,你这个情况的性质还真不太好判断,到底是你甩了别人,还是被别人甩了呢?"

　　宿舍里有四个人,"机枪"的得名是因为说话快,"胡瓜"则是因为长得颇似台湾那个主持人胡瓜,"老卢"因为年纪最长,忠厚可靠而得名。而曲从军,被其他三个人琢磨了一个礼拜,除了成绩好、长得乖以外,再也没总结出任何特征,最后只得用排行"老四"敷衍了事。

　　曲从军像是没听懂,呆呆地问了一句:"什么?"

　　机枪和胡瓜抢过老卢手里的信,胡瓜边看边啧啧出声:"这字儿写得真好看,这姑娘应该也挺漂亮的吧?"

　　曲从军看着他,很客观地回答:"嗯,漂亮。"

　　"漂亮姑娘,还这么喜欢你,干吗不要?你有病啊?"机枪满脸疑惑,上上下下打量这个年纪最小却成绩最好的男生。

　　曲从军的脑子有些乱,满脑子都是仇娅的那句"你还不懂得什么是爱",这太让他感到挫败了。可是他原本也没想过和仇娅怎样,怎么到头来却丢了两个朋友呢?

　　三人看着他,像是看着一块未被开垦过的处女地,分明是肥沃的土地却坚硬难犁,偏偏还长满了荒草,让人举着锄头铁镐半天也没找到下手的地方。

　　老卢挥挥手:"算了,这都不重要。你小子都失恋了,肯定挺难过的。走,

幸福先知

我们陪你喝几杯去!"

"我不难过……"话还没说完,曲从军就被其他三人连拉带拽地出了宿舍,后半句"我只是不明白……"却没能说出来。

11. 爱的困惑

周末的傍晚,一抹红霞晕染在天尽头,让孤零零伫立在荒野中的学校也在庄严肃穆中流露出一丝温情。

学校门口进出的人流比平日里多了不少,女生难得换了便装,偶尔还能看见外校的男生、女生在大门外远远地等着自己的心上人。

一行四人步行 20 分钟,来到最近的一家小饭馆。饭馆门脸不大,还有点儿灰头土脸,却常常客满。因为是周末,很多人都进城了,小饭馆里人不多,他们找了里间靠角落的一桌坐下,省得引起碰巧来吃饭的老师的注意。

其他三人不约而同地想把老四灌醉,有点儿幸灾乐祸地想看看这个乖孩子大哭一场。可老四没哭,胡瓜先哭了。

胡瓜一把鼻涕一把泪地说:"我高中的女朋友……都处了三年了……说分就分了。好不容易都考到了北京……多不容易啊……不就隔了几十公里吗,不就是不能总陪她玩儿吗?这就不要我了……呜呜呜……"

幸福先知

曲从军看着这样的胡瓜,心里想笑。不能陪她玩儿就分手,这哪是男女朋友啊,小孩儿过家家呢？一想到这里,曲从军就想起了小可。如果小可在北京,他们即使不能像以前一样每天在一起,只能偶尔见一面,但起码在这座陌生的城市,他会觉得小可离他不远,彼此也算有个牵挂。

老卢问机枪:"你呢？有什么悲催的艳史说来听听,让哥儿几个乐和乐和。"

机枪把酒给大家都满上,自己也倒了一杯,说:"没有。"

"不可能！"老卢和胡瓜异口同声地叫道。

"真没有！"机枪苦笑,举杯一饮而尽,他接着说,"其实,我不是天生说话就这么快。我上小学的时候特别爱说话,上课总被老师骂。后来我们班主任忍无可忍,就让全班同学孤立我。整整一年都没有同学愿意跟我说话,只有我的同桌有时趁老师不注意跟我嘀咕几句。"

"是姑娘吗?"胡瓜两眼放光。

机枪点点头。

"那她漂亮吗?"胡瓜又问。

"嗯……其实我想不起来她长什么样了,印象里,她是美的。"

"后来呢?"老卢问。

"一年后,因为长期被孤立,我说话开始结巴,特别是站起来回答问题的时候,越紧张越结巴。同学们都笑话我,我更不敢说话,情况就更严重。"

"啊?"曲从军从他的故事里听到了一些同病相怜的感觉,不禁追问,"再后来呢?"

机枪喝完一杯,又续上,说:"后来我同桌给了我一本《绕口令大全》,偷偷跟我说让我回家练。"说完,他开始吃菜。

其他三个人伸长脖子等了半天没等到下文,一齐问:"没啦?"

"没了。小学毕业我们各自考了不同的中学,再没联系过了。"机枪一脸的理所当然。

三人你看看我,我看看你。

胡瓜说:"你不可能这么纯情吧?人家给你一本书,你就记到现在,也没主动表示什么,后来也没谈过别的女朋友?"

"没有啊,我后来就一直苦练绕口令的本领,语速也就越来越快,最后就变成今天这样了。"

曲从军没说话,机枪表面上说得云淡风轻,但很多情绪他都感同身受,那种困境下结成的情谊是非同一般的。他又想起了小可。

回去的时候已经很晚了,一行四人勾肩搭背,摇摇晃晃地穿过茫茫的黑夜向远处巍峨的校门靠近。几个人远远看见校门口的警卫,调动了仅存的一丝清醒,勉强站直了,排成一列纵队迈进了大门。警卫纹丝不动,斜着眼睛目送这支小队穿过了校门,发出一声低不可闻的冷哼。

第二天醒来已近中午。

胡瓜问曲从军:"老四,你整天不哼不哈的,到底有几个女朋友?"

其他两个人前一秒还在品味尚未冷却的黄粱美梦,下一秒立刻清醒了,问胡瓜这话是什么意思。

胡瓜说:"给他写信分手的,不是叫什么……"

"仇娅!"老卢提醒道。

"啊对!仇娅!"胡瓜接着说,"可这哥们儿昨晚上喝醉了,一个劲儿地叫什么'小可,小可啊'……你老实交代,你到底同时脚踏了几条船?!"

三个人立刻起哄逼供,只有曲从军在这一片混乱中迷惑了——我喝醉的时候,一直在叫小可的名字?

曲从军不得不承认,他对小可的想念与日俱增。学习生活中不停重复的那些单调的细节,竟时时让他想起过去和小可在一起的每一个瞬间,在食堂吃饭时想,在操场跑步时也想。他很困惑,如果对仇娅不是爱,那对小可呢?难

幸福先知

道仅仅只是思念和依恋吗?

教室里很安静,只能听见老师讲课的声音间隙夹杂着若有似无的呼噜声。

一张纸条从左边传过来,老卢有些纳闷。他伸长脖子把自己左侧的三个人挨个用眼神询问了一遍,可是每个人的脸上都只有聚精会神,没有一丝可疑。

道貌岸然!老卢暗骂,展开纸条,只见上面写着:"如何判断甲方对乙方存在超出友情以外的非正常情感?"

老卢扑哧差点笑出声来,赶忙用咳嗽掩饰。是谁啊?他重新把那三个人审视了一遍,依然看不出这张纸条出自谁手。他提笔唰唰写了几个字,传回左侧。

动作进行得无声无息,表面上没看出任何作案的迹象。老卢想,真是怪了,这三个人今天搞什么鬼?

纸条最终回到了坐在最左侧的曲从军手里,他打开看了一眼,上面有三行字:

"什么表现?"

"什么表现?"

"什么表现?"

三行字如他们的队列一样排列整齐,可字迹截然不同,显然出自三个人之手。

曲从军瞪着这张纸条,心一横,写下"时常想起",想了想,又划掉,改成"朝思暮想"。

老卢再看到纸条时,瞬间明白了提问者是谁。想想也是,能单纯至此,还用高中时期传纸条的方式来询问这么浅显的感情问题的,除了那个学霸少年,还能有谁呢?

老卢狡黠地一笑,又写了几个字,传出去。

曲从军展开纸条一看,脸红了。纸条上依旧是三行字排成一个纵队:

"有无性幻想?"

"有无性渴望?"

"有无性冲动?嘿嘿……"

一帮流氓!曲从军的耳朵都红了,本想把纸条撕碎了扔掉,犹豫片刻,还是写下:"算……有吧。"

其实曲从军也不知道那算不算是对小可的性幻想。

外出进城的时候,机枪喜欢在报亭找新出的数码杂志,曲从军就站在一旁漫无目的地瞎看。无意中,一本时尚杂志吸引了他的目光。杂志的封面是一个新晋女演员的泳装照,拍得很漂亮,肌肤雪白,脸蛋像是陶瓷做的,毫无瑕疵。不知怎么的,他就想起填报志愿那天,小可在他家里,两条倒着倚在墙上的细长的大白腿。

曲从军不敢多看,视线在那本杂志上扫来扫去,只觉得浑身越来越热。之后,每每想起那一幕,曲从军就觉得血流的速度慢慢加快,嗓子发干,不得不找些别的事情分散自己的注意力,可是很快,他又不由自主地回想起那时的小可。

不出所料,因为那张纸条,曲从军成了宿舍里公认的情感白痴,外号也从"老四"变成了"小白"。

曲从军想把纸条抢回来,可双拳难敌六只手,胡瓜说:"我得把这张纸条好好收起来,要是有朝一日你和你的青梅竹马当真修成了正果,我就拿着它要红包去!"

抢不回纸条,曲从军只得由着他们三个人闹。胡瓜口口声声说要好好收藏用来换钱的东西,没过多久,连他自己也不知道被塞到哪只臭鞋子里去了。

幸福先知

12. 远方的告白

　　花前月下、谈情说爱在警校里是奢侈品。

　　事情似乎已经过去了,可是在曲从军心里,一切才刚刚开始。他把这个问题结结实实地想了一周,一周后,他做出了一个重要的决定:给小可写封信,表白!

　　关于是用"小可你好"还是"亲爱的小可"作为这封"情书"的开头,曲从军足足犹豫了半个小时。最终他鼓足勇气,写下了"亲爱的"三个字。曲从军觉得,不论是那次竞选形象大使上台面对众人,还是参加千军万马集体闯关的高考,他都没这么紧张过。明明信里写的大多是学校里的生活,千篇一律、毫无乐趣,可他还是心如擂鼓,面红耳赤。他甚至想过在"情书"的结尾来上一句:小可,我爱你。刚想到这里,他就浑身一哆嗦,鸡皮疙瘩都站了起来。斟酌了许久,他决定用最平实的语言表达此刻的心情:"小可,分别之后我才发现,你在我的生活中已经占据了非常重要的位置。思前想后,我想我应该是喜欢你的。"

他没敢用"爱"这个字,那太严重了,也显得有些草率。但他认为,他的"喜欢",已经包括了很多很多的情感,小可一定能明白。

这封"情书"在曲从军的包里揣了两天才被寄出。信刚寄出,他就后悔了,信里没写错什么吧?如果小可不喜欢我,我们会不会连朋友也做不成了?对了,我还没来得及校对错别字……

抓心挠肝地等待回信,此时曲从军才发现,他从没这般期待过仇娅的回信。原来,这就是他潜意识里对待两人的差别。

十天后,小可的信到了。

等待小可的回复,让曲从军觉得比等待录取结果还要心里没底。高考的结果几乎是在他意料之内的,然而小可的心,一直是他心里的氢气球,神奇、有趣,飘飘忽忽,无从把握。

礼尚往来,小可也汇报了她在新学校和新同学的新生活。

小军:

很高兴收到你的来信。

看来你在新学校适应得很好,那我就放心了。

上海很繁华,开学前我去了外滩,看了东方明珠,逛了七浦路,还去城隍庙吃了小吃,还有好多好多有趣的地方我还没时间去,等你来了咱们一起去吧!

我试着用最快的速度进入学习状态,可是还是有些吃力,因为现在的学业负担超出了我的想象。景观专业比我想象的要复杂,我在第一阶段的基础课就遇到很多挑战。

我们的作业超级多,你知道多到什么程度吗?第一周的课上完,所有的老师都留了一遍作业。其他的我就不说了,光是50张风景速写就够我

幸福先知

喝一壶的!

第一周的作业我拼死命完成了,结果第二周作业量更大,而且品种、花样越来越丰富。我们只好挑灯夜战,熬夜在走廊里画。可走廊里的灯光太暗了,我觉得我视力都下降了。后来我买了个可以充电的台灯,这种设计真是太伟大了!一到快熄灯的时候,我们就在宿舍门口支起摊子,一边聊天一边画,虽然累,但也挺开心的。

你知道吗?我们班有个男生,虽然很调皮,但专业课不错,老师们都挺喜欢他的。他总玩游戏不完成作业,交不上去就编各种理由跟老师"赊账",赊到最后连老师也记不清这笔烂账,也就懒得跟他计较了。

大学里真自由啊,不像咱们上中学那会儿天天被老师钉着,催着你要作业。可是不下功夫影响的都是自己的前途啊,耍那些小聪明到底糊弄谁呢?

连我自己都想象不到我会这么用功,你一定要表扬我!

有一次我为了一个细节反复修改了很长时间,大家都睡了,就剩我一个人。画着画着我就觉得右眼不对劲,看什么都成了红色的。我一照镜子吓坏了,整个右眼球都红的,像个红色的气球。

后来校医跟我说,你呀,熬夜用眼过度,眼球上的毛细血管爆掉啦!虽然事件很惊悚,但是老师们一看我的样子,都觉得我是认真学习的好学生,哈哈哈……我因祸得福了!

我们宿舍有四个人,分别来自不同的城市——山东一个,四川一个,上海本地的一个,还有一个就是我。她们都挺好的,虽然性格差别很大,但是我们相处得还算融洽。

和她们一起玩的时候,我也会时常想起你。我想,是因为我们从小一起长大,突然分开了,大家都会不习惯吧?我也很想念高莹,放假回去我们找她聚聚吧!

上　部

最后,祝愿咱俩都学习进步！加油！

小可

　　小可的开头既没用"亲爱的"显得暧昧,也没加"你好"显得生疏,曲从军稍稍有些失望。他也有些心疼小可,这家伙以前从没那么用心地学习过,整天东游西逛,遇到了难题就找他帮忙,成绩一直不好也不差。可是现在,她只能靠自己了。曲从军想象着小可把自己埋在一堆图纸里,在四周漆黑,只有一星光亮的小台灯下认真做作业的场景。

　　看小可的信,就像是她还在身边叨叨,杂七杂八的什么都写,没什么逻辑也没什么章法,但是他早已经习惯了她这样杂乱无章的表述方式,亲切、温暖。

　　小可说她也会时常想起他,可她的理由是因为不习惯他不在身边？她也很想高莹,想高莹的时候还比想他时多了个"很"字。

　　曲从军有些茫然,小可是拒绝了自己吗？还是她觉得他对他自己的感情没搞清楚状况？他有些后悔自己的冒失,好在小可三言两语化解了尴尬,不然恐怕连朋友都做不成了。突然,他有了一个让自己恐慌的念头,难道小可已经接受了许翔宇？此刻他有些恨自己的执拗,傻乎乎地说什么信守诺言,说白了就是没有许翔宇有魄力！怪不得人家能拿第一,他就只能当个老二,确实够二的！

　　而在千里之外的尚小可,乍一收到曲从军的来信,其实是非常高兴的。她确实常常想念他,他们从未分开过那么久,离得那么远。有时,她一想到也许他们会就此分别下去,心里就空落落的。可是她很快就冷静下来。她看到他在信里说,他思前想后终于明白,他喜欢她。可是喜欢一个人需要思前想后吗？仇娅的身影在她眼前晃来晃去,她觉得这样的喜欢,也许根本禁不起考验。他们还需要一些时间,明白彼此是否会随着时间的流逝习惯这种分别,抑或在分别许久后,和对方相依相伴的渴望反而愈加浓烈。

幸福先知

13. 上海故事

　　许翔宇俨然一副高富帅的模样,把一众女生迷得五迷三道。他还是常常来找小可,两人一起出去吃吃饭、逛逛街。偶尔他们也会一起看电影,在黑暗的电影院里合吃一桶爆米花,看起来就像是一对情侣。

　　小可从不觉得许翔宇接近她是出于喜欢,她总觉得他有什么目的,却又一时猜不透。许翔宇从没说过让小可做他的女朋友,只是做出邀约的姿态。小可也不拒绝,她想看看许翔宇到底要做什么。

　　每次出现在小可的学校,许翔宇都会"不自觉"地俘获一众桃李的芳心。女生们纷纷打听这位外形气质出众的男生究竟是谁,来自哪个年级哪个学院。

　　追踪到最后,就追到了小可这里。没想到匹夫无罪,怀璧其罪,小可一时间竟成了众矢之的。小可本想大骂许翔宇莫名其妙给她招惹是非,可是眼珠一转,她就有了更好的主意。

　　周末两人约在一家川菜馆见面。

还没上菜,小可就从包里抽出一沓照片,像是发牌一样一张一张摆在许翔宇的眼前。

许翔宇的眼神从照片上依次拂过,没有片刻停留。他斜着眼问:"什么意思?"

小可做出个"请"的手势:"挑一个吧,你都来我们学校展示那么久了,看看有没有看上眼的,我给你说和一下。"

许翔宇瞪着小可叫道:"你神经病啊,什么七大姑八大姨的都往我这儿塞?!"

小可脾气更大,跳起来叫:"我还烦呢,我就差在脸上贴个大痦子了!你有本事别再来找我,我就说我们绝交了!"

许翔宇一时语塞,好半天吐出一句:"是我没本事。"

小可横他一眼,说:"你以后别总在我们学校扭来扭去,直接打电话告诉我在哪里见面就行。"

"怎么?你担心我被别人看上?"

"我是担心你谁都看不上,我却变成了活靶子!"

许翔宇瘪瘪嘴,低头吃菜。难道我在她面前完全没有吸引力吗?许翔宇不明白,他已经很殷勤地送上门来,还千里迢迢地追到上海,她居然还是对他无动于衷。

回到宿舍,只有米娜一个人在。米娜热情地迎上去,挎着小可的胳膊问:"和帅哥约会怎么样?"

"什么约会,老朋友聚聚而已。"说完抽出那沓照片往桌上一扔,"喏,顺便保媒拉纤!"

米娜拿起照片看了一会儿,说:"奇怪,这里面的女孩都很漂亮,可是怎么看着都似曾相识,可又……好像一个也不认识。她们都是咱们学校的吗?"

小可抿着嘴神秘地笑:"她们啊……谁都是,也谁都不是……反正他一个

幸福先知

也没看上。"

"啊?"米娜暗自心惊,把原本遮遮掩掩的心思彻底压了下去。这么多漂亮的女生他一个都没看上,自己还是别自取其辱了。她放下照片,若无其事地回到自己的书桌前。

米娜的心思小可多少猜到一些,这是个聪明的姑娘,不用说透,她现在应该也明白该怎么做了。可是小可更在意的不是这个,而是今天的试探让她彻底明白,许翔宇对自己肯定有所企图,这企图来得太蹊跷,却不足以用"好奇"来解释。而他们之间的所有渊源,也不过就是那个"收税的",这个词究竟戳到了他哪个敏感点呢?

小可的寝室里的四个人,是分别来自四个地方的姑娘——四川的米娜、山东的江燕玲、安徽的尚小可和上海本地的吴筱榕。

小可对上海人的感情很复杂。

20世纪六七十年代的时候,城市里的年轻人响应中央号召接受贫下中农再教育,于是,一大批上海知青被下放到了安徽、江西、云南等老少边穷地区,一待就是十几年。这些年轻人,有的很快回了城,有的则在当地扎了根、结了果。

十几年后,一批有着上海血统的孩子出现在小可成长的各个阶段。他们和小可读着同样的课本,说着类似的方言,可不知为什么,总有什么在默默地提醒着所有人,他们并不属于同一物种。

小可家对门就住着一家上海人,门对门住了十几年。偶尔中午全楼都在做饭的时候,对门的吴阿姨到小可家借两棵葱,第二天一定会还两棵粗细长短几乎一模一样的葱。有时小可甚至怀疑,吴阿姨每次借完东西是不是回去要拿尺子量一量,做个记录。他们家一定有个电子秤,就是为了还东西时不出分毫的差错。

吴阿姨的老公刘叔叔也是上海人,两人都是下放知青留在了安徽,结婚、生子,一待就是二十年。二十年的光景,按说怎么也能入乡随俗了,虽然连说话都已经是夹杂着上海方言的安徽口音,却偏偏处处显出与旁人的不同。

小可记得,小时候她很喜欢去吴阿姨家玩。他们家有很多稀奇古怪的玩意儿,处处带着洋范儿。在那个人们灰头土脸的年代,吴阿姨还能一直保持着优雅与情调实在是难得。吴阿姨家的亲戚都还在上海,时不时地会给他们捎些东西过来。

有一次小可放学回家,看见吴阿姨蹲在门口拆包裹。一个黑色的大包,外面缠了好多绳子和布带,看起来像是裹了床被子在里面。她很好奇,也蹲在地上,和吴阿姨隔着那个大黑包裹聊天。

"吴阿姨,这么一大包是什么啊?"

吴阿姨神秘地冲小可眨眨眼睛说:"都是好东西。"

小可更好奇了,两只眼睛紧紧地盯着吴阿姨的手。如果只是看这两只手,会觉得手的主人一定是位年过七旬的老奶奶,几根粗壮的青筋像藤蔓一样攀在骨架上,外面只包了一层皱巴巴的薄皮。可是抬头看手的主人,保准被吓一跳,因为那张脸和手的皮肤竟相差了起码 20 年的光阴。

一层又一层的包裹皮被撕破后,压得紧紧的一堆衣服就像被撑破了皮的棉花一样翻了出来。吴阿姨把衣服揪出来,衣服里还包着些小盒子,盒子上印的都是英文,那时的小可看不懂上面是什么意思。

小可问:"为什么要寄这么多衣服来啊?这里的衣服不够穿吗?"

吴阿姨一边把衣服一件件拎起来抚平叠好,一边说:"这些衣服可都是外国货,名牌,一般人有钱也买不到的。"

后来,小可的妈妈还托吴阿姨帮忙给自己带了条连衣裙,给老尚带了件羊毛衫,给女儿带了条牛仔裤。

小可早已记不起来那条她穿了好几年的牛仔裤到底是什么牌子,只记得腰上有个牌牌,上面有个绿色的苹果标志。那条裤子在当时应该算是挺贵的,

幸福先知

刚买来时裤腿很长,妈妈就给小可绾起来穿。一直穿到把绾起来的地方放下来也短了,大家还在赞叹那条裤子的板型和质量真好,怎么穿怎么洗也不会破。

小可觉得,这些上海人的身上自带一种气场,总是和周围的人无法完美地融合。他们像是散落在各个角落的候鸟,暗暗等待一个冬天到来的信号,便会扑簌簌地从四面八方集中到一起,飞向南方。

小可曾经以为,是因为他们害怕离别的悲伤,所以不敢与人深交。直到有一天,一场骚乱过后,吴阿姨家的大门再也没向小可打开过。或许是再也没向任何人打开,抑或是那门依旧开着,只是再没有人想进去。

事件可能很多天前就在酝酿了,直到那个大雨前夕的傍晚才彻底爆发。

小可和曲从军放学刚走到楼下,就看见了一大堆人簇拥在单元楼门口。两人挤进去后,才发现门口的人是从楼上蔓延下来的。他们一路向上,寻找事件的源头,竟发现是在小可家的那层。确切地说,是小可家对门,吴阿姨家。

还隔着一层楼,就听见一个女声似要把嗓子扯破地谩骂:"你个臭不要脸的,整天抹得跟狐狸精一样,看着人模狗样的,背地里给人下刀子!"

吴阿姨的声音也走了调:"我家老李有说错什么了吗?说的都是实话,是你们中饱私囊贪污公物,你晓得吧?!"

那女声更尖利几分道:"你有什么当面讲啊,居然背地里告黑状!你个臭不要脸的,一家人都是黑心缺德的货!"

后面的肮脏字眼被间或传来的响亮的巴掌声切成了断断续续的碎片,偶尔夹杂着什么东西倒在地上发出的"哐当"声和瓷器或玻璃制品碎裂发出的脆响。有人似乎上前去劝,但那声音和正在交火的两个声音比起来显得绵软无力,只是给这番交响奏鸣添了些无足轻重的花絮。

小可听到了许久没有听过的上海人特有的急速而尖利的发音,使这旋律有些变调。她想,吵架哪能用人家听不懂的语言呢?你撕心裂肺地吵了半天,

上 部

人家一句也没听懂,不就自己过了嘴瘾吗?一点儿攻击力都没有。后来过了很多年,小可才明白了一个道理,这其实和一些中国人学了几天洋文,骂人的时候总要用些外语是一个道理,为的是不仅要骂你,还要鄙视你。

小可在二楼与三楼拐弯的地方被母亲发现,母亲从家门口跑下来,几步拉起小可对着曲从军说:"你们俩赶紧回家做作业去,别围在这看热闹了。"

小可被拉进屋,曲从军立刻也没有了看热闹的兴致,晃晃悠悠地上楼回家了。

那天吃晚饭的时候,门外的喧闹声已经停止了,只是门口偶尔传来玻璃碎片在水泥地上摩擦的声音,哗啦哗啦,最后呼隆呼隆地撞进簸箕的腹腔中。

尚母说:"真没想到,平时看起来挺和善的一个人,背后居然写同事的检举材料,这不是背后捅刀子吗?"

老尚说:"举报的……也可能是真的。"

尚母说:"这些上海人就是精明,什么都算计得清清楚楚,人家拿公家的东西,又没拿他们家的。"

公家的不就是大家的吗?老尚心里这样想,却什么也没说,继续吃他的饭。他向来不太参与这样的讨论,没什么意思。小可也不说话,心里却暗暗地想,背后告状这种事也不光只有上海人能做吧,全国各地不是都有人做吗?

但是从那以后,小可回家时总是很快进家门,再也没在家门口逗留过,也就再没和曾经帮她买过她最喜欢的那条牛仔裤的吴阿姨聊过天。

很多年后,小可觉得,她和吴阿姨友情的决裂其实并不是因为背后检举这件事,而是吴阿姨在骂人时表现出的与生俱来的高人一等。

刚来学校时,小可从吴筱榕身上也感受到了这种微妙的高人一等,并不是因为吴筱榕说了什么,恰恰是因为她什么也没说。

起初,吴筱榕打完电话的时候,江燕玲会问尚小可和米娜:"说的啥你俩听懂了吗?"

065

幸福先知

米娜就笑嘻嘻地摇头说:"听啥子哟?一句也不晓得。"

小可则一本正经地瞎逗:"人家说的是日语,你们怎么可能听得懂呢?"

吴筱榕则扫视她们一圈,不置可否。这种态度像一道无形的屏障,悄悄地把503隔成了两个世界。

安徽地处中国的南北交界处,北方人觉得它是南方,南方人又觉得它算北方。对于吴筱榕来说,宿舍里只有她一个人是南方人,所以她的口头语常常是:"你们这些北方人哦……"

可是吴筱榕也有"克星",那就是班里的陈怀欣。陈怀欣是广州人,每当听到吴筱榕说这话,就仗义又耿直地泼她冷水:"你说谁是北方人啊?你自己不是北方人?"

吴筱榕不服气:"长江以北就是北方人啊,哪里有错啦?"

陈怀欣就冷冷地反驳回去:"以我们广东人的标准,珠江以北都是北方!"

这个梗被班里同学反反复复拿出来冷饭热炒,没想到居然一直玩到了毕业。

小时候,小可希望自己是南方人,因为南方人更洋气。可是现在,小可心里更愿意自己是北方人,不仅因为她不会说别人听不懂的南方话,更因为曲从军在北方。他会越来越像个北方人,而自己和他可以距离远,心却不能远。

小可有时会有些后悔,自己为什么一时冲动就不遵守承诺了呢?如果和曲从军一起去了北京,现在肯定是另外一番光景了吧?

可是上海也有令人着迷的地方。这是一个很神奇的城市,你不得不承认它的美丽与繁荣,更神奇的是,它可以以一种"无论你承不承认我高级我都自认为很高级"的优越感同化着这里的每一个人。无论小可愿不愿意改变,她都在悄悄地发生着改变。她的穿着打扮更加时尚靓丽,说话的腔调也不自觉地变得吴侬软语起来。

14. 另类重逢

程教授的电子邮件以简洁的"同学们"开头,以一大堆让人看得人头皮发麻的作业为正文,最后祝愿大家新年快乐结尾——这意味着寒假正式开始了。

许翔宇约小可一起回老家,但是需要小可等他三天。小可很爽快地答应了,反正她也想在学校把手头的东西好好整理一下。

小可的系主任程教授是国家级城市规划设计的专家,今年已经年过六旬,是退休后学校返聘的。他还保留着老一辈学者严谨认真的治学态度,对学生的要求极其严格,所以小可他们专业的课业也比其他专业更加繁重。

小可看过程教授的手绘稿,在电脑绘图逐渐取代手绘图的今天,程教授还是保持着最初的手绘习惯,让小可很是敬佩。而那手绘图纸与电脑绘图的区别则在于,它本身就是一件艺术品。

流畅完美的线条让小可沉醉,她的人生有了第一个目标——成为像程教授这样的专家。于是除了教授布置的作业之外,她又给自己加了些速写作业。

幸福先知

三天后,小可和许翔宇在约定的时间、约定的火车进站口见面时,小可觉得心里极其充实,见到许翔宇也多了几分笑容。

小可的出现让许翔宇眼前一亮,这感觉却让他不由自主地皱了皱眉。

自从上次小可拿了一堆照片来让他选,他们已经有一个多月没见面了。

许翔宇以为小可见到他好歹会问一句:"怎么这么久不找我?生气啦?"

可是小可什么也没说,连行李也没拜托他帮忙拿。他冷眼看着这个比自己矮了整整一个头的女孩儿咬着牙把行李拎过一个又一个坎儿,他终于看不过去,把拉杆从小可手里硬夺了过去。

小可嬉皮笑脸地说:"谢谢啦!"

眼前的小可显然更精神了,眼睛里闪烁着自信的光芒,这神情让她整个人都明亮起来。许翔宇心中暗暗计较,这个女孩已经离他见到她时最初设想的样子越来越远了。第一眼看见她,她并非如他想象的高颧骨、三角眼,唯一相似的是,她的嘴巴极其刻薄不饶人。虽然她并没有冷漠地拒绝他的靠近,可是很明显,他还没能真正成为她的朋友。

当然,她更没有如他所愿地爱上他。

许翔宇说:"等了我好几天,是不是着急见我了呀?"

小可白了他一眼说:"要不是东西多,一个人拿不了,我早回家了。"

许翔宇说:"得得得,我就是免费的劳动力,能为您效劳是我的荣幸。"

为了打发在火车上的无聊时光,小可准备了两本书,一本是《建筑心理学》,一本是《罗素短论集》。

许翔宇倒是做好了充足的准备,他掏出一个密封盒,打开盖子,里面是满满一盒品种丰富的水果块。

"天哪!"小可叫道,"你可真细心!我怎么没想到这些?"

许翔宇拿起那本《建筑心理学》,问:"建筑……还有心理学?"

"当然了!"小可一边吃一边回答,"其实任何学科都应该有相应的心理学。文丘里曾经说过,'建筑的复杂性与矛盾性,是人类心理复杂性与矛盾性在现实世界物质的反映'。"

看着许翔宇愣愣的样子,小可把水果盒塞给他:"弗洛伊德曾说,人类的任何行为背后,都有一个终极目的……"

许翔宇低头叉了一块水果问:"什么终极目的?"

小可斜睨着他,笑得像只小狐狸:"不过我并不认同他的说法,至少我觉得很多人的行为背后并不是出于这个目的。"

许翔宇一笑:"故弄玄虚!"

老曲回到家,对窝在房间里打游戏的小曲喊了一嗓子:"我刚才看见小可回来了。"

"哦。"曲从军耳朵竖得老高,准备听听他爸接下来说什么。他突然觉得有些紧张,自从上次鼓起勇气寄出那封信之后,他和小可再没联系过,隐约还是有了一点点尴尬。

老曲没再说别的,直接进了厨房。他也在等儿子的反应,过了一会儿,却没听见任何动静。他从厨房里走回来,看了一眼依然坐在电脑前的儿子说:"哎!我说的话你听见没有?我说小可回来了!"他原以为儿子会一蹦三尺高地跑到楼下去找小可,可是儿子半天没反应,让他觉得很奇怪。

老曲感到很意外,眼珠子转了转说:"送她回来的还有一个高大帅气的男孩儿,啧啧,看起来真不错。"

"啊?"他毫不意外地看见儿子在电脑椅上原地转了180度,从面向显示器变成了面对他,一脸痴呆的傻样。

老曲冷哼一声,又在火上浇了一桶油,说:"估计是小可的男朋友,嗯……挺般配的。"

曲从军终于从椅子上弹了起来。老曲心里暗自叹气,这个儿子怎么一点

幸福先知

儿也不像自己？干什么都磨磨唧唧的。他转身又要回厨房，还没走到厨房门口，就听见大门哐当一声，只留下空空的电脑椅还在原地滴溜溜地打转。

曲从军三两步跑下楼，站在小可家门口时，突然又犹豫了。自己冲过来干吗呢？来看小可的男朋友？看完以后呢？

突然间，浑身的勇气都不见了，曲从军正要转身离开，小可家的门被推开了，他毫无防备地看见了那个他想见又不敢见的人。

三个人一照面，均是一愣。

还是许翔宇先说话："嗨，好久不见！"

曲从军尴尬地回了一句："好久不见。"

小可对许翔宇说："你的任务已经完成了，回去吧，开学见！"

许翔宇哇哇地叫起来："你可真是过河拆桥啊！我辛辛苦苦把你送回来，你连顿饭都不留我吃，现在这意思是寒假也不带我玩儿啦?!"

小可嗓门更大："你还用我带你玩儿啊？你在 QQ 群里发个消息，说你回来了，那些蜜蜂蝴蝶还不乌泱乌泱地扑过来等着你接见？估计开学前你能接待完就不错了，别来烦我了！"

曲从军觉得此刻的自己完全像个外人，面前这两人看似互相挤对，却更像是在打情骂俏，令他心中十分沮丧。

谁知小可突然伸手拉他，"小军你进来"，另一只则把许翔宇往外推，"许翔宇你出去"。

许翔宇挤在曲从军与门框之间，和小可的手较着劲，嘴里还嚷嚷："哎呀，那我也不走啦，我——不——走！"

最终，三个人都被老尚推进了屋。

"都别走，一起吃个饭！"老尚进屋就给老婆打电话，让她多买点儿菜，回来招待小可的朋友们。

晚饭吃得很热闹，许翔宇是个自来熟，很会讨好长辈，老尚和尚母都被他逗得哈哈笑。关于小可的情况,都是由他回答的,似乎他了解小可的一切。老尚夫妻一边和他聊天,一边互相交流眼神,其中的意味不言自明。

小可自动忽略了周遭的喧闹,低声问默默吃饭的曲从军:"你们学校好玩吗?"她早就感觉到了曲从军不同寻常地安静,这次回来见到他,他有了些变化,黑了,但是结实了。

曲从军看着她,遗憾地一笑说:"不好玩儿,我们学校在很偏远的郊区,学校里没什么娱乐活动,也不能随便外出。"

小可狡黠地笑:"那挺适合你的。"

"啊?"曲从军半天才想明白,小可的意思一定是,无聊的人待在无聊的地方,正好。

其实,小可的意思是,我不在的时候你就乖乖地学习,挺好的,要是离开了我,你还能玩得挺开心,我反而不高兴了。

他们之间似乎从来没有出现过那封信,小可和曲从军又回到了从前的样子。两人一睁开眼,就琢磨着去找对方,虽然还是小可上楼找曲从军的时候比较多,但只要过了十点,小可还没上楼来,曲从军就会自动下楼去敲门。

半年不见,曲从军发现小可有很大的变化。她大部分时候还是大大咧咧、丢三落四的,可是只要关于专业方面的事,她就会很细心。专注学业的小可比以前更可爱了。

人放假了,小可的手却没放假。她的包里多了个小本子,时常拿出来涂涂画画,有时候记录些什么。她的头发长长了,自然垂落在胸前,在本子上圈圈点点的时候,发梢一颤一颤的,曲从军的心也就跟着一颤一颤的。

更多的时候,曲从军想和小可单独待着,却发现再也没有机会了,因为他们中间多了个"拖油瓶"——许翔宇。这家伙恨不得天天来找小可,来了就不愿走,靠着一张涂了蜜汁般的嘴,生生地吃成了小可家的"钉子户"。

最开始的时候,曲从军对许翔宇的厌恶被小可看在眼里,她便像是有两个

幸福先知

儿子的老母亲一样，一面要费心权衡对其中哪一个更好一点，一面又要花心思不让另一个难过，在他俩之间周旋。

在小可的心里，她自然是更偏袒曲从军的。如果这俩人都是自己的儿子的话，那曲从军无疑是小可亲手抚养长大的，而许翔宇，则是后来收养的。想到这儿，小可很不厚道地偷偷笑了。

为了让他俩能和睦相处，小可没少花心思。

虽然是假期，但小可早已养成了早起的习惯。这天一大早，她就在自己房间摆开了很大的阵仗，把图纸和画笔铺满了整个工作台。

曲从军和许翔宇来的时候，看到的就是小可埋头苦干的场景。

小可头也没抬地对他俩说："到中午吃饭之前，我有张图纸要画，你们谁也别来打扰我。小军，你把许翔宇带到你家玩，别让他在这儿干扰我。"

曲从军领命，丢给许翔宇一个"你自己还不识趣吗？"的表情，率先往楼上走去。

听到楼上铁门哐当一声后，小可找了本小说，两条腿往书桌上一跷，悠闲地看起来。两个小时后，她看时间差不多了，才慢吞吞地上楼。

果然，刚到门口，小可就听到从门里传来的呐喊声："上啊上啊，干死他！"她抿嘴笑着站在门口想，如果没有我，他们一定是不错的朋友。可是，假如真的没有我，他们怎么可能有机会做朋友呢？缘分，真是天注定。

快过年的时候，他们一起去帮着尚母、曲母采购年货，两位长辈走在前面，他们三个人就跟在后面笑着打闹。

许翔宇把尚母哄得合不拢嘴，一口一个"干妈"地叫。尚母也不拒绝，反而十分受用，趁机找了找养儿子的感觉。

曲母见他们三人没跟上来，悄悄问尚母："哎，我看这个小许天天往你家跑，到底是不是小可的男朋友啊？我问小军，他说他也不知道。"

尚母回头看了一眼："我也寻思着，他到底是不是对小可有意思。我问小可,他俩是不是在处朋友,她说不是。"

曲母说:"现在这些孩子,也不知道都在想什么。"她顿了顿,似乎斟酌了一下,说,"其实我一直琢磨着,小可和小军要是一直那么好,咱两家结亲家多好啊。"

尚母紧了紧曲母的手:"是呀是呀,我也是这么想的。以前他俩小,怕影响学习我还担心过,可看着他俩稳稳当当地都考上大学了,这要是能顺理成章地处对象,那真是不错。有你这样的婆婆,我也放心了。"

曲母又回头看了一眼,皱着眉头对尚母说:"可我看着,小许怕是对小可有意思,这小伙子条件这么好,我要不是当妈的偏心自家孩子,我绝对说小许更好,长得更好,性格也更好,小可和小军要是不成,别是因为他……"

尚母拍拍她的手背说:"别瞎操心了,儿女的事咱们想干涉也干涉不了。我们家小可从小就有主意,她应该是心里明白的。倒是小军……这么多年,我也没看出他对小可到底是什么意思。对了,小军去上学的时候,不是还有个挺漂亮的女孩子去火车站送他吗?那不是他女朋友?"

"我觉得……应该不是吧?"曲母说得有些含糊,转而又用自认为很有说服力的语气说,"应该不是!小军从来没跟我提起过关于那个女孩子的任何事,一句都没有。我也问过,他说只是朋友,上大学以后连面都没再见过。倒是小可,他是常常挂在嘴边的。"

"你细心,你都没看出他俩之间是什么情况?"尚母问。

曲母蹙着眉想了好一会儿,似乎是在捕捉儿子生活中对小可真情流露的细节,想到最后,只得甩甩头说:"算了算了,不想了,想多了年都过不好!"

尚母哈哈一笑,拉着她挑年货去了。

幸福先知

15. 共度新年

回来时，一行人手里都提得满满的。

头一天下了一场小雪，没攒住，第二天就全化了，到处湿嗒嗒的。

小可没戴手套，拎了会儿袋子手冻得通红。曲从军看着皱了皱眉，把她手里的袋子都接了过去。

走到小区门口时，尚母看见女儿两手空空，两个男孩手里大包小包的，对曲母说："有个儿子真是好，能干体力活。你看看我们家这个，空着手出去空着手回来，让她跟着走一趟干吗去了?!"

小可一听，嘴噘起来，就算爸妈重男轻女，也不至于当着这么多人眼馋别人家的儿子吧。

曲从军原本走在前面，一听尚母这话正戳中小可的心事，慢走两步到小可的身边，用胳膊肘捅了捅她，问："你什么时候开学啊？"

小可知道他是在有意分散她的注意力，心里感激，正要回答，只听许翔宇举着两只提满手提袋的手大叫道:"干妈您这就不懂了,女儿哪是用来干活的呀?女儿生来就是要娇着养,能给您带来一堆干活的人,您看谁顺眼,就留下谁当长工!"

尚母一听这话,立刻笑起来,连声说是。

曲从军跟着母亲回去放东西,小可和许翔宇跟着尚母进了尚家的门。

尚母在厨房里安置一地的年货,小可问半躺半靠在沙发里的许翔宇:"你不会过年也要缠着我吧?你不回去跟你家里人一起过年吗?"

许翔宇换了个动作,但是他想要掩饰的眼中一闪而逝的落寞却没有逃过小可的眼睛。小可几乎立刻就心软了,心想,我还是收留他吧。

可是许翔宇的回答却出乎她的意料,他说:"过年当然得回家了,家里一大帮子人盼星星盼月亮地等我回去呢。"

小可眉毛一挑,没再说什么。

年三十那天中午,小可一家去爷爷奶奶家团圆。曲从军一家去了姥姥姥爷家。他们约定中午各家陪老人过年,晚上两家人再一起守岁。老曲时常年三十要值班,把回家团聚的机会让给所里年轻的同事,尚家就把曲家母子请到自家来热闹热闹。

晚间,两位母亲在厨房忙碌,尚母端出一大盆饺子馅放在桌上:"尚小可,过来包饺子!"

小可转头叫:"曲从军,过来擀饺子皮!"

曲从军发现小可有些神不守舍,问:"你一晚上琢磨什么呢?"

小可说:"你不觉得许翔宇消失得太突然了吗?我总觉得……他家里似乎不是很和睦。"

曲从军心里不自在,闷闷地说:"谁过年不回自己家啊?才一天不见就想他啦?"

小可斜了曲从军一眼,觉得他酸溜溜地来这么一句倒是很可爱,立刻回嘴

幸福先知

道："那可不,他在的时候多热闹,不用搞气氛也像过年。"

曲从军火更大了,把手里的擀面杖一扔,说："那我给他打电话！让他来！"

小可也不急,继续细致地整理手里的饺子边儿："算了,他来了我还得多包几十个饺子,累得慌。"

曲从军站在原地,举着两只满是面粉的手,不知是该去打电话,还是该回来继续擀饺子皮,左右都觉得没面子。

小可心里想笑,面上却不动声色,瞪着他说："快点擀！不干活不给饭吃！"

离零点还有半个小时的时候,小可找了个安静的地方给许翔宇打电话："祝你新年快乐呀！代我向你全家问好。"

许翔宇还是那副带着笑意的腔调："谢谢啦！我们全家也问你好。"

小可听到他周遭异乎寻常地安静,没有戳穿他："快过来吧,咱们三个到河堤放烟花去！"

"好嘞！"

小可几乎可以想见许翔宇从床上弹起来,迅速换鞋,夺门而出的样子。

小可扫了一眼曲从军,从看见许翔宇时,他就是那副老大不乐意的表情。小可对许翔宇说："去,把放烟花的箱子扛上！"随后,她挎起曲从军的胳膊,"出发！"

他们三个人在河边放完了满满一箱烟花,又是笑,又是叫。自己的放完,就坐在河堤上欣赏别人家的绚烂,跟着瞎起哄。直到一点的时候,河堤上还是很热闹,认识和不认识的人,都像是在一起过新年。

尚小可说："真不环保。"

许翔宇说："真浪费钱。"

曲从军说："真想再来一箱。"

寒假剩下的那几天,曲从军几乎是数着日子过完的,不是盼着学校赶紧开学,而是期望寒假不要结束。

一开始,还没见到小可的时候,他有些后悔在学校时给她寄了那封信,觉得自己实在冒失。可是见到小可以后,他庆幸自己表明了心意,虽然小可不置可否,但好歹他说出来了。现在还没分开,他已经开始想念她了,一想到马上又要和她分开好几个月,曲从军就有些郁闷。一想到还有个许翔宇每天在小可面前晃悠,他就更加烦躁不安。

曲从军对许翔宇的感觉很纠结,他不得不承认,许翔宇是个讨人喜欢的家伙。这个人看似没心没肺,其实很细心敏感,所以他的热情总是很有分寸,从来不会发展到令人反感的地步。可越是这样,曲从军越是忧心忡忡,一方面不自觉地想要和他更亲近,一方面又不得不警惕这个实力强劲的"对手"。

他有好几次想问小可:"许翔宇为了你的一句话就喜欢上你了?还从老家追到上海,不太可能吧?你有时候是挺神的,但有时候嘴巴也不饶人,难道还真有人和我臭味相投,喜欢你这样的女生?"但他也就是想想,一旦问出口,结果可想而知。

曲从军把他们三个人的关系翻过来掉过去地想,越是临近开学,越是惶惶不可终日。

小可和许翔宇一起回上海的那天,曲从军去火车站送他们。

他想起几个月前,小可在去北京的进站口送他,给他的那个坚定而果敢的拥抱。他突然很想重现那日的场景,也给小可一个狠狠的拥抱,然后悄悄告诉她"提防许翔宇"。可是直到那两人走出了他的视线,他也没能鼓足勇气。唉!注定的"千年老二",赢不了果然是有原因的!

幸福先知

16. 神婆显灵

　　小可回到学校的时候，只有吴筱榕一个人在。

　　她很惊讶，吴筱榕家就在上海，干吗这么早一个人跑到学校待着？冷冷清清的，显得多凄凉。

　　寝室里其他两人都在寒假里和小可联系过，明后天也就该回来了。小可明显觉得吴筱榕情绪不高，打了个招呼便自顾收拾行李。

　　小可暗暗地想，过年一般会催生两种情绪，一种是特别 high（兴奋），一种是特别 low（低落）。High 的原因无非是因为团聚，亲人、朋友或爱人，都在身边；low 的原因无外乎分离，亲人、朋友或爱人有人缺席。看吴筱榕这个样子，不知道是怨恨谁没陪她过年。

　　两人静静地在同一时空的不同频道独处，气氛十分诡异。

　　突然，吴筱榕说了一句话，不知是对小可，还是对自己："到底会不会有结果呢？"

小可看向吴筱榕："嗯？你是和我说话吗？"

吴筱榕也不看她，继续看着大白墙上的一个小黑点。

那个小黑点是小可刚住进这间宿舍时"飞书"拍死的一只蚊子。因为位置刁钻，谁也没法把它擦掉，它就一直在那里，成了一个微型标本。小可经常会盯着它看一会儿，想着毕业很多年后，这间宿舍已经换了很多拨主人，它是不是还会在那里。此时小可看着它，突然想起了张爱玲那段关于红玫瑰和白玫瑰的感叹。

小可等了一会儿，没等到吴筱榕的回复，就继续埋头整理东西。

忽然吴筱榕的声音又响起来："小可，那个经常来找你的男生，你为什么不和他谈恋爱呢？我觉得他挺好的呀。"

小可一听，这意思是要促膝长谈啊。她站起来找了把椅子坐下，放慢整理的速度，做出耐心倾听的姿态。

小可想了想说："你说许翔宇啊？他是挺好的，但他不是我的菜。"

吴筱榕问："你怎么知道他适不适合你呢？"

小可长呼出一口气，抬头望着屋顶，意识回到了并不久远的过去。过了一会儿她说："我第一次见到他，他在台上，我在台下。他睥睨台下的所有人，并不知道我在人群中审视他。我根本没想过我们会成为朋友，更不可能想象我们成为情侣的样子。那只是一种感觉，没有脸红心跳，也没有要将这个人据为己有的渴望。"

小可不会说出，她对许翔宇的第一印象其实并不是很好，也不会告诉吴筱榕，其实她当时所有的注意力都在身边的另一个男生身上。但她确实有很强的直觉，即使没有曲从军，许翔宇也不是她的良配。直到现在，她对许翔宇依旧心存疑惑，他突然不顾一切地向她靠近，究竟是出于什么心理呢？她又想起过年时给他打电话时的情景——那一刻的许翔宇正一个人沉浸在寂静的背景音里。

幸福先知

　　吴筱榕安静了一会儿,问:"小可,一个男人出现在你的生命里,你能判断出他和你有没有未来吗?"

　　小可想了想:"有没有未来……不好说,因为世界上的事总是有很大的变数,万一这个人遭遇什么变故,性情大变,成了我喜欢或讨厌的那种人,也不是没有可能。"

　　吴筱榕又问:"可是,如果从一开始你就看不透这个人,怎么办呢?还没看透,就爱上了。"

　　小可说:"喔……那就危险了,容易被卖了还给人家数钱呢。"说完,她嘻嘻地笑起来。

　　吴筱榕没有笑,看起来反而更加忧愁了。

　　小可说:"什么人让你如此魂牵梦萦啊?有照片吗?能给我看看吗?我会看相哦。"她没指望吴筱榕会相信她的感觉,只是说说而已。

　　吴筱榕又静了一会儿,似乎是在犹豫。

　　小可相信,就在她把箱子里最后的琐碎物件完全放回书桌衣柜的每一个角落的那段时间,吴筱榕一定经历了一番激烈的思想斗争。

　　吴筱榕打开钱包,把手指头伸进了照片夹里。在抽出照片的一瞬间,她对小可说:"小可,我信任你才给你看他的照片,你可不能告诉别人。"

　　小可说:"我告诉别人干什么啊?"

　　吴筱榕最后犹豫了一次,终于把照片抽出来,递给了小可。

　　照片中的男人五官端正,气质却让人感到似曾相识。怎么形容呢?这种人像是常常出现在电视新闻里、报纸杂志上,他们面容不一,却又极其相似。小可想,吴筱榕怎么会喜欢这样的男人呢?这样的男人,总是挖空心思地往上爬,为了一点点上升的空间,会斟酌许久自己的行为举止。她盯着照片中这个男人,想象着再过十年,他再胖20斤,脑门上出现几条细纹,皮肤松弛下来,浑身上下都不再有神采,只有那双眼睛还闪着灼灼的光芒——那是对权势热切的渴望。

小可问:"这个人,是不是有点……嗯……官迷?"

吴筱榕歪着脑袋,狐疑地看着小可,试探地问:"你真的不认识他?"

小可很疑惑,说:"他是谁啊?我为什么要认识他?"

吴筱榕带着些得意地说:"他可是我们市有名的杰出青年,经常在电视上露面的!"

小可把照片还给她,说:"我没上大学之前就不爱看电视新闻,更不可能天天巴着上海新闻没完没了地看。"

小可竟不知道他,吴筱榕不禁有些失望。不过这样也好,她反而放心了,小可不知道他,就省去了叽叽喳喳的大惊小怪,也避免了一些不必要的风险。

她突然想起小可刚才说的话:"你说他官迷,是什么意思啊?"

小可说:"就是迷恋仕途啊。这种人,绝对不是爱江山不爱美人的类型。所以,你要么做他的原配正室,要么就离他远点儿,免得耽误了青春。"

小可从吴筱榕瞬间变得苍白难看的表情里明白自己猜到了什么,筱蓉估计正是成了这个人无望的第三者。

吴筱榕问:"你的意思是,我和他没有希望吗?"

刚说完,吴筱榕突然反应过来自己说漏了嘴,这样说无异于承认了自己第三者的身份,她不禁有些难堪。

小可看她这个样子,在心里叹了口气,说:"筱蓉,我说的也不一定准,你就当听个笑话吧。"

吴筱榕感到难以置信,小可怎么可能仅凭一张照片就知道这么多?她说:"你看人很准,他确实是这样的人。"她顿了顿又说,"不瞒你说,他爷爷就是我们市以前的副市长。"

小可一听就明白了,像这样的男人,从小就觉得比别人优越,家里长辈言传身教的为官之道,让他的眼睛里闪烁着对权谋的向往之情。可是,这种人明

幸福先知

明对自己的羽毛很是爱惜,怎么会犯下这样容易落下把柄的错误呢?

还没等小可问,吴筱榕就自己娓娓道来:"他是我表哥的同学。我小时候就崇拜他,他总是很博学,什么都知道。可是他比我大八岁,在他眼里,我肯定只是个黄毛丫头而已。去年我考上大学,全家人一起庆祝,表哥把他也带来了,说是有事和他谈。那时我才发现,即使这么多年不见,再见到他,我还是无法抑制地脸红心跳。他更加杰出了,已经是市里小有名气的年轻后备领导。我们互留了联系方式,几天后,他约我见面,我很高兴,更让我惊喜的是,他说他也一直喜欢我,而且喜欢了很多年。"

吴筱榕沉浸在再次见到暗恋对象时的甜蜜回忆中,而小可则在暗暗计算,吴筱榕情窦初开,怎么也得十一二岁,这男人比她大八岁,那时起码二十了。她抬起头悄悄打量了一下吴筱榕,她是典型的南方姑娘,小巧玲珑,有着上海女孩特有的精致和时尚,虽不说绝美,但也算是俏丽可人。小可想象着十二岁的吴筱榕,虽说已经有了一点点小女子的姿色,但是能让一个已经成年的男人这么多年来念念不忘……小可觉得这男人的话未免有些牵强。

可是看吴筱榕的样子,分明是沉浸在浓情蜜意中的小女人,早已经失去了理智的判断能力,恐怕即使还有判断能力,也无力挣扎了吧。

吴筱榕一方面对小可的眼力深感惊奇,另一方面却心存侥幸地想再搏一搏,命运会眷顾她也未可知。

17. 神秘的眼神

米娜和江燕玲是前后脚回来的,把小可几乎已经清理干净的宿舍又扑腾得灰尘漫天。她俩带回了好些地方特产与小可分享,吴筱榕没有提出分享,自然也不会参与分享。

江燕玲和米娜对吴筱榕这种同在一个屋檐下,却过得像单身贵族一样的独来独往的人始终不能释怀,眼神里净是不屑。小可倒无所谓,她从小到大邂逅了无数这样的同学,早已经参透了同他们相处的方式——虽然他们和周围人井水不犯河水,但起码他们的存在也不太会给周围人造成困扰。所以,只要当他们是从身边默默经过的平行线,就省去了很多礼节性的麻烦。

自从窥探到了吴筱榕的秘密,小可有些同情她。小可始终有种预感,觉得吴筱榕必定要经历一场苦痛,只是早晚而已。因此但凡有可能,小可都会更加照顾她一点。

开学一周以后,503的人陆续察觉到了身边的异常。这种异常的感觉对普

幸福先知

通人来说可能需要很久才能发现,或者有的人根本不可能察觉,但是小可却敏感地捕捉到了,随后是米娜和江燕玲。

视线没有重量吗?小可不这么认为。她发现,每当她们寝室的人出现在人群众多的公共场合,总有一道目光如影随形,她们就像被锁定在雷达的监控之下。她没有告诉其他的室友,想看看到底是什么人一直在跟踪窥视她们,窥视的目的又是什么。

她故意单独约米娜、江燕玲和吴筱榕分别在食堂吃饭,有时吃到一半,其他的一两个人也会偶然加入,但这并不妨碍她的观察,反而让她更敏锐地发现了一些端倪。

虽然早已立春,早晚的温度还是有些低。枝头的嫩芽仿佛是昨天夜里突然间偷偷钻出来的,校园里的气氛一下子就生机勃发起来。

从教室回来时,宿舍早已熄灯了。503的四个人分成了三拨向宿舍楼的方向走去。吴筱榕走在最前面,米娜和江燕玲走在最后,中间是尚小可。

江燕玲挎着米娜的胳膊说:"怎么还这么冷?没有暖气的日子可真难熬。"

米娜说:"切!这就受不了啦?你们就是被暖气惯的!你看看人家。"她冲着吴筱榕努努嘴。

吴筱榕今天穿了条修身的一字裙,露出一截白皙的小腿,显得干练又妩媚。

小可快走两步,和吴筱榕并肩前行,问她:"你不冷啊?"

吴筱榕淡淡一笑:"不冷啊。"

小可说:"咱们的家乡离得也不远,怎么耐寒能力差这么多?"

吴筱榕说:"我小时候,外婆就跟我们说,女子啊,漂亮是头等重要的。我早就习惯了,要是怕冷穿得厚,怕是要让姐妹们笑话的。"

小可笑:"我要是为了美大冷天穿裙子,怕是要被我妈打断腿。"

吴筱榕笑了,那笑容让小可感到亲近,却不知为什么,竟又有一丝熟悉的轻蔑。

回到寝室,米娜犹犹豫豫地对其他三个人说:"你们有没有觉得……好像总有人在跟踪我们?"她的后半句话声音说得很低,像是怕吓到其他姐妹,又像是故意渲染恐怖的气氛,小可在一旁抿着嘴觉得好笑。

米娜话音刚落,江燕玲就嚷起来:"是啊是啊,我还以为只有我一个人有这种感觉,搞得我以为最近压力太大,神经出问题了。"

吴筱榕一脸懵懂地说:"有吗?你们发现什么了?"

米娜和江燕玲像看个小怪物一样看着她,只有小可心里明白,若是平常,吴筱榕不可能发现不了,只是她现在的注意力都在她那剪不断理还乱的感情纠葛中,自然不可能轻易察觉周遭的异常。

小可眼看着寝室里的气氛就要被这三个女人弄得紧张起来,笑嘻嘻地说:"行啦!不就是有人看上了咱们寝室的某人,没有勇气表白,只好偷偷地如影随形嘛!"

米娜第一个跳起来说:"啊?小可,你都知道什么?快告诉我们!"

江燕玲两眼放光地跑到小可的床上坐下,一副洗耳恭听的模样。

至于吴筱榕,她似乎还沉浸在自己的世界里,虽不舍得离开她那温柔的泥沼,却戒不掉女人天生八卦的好奇心,两只眼睛隔着米娜和江燕玲两人,远远地追随着八卦的源头。

小可看了一眼吴筱榕,估算了一下她对八卦的承受能力,最后还是比较含蓄地说:"咱们呢,就当什么都没感觉到,反正和咱们也没什么关系。"

"啊!"江燕玲跳起来说,"你的意思是……那人是冲着吴筱榕来的?!"

吴筱榕一下子成了众人关注的中心,像是正在打瞌睡被突然点名回答问题的学生一样,无措又惊恐。

小可托着腮帮子:"你别这么一惊一乍的行吗?筱蓉挺可爱的,有人喜欢不是很正常的吗?"

幸福先知

米娜问:"小可,你知道那男生是谁吗?"

小可神秘地说:"人家都没有表白,我可不能瞎说。但是我觉得,这样的男生很痴情,如果接受了他的爱,他就会像对待掌上明珠一样对待你;但是如果不爱,就千万不要接受,因为他的痴情就像火山下的熔岩,深埋在地底时和谁都相安无事,一旦喷发,杀伤力巨大!"

可是正值韶华的少女们往往只能留意到爱情美好的一面。江燕玲和米娜一左一右地挤着吴筱榕起哄。

吴筱榕的心思却全然不在这里。她的反应令米娜和江燕玲自此以后,彻底打消了和她亲近的想法。

吴筱榕俏脸一紧,声音尖厉地说:"你们不要胡说八道的呀,要八卦找别人去,不要拿我穷开心!"

寝室里的气氛从沸点瞬间降到了冰点,小可眉毛一挑,忽然觉得很无趣,转身重新投入工作台上那片尚未完成的平面园林里去了。其他两人一见,悻悻然彼此对望了一眼,各自归位。

背对着尴尬的周遭,小可想,如果一颗小行星只靠自转存在于宇宙中,那么它自身得具备多么巨大的能量,既要抵挡无尽的寂寞,又要独自承受来自其他星体的碰撞和摩擦,最终的结果可能只是遍体鳞伤,甚至毁灭。

503再也没对这个问题展开过任何讨论,这个话题成了一个禁区。似乎大家已经适应了那道视线的压力。其实,只要不和吴筱榕待在一起,基本不会有那样的困扰,而且只要小可不在,米娜和江燕玲自然会离吴筱榕远远的。

18. 沟通的时差

曲从军没再给小可写过信,小可也没主动再给他写过,两人似乎断了联系。

平时每天晚上,小可都在工作室里画图纸画到深夜。因为寝室十点半要熄灯,没人管你图纸画完了没有,到点电源就断,所以每晚十点一过,每个人的神经都绷得紧紧的,既想再多练习一时半刻,又时刻担心不知哪一笔刚画完还没来得及存盘,电脑就灭了。每天晚上的那段时间都惊心动魄。

后来,小可干脆跟老尚夫妻说:"你们晚上别给我打电话,找不到我说明我在用功学习,哪天我要是接到了你们的电话,那说明我不是生病了就是偷懒了。"

曲从军终于在小可每个月不太舒服的这几天中找到了她。彼时小可正趴在床上翻杂志,每到这种时候,她就理所当然地给自己放假,顺便换换脑子,适当看些乱七八糟的闲书,反而有可能刺激灵感的产生。

幸福先知

电话一接通,小可就听见一个像做贼一样的、低低的声音说:"喂,我找尚小可。"

小可一听就乐了,这声音和曲从军背着老曲偷偷摸摸干坏事时一模一样。于是她也虚着声音说:"我就是尚小可,请问你是哪位?"

曲从军在电话那头咻咻地笑,那笑声就像从下水道里传上来的。

小可问:"你做贼呢?怎么声音这么小?"

曲从军说:"我们熄灯了,我窝在被子里偷偷给你打电话呢。一会儿纠察队要来检查,我要是突然没声儿了你可别挂,等一会儿他们就走了。"

小可笑着说:"看来反侦查是你们学校学生的必修课呀。"

曲从军嘿嘿笑着说:"那必须的啊。你怎么今天这么早就回寝室了?我给你打了好几天电话,你们寝室怎么一直没人啊?"

小可说:"我肚子疼,先回来休息了,平时都在工作室干活到很晚,我们班同学都在。"

曲从军紧张起来,问:"肚子疼……喝红糖水没?"

电话这头,小可的脸默默地红了。曲从军的话就像红糖水,热乎乎甜丝丝地流进了她的心:"喝了,明天就会好很多。"

"嗯,别吃凉的东西。"

"嗯。"

小可是在11岁时经历的初潮。

那天一早起床,看见便盆里的血,小可吓坏了,急忙去叫还在被窝里的尚母。尚母看了一眼便盆里还未来得及散开的一团殷红,淡淡地说:"唉!女孩子就是麻烦……去拿一沓卫生纸,叠成细长方形,垫在内裤上。"

小可见母亲如此淡定,想必是自己大惊小怪了,看来不是什么大事,这才放下心来。

曲从军了解女孩子的这些事,则是从小可开始的。

14岁的时候,小可对处理月事已经有了丰富的经验。然而经验再丰富,也有疏漏的时候。

阶梯教室的课上满了45分钟都没下课,硬是拖了20分钟的堂老师才过瘾。当两个班一百多名学生陆续走完的时候,小可依然在原来的位置上没动。

曲从军在教室门口远远地望着她已经有一阵了,直到这时才朝她喊:"你走不走啊?"

不问还好,曲从军一问,小可更紧张了,赶紧冲他挥手:"你先走吧,我还有事。"

曲从军看她样子奇怪,问:"你还有什么事啊?都放学了!"

小可越发窘迫,又不知该怎么解释,索性趴在了桌上。

曲从军更加狐疑,走到她旁边,扯扯她的袖子:"你是不是不舒服?没事吧?"

"你快走吧!"小可冲他嚷嚷。

曲从军看她已是满脸通红,更加不放心离开:"你这样我怎么走啊?!到底怎么回事啊?"

两人瞪着彼此,一个快要恼羞成怒,一个一脸莫名其妙。

突然,小可哗啦一声站起来,折叠椅随着她起身弹起,一抹鲜红刺目地来回摇摆。

曲从军大惊,傻愣愣地看着她,一时竟说不出话来。

小可看他像个没见过世面的傻小子,突然觉得有些可笑,命令他:"把你校服外套脱下来!"

曲从军照做,小可接过来,把两条长长的衣袖拎出来系在腰间,对曲从军说:"走吧!"

曲从军一路上问她"要不要去医院",得到的答案总是"不用"。

晚上,曲从军问沈大夫:"妈,女孩子座位上有血,是不是得了什么病?"

幸福先知

曲母愣了一会儿,问:"你们的生物课讲到生理卫生了吗?"

"还没。"曲从军老老实实地回答。

"哦……"曲母想了想,"应该也快了。你们以后生理卫生课上会讲的,这是女性生理的正常现象,不用大惊小怪。"

曲从军这才放下心来,隐隐明白了小可当初的窘迫,也对自己的冒失感到难为情。

两人同时想到了这些往事,都觉得有些不好意思。

不想在这件事上纠缠,小可说:"你以后要是给我打电话,尽量选周五晚上,因为周末休息,我就不熬夜了。"

曲从军说:"好,那你好好休息,如果你哪天有空,想找我聊天,周一到周五的晚上九点四十到十点之间你可以打给我。"

小可问:"只有二十分钟啊?这个时间段太难把握了,而且那个时候我回不来呀。"

曲从军说:"没办法,我们九点半才回寝室,十点就熄灯了,只有半个小时洗漱、整理内务。周五好一些,要不我们就周五联系吧。"

小可说:"好。"

曲从军并不知道,为了能每周五不错过他的电话,小可几乎推掉了所有能推掉的活动。班里周末聚餐的时候,小可一过九点就匆匆忙忙地往宿舍赶;室友们周末约着去通宵唱歌,小可也会先回寝室待到十点,然后再一个人打车去找她们。当曲从军正和兄弟们喝酒打牌的时候,他并不知道小可正一个人坐在寝室里,静静地上网或者翻阅杂志,看似悠闲,实际却是在等待来自北方的那几句闲话家常。

米娜和江燕玲对尚小可近些天来的频频缺席颇有意见。她们俩叉着腰威胁小可,如果参加集体活动再不积极,就把她开除出503。虽然这只是一句玩笑话,可是小可想,我又一次因为曲从军而自乱了阵脚。上一次还是在高中的

090

时候,因为仇娅。她躺在床上发了一会儿呆,决定回归原本的生活节奏,也给彼此多一些时间和空间。

从那以后,小可再没刻意等待过曲从军的电话,她想让他们之间更自然,如果她想念他,就主动打电话跟他聊几句;如果他来电话时她不在,那就让他自己一个人思念一会儿吧。

他们没再就喜不喜欢和男女朋友一类的话题讨论过,但是却很顺其自然地允许一些情绪慢慢地滋生着。

幸福先知

19. 惊喜？ 惊吓？

　　五一的时候，小可拉上行李，准备给曲从军一个意外的惊喜。
　　可是她低估了寻找曲从军的艰辛程度。
　　春节的时候，曲从军给她讲过，自己第一次去学校的时候，还以为兜兜转转已经出了北京，没想到下了火车上公交，下了公交还要坐摩的，直到把浑身筋骨都颠透彻之后，才终于在一片空旷的荒芜中找到了那巍峨的所在。
　　后来曲从军告诉小可，从他们学校再往南不远，就是北京著名的西瓜产地，那里有最好吃的沙地西瓜，夏天的时候，半个西瓜就顶了一顿饭。
　　小可听到他的描述，惊讶得瞪大了眼睛。她想起自己的学校，一出校门，沿路边往左右走都能遇见无数精致浪漫的小店，服装店、饰品店、咖啡店……连书店都极具小资情调，让人流连忘返、百逛不厌。她想，自己一定要亲自走一遍曲从军去学校走过的那条路，于是暗暗记下了他说过的公交车号和路线。
　　可是理论和实际还是有一定差距的。小可拖着她新买的漂亮小皮箱一下火车,就被北京西站的广场震撼了,不光是人多、路宽、口音杂,就连路标的指示逻辑都完全不同。

水边的城市是不分东南西北的,因为建筑物都临水而建,水却蜿蜒曲折得任性。在上海找一个地方,就找这个地方在什么路上。可是在北京,说什么路,没人知道。小可和曲从军的家乡也在水边,所以小可从小就分不清东南西北。

小可盯着车站上的地名发了一会儿愣,"花园村"和"花园桥"难道不在同一个区域吗?"三元桥西"和"三元西桥东"之间距离有多远?小可有些心慌,担心自己会在这一片绕口令似的混乱中彻底迷失。她回忆起曲从军说过坐901公交车,可是901还有无数的孪生兄弟姐妹,"901支""901区间"……还好她记得要下车的那一站叫什么……"苏家店"。于是,小可踩着漂亮的高跟鞋在一辆又一辆疑似目标的901之间来来回回地问:"请问到苏家店吗?"

终于,在得到一位身材粗壮声音也粗壮的售票员大姐的确认后,小可把自己和行李安顿上了车。此时她已经累得气喘吁吁、满头大汗,脚后跟也磨红了。

小可在晃晃悠悠的公交车上踏踏实实地睡了一觉,终于恢复了一些体力。粗壮的大姐操着没头没尾的儿化音冲她喊:"姑娘,苏家店儿到了啊!"

小可根本没听懂她说什么,但她冲自己喊,那应该就是提示自己下车吧,于是小可拎起箱子一步一挪地站在了灰土地上。

看着已经蒙尘的小皮鞋,小可想,为了兑现自己的承诺,我算是豁出去了。

还没待她调整好状态继续上路,身边嘎吱嘎吱一下子围上来三辆摩托车。车上五大三粗的男人们冲她喊:"去哪儿啊?坐车吗?"

小可吓坏了,别说坐了,单是被他们围在中间已经让她心生恐惧。她的视线转了一圈,把三辆摩托车都打量了一遍,即使最干净的那辆车,后座上的人造革也已经破了两个洞,露出里面发黑的黄色海绵垫子。这倒还不算什么,只

幸福先知

是摩托车看起来很久没擦了，机油混着灰尘积在摩托车的金属部分，如果不小心蹭上，想洗掉可能也要花些工夫。

小可摆了摆手，从三辆车的间隙溜了出去，往站牌那里靠了靠，那里人稍微多一点儿。几个摩的司机看这个小姑娘不打算坐车，估计也从她的表情里看出了嫌弃，没多废话，掉转车头招揽别的顾客去了。

小可记得曲从军说过，他曾经徒步走回学校，也就20分钟。她决定自己走过去。反正现在后悔也晚了，摩的司机都走了。小可把心一横，朝着旁边大妈指给她的方向毅然决然地向前走去。

心里有个目标，人就会有力量，不管这目标有多远，只要方向是对的，你就总会觉得它很有可能出现在下一秒的视野里。小可凭着这个虚幻的可能，不停地给自己加油打气。可她还是不禁一边走一边腹诽："怎么会把学校建在这么荒凉的地方啊？"

远远望去，小可没看见一幢高楼，有的只是绿油油的田地，瓜果蔬菜品种丰富。时时有嫩绿的西瓜藤蔓蜿蜒到土路上，被来来往往的行人和车辆阻止了去路，只留下纤细的瓜尖苗随风飘舞。

她跨过那些瓜尖，尽管脚已经疼得麻木了，却不敢停下休息，因为她知道，一旦停下，她就很难再鼓起继续前进的勇气。拉杆箱在坑坑洼洼的泥土地里咔啪咔啪地摔打，小可不想看它，估计它早就鼻青脸肿了。她在心里默念，脚不是我的，脚不是我的。

20分钟的路程，那是对穿着运动鞋的曲从军来说的。小可在途中不得不停下来几次，是因为鞋跟在凹凸不平的泥地上失去了平衡。她不得不让脚踝休息一下，重新调整步履的角度和速度。等"中国警官大学"几个大字出现在她视野里的时候，她甚至开始怀疑这是不是自己的幻觉。一再确认后，她想为自己庆祝一下，却发现早就没了多余的力气。

门口学生模样的警卫看见她这副样子，不用问也知道她经历了什么。

上 部

"请问您找谁?"

小可回答道:"我找法律系的曲从军。"

"知道他们寝室的电话吗?"警卫问。

小可报出他们的电话号码,看着警卫一个数一个数地按出来。此刻她才忐忑地想,可千万别没人接啊。

幸好,电话很快被人接起来。不管是谁接的,小可心里的石头落了地,她此时终于体会到了当年红军历经千辛万苦到达陕北时的心情。

警卫对电话那头的人说:"曲从军吗?北门有人找。"说完啪地挂断了电话。

小可靠在墙上,此刻一停下来,脚上的皮肤和神经都像刚刚反应过来一样,争先恐后地向大脑汇报自己如何如何辛苦,如何如何疼痛,把她折磨得更加疲惫。她看着自己曾经闪亮的高跟鞋,真想把它们脱下来,有多远扔多远,叫你臭美!叫你不请自来!自作自受!

曲从军一路小跑,心里纳闷,谁找我呢?爸妈没说要过来啊……这荒郊野外的,请都请不来客人,谁会不打招呼跑到这儿来找我呢?

当曲从军远远看见校门口站着的那个窈窕的身影时,真的被惊呆了。那是小可吗?一个人千里迢迢地跑来找他了?他一面觉得无比惊喜,一面又觉得想想都后怕,这要是转车转着转着转丢了可怎么办啊?

他甩开大长腿以百米冲刺的速度跑到小可的面前,瞪着她问:"你怎么一个人也不打招呼就跑过来了?!"

小可一看他这个态度,一肚子的苦水都化成了愤怒,嚷嚷道:"你不是让我来看你吗?来了你又不欢迎!"

警卫此时很善解人意地替自己的同学解了围,严肃地说:"请不要大声喧哗。"

小可斜了那人一眼,见他继续目不斜视,立刻泄了气。

幸福先知

曲从军突然叫道："哎呀小可,你脚流血了!"

小可看向脚后跟,之前红肿的地方不知什么时候竟悄悄地开始渗血,此刻血已经顺着鞋后帮蜿蜒向鞋跟,看起来甚是吓人。她看着自己的鞋和脚,整个人彻底崩溃了,嘴一咧,眼看着下一秒就要大哭起来。

曲从军看着小可的嘴从原本的"九点一刻"逐渐向"八点二十"靠拢,赶紧蹲下,回头对小可说："快上来,我背你!"

小可刚准备拉出的长腔只冒出一个"啊",就被堵了回去。她定定地看着蹲在自己身前的曲从军,觉得有点儿不好意思。虽说他们小时候一起玩,睡着了就被抱到一张床上也是有的,可是成年后就再也没有了如此亲密的接触。况且,曲从军这么背着她在校园里走一圈,那得引来多少人的关注啊……

曲从军等了半天也没见小可上来,回头看见她愣愣的,催促道："快点儿,学校放假了,没什么人! 要不我扶着你走?"

小可动了动,感觉了一下从脚指头延伸至脚后跟的不同性质的钝痛和刺痛,慢慢地伏在了曲从军的背上。

曲从军身体往下一沉,说："我去,这么重!"他的头上立刻挨了一记爆栗。他却忽地站起来,笑嘻嘻地往前走。

小可叫道："我的行李!"

曲从军说："丢不了! 我一会儿再回来拿。小偷还能偷到警官大学里来?"

小可趴在曲从军背上想,好在他们学校放假了没什么人,不然太难为情了。可是即使这样,偶尔路过的学生和老师还是向他们投来了若有似无的笑意。

小可有些难为情,恨不得像鸵鸟一样把头插进曲从军的领子里去,她闷闷地问："你们学校怎么人这么少啊?"

曲从军说："都出去玩了啊,平时学校管得紧,一放假都跟放风似的全跑了。怎么,你还嫌围观的人少啊?"

头上又挨了一下子,只听小可又问:"那你怎么不出去玩啊?"

曲从军说:"昨天教授布置了一篇论文,我想写完再出去,免得玩得不踏实。"

小可想,小军还是那样,以前有作业,他先做完了,就催着她赶紧做。她有很多不会的地方,写得慢,他就一脸嫌弃地给她讲,有时干脆给她抄,等她把作业写完了,俩人再一起出去玩。想到这些,她心里升起一丝甜蜜,偷偷地琢磨曲从军这将近一年来的变化。

他好像又长高了,得有一米八了。从后面看,他的脖子黑黑的,去年入学时军训完了还没捂回来,新学期开始训练又继续晒。他比以前结实多了。以前老曲总说他像根豆芽菜,现在小可感觉他那两条箍住她腿的胳膊已经很有劲儿了,像两条安全带把她缚在背上,走起来也稳稳当当的。

曲从军把小可往上托了托,歪着头半张脸对着她:"话说回来,幸亏我今天没出去,不然你扑个空怎么办?你也不跟我说一声就自己跑过来,万一跑丢了可怎么办?你知道北京有多大吗?……"他越说越心惊,越说越来气。

刚刚升起的幸福感瞬间被他这几句不解风情的话活埋了,小可看着他露在外面的脖子,狠狠地咬了下去。

"嗷——"曲从军想把背上咬人的家伙甩出去,可是动作做到一半,又意识到不能甩,脖子上传来的剧痛疼得他直抽气。他不敢大声叫,整个人僵在原地,龇牙咧嘴、面目狰狞。

小可过了嘴瘾解了恨,松开嘴看着那两道深深的半月形的牙印,又有点儿心疼了。可她还是嘴硬道:"不识好歹!"

曲从军只得求饶:"好好好我错了,我不说了。"可还没等小可平静下来,他又开始唠叨,"你下次来之前,一定要先……啊……!"话没说完,胳膊内侧传来一阵剧痛,一痛,他就撒开腿往前冲去。

通往招待所的一大段路几乎要穿过整个校园,可是曲从军背着小可,两人

幸福先知

都觉得没过多长时间,这段路就走完了。

小可坐在招待所门口的沙发上,等着曲从军帮她办入住手续,感受着屁股底下反射上来的生硬的感觉。她用手敲了敲,咚咚作响。小可想,沙发不软,还不如换成长椅,现在这样假装一副软绵绵的样子,不知道的人坐上去就容易硌到尾骨闪到腰,太不人性化!

房间挺干净,窗明几净的,与舒适奢华毫不相干。小可本来也不是挑剔的人,对这里倒很是满意。

曲从军说:"学校里有警官餐厅,吃饭很方便。今天你先休息一下,明天我带你在近处转转。等你脚好些了,咱们去逛故宫、爬长城都行。对了,你到我这儿来叔叔阿姨知道吗?"

小可说:"我怕他们四个人泄密,没说。"

曲从军无奈,小可从小就这么有主意,让他又爱又恨,真想恨的时候,却又恨不起来。他说:"那我一会儿给他们打个电话,让他们放心。"

小可挥挥手:"快去给我拿行李,我要换衣服。"

"好!"曲从军得令,一溜烟出了门。

小可刚弯下腰准备脱鞋,曲从军又伸头进来,指着门口的柜子说:"烧水壶在这里,有杯子,柜子里有拖鞋。"说完想了想,他打开柜门拿出一双一次性拖鞋,撕开塑料袋,送到小可的脚边,说,"我马上回来。"就又出门了。

等了一会儿,确定他这次确实走了,小可慢慢地脱下鞋子,查看自己的脚。真是磨得挺厉害的,两个脚后跟的皮全都被磨破了,小的那块都有小拇指甲盖儿那么大。可她美滋滋地想,也算值了,要是不折腾这么一回,她还不知道小军什么时候变得这么体贴了。

他们以前在一起的时候,从来都是她照顾他多一些,他习惯了在家的时候饭来张口衣来伸手。老曲忙,除了隔三岔五地"修理修理",平时不怎么管儿子。曲母却很宠他,他只要负责好好学习就行,家里的事什么都不用做。曲家有个奇特的生态链——老曲吃定了小曲,小曲吃定了曲母,而曲母又降住了老曲,就像老虎、棒子、鸡。

想到这儿,小可有些愤愤不平。同样是独生子女,小军在家里什么都不用做,可她却总被尚母支使着干这干那,偏偏尚母嘴里还不闲着,不停地嫌她这里那里都干得不好。

想着想着,小可慢慢歪倒在床上,睡着了。

尚母从垃圾桶里拎出一撮蔫头巴脑的芹菜叶子,在自己面前来回摇晃,叶子都快甩到她脸上了。

"你这是择菜呢?扔的比留下的还多!我要是像你这么干活,你姥姥早拿着笤帚揍我了!"

"是啊,我就是这么欠揍,你总拿姥姥威胁我,可姥姥那时候对你的成绩有那么高标准严要求吗?你那个高中学历纯粹是糊弄事儿的!你就是看我不顺眼,我要是个男孩儿,什么都不做也哪儿哪儿都好!"

她几时敢这么歇斯底里地嚷出自己的心里话?虽然喊出来很爽,可她还是委屈得大哭起来,哭得上气不接下气。

幸福先知

20. 美妙的假日

突然一阵刺痛,把小可从梦中惊醒了。

曲从军没想到,自己已经那么轻手轻脚的,还是把小可弄醒了。他手里举着根棉签,棉花的部分是黄褐色的,应该是蘸了碘酒。

小可自己还没完全把从梦中带出来的情绪消化掉,呆呆地看着曲从军,半天才明白他是在替自己上药,神情慢慢缓和下来。

曲从军说:"小可,你刚才那个表情,就像发现了耗子,真吓人。"

小可在枕头上咕哝了一下:"你说我是猫啊?"

曲从军站起来说:"猫哪有那么大威慑力?是老虎,母老虎。"

话音刚落,一个枕头冲他飞过来,他噌地躲开,动作迅捷灵敏。

小可斜睨着他说:"哟,可以啊,动作挺敏捷啊。"

曲从军捡起枕头毕恭毕敬地奉上,说:"那是,出门不能丢了学校的脸。"

小可说:"哎,我发现你现在嘴挺贫的,以前怎么那么闷呢?"

曲从军笑眯眯地看着她,心说,你来了,我高兴呗。

招待所的一次性拖鞋没法穿出去,曲从军就从学校里的小超市给小可买了双人字拖。

五月的北京已经有些热了,小可穿着人字拖在警官大学里呱嗒呱嗒走得起劲,没有了脚后跟疼痛的拖累,她又恢复了活力。

晚饭后,他们在校园里溜达,曲从军指着操场对小可说:"喏,平时下课了,大家都在那里打球、锻炼、跑圈儿,把多余的能量消耗掉。"

小可想到一个问题,问:"你们学校是男生多、女生少吗?"

曲从军想也没想回答道:"是呀!"

"哦!"小可一边走一边东张西望,看见几个男生从宿舍楼里走出来,个个都很壮硕威猛,就问曲从军,"他们是什么人啊?"

曲从军回答:"应该是警体系的。那个专业是专门训练特警的。他们每天训练的时间最长,擒拿、格斗、射击……"他发现小可虽然耳朵在听,眼神已经随着那几个男生飘走了,一边走,一边恋恋不舍地回望,而那几名男生竟也频频回头致意。

曲从军扳着小可的脑袋说:"你看什么呢?看见肌肉男就走不动道儿了?!"

小可看着他的样子,心里窃笑,说:"那你也练啊,你练完了肯定更性感。"

曲从军的脸隐没在两个路灯之间的黑暗里,小可想看看他的表情,他却在进入下一段明亮时偏过了头,藏起了脸上淡淡的红晕。

第二天,两人决定进城,小可得买一双舒服的运动鞋。在买到舒服的鞋之前,小可眼下最舒服的鞋就是那双人字拖。曲从军每每看见小可露在外面的白嫩肉乎的脚指头,好笑之余又觉得十分可爱。

出了校门没多远,曲从军找到平时叫摩的的地方,挑了两辆看着还算干净的,没让小可再走一遍那段辛酸的路。

幸福先知

　　北京实在太大了，两人每次都充满向往地出游，最终却披星戴月而归。这两天，小可已经把曲从军学校的招待所当成了家，也成了两人每次玩得疲惫不堪时最美好的向往。

　　每天送小可回到房间，临走前曲从军都想问："小可，那封信……"然后呢？接下来该说什么？于是只能一次次作罢。

　　直到过了很多年，小可依然没忘记那个满天繁星的晚上。

　　那天她和曲从军去爬了一段荒无人烟的野长城，爬上去还比较容易，上面除了忙着争高下的荒草，一个人也没有，连那历经千年的大石头有好些都不知被谁偷偷拉回家填了新房子。

　　两人四肢着地地上去，又手脚并用地下来，每一步踏出去之后都觉得下一步分明没有路。曲从军在离小可不远的地方，伸手就能够到小可的脚。

　　小可冲他喊："你别走我前面，要么就离我远点儿，我脚底一直打滑，别把你给踹下去！"

　　"那我更不能离你远了，"曲从军用脚在站立的地方刨了刨，让自己站得更稳点，伸手准备接住蹭下来的小可，"你要是摔了，我在下面好歹还能给你垫着点儿。"

　　好不容易蹭到山脚下，小可的裤子全被汗湿透了。仰头望着原先下来的地方，如何都不敢想象她居然是从那么陡峭的地方下来的。

　　小可提溜着裤腿说："吓死我了，出了一身汗，裤子都湿透了。"

　　曲从军逗她："你不会是吓尿了吧？哈哈……"

　　小可抓起一块小石头扔过去，曲从军灵活地跳开了。

　　小可说："我腿软，你背我吧。"

　　曲从军笑眯眯地走回来，蹲在她面前。这次小可没有扭捏，忽地跳上去，大喊一声："驾！""马儿"便稳步向前走去。

　　一路摇晃，回到苏家店的公交车站时，早已没了摩的。旷野中的星空异常明亮,越发显得田野空旷。身上的汗被晚风一吹,凉飕飕的,小可缩了缩脖子。

突然身上一沉,周身又温暖起来,小可一看,是曲从军把牛仔外套给她披上了。

"你不冷吗?"

"我不怕!我火力旺!"

看着眼前这个曾像豆芽菜一样瘦弱的男孩,如今已有了宽厚的肩膀,小可感到心里有一股暖流,热热的,痒痒的,突然有种想唱歌的冲动。

新买的匡威帆布鞋已经被沙土地蒙上了一层灰黄色,小可沿着路边一蹦一跳地往前走,嘴里念念有词:"那天,我就是装备有问题,不然不会那么狼狈。"

曲从军一想起那天的小可就想笑,不是笑她的狼狈,而是笑她崩溃之后可爱的小女儿情态。印象里,小可从没在他面前表现过无助。从小就是她说了算,下达命令很果决,不容置喙。在曲从军眼里,曲老头是他的大领导,小可则是他的小领导。

小可突然问:"你和仇娅还有联系吗?"

走在后面的曲从军没听清小可声音忽高忽低的问话:"什么?"

小可豁出去似的喊了一嗓子:"仇娅!还联系吗?"

曲从军嗓音低低的:"上大学没多久就不联系了。"

小可并不意外,仇娅那样的女孩子,怎么可能耐得住寂寞,经得起等待?但她没想到他们会断得这么快,又是如何结束的呢?

"为什么啊?"小可问。

"不为什么,本来也没什么。"

没什么?是你傻还是我傻?小可撇撇嘴:"人家姑娘都表现得那么明显了,怎么可能没什么?"

"确实没什么,不过就是借借书,讨论讨论习题……"曲从军话没说完,前

幸福先知

面的小可突然停住,斜眼瞪着他,满脸的不屑和不信任。

迎着小可的眼神,曲从军想起仇娅伸进他手心里的那只手,有点儿心虚,手心也开始冒汗:"真……真没什么。除了学习,我们什么都没说。"

"是人家说了你听不懂吧?"小可讥笑道。

"谁说我听不懂?!我那是对她没兴趣!"曲从军嘴硬。

"你不是说你俩除了学习什么都没说吗?没说你听懂什么了?"小可伸出食指点着他的鼻子,这家伙,几句话一诈就露馅了。

曲从军小声咕哝了一句:"还不是因为你。"

"我怎么了?!"小可叉着腰瞪他,"跟我有什么关系?!"

曲从军赶紧解释道:"本来也不是很熟,离得远,就更没什么可聊的了。"

小可撇着嘴看他,脸上满是"相信你才有鬼"的表情,说:"我看你俩挺能聊得来的呀,仇娅整天笑得花枝乱颤,你还敢说你没逗人家开心?"

"哎哟!人家本来就天天笑眯眯的呀!"曲从军急了,"你又不是不了解我,我也不会主动找话题,该说的说完了,就这么冷着,任谁也觉得我没意思了。"

小可一听这话有些不乐意,噢,原来是别人觉得你没意思你才来找我的呀?!她气鼓鼓地往前走,回头甩给曲从军一句:"我也觉得你挺没意思的!"

前面的人越走越快,可是架不住腿比别人短,几步就被追上了。曲从军一把拉住她的胳膊:"怎么好好的突然就生气了?"

"她觉得你没意思,所以你就来找我了?真没意思!"

曲从军急了:"你这人逻辑性向来这么差!不是因为人家觉得我没意思我才来找你!是因为我脑子里全是你,跟别人没话说,别人才觉得我没意思!"

小可一急调子就高了八度,嚷嚷道:"我怎么逻辑性差了……"后面的话还没说出口,她一下子卡壳了,刚才曲从军那话是什么意思?

曲从军一时也没了声音,说完那些话,脸上有点儿热。他偷偷观察小可的

104

反应,不知会不会又被她三言两语地敷衍过去。

小可好像在表演"变脸",明明要急眼了,却突然变得有些疑惑,有些害羞,最后又变成了不屑。

曲从军又失落了。

小可斜睨着他,让他想起了当年说要竞选"形象大使"时老曲看他的表情。

"傻样儿!还说我逻辑性差,明明是你表达有问题,听不懂!"说完,小可扭过头两条腿交替着继续往前跳,跳得十分有力。

曲从军追上她问:"许翔宇还总去找你吗?"

小可回答:"找啊,没事了就来找我吃个饭、看个电影什么的。"

一股酸气涌上来,堵在了嗓子眼儿里,曲从军有些沮丧。可是有什么办法呢?许翔宇能陪小可做的事,他却鞭长莫及。

小可看见他的脸垮下来,知道他在别扭什么,笑嘻嘻地挎上他的胳膊,拖着他往前走,一边走一边说:"他呀,虽然很会说话很会玩,也很会讨女生喜欢,可我就是觉得他没你有意思。要不然,我也不会千里迢迢跑来找你玩啦!"她扭头看着曲从军,看着他的嘴角慢慢扯开,从一个幅度不大的微笑,渐渐笑出了一口大白牙。

小可很得意,每当他心情不好,她总是知道怎么拿话像手指头一样往他的痒痒肉上捅。

曲从军顺着小可挎着他的胳膊,找到了她的手。

人常说,十指连心。十指相扣,就是把两颗心贴在了一起。

两只手在两人中间荡来荡去,两颗心也紧跟着忽上忽下。

记忆里,那晚连空气都是甜的。

曲从军总是问:"我们俩,算是男女朋友了吗?"

小可总是白他一眼:"你傻呀?"

他就呵呵地傻笑。

幸福先知

　　小可回上海的前一天，他们哪儿也没去，手拉着手，在学校里腻了一整天。即使两人紧紧靠在一起，却依然觉得离得不够近。

　　曲从军别别扭扭地说："小可，你能别总跟许翔宇混在一起吗？"

　　小可知道曲从军一直对许翔宇有些介怀，她把脸贴在他胳膊上，安慰他："放心吧，我和许翔宇就是好姐妹而已！"

　　曲从军想，许翔宇要是听到这话，恐怕得气死，而且，他恐怕也并非把小可当好兄弟吧。

　　回上海的火车是第二天一早的。

　　熄灯号响起，曲从军该回宿舍了。他站在门口望着小可，始终舍不得打开那扇门。

　　小可仰望着他，看见他的眼睛里有个小小的自己在轻轻摇晃。

　　她轻轻地推了推他："回去吧。"

　　他没动，耳朵却红了。紧接着，脸也红了。

　　小可想，他这是怎么了？心念一动，小可的脸也瞬间红透。她低下头，心跳难以抑制地越来越快，越来越响。

　　突然，眼前一黑，整个人被一道电流击中了。那道电流顺着她的嘴唇一直蔓延到指尖、发梢，让她僵在原地，动弹不得。

　　他们似乎被这股电流缠绕着，在旋涡中回旋激荡，久久无法分开。好像没过多久，又好像过去了很长时间，电流放开了她意犹未尽的嘴唇，却依旧将她包裹其间。好一会儿，曲从军喑哑的声音从小可的头顶飘过："我必须得走了。明天我请假去送你。"

　　"不用了，"小可的声音像是蚊子在哼，"我自己走，这回我有经验了，你放心吧。"

　　为了能和曲从军多待一天，小可逃了一天课，回到学校时，已经是五月八号的晚上了。

东西还没收拾完,曲从军的电话来了:"到宿舍了吧?"

"废话,没到宿舍怎么接你的电话?"小可娇嗔道。

是啊,曲从军想,我这段时间确实挺傻的。

幸福先知

21. 恋爱进行时

回到上海没多久,大家都发现了小可的反常——她时不时地盯着图纸傻笑。

米娜疑惑地问:"图纸上开花了?"

江艳玲则神秘地说:"不是图纸开花了,是小可的桃花朵朵开了。"

503 总是在晚上十点以后的黑暗中响起嘹亮的电话铃声。黑暗中,一个身影接起电话,像做贼一样窃窃私语。如果这个时候有人突然进来,一定会被吓一跳。

连他们自己都觉得奇怪,一起生活了十几年,每天都见面,还有什么话没说过呢?

曲从军说:"法理课挺枯燥的,但是分析案件很有意思。"

小可说:"我其实挺喜欢画图纸的,但我总是忘记某个环节——比如给排水系统什么的。"

曲从军说:"你一直都这么丢三落四的,没有我你可怎么办?"

小可说:"是啊,我就是马虎才显得你重要,不然你还有什么价值?"

曲从军"嘿嘿"笑:"上次我说你丢三落四,你还打我来着。"

小可也笑:"那你还说? 以后记得替我善后就行了。"

他俩终于发现了不在一处的好处,离得远,所有的事情都很美好。曾经争执得面红耳赤的话题,现在拿出来说,都只剩下了甜蜜的回忆。

"你跟你妈说咱俩的事了吗?"小可问。

"还没来得及。你想让我说吗?"曲从军回答。

"嗯……再等等吧。"

小可的犹豫让曲从军有点儿失落:"为什么不说啊? 你还有什么其他想法?"

"是啊,这是我第一次谈恋爱,谁知道合不合适呢? 万一没成,把大人们都搅和进来不太好。"小可振振有词地说。

曲从军很是气闷,电话那头安静下来。

"喂? 你还在吗?"小可故意逗他。

"嗯。"曲从军从鼻孔里挤出一个字,表示他现在不怎么高兴。

小可憋住笑,耐心地说:"别生气了,我是不想听我妈叨叨。再说了,咱们才刚开始就让家里人钉着,压力多大呀? 等以后……给他们一个大大的惊喜,不好吗?"

"以后?"曲从军觉得小可说的有道理,但他敏锐地捕捉到了小可说到的关键词,"以后是什么时候?"

"自己想!"小可害羞了。

"嘿嘿。"

闷葫芦原来是个话匣子。前十几年,她低估了曲从军的能言善辩。其实他说话很有趣,逻辑缜密、思路清晰。他的记性也好,总能把学校里那些枯燥

幸福先知

乏味又千篇一律的事描绘得生动有趣。

小可问:"你没能学土木工程专业,学法律能作为你的理想吗?"

"能啊!"曲从军回答得很爽快,"一开始我也有些失落,可是慢慢的我发现,做案子有做案子的乐趣。归根究底,做什么行业都是在研究人,挺有挑战性的。"

这一点与小可的想法不谋而合,小可说:"没错,我现在在看《建筑心理学》,挺难的,得慢慢啃。"

曲从军说:"我现在开始接触《犯罪心理学》了,看不懂的地方,回头咱们可以一起研究研究。"

"好!"小可美滋滋地想,她的"家教"可不是谁都能挖走的,她又说,"没想到,咱们这样都能找到共同语言。"

"我都想好了,以后你要是遇到纠纷,我就是你的御用大律师!"

青梅竹马,原来不只是听起来那般美好。小可不禁又想起那晚看见的那几个身材健硕的男生,不知道那样的曲从军是什么样子。

想着想着,小可的脸红了。

22. 晴天霹雳

噩耗传来的那天,小可几乎熬了整整一夜才把作业画完。

从教室出来的时候,小可很纳闷,平时也不是没熬过夜,可这次觉得尤其疲惫,心慌得厉害。

这是程教授反复强调重要性的一项作业,完成后,如果能得到程教授的认可,就能代表学校去参加全国的比赛,所以每个人都很拼命。

那一周,白天泡在图书馆,晚上,小可就钉死在了工作台前。为了这个作业,她跟曲从军约好了一周不通电话。不管结果如何,总之她真的是呕心沥血了。

作业交上去之后,全班同学都像是又经历过一次高考,既有解脱的轻松,又有失业般的茫然。

米娜建议,大家一起去吼几嗓子,几乎全班同学都积极响应。小可觉得,不论是四川女人还是山东女人,凑在一起的噪音量能超过一个巨大的养鸭场。

幸福先知

可是，即使在如此嘈杂的背景音的后面，小可还是敏锐地听到了她的家乡和那熟悉的人名。

小可不知道自己最后是怎么回到寝室的，只觉得在疾驰的车上，自己像迎面挨了一闷棍，整个脑袋都空了。唯一能听见的，只有自己粗重的喘息声和嗓子里压抑不住的呜呜声。

江燕玲从出租车司机奇怪的表情里，发现了小可的异常。

车内瞬间安静下来，她们手忙脚乱地询问，到底发生了什么事。最后还是司机机智地调大了收音机，让她们听见了那条滚动播出的公安部A级通缉令。

起初，她们听了好几遍也没听出来，小可究竟为什么因为这条通缉令如此失态。江燕玲一边听，一边用眼神和米娜分析事情的缘由。当她们听到广播中说"犯罪人员在逃跑过程中遭遇九龙山派出所所长曲建国的奋力追捕，在追捕过程中，曲建国同志英勇牺牲，年仅47岁"时，她们终于确定，小可一定是与这位英勇牺牲的警察同志有着不同寻常的关系。

她们谁也不敢问，司机也只是默默地开车。

车里很安静，只能听见广播的声音和小可时而呜咽时而压抑不住的恸哭。

出租车默默地在最近的路口掉了个头，重新往学校的方向驶去。司机缓缓地把车停在路边。没人下车，司机也识趣地没有催促。广播里在不厌其烦地向听众们推荐用什么产品能够让头发变得更浓密，仿佛片刻之前的悲剧并不是从那里传出来的。

小可慢慢平静下来。

回到寝室，小可立刻给曲从军打电话，可是他的室友说，他已经回家了。

小可一阵茫然，举着听筒呆呆地站了一会儿，转身跑出了门。电话线被扯到了极限，跟着小可出了门，却无法跟着她去更远的地方，掉在地上发出啪啦啦的几声脆响。

米娜和江燕玲追到门口，已经没了小可的身影。

江燕玲不放心小可就这么跑出去,赶紧追下楼,远远看见小可的身影急速缩小,她也加速朝着她的方向追去。

她终于在校门口的公交车站追上了小可。她看着这个平时乐观冷静的姑娘全然没了方寸,眼睛牵着脑袋在一排排公交车列表上上上下下地划拉,却半天也没找到一条合适的线路。

江燕玲拉住小可说:"小可你别急,你要去哪儿?你跟我说。"

小可此时才发现一直站在她旁边的人是江燕玲,急忙拉着她说:"我记得咱们学校有直达火车站的车,怎么今天没有了?怎么找不到了呢?"说完又上上下下反复地找。

江燕玲扳正小可的身体,迫使她看着自己:"小可你先听我说,你现在回去跟老师请假,然后收拾东西,我去给你买最早的一趟回家的火车票。买到以后我打电话告诉你,你再到火车站来。别急!别乱!听见没有?!"

此时,小可看着眼前这个被她称作"山东大妞"的江燕玲,心绪逐渐平稳下来。

小可胡乱地抓了几件换洗衣服塞进箱子里,满脑子想的都是小军现在怎么样了。他肯定比自己更慌乱,他能承受得住吗?可千万别再出什么事。心像被摊在油锅里煎,滋滋地冒着油,疼得她坐立不安。

她的眼前一直浮现着曲伯伯蒲扇一样的大手。以前她常常得意地说,那手啊,像熊掌一样,在我头上是爱抚,在小军头上就是警告。还有他做的那一手好菜,总能把他俩喂得嘴角冒油。老尚和他划拳的时候,总是被他那只大手逼得缩到墙角,毫无气势可言,场景十分可笑。可那双手,此刻是否和他的主人一起,安安静静地躺在某个地方,再也没有了生气?

幸福先知

23. 痛苦的相聚

老曲被人发现的时候,躺在一大摊已经被氧化成黑红色的血泊中。黑红色的血依然保持着向前奔流的趋势,顺着砖缝向四面八方延伸,蜿蜒成一条条干涸的小溪。他的身上有三个洞,一个在腿上,一个在腹部,一个在胸口。

所里的女同事在不远处的花圃外哭得直呕,呕一阵,哭一阵。

住在附近的人何时见过这样的场景?挤在警戒线外伸长脖子、踮着脚尖向里张望。

微曦初露时分,小可来到了自家单元门口,可是离着那黑乎乎的门洞还有十几米时,她停住了。她不敢走过去,因为楼下摆满了层层叠叠的花圈,风一吹,白色的纸片呼啦啦地翻腾,热闹得可怕。此刻,小区里看不到一个人影,小可看着由近及远,延伸至那黑洞处越发浓密的花团锦簇,想象自己一头扎进去,会进入一个如何非凡的人间。

她在三楼和四楼之间的拐角处流连了一会儿,自己家关着门,曲家也关着门。

她看了看手表,四点差十分。爸妈应该都还在睡着,这两天,他们也一定跟着受折磨。一座楼梯连接着两端的死寂,小可在这之间徘徊了一阵,无所适从。

她在楼梯中间找了个台阶坐下,箱子和人离了十级台阶的距离,彼此遥望着对方。

小可把胳膊叠在一起,放在膝盖上,下巴搁在胳膊上,整个人缩成了一团。她不知道自己为什么会在这样的场合感到紧张,不知是怕面对生者,还是怕面对逝者。

迷迷糊糊间,小可似乎听见吱呀一声,噔噔噔的脚步声瞬间就传到了她的耳边,一只手把她拉起来,一个压低的声音说:"你怎么回来了也不敲门啊,坐在地上也不怕着凉。"

小可抬起头,是妈妈。她肯定也没睡好,眼睛肿肿的,想必睡觉前哭过,白眼球里全是红血丝,显得有些恐怖。

尚母看她呆呆的,叹了口气,把女儿拉进了屋。

屋里压根没有刚起床时那种热乎乎的被窝气。

老尚说:"昨天给你打电话,你同学说你已经回来了,估计你一早就到。一会儿帮你妈妈做点儿早饭,给楼上送过去。"

小可乖巧地点点头。这样的乖巧已经多少年都没有过了,这么多年,老尚哪句话她都拧着听,东拉西扯地执行。

早餐比平时任何时候都丰盛,可是小可看着就没有食欲。也许正是因为大家都吃不下,尚母反而准备了更多。后面还有很多事情要做,不能再有人倒下。

尚母看着女儿魂不守舍的样子,用胳膊肘捅了捅她:"你机灵点儿,小军和他妈现在脑子都不当家了,咱们得多帮帮忙,你可别添乱。"

幸福先知

小可问:"小军怎么样了?"

尚母叹了口气,说:"刚回来的时候,整个人跟疯了一样,抓着个人就问是不是真的。见着他爸以后,就再也没说过一句话。"

六点半,小可端着托盘上楼时,楼上的门已经开了。她走到门口,听到里面传来的窃窃私语:"你要想开点,人死不能复生……""老曲是英雄,他走得很光荣……"

小可站在门口听着,觉得一个字也说不到人的心里。

人没了就是没了,消失了就再也不会出现。桌上不再需要摆他的碗筷,家人也再不用等他回来。

说话的应该是曲伯伯所里的同事,他们也算尽心了,这么早就来帮着安抚家属,料理后事。曲伯伯的为人,可见一斑。

小可放下托盘,抬眼看曲母,那双细长美丽的眼睛此时无波无澜,成了一潭死水。她整个人像是被抽去了所有的精气神,再也不是原本那个会温柔地抚着小可的后背,对她轻声说话的妇人。

小可鼻子一酸,赶紧趁眼泪落下之前直起身子,扭过头,寻找曲从军的踪影。

随后而来的尚母拍拍小可,冲曲从军的房间指了指。

小可会意,朝着那片昏暗走去。

这个房间自己曾来过无数次,无论是白天还是晚上,都不曾有过这样的黑暗。这黑暗能把人活活吞噬,好像一旦走进去,就再也出不来了。

小可站在门口明暗交界的地方,向黑暗的深处张望。

曲从军坐在那张他睡了十几年的单人床上,一动不动。从窗帘的缝隙中漏出的光投射在他身上,却丝毫没有点燃他的生气。

曲从军身下的床单小可认识,是她送给他的。

那是哪一年,小可不记得了,只记得是陪尚母逛超市时,看见了这床卡通

上 部

动物热闹欢腾的床单。她没多想,伸手拿了两床。

床单送到曲从军手里时,他的反应小可至今还记得。

他分明不想要。

曲从军有些错愕,还有些不屑。除了这些,似乎还有些羞涩。

小可立刻意识到自己这种行为的莫名其妙。她尴尬,却不愿承认。最终,在小伙伴的威逼之下,曲从军被迫接受了。

此刻,那床上的动物世界也感受到了黑暗恐怖的气息,可怜、服帖地趴在床上,不再欢脱。

小可轻轻地走进去,跪在床上,从后面小心翼翼地抱住了曲从军。

曲从军没有抗拒,也没有回应。

小可偷偷地看他的侧脸。

她不久前才从这个角度打量过他。那时,他脸上的线条被咧开的嘴角左拉右扯,完全不似现在这般死板僵硬。小可发现了他嘴边冒出的胡茬,什么时候,小军已经长出胡子了?她怎么完全不知道?或许,这家伙已经开始像个成熟男人那样刮胡子了?这件事曲伯伯知道吗?他教小军怎么刮胡子了吗?

曲从军觉得有一股热热的东西顺着肩膀往下流。他听见远处传来轻轻的抽泣声。

我是在做梦吗?谁会在我的梦里哭呢?

他动了动,听见浑身的关节咔嚓咔嚓地重新组合了一遍,才宣布可以继续工作。那瞬间的痛感告诉他,这不是梦。他从没睡着过,怎么会有梦?

慢慢转过头,曲从军看了眼肩膀上的人。此刻她意识到他的动作,也直起了身子看着他。

她是谁来着?他一时间有些恍惚。这几天,他有些认不出人来。很多人的脸都很熟悉,他却想不起来他们是谁,每天跑到他家里来干什么,还哭哭啼啼的让人心烦,他只得一个人在小屋里躲清静。

117

幸福先知

"小军……"小可像是在呼唤一个失忆的人。曲从军的眼神让她害怕。

"小可。"曲从军看着她,木然地点了点头。

小可松了口气,还好,还好。

她走到他的正对面,看到了他整个人的憔悴,即使有黑暗的遮掩,他的无助也一览无余。小可伸出胳膊抱住了他,不同于搂住脖子的娇嗲,也不同于环住腰身的温情,而是把他的两条臂膀也箍进去,做出一个保护的姿态。

她感到曲从军想要抬起胳膊回抱她。她等了许久,他的手却没有落在她身上。小可想,他的父亲去世了,他不想在这个时候与我太过亲昵,我明白的。

24. 思悼故人

追悼会是在小可回来后的第三天举行的。

老曲在抓捕逃犯时因公牺牲,整个派出所和大部分市局的领导和同事都出席了。追悼会之前,媒体对这件事进行过轮番的报道,大小领导在电视镜头里对老曲的英勇无畏进行了表扬,追悼会现场的气氛也被记者的报道渲染得庄重而伤感。

有些看了新闻的市民自发赶来为老曲献花。大中小学生们在老师的带领下围着老曲井然有序地致哀、鞠躬、献花圈,悲壮的气氛让这些学生的脸上挂着与年龄不相称的严肃。

小可在前来悼念的学生队伍中,看到两个你推我搡的学生。他们显然不那么投入,甚至不合时宜地露出了笑脸。那笑脸还没来得及全部绽放,就被带队老师严厉的眼神喝止,像是见不得光的赃物一样被没收了。

这两个学生的年龄和小可与曲从军相识时的年龄差不多。

幸福先知

那时,曲从军像只小鸡仔儿一样被老曲拎到小可他们班的教室里。老师让曲从军站在讲台上做个自我介绍,可他扭捏了半天,连头都没完全抬起来。老曲等得不耐烦,大声呵斥了一句,吓得他浑身一哆嗦。他这一哆嗦,让全班哄堂大笑,他就更窘了。

小可坐在下面,看见他这副样子,也很不厚道地笑了,嘴里无声地吐出一个词:"尿包。"

很快,小可发现这个新来的尿包竟然就住在她家楼上。

曲家接手了原先朱家的房子。

她从父母的谈话中了解到,楼上这家是新搬来的邻居。那个五指粗壮的大叔是派出所的警察,而他家的阿姨是位温柔的医生。小小的小可在心里默默地想,老子英雄儿子也不一定是好汉,也有可能是个尿包蛋!

两个同班同学总是一前一后地回家,一个在三楼进家门,一个在四楼进家门。

曲从军的学习成绩很好,慢慢成了整个教室中段座位上的"钉子户"。教室中段的位置总是留给学习最好的那些学生,距离老师们关照的目光不远,又不会受到粉尘和唾沫星子的污染。而其他的学生,则按照每次大考的成绩排名在这些"钉子户"周围来回流转。中间是铁打的营盘,四周围绕着像尚小可这种流水的兵。

小可始终保持在离曲从军不近不远,隔着一排的位置,有时候在左斜后方,有时候则在右斜后方。她看向黑板的时候,正大光明地端详了一段时间他的左脸。没过多久,又开始端详他的右脸。她发现他的睫毛又密又长,盯着黑板眨眼的时候像刷子一样上下扇动。有时候小可想,这么浓长的睫毛,如果恰好有只苍蝇飞过,恐怕苍蝇也会被拍下来。

其实曲从军跟他爸爸挺像的,但是混合了他妈妈的柔美,就像茶里加了牛奶后,变成了奶茶。

他们开始说第一句话,始于老曲做东。

那时小可还在上小学五年级,也就是曲从军转到他们班的第二年。

那天,老尚刚参加完小可的家长会,一路上念念叨叨地转述班主任闫老师对他说的话:"小可,你们闫老师说你语文特别好,你的情感很细腻,对语言的感知能力很强,但是如果数学一直这么半吊子可不行啊。"

小可没说话,偏科,这是老调重弹了。老师不厌其烦地对老尚说,老尚不厌其烦地对小可说,听得她耳朵都起了茧子。这次期中考试,她数学只考了85分,对于一个小学生来说,这已经很糟糕了。相对于她的语文次次第一,让闫老师每每看见她,都是一副恨铁不成钢的表情。

老尚继续唠叨:"小可啊,你得对这个问题重视起来,你虽然语文第一,可是你想想,数学分一拉,一平均,你的名次就下来了,太可惜了。"

小可烦透了,调门突然拔高了一截:"回家你把我的考卷做一遍,我看看你能得几分?!奶奶说你小时候就不识数,现在我这样,也是遗传你!咱俩谁也别说谁行不行?我自己的成绩我能不着急?你们说那么多有什么用啊?!"

老尚被她挤对得半天没说出话来,却突然听见后面传来哈哈大笑声。

老曲笑着赶上来,拍着老尚的肩膀说:"你闺女这性格我喜欢!走,今晚上我家吃饭去!我们搬来这么久了,还没来得及请你们过来坐坐,择日不如撞日,尝尝我的手艺。"

那晚吃了什么,小可记不得了。

那是她和曲从军上学之外第一次私下相处,两个人都有些不自在,坐在一桌上,一直没说话。

老曲说:"我平时工作忙,没时间管孩子。他妈妈宝贝他,把他娇养得跟个丫头似的。"他转头看向小可说,"小可,你和小军一个班,他转学过来也没什么朋友,你帮我关照他一点儿。至于你的数学,就交给他!"老曲大手一指,就把小可和曲从军结成了互帮互助的对子。

幸福先知

后来,为了完成老曲交给她的任务,小可也绞尽脑汁地想了些办法。

曲从军是真的不爱说话不合群,小可总不能硬把他塞进男生堆里。于是,她就让他在女生跳皮筋时,在一边帮忙拉着皮筋。再后来,女生让曲从军也一起跳,可他扭捏了半天却没动弹。小可瞪着他,半天他才憋出一句:"女生的游戏,我才不跳呢!"

小可飞起一脚踹在他身上,他拍拍裤子上的脚印,胳膊一举,继续当他的"柱子"。

在操场上出现的次数多了,男生踢球时人不够,有时就拉曲从军凑数。终于,在快毕业的时候,曲从军勉强算是融入了这个集体。

曲从军对小可心里是有感激的,只是他不愿意说。他在心里暗暗把小可当成了自己的哥们儿,可是他不知道,小可也在心里,悄悄把他当成了自己的姐们儿。

曲从军教小可解题很有耐心,反而经常是小可不耐烦先急了。每次小可烦躁一阵之后,一看曲从军,还是那副不温不火的样子,扑闪着他的长睫毛,她就只好难为情地坐下继续听。

幸运的是,他们俩都考进了市里最好的中学,还被分进了一个班。就这样,他们互帮互助的对子一直持续到高中快毕业,直到仇娅站在曲从军的对面。

往事像老电影一样在小可的脑海里回放,她的眼睛定定地望着曲伯伯。他那么安详,她再也听不到他粗犷豪放的笑声,蒲扇一样的大巴掌再也不会温柔地抚在她头上。鲜红的国旗盖在他身上,不知道是谁给他换上的新警服。

小可后来得知了曲伯伯牺牲时的惨状。她想象不出他温柔的妻子是怎样拼尽最后一丝气力,给他换上了干净的衣服。

小可的目光慢慢移到曲母的脸上。这个温柔的女人像被抽干了浑身的血液,连哭的力气也没有了,如果没有尚母和另一位女警察在一旁搀扶,她恐怕早就在地上摊成了一堆。

曲从军的样子稍微好一点儿。小可觉得,他这两天像是恢复了一丝生气,最初的逃避之后也不得不回到了现实。他像是吃力而缓慢地在体内蓄积出一股力量,慢慢地支撑起这副垮塌的皮囊。小可很想过去再抱抱他,但现在似乎不合时宜。有些事落在头上,只能自己扛,扛不动也得扛。

小可此时想起曾经看到过的一句话——一个男人真正成熟,是在父亲的葬礼上。

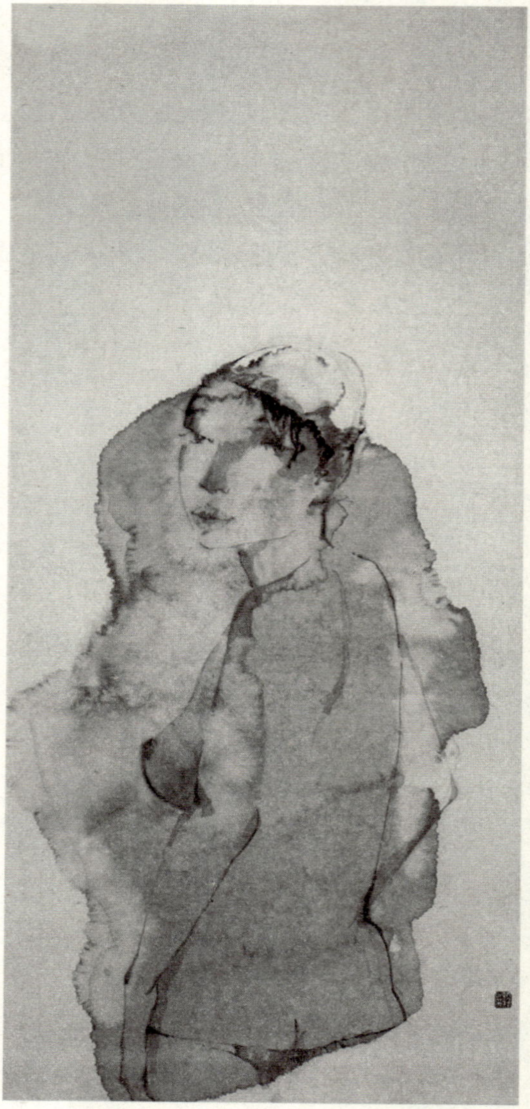

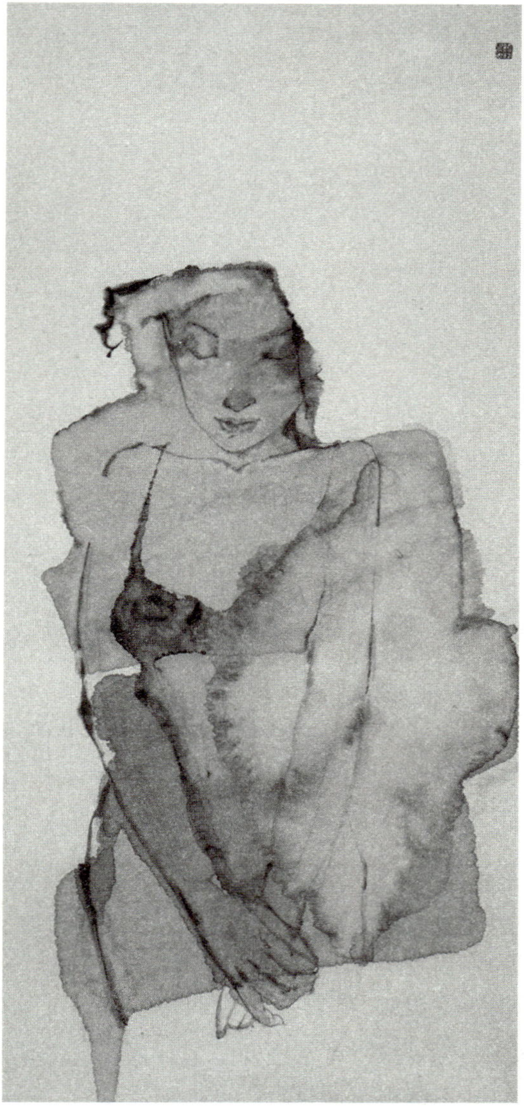

幸福先知

25. 莫名的疏离

他们先后回到学校,是在老曲的追悼会结束一周以后。曲从军没能待到父亲的"五七"。

起初的半个月,小可隔三岔五抽时间给曲从军打电话,说是安慰,却也说不出什么来。两人常常举着电话无言以对,多数时候是小可说一些学校里发生的新鲜事,可笑的事说出来,却一点也不好笑了。曲从军在电话那头,只是静静地听。

直到有一天,曲从军打破了难熬的僵局,用一种穿过泥泞后难得的平静声音对小可说:"小可,你忙你的吧,我没事。让我清静清静吧。"

小可哑然,原来一直以来,她打扰了他的清静。她没觉得伤心,只是有些愧疚。他经历了这么大的变故,她却不知道怎样才能抚平他的伤痛。

曲从军不打电话,小可也不敢再打。他们似乎回到了原先的轨道上,过起相隔千里毫不相干的日子。再过两个多月就是暑假,小可心心念念想赶紧见到曲从军,看看他的近况。痛苦再尖锐,也总能被时光打磨光滑的吧?

许翔宇此刻也很默契地保持了沉默。不久前,他也参加了一场葬礼。

那时,那个人在电话里对他说:"你奶奶去世了,回来吧。"

那一瞬间,是什么感觉?他后来回想了很久,是震惊吗?不是。这一刻,与其说是他准备了许久,不如说是期盼了许久。有难过吗?应该是有的吧?别说是人,即使是阿猫阿狗,相处久了也会有感情。可是眼泪不是应该在此时落下吗?为什么眼睛不红,鼻子不酸?他为自己的漠然感到害怕,害怕自己进入那个场景的时候,一滴眼泪也掉不下来。那样,他就彻头彻尾成了一个"薄情寡义"的孩子。

他想起那个小脚裹了一半又放开,因此脚的大小和形状都有些奇怪的老太太,常常一边做饭一边操着浓重的地方土话絮叨:"我也不知道是造了什么孽,养一个不算,又养一个,没有一天轻省日子,个个都是讨债鬼!"

每当听到这话,许翔宇就在心里反驳,那是你和他之间的账,你们自己算,我只是账本上的一部分,等我替债主讨完了债,大家彼此再无瓜葛。

他星夜兼程赶回去,在那张老床上看见那两只一拃来长的小脚时,心里猛地窒了一下。他从不敢正经打量那两只畸形的脚,却每天被它们制造的"呲呲"声所围绕。如今他终于解脱了。作为长孙,他陪着那个长子守灵,看他抹眼泪,只觉得置身在寒冷的冰窖里,泪腺都被冻住了。

他默默地环视这套墙角阴湿得长出霉斑的老房子,终于随着主人的离去彻底丧失了生气。他应该不会再回来了,从此无家可归。

这世上只剩下一个视他为"讨债鬼"的人。当他听说,有个女孩子说他是"收税的"时,他立刻生出不顾一切的冲动,想要看看到底是谁,一眼就看穿了他的本质。他站在一中的门口时想,这个女孩子是不是也长了和老太太一样的三角眼,瞪着他的时候,像极了《天书奇谭》里的老狐狸精?

他跟着她,被她冷嘲热讽;他甜言蜜语地哄她,她却丝毫不为所动。他管

幸福先知

尚小可妈叫干妈,和那个曾经输给他的人交朋友,并趁他不在的时候向尚小可大献殷勤。这个自以为是的女生以为他不知道小说里的"收税的",没有几个好东西?

可是去年春节,在那个烟花肆意绽放的河堤上,他这个没人待见的人,第一次收到的邀请,竟来自这个尖酸刻薄的女孩子。

他时常想起那晚璀璨的焰火,热热闹闹的河堤,和三个年轻人追跑打闹的身影。

葬礼后,许翔宇和尚小可十分默契地没有联系彼此。再见面时,已经过去了一个月。

周末,许翔宇带小可去吃她盼望已久的自助餐。这个餐厅的自助餐做得很精致,衣香鬓影的俊男美女们坐在别致的餐桌两端,伴着爵士或蓝调的背景音乐轻声呢喃,很典型的上海式小资情调。

可是小可坐在沙发上,瞪着空盘子,一手叉一手刀地发了半天呆,直到许翔宇帮她取了满满两盘子的东西过来,她才皱着眉头问:"小军都快一个月没跟我联系了,你说……不会出什么事吧?"

许翔宇摇摇头,把食物放在她面前,铺上餐布,倒好饮料。他把这一切都做完,小可依然一脸企盼地望着他。

他扑哧一声笑了:"他不找你,你不会找他啊?"

小可噘着嘴:"可是他让我别找他,让他清静清静。"

许翔宇看着她,叹了口气:"想也没用,晚上打个电话问问吧。"

晚上许翔宇接到小可的电话时,已经11点多了,他喂了一声,对方却没说话。

过了一会儿,他又喂了一声,回应他的,是一阵细碎的、难以抑制的哽咽。

认识小可之后,许翔宇从没见她哭过。在他的印象里,小可是那种头上被人砸了个包,也会骂骂咧咧捡起石头砸回去的女孩儿。

许翔宇赶紧问:"怎么了？出什么事了？"

小可哭得惨淡,让他的心也一揪一揪的。

他大声说:"哭什么呀?！说话！"

小可呜呜咽咽地说:"曲从军……曲从军的室友说……说……"话没说完,又哭起来。

许翔宇被她哭得心烦意乱,喝道:"说什么？说他死啦?！"

"呸呸呸！你别胡说！不许说什么死不死的！"

许翔宇自知失言,赶忙也呸呸呸三声,放低声音问:"到底说什么了？"

小可深吸口气,稳定了情绪,说:"他室友说,他和女朋友出去了。他还让室友转告我,别再给他打电话……"越说越小声,越说越不成句子。

许翔宇一时无语。他很疑惑,虽然他和曲从军并不是很熟悉,但是凭他的观察,曲从军对尚小可的感情不是一天两天积累起来的,怎么可能这么突然就移情别恋了呢？难道是因为他痛苦的时候有人在身边安慰陪伴,所以就被打动了？这倒也不是没有可能……

小可半天都没听到对面的声音,慢慢地停止了哭泣,叫道:"许翔宇?！你还在吗？"

"在呢。"许翔宇回答道。

"你怎么不说话了？"小可问。

"我在想该怎么安慰你。"

"那你想出来了吗？"

"嗯……天下何处无芳草,何必单恋狗尾巴花。"

"滚！"

挂断电话,许翔宇呆呆地站了许久。这个时候按理说他应该感到神清气爽,不是吗？

当晚,小可失眠了,她和许翔宇思考了同样的问题,得出了类似的结论。

幸福先知

可她想不通,他们刚刚好了没几天,怎么突然就玩完了呢?她翻来覆去地想,想他们的曾经,想他们不久前的温馨和共同期许的未来。眼泪一股一股地顺着脸庞打湿了枕头。

第二天一早,许翔宇又接到了小可的电话。

小可说:"我得去趟北京。"

"啊?你要干吗?"

"不管怎么说,我得见到他,问清楚到底是怎么回事。"

许翔宇没说话。过了一会儿他说:"这样吧,我晚上打电话帮你问问,实在不行,我陪你一起去。"

按照小可说的时间,许翔宇找到了曲从军。

"你究竟想干什么?你知不知道小可现在很痛苦?"

"你以什么身份质问我?你是尚小可的什么人?"曲从军的声音听起来很冷漠,即使过去他对自己并不热情,但也没让许翔宇感到这样疏离。

"你到底怎么了?如果你心情不好,我们可以理解你,但我希望你不要拿感情的事开玩笑。"

许翔宇居然听到曲从军笑了一声,笑声里充满讽刺:"我们?你整天围在我女朋友身边阴魂不散,有什么资格对我说这些?"他顿了顿,"不过,现在这样也好,你有机会了。我和尚小可远隔两地,根本不现实。你好好照顾她吧。"

"啪!"电话被挂掉了。

小可等了很久,终于等到了许翔宇的回复:"小可,放弃吧。"

她不想放弃。

许翔宇在上海火车站抓住小可,盯着她的眼睛说:"去了以后,你想好怎么说了吗?说你不想放弃,求他回头?如果他根本不想见你呢?你怎么办?如果他带着新女朋友站在你的面前呢?你又怎么办?"许翔宇不想说那句话,但他还是狠狠心,说了出来,"小可,给自己留点尊严吧。"

小可眼睛红红的,瞪着他问:"尊严? 我去问问自己为什么被抛弃了就是没有尊严? 我就想知道,他曲从军是谁,凭什么想要就要,不想要就像扔块破抹布一样把我扔掉?"

"别说了!"他一把搂住她,"别说了……他不要,我要!"

小可一把推开他,像是看一个陌生人:"你也有你的算计不是吗? 你到底想要什么?"

许翔宇呆立在原地,熟悉的窒息感再次来临。

我到底想要什么?

早上醒来,小可觉得眼皮像是被粘上了,怎么也睁不开,耳朵也有些疼。

米娜大叫:"呀! 小可! 你眼睛怎么肿成这样啦?!"

江燕玲和吴筱榕也过来看,皆是大吃一惊。

上午专业课时,小可一面努力睁大几乎睁不开的眼睛,一面揉耳朵。她一醒来就觉得耳朵疼,现在越来越疼,连脑袋也开始疼。

江燕玲看见她像小猴子一样抓耳挠腮了一上午,凑过来问:"小可你没事吧?"

小可说:"眼睛痒,耳朵疼。"

江燕玲轻轻扒开她的眼皮一看,叫道:"这么红! 赶紧去校医院!"

小可被江燕玲拉到校医院检查,得出的结论是:结膜炎和中耳炎同时发作。

回去的路上,江燕玲问:"小可,你昨晚上是不是一直在哭?"

小可没说话,低着头默默地往前走。

江燕玲抚了抚她的后背算是安慰,小可的眼泪又不争气地流下来。

小可想,我等啊,等啊,等着那个傻子开窍。好不容易等到了,居然被别人撬走了! 她想起他拉着她的手,说的那句不像情话的情话:"是因为我脑子里全是你,别人才会觉得我无趣。"余温还没散尽,他就去温暖别人了。原来他说

幸福先知

的让他清静,是让他和别人清静。

小可仰头叹了口气,生出一股强烈的无力感。如果有人比我更能慰藉你的伤痛,我是不介意放手的,虽然很难过。

回到寝室,小可拿出上次和曲从军拍的合影仔细端详,照片中的两个年轻人因为了解了彼此的心意,笑得那样幸福。她躲开女孩刺目的笑容,让自己尽量以一个陌生人的眼光打量照片中的男孩。

男孩为了迁就女孩的身高佝偻着腰背,刚理的短发根根直立,显得朝气蓬勃。他的脸介于男人和男孩之间,线条既不算锋利也不算柔和,显得有一丝稚气未脱。可是从他肩膀、手臂上逐渐向外延伸,似乎要努力突破肌肉包裹的骨节却不难看出,这个男孩已经在慢慢向男人蜕变。

小可看着照片中男孩的眼睛,照片中的男孩也看着她,长睫毛也没掩盖住专注而深情的目光。小可啪的一声将照片合在桌面上,深深地吸了口气,无奈地想,我始终没法像看一个陌生人那样看他,从他的眼睛看进他的心里。

他们认识得太早了,早到小可还没看懂他,就已经把心给了他。吴筱榕犯的错,她也犯了。

下　部

下　部

1. 回到起点

　　上海的发展快得惊人,尚小可并不是在逛街时发现这一点的,而是通过参加各种建筑设计规划的展览会体会到的。
　　三年来,她不停地跟着教授参加各种展会,出现在各大招投标项目现场,不知在一堆堆碎石瓦砾上踩断了多少只鞋跟,眼看着一块块荒地和破败不堪的城中村发展成熙熙攘攘的商业街、住宅区。上海的楼越盖越高,大有穿透苍穹的气势。可是小可明白,这也是被现实逼迫的,地少、人多,稀缺资源自然要充分利用,面积不够高度凑,也没什么错。况且人要当人杰,楼就要当地标,随着现代建筑业的高速发展,摩天大楼成了权力和财富的象征。然而仰头能看见的蓝天越来越小,人把自己困成了井底之蛙。
　　这几年,小可对这片土地和生活在这里的人有了更深的了解。考察现场时,她在很多破败的老弄堂里体会到了底层上海人生活的艰辛。环境逼仄,他们不得不发挥一切智慧和才能充分利用资源,所以他们精于算计,也斤斤计

幸福先知

较,尽量不给别人添麻烦,当然也不希望外界的一点点麻烦打破平衡的局面。

然而在这种局面的另一端,是这座城市多年来的繁荣与奢华。来过这里的欧洲人、美洲人和亚洲其他国家的人留下了他们曾经生活过的痕迹,这些痕迹直到今天依然时时刻刻提醒和影响着上海的每一个人。他们经历着生活的磨砺,看惯了名利场的沉浮,也不得不在纷繁芜杂的现实中寻找出路。

如今的小可也学会了在现实与理想中斡旋,美好的理想需要实力来支撑,于是她拼命地学习。楼越画越高,她的鞋跟也越来越高。当年曲从军给她买的那双运动鞋,她再也没穿过。偶尔找东西时从床底下扯出来,鞋盒上已经落了厚厚的一层灰。她也懒得清理,怎么拉出来的,再怎么原样推回去。

这几年,小可回家的次数越来越少,估摸着有可能和那个人碰面的时机,都被她巧妙而不着痕迹地避开了。原先她还想着假如能遇到他,或许过去了这么久,两人已经可以坐下来心平气和地谈一谈。可是还有这个必要吗?

她有时觉得不得不回趟家看看,却又找不到合适的借口。看看父母?父母已经越来越习惯没有她在家的生活,她突然回家,反而似乎给他们带来不少麻烦。唯一让小可觉得满足的是当她把厚厚的一沓钞票交给母亲时,能看到母亲又惊又喜的表情。

尚母说:"哎呀,我闺女真是出息了!我和你爸有钱,你自己留着吧!"

小可把钱推回母亲手里:"我留了够自己用的,你拿着吧。"

她始终记得上大学时母亲为了省钱,没送她去学校的事。如今不缺钱了,可她也不再需要别人送了。

尚母想了想,说:"也好,你们现在这些年轻人都会乱花钱,我帮你存着,等你要用的时候再给你。"

母亲回到厨房,老尚凑近女儿:"你自己的钱,自己拿着吧,别给我们了。"说完,冲女儿眨眨眼。

小可疑惑地看着父亲。

下 部

　　老尚坐回沙发上,慢悠悠地念叨:"关系像弹簧,你弱它就强。越能干的人啊,就越得养着好吃懒做的人……"

　　小可明白了,老尚这是在暗示自己,别再让自己辛苦挣的钱轻易流进外婆那个宝贝疙瘩的口袋里。

　　小可的表弟是母亲那边唯一的男孩,从小就格外得宠。前两年外婆突然得病,眼看快不行了,临终遗言便是要其他儿女始终记得接济这个宝贝孙子。母亲和她的一众兄弟姐妹全都指天保证。虽说外婆后来奇迹般地挺过来了,可临终的嘱托谁也不敢忘,并且争相表现自己信守承诺。

　　小可说:"我给你们的就随你们自己支配。至于他们家的事……我知道了。"

　　每次回家,小可依然会去看看曲母,目睹这位从失去了另一半的痛苦中挣扎起身的女人,是怎样一点一滴地恢复了元气,让迅速老去的容颜定格在比实际年龄大了五六岁的程度,重新绽放出劫后余生般的笑容。

　　小可时刻做出忙碌的样子,只为了来去匆匆,不和人聊除了学习以外的话题。曲母的几次欲言又止都被她温柔地堵了回去,连她都佩服自己的进退有度。

　　直到一个人独处的时候,她才会静静地任由自己想念一会儿,就一小会儿,不至于让自己都看不起自己。

　　听母亲说,对门吴阿姨一家去年回了上海。临走时,吴阿姨来敲曲家的门,那是那场风波之后吴阿姨仅有的一次拜访,却是为了告别。

　　尚母从抽屉里翻出一张纸,对小可说:"吴阿姨回上海之前给你留了张纸条,上面有她在上海的联系方式。"

　　小可很意外,接过纸条一看,上面的地址竟是她曾经考察过的隆昌附近的那一片弄堂。隆昌公寓是上海很有代表性的弄堂,电影《72家房客》就是老上海人最真实的生活写照。

　　揣起那张纸条,小可的记忆回到了很多年前。回上海前,她又看了眼对面

137

幸福先知

的房门和门前她和吴阿姨曾经蹲着聊过天的空地。

回到上海后，小可打电话约许翔宇周末陪她去隆昌一趟，却不巧许翔宇被导师叫去帮忙了。三年前火车站一别，她和许翔宇有一年多没见面。再见面时，是在放假回家的火车上。

收拾好所有的行李，小可累得满头大汗。她挤到座位最里面，掏出一本书准备隔绝外界的纷扰，突然，一大盒五彩缤纷的水果从邻座被推过来，小可愣了。她抬头一看，依然是那张阳光灿烂的笑脸。那么久不见，他更精神了。

"小姐，咱们好有缘啊！"

小可白了他一眼，自顾叉起水果吃。

再见许翔宇时，小可觉得他身上的阴霾似乎在慢慢消散。出站时，她扫了眼他的车票，座位并不在自己的这节车厢。

许翔宇取代曲从军的位置，成为小可新的男闺密。

小可不得不承认，作为男闺密，许翔宇比曲从军更称职。

许翔宇细心、会说话，虽然特别受女生欢迎，却总能在小可需要他的时候，从他的"花丛"中从容抽身，扮演好自己男闺密的角色。

他时常对小可说："看看，我又一次为朋友放弃了爱情，是不是很伟大？"

小可则会目不斜视地说："是我又一次充当了你感情的试金石。如果有一天，我没法再把你从一个姑娘身边叫走，那么恭喜你，你终于找到了心上人。"

许翔宇看了一眼身边的小可，一年没见，她似乎比从前柔软了许多，可是这种感觉却让他有些失落。最初的小可说话不好听，却很容易让人亲近，如今她对人接物温和有礼，眼神中却透着疏离。

他们之间像是什么也没发生过，只是一年前有人按了"暂停"键，如今，一切又继续开始了。

下　部

2. 故人之约

　　周末，小可按照吴阿姨纸条上写的地址来到了隆昌附近的老弄堂。

　　躲过晾在楼梯上的参差不齐、偶尔还滴答落水的衣服，小心地避开台阶上的花盆，她在"U"字形的灰色楼道中寻找地址中的门牌号。

　　几经确认，小可站定在一户人家门前。

　　这道门几经风吹日晒，接近地面的那一端已经褪去了油漆的颜色，露出了本来面目。

　　小可轻轻敲门。

　　"萨宁啊（谁啊）？"门很快打开了，一个四十多岁的女人像是看可疑人物一样上下打量小可一番，"侬萨宁啊（你是谁啊）？"

　　小可客气地问："阿姨，请问吴慧玲是住在这里吗？"

　　"哦，你找她呀，她不住这里的。"女人回答。

　　小可退后一步，又一次确认门头上的号码，拿出纸条给女人看："不好意

幸福先知

思,她给我留的地址是这里。她是搬到其他地方去了吗?"

"这个呀……我不知道的嘞,"看小可没有要走的意思,她说,"好啦好啦,我给你打个电话问问!真是麻烦的嘞!"

小可跟在女人身后穿过长长的灰色走廊一直走到走廊尽头,看她敲开了另一扇门。

小可不好意思跟得太近,就站在离门一两米的地方等着。

门只咧开一道一拃宽的口子,女人的声音断断续续从里面传出来:"……有个小姑娘寻特(来)……晓得晓得,我同她岗(讲)……"

女人出来时,把一沓零钱叠起来,重新装回口袋里。她看了小可一眼,递给她一张小纸条说:"喏,你打这个电话找她。她搬走了,以后不要到这里找她了,晓得伐(知道吗)?"

小可笑眯眯地对她说:"谢谢阿姨,您人真好。这水果您留着吃吧。"

女人的口气立刻软下来:"哦哟……这多不好意思的呀,你是送给慧玲的,我不好拿的。"

"没事没事,今天没见到吴阿姨,水果我就不拎回去了,怪沉的。以后有机会我再来看望你们。"小可把一大包水果塞进女人手里。

"慢走哦。"

小可回到宿舍,照着纸条上的号码拨过去。电话那头是个操着上海口音普通话的男人的声音:"哦,侬(你)等一下。"

等了一会儿,电话那头问:"喂?哪位?"

"吴阿姨,我是小可。"小可说,"您给我的地址我去了,他们说您搬走了。"

"哎呀,是小可呀!"吴阿姨很热情,"阿姨这几天搬家,等我安顿好了,请你喝咖啡。咱们好久没见了,回头好好聊聊。"

"需要我帮忙吗,吴阿姨?"

"不用不用,家里亲戚多,很快就弄好了!"

140

下　部

　　挂断电话,小可想,吴阿姨对于上海来说,恐怕已经算是半个外来人了。今天见到的女人可能正是吴阿姨那一大家子亲戚中的一个,看她的态度,能帮吴阿姨搬家的人恐怕不多。吴阿姨一家现在只怕也处在初来乍到、兵荒马乱的节骨眼上。

　　谁知两人的约定,一等就过去了一年。

幸福先知

3. 意外来电

老尚夫妻俩做梦都没想小可会被保送读研究生。

这几年，他们确实看到了小可的变化，夫妻俩嘴上不说，心里还是很高兴的。就像千万的中国父母一样，老两口从不在女儿面前表露半分高兴，却在老同事、老朋友面前不住夸耀女儿的出色。

小可几乎忘记了毕业这件事，她的毕业论文和毕业设计混在一堆投标文件和设计图纸里，差点儿没找到。

对于大多数同学来说，他们即将离开这所大学，有的甚至要离开这座城市。而对于尚小可来说，过完这个暑假，她依然要回来报到，跟着导师无限循环地进行下一个项目。

有时候她想，忙起来真好，真充实，什么都忘了。可有时候她也不免有些恐慌——难道我的一生就一直这样下去了吗？会不会有一天，突然就觉得无聊了？

还没等到小可觉得无聊的那天,程教授已经看不下去了。有一次程教授问小可:"小可,咱们班里的同学数你最用功,随叫随到,你就没谈个恋爱什么的?"

"没人看得上我啊!"小可嘻嘻笑着说。

"胡说!"程教授瞪着她,"你这么优秀的姑娘,怎么可能没人追?年轻人,该谈恋爱还是要谈的,工作永远也做不完。我可不想等你年纪大了嫁不出去,别人骂我是奴隶主!"

话虽这么说,小可却依然是那个冲在最前面的教授的得力干将。

小可并不是真的没人追,只不过小可的态度让很多男生望而却步。她并不冷漠,相反她比小时候让人感觉温和多了,只是她总能让对方明显感觉到她对情感的拒绝。更何况,小可的身边还有个星光熠熠的许翔宇。他像一个完美的标杆立在小可的左右,把明显不及他的异性不动声色地挡在了外面。

周而复始的规律运动被一个意料之外的电话打乱了节奏。

当小可听到曲母熟悉又陌生的声音时,愣了好几秒才反应过来。

"小可你好,最近怎么样啊?"

小可自从上次离开曲家,已经快一年没有听到曲母这样的问候了。她知道,一定是有什么事,才会让这个沉静的女人打电话过来。

小可说:"阿姨好,好久没见了,您最近身体好吗?"

曲母回答:"好。"

电话两端一时陷入了沉默,不似面对面,即使不说话,也能靠相视微笑来掩饰冷场。

小可问:"阿姨有事吗?"

曲母似乎正等着小可问出这句话,可又不想显得太唐突,吞吞吐吐地说:"嗯……阿姨有事……想拜托你帮帮忙。"

小可不愿她为难,主动问:"是曲从军的事吗?"

幸福先知

"是!"曲母索性和盘托出,"小可,小军从小听你的话,你帮阿姨劝劝他吧。"

小可觉得奇怪,难道曲母不知道,他们已经三年多没联系了吗?即使要劝,不也应该找曲从军现在的女朋友出面吗?

带着疑惑,小可问:"阿姨,到底出了什么事您慢慢说,我天天忙得糊涂,也不知道小军现在什么情况了。"

曲母叹了口气:"他也不知道怎么想的,学校想保送他读研究生,他居然拒绝了,非要回来进市刑警队。你说这么个小城市,哪有他留在北京继续读研好啊,这么好的机会,他还回来干什么呀?!"

小可疑惑地问:"他学的不是法律吗?怎么想起进刑警队了?"

这回轮到曲夫人疑惑了:"咦?小军三年前就转到刑事侦查专业了,你不知道吗?"

小可的心里"突"地一跳,脑中瞬间划过一道亮光。她想问,曲伯伯那个案子破了没有?当年这事闹得沸沸扬扬,公安部的 A 级通缉令发了这么多年,不知道人抓到了没有。可是她转念一想,如果这么问,着实令人紧张,于是她话头一转,说:"哦,我都忘了,您瞧我这记性。也许他怕您一个人孤单,想回去陪着您呗。"

曲母显然不同意这个说法:"我早就跟他说过了,让他拿你曲伯伯的抚恤金在北京买房付个首付,等过几年我退休了,他研究生也毕业了,我就过去陪他。他当时也没反对呀。谁知道这么突然就跟我说,研究生不念了,要回来工作……"

原来曲从军一个人默默地做了这么多决定,却没告诉她一个字。可是为什么要告诉她呢?小可想,她是他的谁?他早就把她从自己的生活中彻底删除了。

小可问:"那小军的女朋友怎么说?她同意跟他回老家吗?"

曲母絮絮叨叨的声音戛然而止。小可忽然意识到，自己是不是说错了什么。只听对面传来的声音越发诧异："女朋友？小可……这是怎么回事？我一直以为你在和小军谈恋爱呢，你们什么时候分的手啊？我怎么什么都不知道啊？你前几次回来，我想跟你聊聊，怕你不好意思，还以为你们暂时不想公开，我就没多问，怕你们有压力。你今天这么说……到底什么意思？"

　　小可捂着嘴，感觉自己像是捅开了一个巨大的马蜂窝，眼前全是嗡嗡乱飞的马蜂追着她叮，她全然没有招架之力。她的脑子急速转动，平时和许翔宇斗嘴耍贫的那点儿机智此刻全无踪影。

　　好半天，她才支支吾吾地编了个说法出来："呃……我和小军闹了点矛盾，最近正冷战呢。我还以为他都找新女朋友了，听您这么说，我就放心了。呵呵……您放心吧，我会跟他谈的。"小可一摸额头，竟急出一头汗来。

　　曲母这才放下心来："吓我一跳，你说你们这些孩子……"她语气又变得温柔了几分，"小可，你放一百个心，小军这孩子，其实脾气最像他爸爸，死心眼儿，认定的事不会轻易改变的。他要是认定了你，就不会再去找别人，你一定要相信阿姨。阿姨看着你从小长大，就希望你俩能好，你俩互相扶持，我就放心了。"说完这番话，小可听出曲母的声音已经有些哽咽了。

　　小可赶紧拍着胸脯说："阿姨您放心，小军交给我，保证帮您管得他服服帖帖的！"

幸福先知

4. 真相大白

小可坐在床上想要理清头绪,思前想后,她似乎明白了曲从军的意图。

虽然已经三年没有拨过那串数字,但那7个数字的排列组合对小可来说,早已经烂熟于心。她拿起电话,一个键一个键地按下去。如果这个电话是曲从军接的,她就不动声色地挂断,如果是他们宿舍的其他人,她就拉一个人下水,悄悄问清楚这件事的来龙去脉。

幸运的是,曲从军的宿舍里只有一个人,不是曲从军,而是老卢。

电话接通,小可一听不是曲从军的声音,便问:"请问你是曲从军的室友吗?"

这个问法很奇怪,但老卢还是回答道:"是的,他不在。"

小可说:"那更好,我找你。"

这就更奇怪了,任凭卢广庆头脑灵活,一时也没搞清对方的意图。

小可开门见山地说:"我叫尚小可。"

话音刚落,老卢大叫:"啊!小可!是尚小可啊!"

小可疑惑:"你知道我?"

老卢回答:"知道知道,我大一那会儿就知道你。"

小可来了兴趣:"曲从军什么时候回来?你要是不忙,我就打搅你一会儿。"

老卢显然也兴致盎然,爽快地答应道:"行啊!"

双方都找了个舒服的地方坐下,摆出个准备长谈的架势。

老卢说:"我叫卢广庆,你叫我老卢就行,我肯定比你大。"

小可说:"好,你就叫我小可吧。你刚才说,你大一就知道我,是什么意思?"

老卢说:"哦,那会儿老四喝醉了酒,做梦都喊你的名字。哦,老四就是曲从军。"

小可笑:"那都是很久以前的事了,我们早就分开了。"

老卢在电话那头沉默了一会儿,说:"我知道你们的事。你们分开,我们都觉得特别可惜……但是,老四应该有他自己的想法,他……很不容易。他父亲的事,我们都知道。那次从家里回来没多久,他就申请转系了,人也变得很沉默。"老卢长叹一声,"虽然还在一个寝室里住着,但我们很少能见着他。他转系之后,疯狂地补刑侦的专业课,平时要么在图书馆,要么就在训练馆里疯狂地练。每天他回来,我们都睡了,等我们起来,他已经出去了。唉!……他变了好多。"

小可似乎看见真相在眼前慢慢变得清晰。这样的曲从军,怎么可能有时间有精力去找另外一个女孩谈情说爱呢?

她问:"老卢,三年前你们寝室的人跟我说,曲从军有别的女朋友了,是他让你们编故事骗我呢吧?"

老卢又叹了口气,不置可否。

幸福先知

小可说:"老卢,今天的谈话,就当是咱俩的秘密吧。"

挂断电话,小可冷笑一声:"居然敢耍我?长能耐了!"

下 部

5. 为了你，我愿意

第二天，小可找程教授谈休学的事。

程教授很惊讶，问："是家里出了什么事吗？"

小可说："出了一点事情，需要比较长的时间才能解决，所以，我想推迟一年入学。"

程教授想了想说："这样吧，你还是开学后照常办理入学手续，办完入学手续以后，再办理休学手续。暑假期间正好过渡一下，你把手里的工作和其他同学做个交接。"

小可心里明白，程教授对她算是很不错的，但是工作室里不养闲人，一个萝卜一个坑，她走了，自然有新的同学顶上，一届一届老带新，这种事在任何一所大学都司空见惯。毕竟教授也给了自己很多机会，而且还有报酬可拿，所以她安之若素。程教授很欣赏小可这样的态度，不像很多初出茅庐的学生还没怎么样就跟他谈什么报酬，自然也对她青眼有加。

幸福先知

回到宿舍，小可把要做的工作大致在心里做了个分类。现代社会经济至上，更何况这里是上海，大家都现实得很，如果她不能短时间内解决曲从军这个大麻烦，她自己的前途也会受到影响。想到这里，她抓起笔，把近期要做的所有工作按轻重缓急列了个计划表。

所幸与她交接工作的是江燕玲。两人搭档许久，配合得相当默契，即使很多工作不能立刻交接完毕，也可以在小可回到家以后，两人在网上继续处理。

江燕玲说："小可，有些项目我建议你保留，在家做完了发过来，我帮你沟通。"

小可很感激这位同室四年的朋友："燕玲，谢谢你。"

江燕玲满不在乎地说："我警告你啊，这一年你可不能荒废了专业，我还等着你未来跟我一起开设计师事务所呢！"

"嗯嗯！"小可是真心实意想和江燕玲做一辈子的朋友与合作伙伴，有个真心相待又能共同致富的朋友，恐怕是人生的幸福之一了。

米娜找了个设计院的工作，解决了她的上海户口问题，她也会继续留在上海。一个宿舍的四个同学都没离开上海，所以相比较其他寝室的离愁别绪，503显得比较平静。

唯一心里不平静的就属吴筱榕了，她越来越认同尚小可当初跟她说过的话。

最初的激情过后，吴筱榕对那个"杰出青年"给出的承诺越来越觉得不可信赖。她的"杰出青年"不停地靠动听的许诺和甜蜜的温存维系着两人之间见不得光的关系。可是，明明知道这是饮鸩止渴，虚荣心却迟迟不允许她在找到更好的人之前结束这段关系。眼看临近毕业，身边的同学们都整装待发，开始了新生活。只有自己，还纠缠在一堆扯不断、理还乱的情感纠葛中。每每想到这里，吴筱榕都感到无比沮丧。

唯一值得安慰的是，"杰出青年"利用他广阔的社会关系，为吴筱榕谋得了

150

下　部

一个不错的工作单位,等她毕业就可以办入职手续。

论文答辩结束的那天下午,503又只剩下了尚小可和吴筱榕两个人。

这一幕如此熟悉,小可恍惚觉得她们又回到了大一的时候。时间过得真快,原来青春不过是转瞬即逝,如果反应稍微慢一点儿,恐怕就直接从青春期跨进更年期了。

依旧是小可在整理行李,依旧是吴筱榕躺在床上发呆。

小可预感,三年前的一幕即将重演,她静静地等着吴筱榕打开话题。

果然,吴筱榕开口了:"小可,你真的要休学一年回老家去吗?"

小可回答道:"是啊,休息休息。"

吴筱榕说:"你……是不是为了那个曲……? 为了一个当初甩了你的男人,搭上自己的前程,值得吗?"

小可停下手中的动作,冷哼一声说:"这个人三年前连个招呼也没打就把我甩了,我总得知道原因。再说,像我这么睚眦必报的人,没理由白白被人欺负了!"

吴筱榕瞟了眼气哼哼的小可,笑了笑,没再说什么。她在想,如果她的"杰出青年"有一天背叛了誓言,她会怎么样? 会不顾一切跟他死磕到底吗? 即使她曾经或者现在依旧很喜欢她的"杰出青年",可是如果在自己的前程和那个人之间必须二选一,她还是会毫不犹豫地选择自己的前程。

小可在出发回老家的前一天才告诉许翔宇,是因为不想他搅局,更不想耽误了他在新工作单位的实习。

许翔宇凭借着他名牌大学金融专业优秀毕业生的身份,再加上他出众的外表和三寸不烂之舌的表达沟通能力,顺利地在一家全国人民都知道的银行里找到了不错的职位。

许翔宇一听到小可要回老家待一年,急得从椅子上跳起来,叫道:"你怎么不早跟我说啊?! 你突然跑回去干什么?"

幸福先知

　　小可依然是一副不冷不热的样子："早说你要怎样？你老老实实待在上海，好好工作！"

　　许翔宇静了片刻，说："你是不是为了曲从军？"

　　小可没吭声。

　　"你有病吧？他当年甩你像甩鼻涕一样，你现在又贱兮兮地回去，你还要不要……"

　　"别说了！"小可喝道，她缓和了一下口气说，"我不是为了他。这几年我太累了，想休息休息。有些事在我心里一直过不去，我想好好整理一下心情。等我回来吧，我会是全新的我。"

　　"我不等！你把我一个人扔在这儿，我怎么办啊？"许翔宇耍赖。

　　小可不耐烦地嚷道："你都多大了还不能自己独立生活啊？没有我你就不能活啦？"

　　许翔宇没说话。

　　小可像安慰小孩子："听话，我会如期回来的。"

　　许翔宇冷哼一声："鬼才信呢！"

　　小可叹了口气："我根本就没跟他联系，也没打算见他。当初是他甩了我，我不会上赶着去找他的。"

　　即使她这么说，许翔宇还是不放心，他左思右想，必须在走之前让小可给他一个确切的答复。

　　他带她去了外滩一家顶高级的西餐厅。

　　服务生彬彬有礼，水晶灯风铃一般，丁零丁零地随着窗外吹进的江风摇摆，烛光映在高脚杯上，星光闪烁。

　　许翔宇绅士地给小可拉好椅子，看起来十分慎重。在摇曳的烛光下，他问："你觉得我这人怎么样？"

　　她看了他一眼，说："挺好的，就是总没正形。"

他忽略她的不解风情,继续说:"你看我也试了那么多,在我心里,没人比你好。你也是,你说你身边那些男生,有谁能比得上我?要不……要不咱俩凑一对吧?"

"凑一对什么?大小王?还是一对二?"她认真地看着他的眼睛,直到看得久经沙场的他脸上发热才说,"每个人都有自己的苦难,想要跨过去,只能面对。回避就像一直捂着,捂得化脓了只能越来越糟糕,非得把脓挤出来才能好。"

许翔宇知道小可不只是在说自己,也是在说他。他亲眼看见小可摔倒又爬起来,疼,却什么都不说。可他呢?疼,就想着法儿地去伤害别人。小可早就看透了他,却没点破,她用自己的方法一点一点地在改变他。这一瞬间,许翔宇突然有种奇异的感动,如果小可是他的妈妈,即使爸妈离婚了,他也不会这么可怜可悲吧?

面对她的碎碎念,他已经知道了她的答复,她在绞尽脑汁地拒绝,看似不给面子,却是给足了他面子。他在心里苦笑,如果他再进一步,恐怕两人连做朋友都尴尬了。

许翔宇的意思,小可当然明白。她在去西餐厅的路上就察觉了他的不同寻常,只是装作不明白而已。她再也不想在友情里掺杂其他成分,朋友的角色不能随便改变,一不小心,就回不到原先的位置上去了。这是个很有风险的尝试,容易血本无归。

小可偶尔想起曲从军,如果能预见他会从自己生命中消失,她宁愿不把他变成自己的爱人。那样他们就可以始终相伴,即使不能相爱,也不至于分离。可是她又问自己,如果时光倒流,能控制住自己的感情吗?答案是,不能。

所以,他们注定了分离。

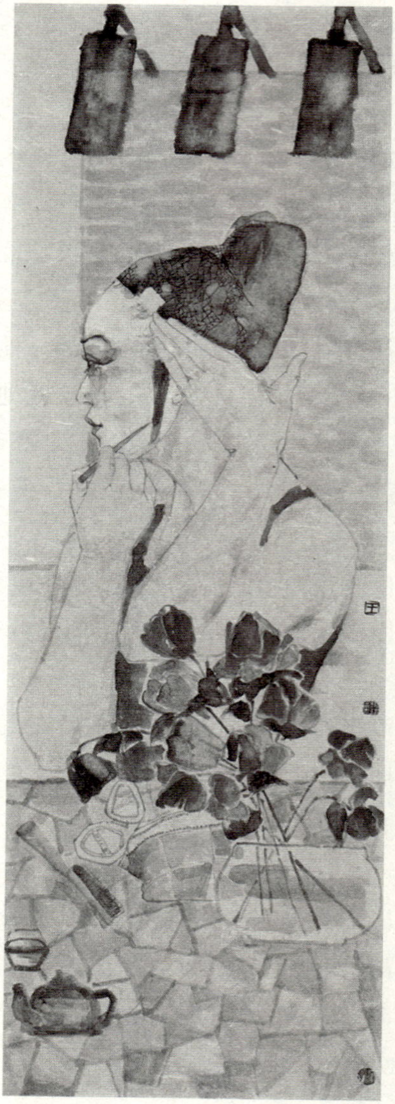

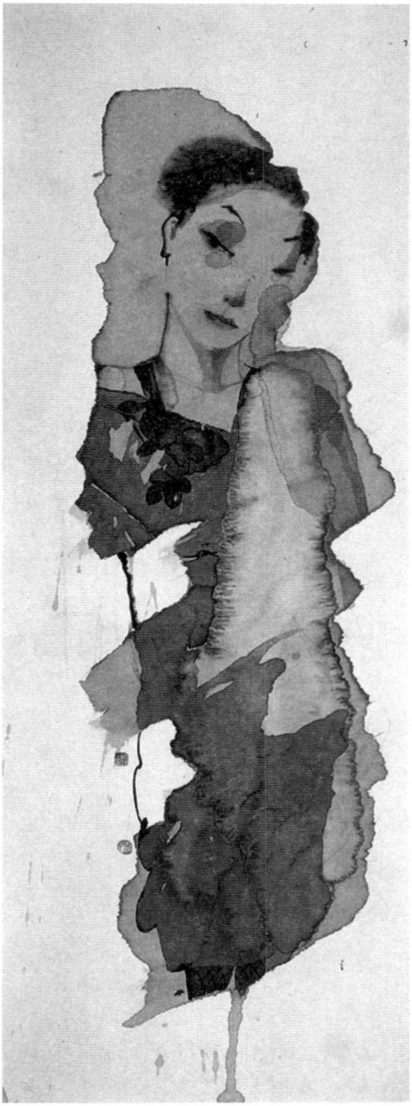

幸福先知

6. 回家，部署

回到老家之前，小可拜托高莹帮她找了一套小公寓。她没打算回家住，对老尚和尚母只说学校要求他们找个单位实习一年，然后交一份实习报告，作为硕士论文报告的依据。

这个理由小可想了好几天，自认为编得天衣无缝。

老尚夫妇也没有表示疑义。只是老两口对小可回来了却不住在家里颇有些不满，这几年女儿都不在他们身边，好不容易回来了，却直接在外面租了套房不愿回家住。尤其是尚母，不停地唠叨："你怎么也不和我们商量商量就决定了，挣了几个钱瞧把你显摆的，住在家里我们还能打扰了你的清净？"

小可耐着性子跟尚母说："妈，我经常要熬夜画图纸，有时候半夜饿了还要弄吃的，噼里啪啦，吵得你们也睡不好，我还得轻手轻脚的，大家都不自在。我周末会回来住的，到时候你给我多做点儿好吃的。"

"熬夜画图？你有那么多工作要做啊？怎么听着比总统还忙呢？！你回来

住,我不嫌你吵,租房那钱你省给我,我天天给你做好吃的!"

"你不嫌我吵我还嫌你吵呢!我干活的时候需要安静!安静!"

"哎你……"尚母还要再说,被老尚一把拉住,"行了行了,小可在外面自己生活习惯了,咱们就随她吧。"

"你懂什么呀……"尚母狠狠剜了老尚一眼,进了厨房,不一会儿,厨房里就飘出鸡汤的香味。

小可给市园林局投了份简历。面试人员一看她的工作履历和参与的项目,翻出大半个下眼白从老花镜镜片上方看着她问:"就凭你这简历,在北京上海找个大设计院不好吗?干吗跑回来在我们这个小单位待着啊?"

小可不想编那些花言巧语哄面前这位面容和善的老师,很坦诚地说:"我其实是因为个人原因,必须在老家待一段时间,无论是全职还是兼职,在此期间我一定会兢兢业业地做好本职工作,希望老师能给我一个机会。"

面试老师了然地哦了一声,点了点头说:"你能保证工作一年,在此期间不会突然离职吗?"

小可点点头:"可以的。"

面试老师说:"这样吧,我和领导商量一下,随后和你联系。"

第二天,小可正在收拾她温馨的小屋,就接到了园林局人事部门的电话。对方说:"我们研究了一下,因为你也不打算长待,就不给你正式的编制了,签一份聘用合同吧,期限为一年。工资待遇你也大概了解了,跟那些大公司、设计院肯定没法比。如果你觉得合适呢,周一就可以来上班。"

"好的,我周一带着证件和资料过去,直接签完合同就可以开始工作了。"

"好,周一见。"

"周一见。"

工作和住处都安排妥当后,小可突然想,如果就这样生活下去,其实也挺好。一个人在外漂泊了四年,整天忙忙碌碌的,如今回到家乡,有家人,有朋

幸福先知

友,有一份稳定的工作以及稳定而平静的幸福。

园林局的工作对她来说游刃有余,她可以用多余的时间做上海那边的工作,倒也充实。

小可放慢脚步,沿着林荫大道慢慢地向山脚下踱去。

自己有多久没有这么闲适地散过步了?即将进入盛夏,漫步一阵有些微微出汗,路两旁的法国梧桐像一把把大伞,层层叠叠地把阳光阻隔在外面,却透出缕缕微风,十分清凉舒适。叶片中偶尔漏下些许散碎的阳光,令人心情舒爽。

山脚下有一片白色建筑,地势上背山面水,很适合疗养。此时正值绿叶茂密的时节,郁郁葱葱的各类植被从山坡上向下探寻,直想把这片白色楼群呵护在怀里。

小可去市人民医院是为了找沈大夫,也就是曲从军的母亲。

曲母刚查看完一个病人的情况,见小可站在病房外,又惊又喜,拉着她的胳膊叫道:"哎哟小可回来了,你怎么跑到医院来找我了?在家里见多好呀,阿姨给你准备好吃的。"一边说,一边把小可拉进她的办公室。

关上门,曲母问:"你是有什么不舒服吗?"说着摸摸小可的手心,感觉热乎乎的却并不发烫,这才放下心来。

曲母在桌边坐下,小可坐在桌子对面,两人坐得像病人看病、医生问诊。

曲母笑道:"你看,我这也没什么能招待你的。"

小可笑着说:"阿姨别忙了,我来找您是有事要说。之所以来这儿,是因为小军不会来。"

曲母脸上的笑容慢慢散去,眉头轻轻地皱了起来。她忧虑地看着面前的女孩儿,想象着她十岁时的样子,和现在天差地别。她不再是甩着马尾,用刘海遮住青春痘的小姑娘了。如今她美丽自信,大气稳重。这样的女孩儿躲着小军来见自己,这是……

小可不想琢磨曲母此时脑海里的浮想联翩，她决定开门见山地拉着曲母和自己结成统一战线。

小可说："阿姨，我要问您几个问题。"看见对方点头，她接着说，"小军什么时候回来？"

曲母说："下周，具体时间还没定。"

小可问："市局刑警队同意接收他了吗？"

曲母说："市局的高局长是你曲伯伯以前的老朋友，他跟我谈过，以小军的学历和表现，想进刑警队肯定没问题。他想征求我的意见，我和高局长谈完就给你打电话了。你帮我劝小军了吗？……唉！估计劝也没用，他的态度很坚决。"

小可说："阿姨，最后一个问题：那个人，抓到了吗？"

曲母的表情明显凝重起来，她死死盯着小可的眼睛，慢慢地摇了摇头。

小可想，看来阿姨也已经猜到了曲从军想做什么，这是秃子头上的虱子——明摆着的。

小可说："接下来我要说的，您一定要记住，千万千万别忘了。您一定要记住，我和曲从军三年前就已经分手了，现在没有任何关系。关于我的事情，您一概不知，我也从来没找过您！记住了吗？"

曲母在听见前几句话时眼睛瞪得老大，可是越听越觉得蹊跷，满脸疑惑地问："小可你这是要干什么呀？你说的都是真的吗？你和小军……早就分手了？"

小可赶紧说："阿姨您一定要记住我的话，我接下来要做的所有的事都是为了小军，您一定要相信我！"她唰唰唰地在纸上写下自己的电话号码递给曲母，"阿姨，这是我的手机号，您帮我盯着小军，有事给我打电话。"

小可走后，曲母心乱如麻。三年前儿子突然转专业，她就隐约察觉了他的意图，他想抓到那个人，替他爸爸报仇。

幸福先知

老曲走时的样子他们都看见了,虽然法医已经做了精心的处理,但是那样的惨状,还是让家人难以接受。一想起那个场景,她就有种像是被人掐住了脖子的窒息感。她相信儿子也和她有同样的感受。可是,她曾听见他们私下议论过,那是个极度危险的人物。更何况,那个人手里有枪。她宁愿丈夫的案子永远不破,也不愿意让儿子再去冒那样的险。

她又想起小可说,她和小军三年前就分手了。那小可为什么突然跑回来和自己说这些呢?小可到底想做什么?她向来知道,小可这个女孩子聪明,有决断,虽然从小就让老尚头疼,可她就是相信,小可心思单纯、敏感善良,那是她作为女人对另一个女人的直觉和欣赏。

曲母想起小可今天给她的手机号,从皮包里拿出纸条反复念了几遍,记在脑中,又把纸条撕碎,扔进垃圾桶里。

下　部

7. 贵人相助

　　小可把全市的地图调出来,仔细研究了一番,发现家乡的面积远远比她想象的要大。从出生到18岁高中毕业离开家,她发现自己活动的范围其实非常小,而且路径很单一,只覆盖了全市二十分之一的面积。那些下辖的区、县,有些她连名字都没听过,还有些历史上著名的景点,她只在课本上见过,却不知就在自己身边。

　　小可不禁感叹,自己前二十多年简直白活了。趁着这个机会,她要好好看看自己生活过的这座城市,踏遍这里的每一寸土地,即使以后不在这里生活了,也不会留下遗憾。

　　上班一周后,小可找到徐老师,也就是当初面试她的那位面试官,"孝敬"了他一壶极品普洱,笑嘻嘻地问:"徐老师,有没有什么项目需要我跑现场的呀?"

　　徐老师呵呵笑着说:"闲得难受啦?"他的黑眼球又从镜框上爬上来,对上

幸福先知

小可的大眼睛,"我们这里可不比你之前待过的地方。咱们园林局一般不会主动提出规划意见,基本上要听上面的指示。"老先生拿着笔朝天花板指了指,接着说,"其实我们的工作很简单,只要根据上面的要求,在具体的区域做一些小范围的绿化、美化设计,监督一些商业项目不要违规建设就行了,自由发挥的余地不大。"

"哦,"小可表示明白,又问,"那我可以出去走走看看吗?我刚才看了看地图,原来有这么多地方我都没去过呢。"

徐老师说:"那可不行,上班时间哪能瞎跑?!"说完,他却四下看看,那表情让小可一下子想起了《黑猫警长》中那只老谋深算的"一只耳"。她捂着嘴笑起来,猜到老头势必有悄悄话要对她说。

果然,徐老师摆摆手,示意她把耳朵凑近,说:"你如果想出去啊,去找钱老师要一张实地勘测申请表,填完了交给我,我给你签字。"

"啊!"小可惊喜地叫起来,徐老师赶紧示意她小点儿声,压低声音叮嘱道,"但是我告诉你啊,一个星期不能超过两次,每次只能半天,必须有半天时间要在单位露面。"

"明白!"小可一个立正,一溜烟地跑去把那个刚打开的特级普洱茶饼全部"呈"给了徐老头。这个茶饼还是她头一天晚上从老尚那里搜刮来的,没想到第二天就派上了大用场。

徐老头摇头晃脑地欣然接受了小可的"孝敬"。他第一眼看见这个小丫头就喜欢她。她落落大方,不做作,也不矫饰内心的真实意图。徐老头本就不是个苛待下属的人,而且这么一只金凤凰,总有一天要去寻她的梧桐树,在自己的职责范围内与人方便,于己也方便。

争取到了比较自由的活动时间,小可准备联系一下以前的同学,看看有没有人现在从事公安工作。她本想在QQ的同学群里广而告之,可是转念一想,她的同学基本上也是曲从军的同学,她这么一找,反倒有可能把曲从军给勾出

下 部

来了。

真烦！小可有些烦恼,两个人交集太多了也挺麻烦的,想涉及对方不了解的领域也不容易。

正当她一筹莫展的时候,许翔宇像是有心灵感应一般给她打来了电话。

电话里的许翔宇装出一副受尽委屈的腔调说:"小可……你都不知道你不在的这段时间我有多可怜……"

小可打断他说:"有屁快放!"

许翔宇在电话那头咳嗽一声,立刻换了一种腔调:"你要是总对我那么凶巴巴的,我就不帮你解决燃眉之急了啊。"

小可疑惑道:"你怎么知道我现在的燃眉之急是什么?"

许翔宇很得意,哼了两声说:"我掐指一算就知道你回去到底要干什么!我给你找了个人。你还记得当年竞选'形象大使'的时候,坐在你前面的那哥们儿吗?就是那个把你评价我的言论转述给我的哥们儿?"

"哦……"小可说,"没印象了。"

许翔宇在电话那头吃吃地笑:"这不重要,我跟他联系了一下,他现在在市局刑警队经侦科。我把你托付给他了,有什么事你尽管找他。"

"啊!"小可尖叫起来,"你们都太可爱了,是不是上帝派你们来帮我的啊?!"

挂断电话,许翔宇长长地呼出一口气,独自向家的方向走去。

这是他毕业前费尽心思找到的一套精装修的两室一厅的公寓。当时一看见,他就喜欢上了,兴致勃勃地想对小可提出合租的建议。小可那算不上拒绝的拒绝,在他心里一直是个结,想解,解不开,想剪,又剪不掉。小可的心里一直就只有曲从军,他心里明白,只是这么多年,他习惯了有小可在身边,隔三岔五被她吼几句,心里竟然才觉得踏实,才觉得有种被人管着的妥帖。

租下这套公寓时,他没和小可商量,即使不做男女朋友,能一起生活、相互

163

幸福先知

照应，也很让人向往。

　　这套房的两间卧室一大一小，小的那间够他睡觉就行了，大的那间他准备让给小可，因为有一个大飘窗可以摆放小可的工作台，她肯定喜欢。客厅里有个大电视，他准备霸占客厅的电视用来打游戏，小可不会屑于和他抢的，因为小可总是在画图纸。

　　唉！一切都设想得那么完美，他一门心思地想着怎么软磨硬泡地说服小可，可是没想到，小可竟然走了。这就是人算不如天算啊！许翔宇自嘲地一笑，果然，自己最后还是孤孤单单的一个人。

下　部

8. 陌生的朋友

　　吕姜一看见尚小可就贼兮兮地笑,笑得小可想拿手提包砸他。小可心想,他和许翔宇果然是物以类聚、臭味相投。

　　对于尚小可,吕姜有很深的印象。当年她的一句话,让他惊讶不已,回头打量了这个女生半天,她虽然清秀,却并不见得出类拔萃。几年后再见,他不得不感叹,果然是女大十八变!

　　小可对吕姜却毫无印象,要说他是个警察,大多数人都不会相信。他看起来不像是个牢靠的人,一件耐克的帽衫穿得松松垮垮,人也松松垮垮,二郎腿跷得直晃。所幸,搭在右腿上的左腿是稳定的,不然整个人都要被抖散架了。小可暗想,他摆出这么一副吊儿郎当的样子给我看,是准备刁难我一下吗?明明已经答应许翔宇帮我了,怕是见陌生异性,他也有些紧张吧?

　　在咖啡厅门口环视了一圈,她就锁定了这个"不着四六"的人。这人虽然拉出个不正经的架势,但是四目相交的一刻,小可就知道,他绝对是个正人君

幸福先知

子。有些人外表看起来要多规矩有多规矩,可往往不规矩的事都是他们干的,而有些人则恰恰相反,即使外形多么放浪,眼神却是坚定的。她不禁对许翔宇的这位老朋友生出了几分好感。

吕姜说:"真没想到啊,当年我也就是惊鸿一瞥,竟然就促成了你和许翔宇的一段缘分。"

小可白眼一翻,说:"惊鸿一瞥是形容你自己吗?"臭不要脸!小可在心里嘀咕。

吕姜嘿嘿地笑:"老许这么多年难得对谁上心,这次千叮咛万嘱咐地把你托付给我,可见你在他心里不一般。"

小可说:"那是啊,我比他妈跟他还亲呢。"

吕姜收敛了笑,暗自思忖,不知道眼前这个姑娘对许翔宇的事到底了解多少,自己还是别多嘴的好。他话题一转,问:"你怎么会突然想问三年前的那个案子?"

小可说:"许翔宇没跟你说吗?"

吕姜说:"没细说,只交代让我对你知无不言。但是我先声明,违反纪律的事我可不敢做。"

小可说:"知道,不会让你为难的。"

吕姜答应第二天上班就帮小可查三年前老曲那个案子的资料,一有消息就联系她。

分手前小可叮嘱他:"下周你们单位会来一位新同事,叫曲从军,不要向他提起关于我的任何事。"

吕姜皱着眉头嘟囔:"曲从军……这名字怎么这么耳熟呢?"

小可说:"就是那次'形象大使'比赛的第二名,坐在我的左边。我让你查的案子,被害人就是他父亲。"

吕姜惊讶地看着尚小可,直到对方已经转身走出了餐厅,他的嘴还没来得

下 部

及合上。这三个人……到底是什么情况啊,怎么人物关系这么复杂?

就这样,在曲从军回来之前,小可已经安插完了所有的眼线,有条不紊地开始了自己的新生活。

周一,小可给自己安排了第一个实地勘测点——九龙山公园,也就是老曲牺牲的地方。

说是公园,其实是一块面积比较大的公共绿地。这个小公园是生活在九龙山区所有人都知道的休闲场所,小可和曲从军小时候没少来这里玩。公园中间有一个面积不大的人工湖,将整个小公园的生态环境提升了不少层次。夏天他们在这里捞过鱼虫、钓过龙虾,冬天在这里堆过雪人、敲过冰洞。盛夏时节,湖水被鱼虫铺满,一片血色,捞一次够金鱼吃很久。他们俩从冰箱里弄出一小块猪肉,拴在绳子上,连钓竿都不用,直接提溜着绳子,一下午就能有一大钢精锅的收获,晚上就能吃上爆炒虾球。

湖周围的绿植沿着层层台阶向上延伸,种类不是很多,但是非常繁茂。白天有很多老人带着孩子在这里晒太阳,晚上也有人来这里散步纳凉。只是十点以后,当人们都逐渐散去,这片湖和层层叠叠的树丛,常常让幼时的小可感到莫名恐惧,每次路过,总觉得那层层黑暗里滋生着不可名状的恐怖的东西。早知道会发生那件事,她就会提醒曲伯伯,让他小心这个公园。可是,谁会留心转瞬即逝的那一点点恐惧呢?她忘了说,即使说了,恐怕也改变不了什么。

公园入口处,有个巨大的老鹰石雕,老鹰伸展翅膀仿佛随时要冲入云霄。三年前,老曲就是在这座石雕的附近被人发现的,以至于从那以后,小可每每路过这个地方,看见那只石雕的老鹰,再也不觉得雄伟,而是满心悲凉。

小可坐在公园里的台阶上,看着身边跑来跑去嬉笑打闹的小孩子们,试图从地面上寻找当年凶案发生后留下的痕迹。可是三年过去了,日晒雨淋,什么也没留下。

她站起身,觉得浑身被晒透了,热烘烘的。

幸福先知

下午回到办公室没多久,小可就接到了吕姜的电话。

小可说:"你要是早几个小时打电话,我就能请你吃饭了,现在我刚回来,出不去了。"

吕姜说话简短明了:"我忙到现在才抽出空给你打电话,把能给你看的资料整理了一下,下班我来接你,一起吃晚饭吧,边吃边聊。"

他们俩一拍即合地选了个新开的火锅店,虽然小可觉得一边热火朝天地吃火锅,一边谈曲伯伯的案子有些不合时宜,但是转念一想,曲伯伯不是在意这些俗事的人,自己也没必要那么矫情。

吃饭前,吕姜看小可要打开文件袋,说:"先吃饭吧,回去再看,我给你大概讲讲。"

小可点点头,把档案袋放在一边。

吕姜说:"逃犯叫常玉龙,1968年生人。1984年因为盗窃被抓,因为不满18岁,在少管所待了2年。刑满释放后没多久再次犯案,这次已经满18岁,被判了4年。1990年刚出狱又再次因为盗窃入狱,这次赶上'严打',被判了15年。因为在狱中表现良好被提前释放,出狱的时候已经35岁了。2001年除夕那天,常玉龙在市体育训练中心偷了一把射击用步手枪后消失了一段时间。体训中心报案后,全市进行了大排查,因为案情比较严重,排查范围包括案发前一年出入体训中心的所有人员,但是毫无头绪。直到6月份,常玉龙持枪抢劫杀人现身。"

2001年的除夕!小可想起了那个烟花烂漫的河堤。他们三个人正在无忧无虑地庆祝新年时,在城市的另一个角落却正默默酝酿着一场罪恶。后来发生的所有事情,早在那个时候就已经注定,只可惜那时的他们,还什么都不知道。

"一个惯犯,屡教不改,在狱中还能表现良好被提前释放?"小可不解。

"这不奇怪,有些惯犯在日常生活中和常人无异,但其实他们反应灵敏、动作灵活,脑子也聪明,在劳动改造的过程中常常会有突出表现。"

小可了然地点点头:"这些人出狱了却重回到老路上去,是不是因为生活所迫呢?"

"有一部分原因。"吕姜说,"进去过的人出来以后很多都不易被社会接纳,很难找到工作,所以也缺乏生活来源。但是还有另外一个原因,就是某些罪犯的犯罪习癖化。他们靠长期反复犯某种罪来获得精神上的满足,这种罪犯经验丰富、犯罪成瘾,让他们改邪归正的难度特别大。"

小可问:"枪里一共有几发子弹?"

吕姜说:"据体训中心提供的资料,这把枪丢失时,里面应该有6发子弹,常玉龙抢劫时开了一枪,被抢的人当场死亡。后来曲所长接到报警追凶到九龙山公园,身中3枪,原则上,枪里还有2发子弹。"

"还有2发……"小可的心越来越紧,"那……这都过去三年了,一直没抓到人吗?"

吕姜无奈地摇了摇头,说:"这案子当时挺轰动的,公安部发了A级通缉令,因为有同事牺牲,罪犯还藏匿了枪支,大家都非常紧张,对涉案的所有关系人都进行了密切的监视和排查。但是嫌疑人没有亲人,他的养父母也早已过世,三年过去了,愣是连根毛也没发现,这人就像人间蒸发了一样,活不见人,死不见尸。"

小可问:"他没再犯案吗?"

吕姜托着下巴皱着眉头说:"这点也很奇怪,在那之后他就再也没露过面,但凡有关盗窃抢劫的案子,市局和省厅也都特别留意筛查,却再也没发现过这个人的踪迹。"

小可越听越觉得恐怖,问:"可是你刚才说到犯罪习癖化,三年都没再犯案,似乎并不符合。"

"是的,这一点警方也觉得奇怪。从偷枪到抢劫、杀人,犯罪行为突然升

幸福先知

级，显然也不符合常理。"

"有他的照片吗？"小可问。

吕姜嘴里含着菜，烫得合不上嘴，含含糊糊地说："档案袋里有复印件，你凑合看吧，这都好几年了，也不知道变没变样。"

小可一边低头在档案袋里找照片复印件，一边问："他会不会已经逃到外地去了呢？"

"不好说，反正这种人，流窜到哪里都是极端恐怖的因素。"吕姜瞅了眼小可，"小可，你跟我说实话，你查这件事，是不是为了曲从军？你也说了，他是你的前男友，他的事现在已经和你没关系了。我劝你啊，这事你别管，你也管不了，了解一下知道有这么个人，平时小心一点就行了。"

复印件是黑白的，相比彩色照片遗漏了很多信息，比如人的气色就完全看不出来，气质相比彩色照片也会有些不同。

小可有些惊讶，她原本主观地以为，能把曲伯伯伤成那样的人，一定比曲伯伯更加孔武有力，脑子里不自觉地就浮现出了彪形大汉的模样，此时一看照片，大相径庭。

这个人居然算得上清秀。如果把他丢在人群里，毫无辨识度，很多人都会认为他刚从学校里出来，有可能是大学生，也有可能是年轻的老师。唯独那双眼睛，看似呆滞地望向镜头，目光中却隐隐夹杂着执着的光芒。他的唇线明明天生向下，可不知为什么就让人觉得在唇角处出现了不易觉察的上扬，仔细看，却又无法辨认出这细微的变化。小可觉得，这个人就像是武侠小说里那种平日里默默无闻，一旦爆发就有极端杀伤力的狠角色。

这种人其实在生活中并不少见，只是大部分没有被触及燃点，所以他们依旧保持着不温不火的状态，隐没在人群中。也有少数人一发作，就爆发出了毁灭性的力量，类似的例子就是小可在大一时发现的那道如影随形的目光的主人——肖海元。

下 部

　　肖海元不是小可他们班的学生,他学的是土木工程专业。

　　当年,他用痴情的目光对吴筱榕进行围追堵截的时候,并不知道女生503寝室已经因为他发生了一场尴尬而持久的冷战——他的女神被室友们孤立了。

　　吴筱榕在那件事之后,彻底就在503变成了一个隐形人,集体活动与她再无瓜葛。她一个人洗衣服,一个人上课,在集体宿舍过起了独居生活。要说以前,是她作为上海人的骄傲让她在群体里显得独特,那么后来,则是周围的人主动与她疏远,她是真正茕茕孑立了。

　　有几次,小可很想找她聊聊,却发现她意兴阑珊。小可想,也许在吴筱榕的心里,同学和朋友的重要性远远比不上她的"杰出青年"吧。

　　没多久,肖海元的秘密就被同班其他的男生发现了——他偷拍了吴筱榕的照片,藏在枕头下面。他们开始起哄,怂恿他奋起直追。也有人冷嘲热讽,说他癞蛤蟆想吃天鹅肉,各种声音都有,这本就是人生的常态。

　　小可觉得,吴筱榕和肖海元,都算是此事件中反应比较奇特的异类。吴筱榕在室友起哄、"架秧子"的时候,以一种极端冷漠的态度拒绝了周围人的关心,把自己隔立成了一座孤岛;而肖海元则在周遭纷繁复杂的声音中暴怒而起,狠狠地袭击了那个嘲讽他的人,打断了对方的鼻梁,也让自己得到一个严重警告、留校察看的处分。幸好有老师和学校的维护,受伤的同学及其家长也没纠缠不休,肖海元才得以捡回了自己的毕业证书。假如这样的行为出了校门再发生,肖海元的一生可能就完了。

　　人真是极端复杂的动物,各种各样的人如不同的分子,不停地做无规则的运动,有些即使碰撞也相安无事,有些却能一触即发,死伤惨重。

　　"哎!你想什么呢,想得那么出神?"吕姜用筷子在小可面前晃了晃,让她赶快回神。

　　小可问:"你说这个人的养父母……是什么意思?"

幸福先知

吕姜说："他是个弃婴,是被他后来的养父母在家附近的垃圾堆旁边捡到的。据他养父母的邻居说,当年捡到常玉龙的时候是冬天。周围几家隐约听到声响,都以为是野猫叫,也没留意,后来才知道老常家捡了个孩子,看着也就一两个月大。要不是老常晚上出来看一眼,常玉龙当年就被冻死了。"

小可想,这人还真是名副其实"从垃圾堆里捡来的"。她托着腮帮子,说:"要说这个老常当年是做了件善事,可是没想到,居然是养虎为患。虽然这话不该说,可早知道这样,当年这孩子要是被冻死了,曲伯伯也不会牺牲了⋯⋯"

吕姜叹了口气:"唉!世事难料⋯⋯这个人从小被父母遗弃,心理极度不平衡。老常夫妇无儿无女,捡到他的时候都已经六十多了,不可能给他太好的教育,也就是管个温饱。据说他从小性格就比较孤僻,没什么朋友,读技校时仅有的几个同学也很久不联系了。总而言之,常玉龙是个在情感上与世隔绝的人。"

这样的人,无亲无故,没什么前途可言,支持他活下去的希望是什么呢?他偷了一把枪,还留了两颗子弹,却长达三年隐忍不发,难道就此销声匿迹了吗?难道他想报复社会,制造恐慌?可他已经杀了两个人,其中一个还是警察,被全国通缉,已经够轰动的了,他还想干什么呢?

无数个问题在小可的脑海里纠缠打结,没有头绪。

下　部

9. 形同陌路

　　小可设想过无数的不期而遇——商场、超市、餐厅或者公交车站。城市小,就不可能完全没有交集。为了这个不期而遇,她暗暗地时刻准备着。
　　八月初的一个晚上,小可收到曲母发来的一条信息:"小军回来了。"
　　小可正在和高莹逛街,收到信息,突然有些慌乱。
　　高莹问:"怎么了?"
　　小可说:"曲从军回来了。"
　　高莹觉得奇怪:"回来? 回来探亲?"
　　小可摇摇头:"回来工作。"
　　"嗯? 你俩怎么回事? 当年同时出去上大学,如今又同时回来工作,怎么,大城市拦不住你们建设家乡的决心?"高莹打趣道。
　　小可挎着她的胳膊,找了个咖啡馆,窝进窗边的沙发里。
　　高莹喝了口咖啡,问小可:"你和曲从军两小无猜、青梅竹马,我一直以为

幸福先知

你俩这辈子就这么拴在一起了,怎么后来又分开了呢?"

小可挖了一块提拉米苏放进嘴里,品了品唇齿间的细腻、甜美和夹杂着的微微苦涩:"被他甩了呗。"

"什么?!"高莹瞪着眼,"他甩你? 他眼瞎了吧?"

小可端起茶喝了一口,冷笑一声:"哼! 我得让他后悔。"

高莹眼珠一转,说:"男人要甩女人,势必得有了新欢……难道说……"

小可抿了口茶,说:"等着瞧吧。"

高莹故作夸张地哆嗦了一下:"真可怕!"

……

可是,老天爷会盯住你的一举一动,你想到的,他都巧妙地躲过去,恰巧在你不设防的时候,给你个突然袭击。

下班的时候,小可才发现下雨了,可是她没带任何雨具。虽然她已经不是小孩子了,却还是延续了小时候的习惯。小可从上学时起,就从来不看天气预报,也从不带雨伞。

一下雨,学校门口就站满了接孩子的家长。等所有的家长和学生都一一配对完成,小可总会发现,她是剩下的那个。

她曾为此默默地伤心难过了很久。终于有一天,她站在学校门口,从傍晚站到了天黑。等老尚拿着伞来到学校的时候,小可的衣服、头发无一处不在滴水。

老尚吼:"人家曲从军早就到家了! 你怎么到现在还不回家?!"

小可看他一眼,依旧盯着漆黑的夜幕。

老尚心软了:"今天下午剧团有事,我实在走不开。"说着把手里的伞往女儿手里塞。

小可把手插进裤兜里,转身走进大雨:"你为什么走不开? 因为别人都去接孩子了,所以把事情都交给你了! 你没孩子!"

下 部

"这不是我想着你和曲从军可以一起回家,应该没事。"老尚把伞往女儿头上遮,解释道。

小可停步瞪着他叫:"我爸不叫曲从军!曲从军也没有义务照顾我!"

老尚也急了:"你就不会看看天气预报?要下雨就得带伞,你得学会未雨绸缪!"

小尚说:"那么多学生都没未雨绸缪,怎么他们的家长就能来接?!"

那天争吵的结果是,老尚坚持要让女儿学会自立,小可则坚持不带雨伞。如果真的下雨了,她就淋透了再回家。只要下雨,小可就是落汤鸡。

小可不知道,那天他们父女俩在楼道里的争吵一字不落地落在了曲家三口人的耳中。

老曲一巴掌拍在曲从军的脑袋上,说:"你怎么回事?怎么把小可一个人扔在学校了?没人给她送伞你就不能把她带回来?这还要我教你?缺心眼!"

曲从军自知理亏。他不承认自己缺心眼,他只是没勇气开口。

老曲和曲母的工作性质决定了他们没时间去接孩子放学,所以曲从军总带着伞。后来,他又特意换了一把更大的。

起先,小可怎么都不愿意和他打一把伞。小可觉得,如果自己没淋透,就等于听从了老尚的话,自己想到了解决办法,而老尚就更有理由不尽父亲的责任。这样的妥协让她不甘心,这是耻辱!

当雨幕中的学校又一次只剩下小可一个人时,曲从军站在离她不远的地方。

小可早就看出他的意图,就想看看他什么时候说出来。

天越来越黑,小可对他说:"你怎么还不回家?你不是有伞吗?"

曲从军赶紧说:"我爸说,你要是没带伞也没人接,就让咱俩一起回去。走吧,天都黑了。"

小可觉得好笑:"不用了,你自己回去吧。"

幸福先知

曲从军走近小可几步，说："你还和尚叔叔赌气呢？算了吧，指望他们只能自己受罪。"

小可扑哧一声笑了："怎么，你也觉得他们指望不上？"

"可不吗，"曲从军撇撇嘴，"你以为我没淋过雨啊？我还饿过肚子呢！咱们呀……还得靠自己！走吧！"

小可也不知道自己是被说服了，还是和曲从军一起妥协了。但是有一种新鲜的经历开始让她着迷，因为下大雨时，大伞下有一个小小的、安全的、可移动的私密空间，只有他们两个人，和平时的感觉不一样，这种感觉很奇妙。

小可靠在单位的楼门口，回想起小时候的事情，直到同事们一个个从身边经过，只留下她一个人。她透过雨幕看着不远处的大门，模模糊糊的，心里估摸着冲出去、打上车、回到家的时候，全身被淋湿的程度。低头看了看新买的某牌子的皮鞋，有点儿心疼，而且就这么踩着一双细跟的高跟鞋冲出去，一个不小心再摔一跤，那就太狼狈了。

正当小可心中天人交战的时候，始料不及的相遇就这么发生了。

曲从军开着车从园林局门口经过，无意间一瞟，就看见了那个熟悉的身影。他有些怀疑自己的眼睛，也许搞错了，只是相似而已，再说，小可不可能这个时候出现在这个地方。

车已经开出去挺远了，还是放不下心里的疑惑。曲从军在最近的路口一打方向盘，车立刻掉头。原路返回时他又看了一眼，疑惑更甚，很像，虽然隔着雨幕，但那个无奈时靠着墙的站姿，不是她又是谁？

一辆吉普车乘风破浪般地冲进了园林局的大门，溅起一人多高的水花，小可心想，谁这么嚣张？车驶近了，她认出那是曲伯伯的车，心里打起了鼓。

车嘎吱一声停在台阶下。车窗被摇下来，车里的人弯下腰，探过副驾驶的位置冲她喊："小可！你怎么在这儿？"

小可慢慢弯下腰，四目相对，两人都有片刻的失神。他们都和三年前不太

下 部

一样了,都长大了,长开了,正是花开得最热烈的时候。

在最美好的年纪,他们又见面了。

小可慢悠悠地说:"我在这儿上班。"她看见哗哗的雨水灌进车里,坏心眼地盘算,说多久的话能让雨水把这辆车灌满。

曲从军说:"你怎么跑这儿上班了?快上车!"

小可没打算上他的车,站在原地不疾不徐地说:"我怎么不能在这儿上班了?"

曲从军着急了,从驾驶座上跳下来跑到小可身边,几秒钟的时间,头发已经被雨水打湿了大半,警用T恤贴在身上,包裹着健美的肌肉。

小可移开视线,继续看着远处的大门。

曲从军一时有些尴尬,用手抚了抚被淋湿的头发,它们立刻分组立正,精神抖擞。

"小可,我送你回家吧。"曲从军说。

"你知道我家住哪儿吗?"小可满脸的嘲讽。

曲从军皱皱眉头:"你……搬家了?"

小可看也没看他:"搬了,也没搬。"

曲从军有些无奈:"咱们……就不能好好说话吗?"

小可看他一眼:"这不是好好说着吗?你走吧,我等人。"

曲从军试探地问:"等谁啊?朋友?……还是尚叔叔?"

小可笑了:"老尚我可等不来,我从来也不等他。我等我男朋友。"

曲从军的心咯噔一下,漏跳了一拍。可这是自己早就预想过的结果,早就做好准备了的,不是吗?

"那我……陪你等一会儿。"曲从军想看看,那个人是谁。

"不用了,你在这儿不太方便。"小可说完,拿起手机拨通了吕姜的电话。

"到哪儿了?"小可问。

幸福先知

"啊?什么到哪儿了?咱俩今天没约吧?"吕姜有些摸不着头脑。

"别磨蹭了,快点儿过来,我都饿了。"小可自然地把话题延续下去,语气带了些娇嗔。

"呃……"吕姜很聪明,他很快想到了什么,问,"你旁边有人?有麻烦?"

小可低低地嗯了一声,像是轻声的呢喃,然后说:"快过来吧。"

收了电话,小可依然目不斜视地望着大门,无声地宣告着自己的坚定不移。余光里,小可觉得曲从军一直在看着她的脚,于是她挺直背,在那双崭新的"恨天高"上站得更直了。

两人静静地对峙了一会儿,小可说:"你快走吧,我男朋友一会儿就来了。谢谢你的好意。"

曲从军默默地走进雨里,上车、发动、离开。

他在前面的路口右转……右转……再右转,在园林局西侧的路边停下,熄了火。他想知道,到底是谁能让小可放弃大好的前程,离开五彩斑斓的大都市,委屈在这座小城市里。

没多久,一辆新款SUV(运动型多用途汽车)驶进园林局。车停靠在曲从军刚刚离开的位置,里面的人俯身招呼小可上车。可是小可愣愣地站在原地出神,竟没发现他的到来。

吕姜笑着说:"行啊,做戏就做全套的。"他举着伞给小可遮挡,把神游天外的人拉到了车上。

不远处的曲从军看见来人竟是吕姜,有些吃惊。这家伙明明一下班就走了,外面下着雨,却没有直接来接女朋友!小可要是不给他打电话,他还不知道什么时候才来。两人不过点头之交,可曲从军并不喜欢这个吊儿郎当的家伙,长了一副好皮囊,却没来由地让人觉得轻浮。想起第一次见面,他对自己毫不掩饰地上下打量,眼神中别有一番深意,让曲从军心中不禁生疑,莫非他们之前见过?现在想来,难道是因为小可?

下　部

　　手在方向盘上越握越紧，曲从军心中五味杂陈，要是小可为了这么个男人放弃前程、委曲求全，那长久以来，自己日日夜夜难以割断的不舍，还有什么意义呢？

幸福先知

10. 谁是谁的第三者

车上很安静,吕姜很会察言观色,小可不说话,他也不开口。

二十分钟后,吕姜停下车,对小可说:"下车吧。你不是饿了吗?在这儿吃吧。"

小可伸着脖子,从雨刮器左右摇摆清理出的短暂清晰中辨认这是哪里,转头问:"这是餐厅吗?"

吕姜说:"是啊,私房菜,味道很不错的。"说完,下车撑伞为小可开门,很有绅士风度。

小可看了一眼被绿植装点得绿油油的小院,即使此刻风雨飘摇,也能想象得出它在阳光灿烂时的舒适惬意。她沿着延伸进小院深处的青石板,走了进去。

门前有一截透明玻璃的雨搭,被雨点打出一个又一个旋涡,层层叠叠,让人有种置身水下的错觉。小可从不知道自己的家乡小城里还会有这样别致的私房菜馆,瞟了眼身旁的吕姜,觉得对他有了多一点认识。

吕姜显然回到家已经洗过澡换过了衣服,身上散发出淡淡的沐浴液的清香,头发不知是没吹干还是又被雨水打湿了,根根直立,和平时浪荡公子的形象截然不同。小可觉得,这个澡,洗出了真正的吕姜。

叮咚,很快,门打开了,露出一张圆圆的可爱面孔。

女孩子很年轻,似乎还不到二十岁,她看见吕姜,脸上的笑容绽放得更加灿烂,露出一排整齐的牙齿,让小可想起了电视上的牙膏广告。

房间布置得不像餐馆,更像是静吧或是咖啡馆。不同造型的座位被安置在形态各异的绿植之间,相互掩映,让人置身其中完全感受不到餐馆的油烟气,只想静静地泡一壶茶读一本书。门一关,风雨雷电都被隔绝在了外面。

小可欣喜地环顾四周,找了个靠窗的沙发坐下,欣赏夜空中次次皆不相同的银色裂纹。

吕姜笑眯眯地问:"怎么样,这儿不错吧?"

小可也笑着说:"真不错,我喜欢。你怎么找到这儿的?"

吕姜说:"朋友开的,我提了点儿建议。"他挥挥手,那个圆脸女孩立刻拿着两份菜单走过来,一份给小可,一份给吕姜。

小可把菜单从前到后浏览了一遍,基本都是地方菜,图片看起来很精致,拍得也不错,令人食指大动。

吕姜问:"你刚才碰见谁了?"

小可头也没抬地说:"曲从军。"

吕姜没说话,这个话题似乎就此结束了。

他们点了四菜一汤,店里没别人,上菜非常快。

小可搓着手拿着筷子在四个菜上方逡巡,不知道该从哪个下手。

吕姜笑着说:"吃个饭也把你给吃纠结了,有那么难选择吗?"

小可说:"看起来都很好吃啊。"

幸福先知

吕姜直入主题："那许翔宇和曲从军呢？也让你那么难以选择吗？"

小可的筷子定了定，很快恢复了活跃，在离自己最近的那盘菜里下了筷子。她一边吃一边说："对他俩不存在什么选择，曲从军是我以前的男朋友，许翔宇是我的好朋友，再清楚不过了。"

"噢……"吕姜故意拖长了声音，说，"前男友……好朋友……"

小可瞟了他一眼说："阴阳怪气！"

吕姜突然变得很认真，盯着小可看了一会儿，说："你知道……许翔宇为什么对你说的'收税的'这个词这么敏感吗？"

小可也看着他，许久之后说："我总觉得……"她斟酌了一下说，"许翔宇的家庭似乎不怎么幸福……和这个有关系吗？"

吕姜点点头，说："没错。他的中学时期基本上都是在他奶奶家度过的。我见过那个小老太太，脾气特别不好，张口闭口'讨债鬼'地叫他。我都怀疑，她根本就想不起来这个孙子到底叫什么名字。"

小可问："那他爸妈呢？2001年春节，我们是一起过的。在我给他打电话之前，他好像是一个人待着。"

吕姜说："他爸妈呀……其实早就貌合神离了。也不知道到底是为了各自的政治前途，还是照顾小宇的感受，才勉强维持一家人的状态。我觉得前者的可能性比较大。"他冷哼一声，"直到小宇十三岁那年的清明节，他们一家三口本来说好了要去给小宇姥姥扫墓，可事到临头，他爸接了个电话，人就没影了。小宇气不过，偷偷跟着他爸，就发现了那个女人。后来，他把那女的办公室给砸了，电话线也拔了，大闹一场。"

"唉！"吕姜长叹一口气，接着说，"那件事影响很大，小宇他爸在单位很没面子，他以为是老婆指使孩子这么干的，回到家和小宇的妈妈大吵一架。那时小宇才知道，不仅父亲在外面有情妇，母亲在外面也有情夫。两人默许了对方的不忠，维持表面的相安无事，只有他一个人被蒙在鼓里。可正是这场大闹，

下　部

打破了勉强维持的平衡局面,小宇爸妈离婚了,小宇他爸很快再婚,对象就是那个女人。小宇的妈妈也很快和她的情夫另起炉灶,只剩小宇成了多余的人。他被送到那个小老太太家,成了老太太嘴里的'讨债鬼'。"

小可的心隐隐作痛。许翔宇会不会觉得,自己是整个家里最多余的那个人?家里的每一个人都有自己想要的生活,没有他,他的父母就可以正大光明地去寻找自己的幸福,好合好散,他的奶奶也可以安享晚年,更不必操劳第三代的吃喝拉撒。如果是我处在这个位置,以我的性格,恐怕不会比许翔宇表现得更好,说不定会变成不良少女,抽烟喝酒,没准还和哪个表面上看起来对我不错的男人没结婚就搞大了肚子。

吕姜看小可想得出神,难得认真地对她说:"小宇从小就是万众瞩目的焦点,长得好,成绩也好。虽然后来家里发生了这么大的变故,但是在外人看来他几乎没什么变化,只有我知道他经历了多么大的痛苦。"他顿了顿,有些欲言又止,"那几年他的心理状态其实很不好,表面看起来越正常,内心越有问题。最初他去你们学校找你,我猜……估计没憋什么好屁。不过看现在的情况,他恨不能一天打好几个电话让我照顾你,可见是真的对你上心了。所以我想对你说,请你不要伤害他。"

"伤害他",这三个字让小可胸口发紧。她突然有些愧疚,也为自己无法勉强付出的爱而感到无奈。

小可也同样郑重地对吕姜说:"我保证,永远都不会主观、故意地伤害他。他也是我最好的朋友。"

吕姜深深地看着小可的眼睛。很明显,许翔宇对小可的心意,小可一清二楚。

他叹了口气:"唉!真闹心!"

小可缓和了下心情:"他早晚会找到一个懂得心疼他的姑娘。作为朋友,有合适的你得介绍给他,别都自己藏着,听见没?!"

幸福先知

吕姜看着她那个样子，扑哧一声笑了："哎，你说咱俩像不像他的爹妈？"

小可也笑了："你是怎么认识许翔宇的？"

吕姜嘬了一口店内自制的饮料，薄薄的柠檬片和黄瓜片因为水流的力量拥在一起旋转舞动，煞是好看。

他说："我妈和他妈是老同事。我妈总说，许翔宇这孩子可怜，可惜了。"他顿了顿，接着说，"我们从小就认识，上学后又在一个学校，所以比别人亲近些。"

小可点点头："如果说，许翔宇的潇洒不羁是为了掩饰内心的不安全感，那么你的放浪形骸又是装给谁看的呢？"

吕姜被呛到，咳了半天才缓过来，无奈地看着小可说："哎，你这话题转得……看透了也别说透，行吗？"

小可狡黠地笑，心中的忧郁一扫而光。

没想到，第二天下班的时候，竟然有两个人在单位门口等着小可。

吕姜是个知道分寸的人，不会不请自来，来的是曲从军和另一个陌生的年轻姑娘。

下班的人潮涌出，门口的两个人都探头向门内的方向寻找。

曲从军先喊了一声："小可！"那个姑娘的眼神也立刻紧随着他目光的方向而去。没等曲从军走到小可面前，那姑娘已经先一步挡住了她的去路。

"你就是尚小可？"

"你是？"

姑娘大大方方地说："我叫马亚楠。听说你是吕哥的现任女朋友？"

小可正在品味"亚楠"这个名字时，听到一声"吕哥"，莫非是说吕姜？

"听说？听谁说的？"小可好奇。

"这个你别管！"马亚楠不耐烦地道，"你才认识他几天，你了解他吗？"

小可明白了，恐怕面前这位正是吕姜的"桃花朵朵"之一。她突然有些明

184

白,怪不得吕姜整天那副德行,否则真是招架不住。

小可单刀直入:"他知道你喜欢他吗?"

马亚楠的气势瞬间凝固,她愣愣地站在原地,似乎被这个问题难住了。

"喜欢就跟他说啊,你挺可爱的。"小可说。

马亚楠立刻跳起来,怒气冲冲地嚷:"你什么意思?挑衅吗?你觉得我没你漂亮?你觉得我肯定会输给你?……"

一旁的曲从军想上前帮忙,却听见小可不慌不忙地说:"我没有那个意思,吕姜应该也不是只看外表的人。无论他喜欢谁,那都是他的自由,还是公平竞争比较好。"

马亚楠气结。

曲从军看小可三言两语就结束了战斗,想笑,却只憋出一个苦笑。

小可还是那个小可,不同的是,如今的她冷静从容,再也不是那个咋咋呼呼的小姑娘了。

他把她拱手让给了别人,看着她被情敌追到单位来叫阵,自己却只能像个局外人一样旁观,甚至失去了参与竞争的资格。他听见小可说要"公平竞争",他的小可凭什么要和别人公平竞争另一个男人?那男人有那么好吗?小可明明比这个叫什么楠的好了不知道多少倍,这个什么楠就应该和那个吕姜凑一对儿!吕姜根本配不上小可!

曲从军越想越憋屈,上前一步拉起小可的手就走。

小可任由曲从军气冲冲地拉着自己往前走,也不知道他要把自己拉到哪里去。

一直到他的吉普车旁曲从军才松开手。他叉着腰,瞪着小可,"尚小可,你至于吗?放着好好的大上海不待,放着好好的研究生不读,你回来干什么?!"

小可抱着胳膊斜着眼睛反问道:"你怎么知道我要读研究生?谁告诉你的?关你什么事?"她尚小可从来嘴上不吃亏,连着三个问题,个个让曲从军哑

幸福先知

口无言。

他有些心虚，不想承认他背着小可私下和许翔宇联系过，更不能让她知道他和许翔宇联系，只为了解她的近况。

曲从军反应很快："我碰到叔叔阿姨，他们告诉我的。"

小可嗤笑一声："胡扯！那我爸妈没告诉你我在园林局实习？没告诉你我为什么要实习？"她嘲讽地看着曲从军冷笑，"许翔宇把我的事偷偷告诉你，说了就说了，我知道他有分寸，你不必替他藏着掖着！倒是你，三心二意的，有什么意思？！"

小可话里话外对许翔宇的维护，让曲从军感到从未有过的失落。他和许翔宇对小可来说，亲疏立现。

曲从军长长地叹了口气："小可，对不起，我一直欠你一句道歉。"

小可冷冷地说："你何止欠我一句道歉，你还欠我一句分手呢！当年分手的时候，你甚至不屑于亲口告诉我，还让你的室友转达！我真是遇人不淑啊，认识你十几年，都不知道你竟是这么没担当的人！现在我对你说：我们分手了！是我把你甩了，你不欠我什么了。再见！"说完，她转身离开。

曲从军有些茫然，怎么三年前分手时凌迟般的阵痛会一直延续到今天呢？分手这个词从小可的嘴里说出来，就像是在他心上又捅了一刀，好不容易结痂的伤口再次鲜血淋漓。

原来，被心爱的人抛弃，是那么难受，比无奈地放手更加难受。

下 部

11. 疑惑

吕姜靠在车门上,一副花花公子献殷勤,却还表现得满不在乎的样子,对着款款走出大门的小可说:"听说,有人为了我要公平竞争呀?"

小可也笑嘻嘻的,站在车前等着绅士服务。

吕姜替她拉开车门,问:"去哪儿吃饭啊,女朋友?"

小可说:"还去那家私房菜吧。"

吕姜说:"你还真要去示威啊?"

小可不太明白,问:"什么意思?向谁示威?"

吕姜说:"不好意思啊,那天来找你的马亚楠,就是那家私房菜馆老板的外甥女,也是我和许翔宇的学妹。"

小可恍然大悟:"噢……怪不得咱们俩刚吃完饭,就有人打上门来了,我还琢磨着怎么消息那么灵通呢。"

吕姜说:"那天招待我们的圆脸姑娘是马亚楠的表妹,应该是她告诉她表

姐的。"吕姜看小可的表情,笑着说,"估计是她对她姐姐说我去吃饭了,她姐姐逼问她来着。那小姑娘很不错,没有一点儿坏心眼。"

小可点点头,表示理解。

他们最终没去吃那家美好的私房菜。小可自然不会那么嚣张,本来就是假扮情侣,自己何必那么招摇,挡了吕姜的好事?

他们选了家环境优雅的粤菜馆,小可一坐下就问:"那天回去我想了个问题,常玉龙在杀害曲伯伯之前抢了多少钱?"

吕姜说:"据被害人家属核实,应该被抢了5万元现金。"

小可在心里盘算,如果省吃俭用,5万块钱确实能花很久,但早晚会坐吃山空,她问:"他要想活下去,总得想办法弄钱啊。"

吕姜点点头说:"是啊,何况这个人的性格这么乖戾,又有习惯性盗窃的恶习,如果生活在人口密集的城市里,打工需要证件,会被人认出来;盗窃的话,他惯用的手法也会引起警方的注意,即使和周围人产生点儿摩擦,都有暴露的风险。如果是我,我倾向于躲进人烟稀少的穷山沟里。"

小可听着吕姜的分析连连点头,说:"既然你们都已经有这样的判断了,为什么不着重排查穷山沟呢?"

吕姜说:"嚯!你知道中国有多大吗?很多穷山沟里连电话都没通,通缉令的传达都是靠人口口相传,等照片复印件一层层传达下去恐怕都快过去一年了。那些村民整天忙着土里刨食那点事儿,对公安部发布了什么人的通缉令根本不在乎。你想想以前那些隐居山林的闲云野鹤,皇帝下令搜山,不也照样找不到?"

小可仰靠在椅背上长叹一声:"天哪!这人就像个定时炸弹一样,不知道埋在哪里,也不知道什么时候炸,真要命啊!这日子什么时候是个头啊!"

吕姜看她那个样子直想笑,问道:"跟你有什么关系啊?我听许翔宇说你都保研了,不好好上学,跑回来当侦查员啊?你这样的,我们也不需要啊……

188

难不成……和曲从军有关？我听说,他也是放弃了中国警官大学的保研名额回来的。哎,他是想替他爸报仇吧？那你又算是干吗的？你们不是已经分手了吗？"

小可白他一眼:"你是'十亿个为什么'啊？"

吕姜笑得像只老狐狸:"我要是猜得不错,你是为了曲从军才回来查这事的吧？这几天曲从军一看见我,那表情……感觉随时要扑上来咬我一口,特瘆人。"他看了看小可,对方正仰望着天花板自顾惆怅,于是接着说,"杀父之仇,不共戴天,就算和仇人同归于尽也不过分。我要是你就躲得远远的,多吓人啊,随时都有生命危险!"

小可此时忽闪着大眼睛狡黠地笑:"你这么贪生怕死怎么会去当警察呢？"

"嘿嘿,"吕姜说,"所以我干的是经侦,经济类犯罪犯不上动刀动枪的。"

曲从军越想越觉得蹊跷。小可回来这才几天,怎么可能和吕姜扯到一起？他们两个人不可能会有交集呀。

白天时,曲从军在单位查了吕姜的资料。

吕姜比他们高一届,市第三中学毕业后考进省警察学院,父母都是本地人,母亲在国税局工作,父亲在一家公司里任高管,家庭条件不错。他突然想起许翔宇好像是三中毕业的,母亲好像也在国税局,这两个人是不是有什么关系呢？

下班后,曲从军拨通了许翔宇的电话。

许翔宇一听是曲从军的声音,立刻拿出他万年不变的油腔滑调说道:"喂？曲警官,好久不见啦!"

曲从军没心情和他胡扯,开门见山地问:"你认识吕姜吗？"

"认识啊,是我哥们儿。"许翔宇实话实说。

曲从军又问:"他和小可怎么认识的？"

幸福先知

许翔宇说:"小可回去实习,我托他帮我照顾小可。怎么了?"

曲从军说:"他们俩怎么会谈起恋爱来了?他俩认识才几天啊?你这朋友什么人啊?!"

许翔宇收起一贯的玩世不恭,冷冷地说:"首先,小可和谁谈恋爱好像轮不到你管!其次,小可就算和吕姜谈恋爱又怎么了,郎才女貌我觉得般配得很!最后,吕姜是我的好朋友,你没资格对他品头论足!"

说完,电话断了。

12. 真情流露

周五下班,小可准备去参加高中同学聚会。

高莹一直在 QQ 群里组局,想尽量把人都凑齐。高中毕业后四年,群里从没那么热闹过。

当初他们班去外地上学的学生大约有一半,大学毕业后基本都没回来,所以像尚小可和曲从军这样的稀有动物,大家都想见一见。

晚饭像是流水席,同学们都是分批来的。第一批来的是像尚小可这种工作不忙的事业单位工作人员,平常没多少事,下班抬腿就走。

小可和高莹聊得热乎,等第二批政府公务员入席,就开始上热菜。第三批同学他们不敢等,因为不知道什么时候能来,也不知道什么时候要走,比如曲从军这样的。

同学们陆续进来,挨个握手,看到小可,皆是一愣。

曲从军是最后来的,进来的时候,小可的老同桌顾斌已经有些醉了。

幸福先知

顾斌拉着小可的手,舌头似乎短了一截,含含糊糊地说:"小可啊,我上高中那会儿就觉得你不一般,呃,可你总不搭理我……不搭理我……你说,你是不是看不上我?"

高莹一巴掌把顾斌推回他自己的座位上,顾斌本来已经离开椅子的半个屁股啪的一声又坐了回去,引得一众哄笑。

高莹说:"别说小可,我都看不上你。就你那德行,高富帅一样不占,矮矬穷你一样都不落。"

小可趴在高莹肩膀上,一边笑一边打她,嫌她说话太恶毒。

顾斌不死心地又凑过来,手里端着两杯酒说:"咱俩好歹同桌一场,来,咱们走一个,敬同桌的你!"

小可刚要接,酒杯在半路上被一只手截走了。

曲从军说:"我来晚了,自罚三杯。"仰头喝下这杯后,他又自顾倒了两杯一饮而尽。

高莹冲小可挤挤眼睛,小可没说话,也冲她眨眨眼。

醉鬼的执念特别深。此时顾斌摇摇晃晃地站起身,端着那杯他再次真心实意倒满的酒挤过来,对小可认真地说:"咱俩好歹同桌一场,来,咱们走一个,敬同桌的你!"

高莹噗的一声一口水全喷了出来:"我的妈呀,一个字不差,又复读了一遍。"

顾斌不管那些,此时他的周遭只剩下了曾经同桌的尚小可。

小可看着那只哆哆嗦嗦伸过来的酒杯,心想再抖两下,酒就洒完了。刚要接,酒杯又被截走了。

顾斌的眼睛、脑袋和两只手一齐追着那只被截走的杯子而去,一直追到曲从军的嘴边。

顾斌急了,看着空酒杯嚷道:"曲从军你就不地道!我和小可喝酒,你凑什

192

么热闹？咱俩……又不是同桌！"

曲从军拉着他说："你个大老爷们儿，总拉着小姑娘喝个什么劲？咱俩喝！"说着给顾斌倒满一杯，又自斟一杯。

顾斌被曲从军拉着胳膊，脸都快凑到他胸口上了。他盯着眼前两块硬邦邦的胸大肌说："我从上中学那会儿就看不上你！你说你不就学习好吗？……呃！有什么了不起的！整得一堆小姑娘都追着你跑……好姑娘……全让你挑走了……"

高莹早已笑倒在小可的肩上，小可托着下巴，露出一脸无辜的表情，看着这两人推杯换盏，迎来送往。

聚会结束时，顾斌已经吐得不省人事，被其他同学架上了出租车。

看着趴在桌上另一个人事不省的人，小可叹了口气，刚才还在看热闹，转眼麻烦就落在自己头上。想了一圈也没想到能叫谁来帮忙，小可踢了他一脚："能走吗？"

曲从军嗯了一声，又不动了。

小可把他的一只胳膊扛在自己的肩上，又搂着他的腰，举步维艰。

出租车进不了小区，两人就左两步，右三步，进三步，退两步地从路灯的一段光明中走进黑暗，又艰难地走出黑暗，回到路灯的光明中。

一楼的感应灯坏了，眼前突然一片漆黑，小可不得不让眼睛适应黑暗，准备做最后的冲刺。她用肩膀顶了顶曲从军："喂！醒醒！能自己上楼吗？"

曲从军一张嘴，口鼻之间呼出的酒气中夹杂着含混不清的言语道："嗯？熄灯了？睡吧……"

借着二楼传来的微弱灯光，小可叹了口气，唯有认命。

"小可，小可……"肩上突然传来曲从军呓语的声音，声音越来越小，越来越委屈，最后竟低低地哭泣起来。

小可吓了一跳，站住不敢再动。她感觉到曲从军在黑暗中摸索着她，找到

幸福先知

了她的肩膀,忽地把她整个拢进了怀里。他的胳膊越收越紧,连同下巴都在使力,像是要把她牢牢捆住。他用嘴唇在小可的额头、脸上、鼻子上寻找,好半天小可才明白,他是在找她的嘴巴。

他真的喝醉了?小可故意悄悄躲闪,观察他的表现。这是她三年来第一次这么近距离地端详他,他的睫毛还是那么长,像把小刷子一样在她的脸上拂来扫去。

曲从军并不很着急,却执着地寻找目标。找到后,立刻长驱直入,如饮甘露。小可被吻得脸红心跳,想起之前看到他如今全身上下流线型的肌肉,正想趁他糊涂的时候上下其手,谁知刚腾出一只手来,身上的重量突然加剧,压得她差点跪倒在地。小可暗叫一声"不好",这家伙居然彻底昏睡过去了。

费尽了最后一丝气力,小可终于和曲母一起把曲从军弄到了床上。曲母爱怜地理了理小可额前的头发,轻声问:"怎么喝这么多啊?"

小可一抹头上的汗,自知已狼狈不堪,喘着粗气说:"同学聚会,没事。阿姨,明天小军醒了,您就说是他自己回来的,别忘了。"

曲母说:"你这孩子,神神秘秘的,到底搞什么鬼?"

小可神秘地说:"您以后就知道了。"

曲母想了想,说:"行吧,快回去休息吧。"

下 部

13. 神秘女子

曲从军一直睡到第二天中午才醒。

很久没喝那么多了,醒来时只觉得头疼欲裂,曲从军睁开眼睛,任由着魂儿在周身飘忽了一会儿才找到合适的位置,慢慢地坐起来。

昨晚那个梦太真实了!他和小可在梦里紧紧相拥,小可还主动向他索吻。回想起那个吻,曲从军心跳加速,血脉贲张,越发觉得头昏脑涨。听见厨房里传来水流声,曲从军叫道:"妈!昨天谁送我回来的?"

曲母关上水龙头,回答儿子:"你自己回来的呀。我还纳闷呢,喝这么多还能找着家。"说完,掩嘴回了厨房。

吃完午饭收拾妥当,曲从军走到门口对着母亲的房间喊了一声:"妈,我出去一趟!"

曲母从房间里走出来问:"今天不是周六吗?单位要加班?"

曲从军顿了一下,支吾着说:"嗯……有点事。"

幸福先知

曲从军前脚出门,曲母后脚就给小可发了条信息:"小军出门了,鬼鬼祟祟的。"

路过小可家门口时,曲从军站住了。他又想起了昨天梦里的那个吻,不禁皱起眉头。

小可收到曲母的短信,穿上鞋、拎起包就往门外冲。一开门,差点撞上了站在门口若有所思的曲从军。

两人乍一碰面,都有些慌张。很快小可便先镇定下来,摆出平日里不动声色的沉稳姿态率先下了楼。

小可一边走一边想,跟踪的人跑到了前面,被跟踪的人反而落在了后面,这可怎么办?她不慌不忙地从包里掏出手机,假装打了个电话,出小区大门打了辆出租车。

上了车,小可对司机说:"师傅,先围着小区转一圈。"

"得嘞!"司机一踩油门,出租车就汇入了车流中。

曲从军目送小可扬长而去,叹了口气,开车也出了小区大门。

小可乘坐的出租车绕着小区转了一圈,又回到了小区门口,远远地跟着曲从军的车。

曲从军并不是去单位,他一路疾驰,向着西郊而去。

越向西,楼房越来越稀疏,高耸入云的烟囱却越来越多,呼呼地吐着白烟。小可听老尚说过,这个地方以前地下有煤,但是很深,不像山西的煤分布得浅,好挖,随便就能攒个小煤窑。这里的煤只能政府挖,所以所有的矿工都是"正规军"。

这一大片区域的另一头是个发电厂,这边采矿,那边发电。若干年前可能是为了热闹,采矿工人和发电工人的家属区就被安置在了一起。

尾随到这里,车已经不多了。小可怕被曲从军发现,就让司机留了个电话号码后先走了。

下 部

时过境迁,如今矿区的家属楼和电厂的家属楼被一道欧式栅栏隔绝成两个世界,院墙内的新楼和院墙外的旧楼分庭抗礼。新楼又高又时髦,锃亮的窗玻璃睥睨着欧式栅栏对面破败的六层小楼。看见大楼门口还立着对石狮子,小可心中感到有些奇怪。石狮子这种中国传统建筑中用来辟邪镇宅的摆设被现代人摆在西式高层建筑下面显然不伦不类,即使摆也都摆在办公楼门口,哪有住宅楼下放这个的?不过转念一想,现在提倡"洋为中用,中西合璧",小城市为了赶潮流,这种搭配也就见怪不怪了。

对面的小楼灰头土脸地站在那里,像是排队等着看病的白癜风病人。早先不时兴封阳台,长年累月日晒雨淋,一个个长方形巴掌大的阳台变成了烟熏火燎的史前洞窟。从旧楼群里出来的不梳头、不洗脸,穿毛绒睡衣上街买菜的中年男女们对周围的环境太过熟悉,以至于把"家"的范围延伸到了方圆五里以内。他们对周遭毫无戒备,家家户户随风起舞的破汗衫、旧内裤以及个别人家晒得满满一架子的尿片毫无保留地暴露了家庭结构。

那辆熟悉的吉普车就停在电厂家属院5号楼的楼下。车里没人,小可断定曲从军是上楼找人了,便拐进了"繁华世界"隔壁的一家破旧的小超市中。超市里的货物摆得杂乱无章,从外面看,超市里面黑乎乎的,但从超市里看对面欧式栅栏里的情况却一清二楚。

小可在超市里买了瓶水,又买了把遮阳伞,一边付钱一边对超市老板说:"老板,我手机没电了,能在你这儿充会儿吗?"

老板是个胖乎乎的中年大姐,她见小可买了东西,店里又没其他人,就爽快地说:"行!插座在那边,你充吧。"

小可觉得自己像个隐蔽得很好的狙击手,一边给手机充电,一边留意着外面的情况。

超市老板说:"你不是这院里的人,来找人吗?"

小可说:"对了大姐,正好跟您打听一下,我找一位姓满的师傅。他是我爸

幸福先知

爸的老朋友,十几年没联系了,他以前住这儿,也不知道搬走了没有。"

"姓满……"老板眼珠子极其缓慢地转了一圈,说,"没这个人呀,我家老头子就是矿里的人,没有姓这个姓的。"

"啊?"小可故作焦急地说,"糟了,估计是我爸给我的地址不对,等我手机充上电,我再问问他。"

老板肯定地说:"你肯定搞错了,我们都是矿上的老人,再说这个姓这么少见,如果有,我肯定知道。你再问问吧。"

小可把手机放在一大包牌子和包装都和某进口大牌极其相似的尿不湿上,问老板:"大姐,这小区里住的全是矿上的人吗?"

老板说:"是,这是以前矿上建的职工宿舍,矿上的人一住就是 20 多年。你别看这房子破,20 多年前也是干部楼。电厂那个院里以前也是像我们这样的六层小楼,这不前两年改建了嘛,盖了大高楼。这片楼后面,喏,就那边,你看不见的地方,还有一片平房呢,都是安置房。我们这一片啊,住那个院子里的看不起住院子外的,住小破楼的看不起住破平房的。"老板伸出食指,往破楼房后面指了指,又一划拉,再往欧式栅栏里指了指。

小可面露一副受教的表情频频点头,这么巴掌大的一块地方,还有这么复杂的"鄙视链"呢。可是曲从军这么大老远地跑到这儿干什么呢?查案子?查案子不都是两人结伴吗?电视剧里都是这么演的。他今天就一个人来,肯定有问题。

正疑惑,小可看见曲从军从 5 号楼的单元门里走出来,身后还跟着一位穿红色连衣裙的年轻姑娘。姑娘 20 出头,长发披肩,远看着气质挺好。曲从军今天没穿制服,深蓝色短袖衬衫和天蓝色牛仔裤衬得他很是俊朗。两人站在一起,是很养眼的一对璧人模样。

两人一前一后走到曲从军的车旁。小可看见曲从军从口袋里拿出张名片递给女孩,女孩一脸欣喜地接过,直到车已经开出去很远了,她依然站在原地,

198

下 部

望着吉普车远去的方向发愣。

小可状似无意地问老板:"那姑娘是谁啊？真漂亮！"

老板伸着脑袋向外看了一眼,说:"哦,电厂以前的厂长贾明亮的女儿贾倩倩,是我们这儿出了名的美女。电厂里多少小伙子追求她,她都不愿意,心高气傲着呢。"老板娘八卦劲儿一上来,有些收不住,"我们私底下都说,她老子都死了,还傲个什么劲儿啊？"

小可脑中一闪念,问:"死了,怎么死的？"

老板娘抓起一把瓜子嗑起来:"三年前被抢劫犯一枪打死了。要命了,取那么多钱,能不被人盯上吗？也不知道那么多钱都是哪儿来的……"

看着瓜子皮从老板的厚嘴唇里翩翩翻飞出来,频率那么快却丝毫没妨碍她说话,小可觉得再不走,怕是会被这翻飞的瓜子皮和老板的唾沫星子给淹没了。她不由得浑身一激灵,拔了充电器飞也似的跑了。

幸福先知

14. 换个思路

回到市里,小可拨通了吕姜的电话。

吕姜说:"我在局里加班帮你查资料呢,晚饭你请,得犒劳我。"

小可在出租车上仔细擦了擦沾在鞋子上的煤渣,又理了理大波浪的发型。刚才鬼鬼祟祟了好一阵,她得重新焕发出女设计师优雅干练的气质。

吕姜在单位门口看见小可,意味深长地笑着揶揄道:"他前脚进,你后脚就过来了,你跟踪他了?"

小可竖着手指嘘了一声,说:"走!一边吃一边说。"

因为要聊秘密的事,他们又去了小院儿私房菜。

圆脸姑娘看见小可,有些不好意思。小可对她温柔一笑,拍了拍她的肩膀。

小可问:"你们查案子是不是必须两个人一起啊?"

吕姜说:"是啊,必须两个人,这是程序。"

200

下 部

小可说:"今天我跟着曲从军到了发电厂的家属院,看见他见了个女孩儿。"

吕姜戏谑地看着她:"怎么?吃醋啦?"

小可说:"肯定不爽,但这不是重点。重点是,这个女孩儿是常玉龙抢劫杀人案的被害人贾明亮的女儿。曲从军临走的时候给了她一张名片,说明他们是第一次见面。他跑那么远,去见被害人的女儿,又不走正常查案的程序,肯定和曲伯伯的案子有关。你说他是不是找到什么新的线索了?"

吕姜皱眉想了想,说:"曲所长那个案子按正常情况来说曲从军是要避嫌的,他要查也只能自己查。盘查每一个涉案关系人是查案的正常手段,也不一定是找到了新线索。"

"嗯……"小可点点头。

"哎,你说你为了个前男友学也不上了,回来跟踪、查案,你说实话,是不是余情未了?"

小可在桌子下面踢了他一脚:"说正经的!"

吕姜收起二郎腿,恢复了严肃的神情:"贾明亮当时是被常玉龙一枪击中要害死亡的。普遍分析认为,贾明亮是在取款时被常玉龙盯梢,常玉龙尾随他至家门口作案。"

"那贾明亮这个人查过吗?有没有什么问题?常玉龙盯上他完全是偶然的吗?"小可连珠炮似的问了一串问题。

"这些早就排查过了,没发现他有什么问题,我还专门研究过他在职期间有没有经济问题,调查结果表明他还算是清白。"

"常玉龙的养父母是怎么死的?"小可问。

"病死的。他养母身体一直不好,得肝病去世的。他养父是突发脑溢血病故的。"吕姜想了想又说,"好像他养父去世没多久他就因为盗窃罪被抓了,那时他刚16岁,想必是失去了经济来源,所以才行窃。"

幸福先知

小可用手指一圈一圈地绕她的大波浪，头发缠在手指头上又放开，然后又缠上，如此反复。

吕姜看她五官都快拧到一起去了，眼珠子还滴溜溜地转，说道："贾明亮和常玉龙目前看起来没有什么交集，基本上可以排除仇杀的可能。"

和吕姜吃完饭，小可给母亲打了个电话，回到自己的小公寓。她打算准备一下，周一下午去舜山一带。

这座城市本来只有山北的一部分，一直向北延伸到淮水边，后来山南边的那部分也被划进市辖区，整个城市就成了个蝴蝶的形状。

这次回来小可发现，市政规划围绕这条丘陵地带做了不少文章，不仅美化了山峦湖泊，还增加了它们的功能性。她准备去看看她不在的这几年，家乡发生了什么样的变化。

舜山是这条丘陵带里比较高的一座山，植被丰富。因为相传舜曾到过这里，由此得名。后来，小可在其他城市也听说不少以舜命名的地方，当地人都说得振振有词、有理有据。她在心里暗暗觉得好笑，这么说来，舜也是个极不安分的人，整天东刨西挖，这哪里是耕种，分明是寻宝呢。

小可的小学就在这座山脚下，以前一上体育课，老师一声令下，全班同学都得去爬山，15分钟跑个来回。小可最怕这种既要体力又要爆发力的运动，长跑对她来说始终是个噩梦。

初中每年都有800米跑步的测试，每到这时候，小可紧张得连觉都睡不好。她也不知道自己到底恐惧什么，究竟是怕达不到4分钟以内的要求不能及格，还是怕突破极限时胸闷气短心跳过速的痛苦体验？

每次800米跑步达标测试，小可从不奢望拿高分，连及格都是靠同学趁老师不注意时连推带拉的。大长腿的同学最后200米拉着她冲刺的时候，她感觉自己像是突然启动了涡轮增压器，可是四肢已经疲惫得没法配合这突如其来的强大动力，只能认命地向前扑去，也不知道是人带动腿还是腿带动人。

下 部

后来上了高中,800米跑步只要考一次。那一次,是曲从军跑完男子1000米之后转回头陪着小可跑下来的。小可对那时难受的感觉已经记不清了,唯一记得的是,他一直在她左侧,全程只说了一句话:"坚持住!"她果真就坚持住了,一直咬紧牙关跟着他的节奏,最后3分39秒跑完,成绩是良。那是她第一次跑完800米得了及格以上的成绩,为此沾沾自喜了很久。

回忆伴着小可走到了半山腰。这里已经被修成了环山的跑道,白天晚上都有人骑车跑步。小可沿着跑道走到了山的背面,看到南部新区整整齐齐地被分割成了无数个小方块,新的体育场、市政府大楼、歌剧院都从绿色网格下露出朝气蓬勃的一角。

小可向东西两边远远望去,绵延的山脉望不到头。记得小时候和同学郊游,走到那些山与山的中间地带,他们带着简易的烧烤架子和炊具准备野炊。那时的他们以为钻木取火是件很容易的事,不过幸好没那么容易,不然着了山火,后果不堪设想。

离他们烧烤不远的地方,间或传来轰隆隆似炸雷的声音。小可曾绕到山背后,看见山被挖走一大块,像是被吃了一半的抹茶蛋糕。如今那么多年过去了,不知那些山体被取走的部分是否重新覆盖上了植被。

正琢磨要不要跨过跑道外侧的围栏,去找找当年他们野炊的地方,电话突然响了。

电话里传来吕姜的声音:"干吗呢?快过来,一起吃饭吧,谈谈……爱情……案情!哈哈哈……"

小可喊了一声,挂断电话,收回了刚迈出去的一条腿。

唐晓帮他们点完菜,看他们有事要谈,很懂事地离开了。

吕姜说:"我查了常玉龙前三次盗窃被抓的详细地址,第一次是在离他家不远的县城一户人家,没偷到什么值钱的东西;第二次是在西部矿区家属院干部楼,摸了点儿金银首饰和现金;第三次是在矿区家属院隔壁的电厂家属院,

幸福先知

偷到了一台笔记本电脑;再后来抢劫杀人就是贾明亮那一起。前三次盗窃被抓以后,据常玉龙自己的供述,还有一些其他被盗的家庭。按照作案轨迹来看,他是向更富裕的区域转移。"

小可皱着眉头若有所思。

"有什么问题吗?"吕姜问。

"从他第一次被抓到最后一次抢劫,前后经历了19年。我学的是建筑规划,这么长的时间,城市发生了很大的变化,老的富裕区势必会被新的取代,常玉龙怎么就盯住那一小块区域不放呢?"

吕姜一愣:"你的意思是?……"

小可点点头:"我觉得他像是在找什么,要不是被抓了,恐怕他会地毯式地搜寻。"

吕姜瞪大眼睛看着小可:"你怎么这么聪明?我都没想到这些。"

小可冲他翻了个白眼:"你是事不关己高高挂起,一点儿也不走心!"

吕姜嘿嘿干笑了两声,挠了挠头发。他没想到,即使他说一半留一半,暗地给小可设置障碍,却还是让她抓住了蛛丝马迹。不得不说,眼前这个姑娘确实很聪明。

小可说:"曲从军的行为也给了我提示。以他的性格,和陌生女孩说话尚且费劲,怎么还主动给人家留联系方式呢?"

吕姜说:"查案子留联系方式很正常,不留电话人家有线索怎么找你?"

小可摇摇头:"那天的情景我看见了,他很主动地掏出名片递给那姑娘,像是特别希望她能跟自己联系,那不像他……他肯定是发现了什么……"

吕姜说:"我不理解你说的意思,照你说的,曲从军要是那么傲气,查案子给人留个联系方式还不情不愿,怎么干刑警?"

小可瞟了他一眼,无奈地摇摇头。

吕姜懒洋洋地说:"你已经很不错啦,问的问题都在点子上。"他话锋一转,

"对了,你也别研究案子了,你就研究曲从军,这个你在行。你把他研究明白了,案子就破了。"

小可抓起手边被她用笔点得满脸麻子的餐巾纸朝吕姜扔过去,吕姜迅速做出一个躲避的姿态。

其实根本不必躲,餐巾纸没被揉成团,飘飘悠悠地落在桌子上,场面十分滑稽。远处的唐晓看着这边的场景,抿着嘴笑了。

小可自认破案这事,自己确实外行,不禁有些灰心丧气。

吕姜知道她情绪低落,笑着说:"行啦!女朋友,晚上一起看电影吧,边看边聊比较有感觉。"

小可喊了一声,想想晚上也没什么事,就欣然同意了。

幸福先知

15. 可望而不可即

忽明忽暗的银幕光线，勾勒出时而清晰时而模糊的背影，前面不远处的两人挨得很近，不时侧头窃窃私语。

曲从军想象过无数遍小可和别的男人在一起的场景，他自认为是有心理准备的。可是当他坐在小可的身后，用眼神一遍一遍勾勒她的侧影时，还是感觉从脚底升起的凉意，一直蔓延到了心里。

小可塞了颗爆米花在嘴里，把爆米花筒递给吕姜，吕姜拿了几颗放在手心，一颗一颗地往嘴里送。

小可压低声音，凑近吕姜说："我一直觉得奇怪，你说这个常玉龙，打伤了曲伯伯，逃走就是了，为什么一定要把他杀死呢？这不是激起警察的群愤，为他的逃脱设置障碍吗？"

吕姜压低声音说："他应该是为了报仇。开第一枪时他没看清追他的人到底是谁，后来跑到小公园里，他藏在一丛冬青树后，应该是借着路边的灯光认

下 部

出了曲所长就是当年抓他并让他被判无期徒刑的警察,就开了第二枪。等曲所长倒地昏迷后,他又上前补了最后一枪。"

"报仇?!"小可几乎要惊叫出声,身体向后斜去,与吕姜拉开一段距离,似乎这话烫到了她,让她避之唯恐不及。

吕姜一把把她拽回来,压低声音说:"你别一惊一乍的,你是怕他再找曲从军和他母亲的麻烦?"

小可头点得像小鸡啄米一样。

吕姜说:"这点大家都想到了,局里一直有保护措施,你不用太担心。估计这也是曲从军坚持要找到他的原因,毕竟,百密也有一疏,进攻才是最好的防守。"突然,吕姜似乎想到了什么,继续说,"在此期间,你最好也和曲从军保持距离,一定要注意安全。"

小可沉默了,她知道吕姜话里的意思,她此前完全没意识到原来危险离自己这么近。这颗地雷,不知何时就会被他们无意间踩中,把他们炸得粉身碎骨。

电影散场前,曲从军已经离开了电影院。

周五下午,小可又给自己安排了一次外出,她叫了高莹一起去本市最大的渔场——窑河渔场。

窑河源出江淮分水岭的北侧,现在被规划出了7000多亩封闭无污染的天然湖泊。小可之所以想去看看,是因为老尚说自己年轻的时候曾经下放在这里,在水域附近的稻田里插过秧,还被蚂蟥吸过血。

老尚说这些时,小可和曲从军听得面部扭曲,想象着一条虫子趴在身上像针管一样抽血。生活在城市里的孩子们没见过蚂蟥是什么样的,想象中应该和蚯蚓差不多。直到很多年后,小可在电视剧里看到这个扁小的、嘴上带着吸盘的东西,它在吸饱血后竟能膨胀得数十倍大,而被它噬过的地方,会出血感染。遇到这种情况一定要不停地拍打,让蚂蟥松口掉下来。

207

幸福先知

　　小可和高莹沿着河边走了一段，看见一片树林子后面有幢白色的二层小楼。两人猜测会不会是饭店，走近一看，是渔场管理处。

　　管理处的同志听说她们是园林局的人，很是热情。他们平时在这里，无非是和渔民、水产商打交道，风吹日晒的，好不容易来了两位年轻漂亮的小同志，很是欣喜。

　　接待她俩的是一位四十多岁的中年干部，姓罗，小可称呼他罗处长。罗处长本是副职，被年轻小姑娘在称呼上提高了一级，很是受用，也没多解释，高高兴兴地带着两人找了当地最好的一家"渔家乐"，给她们张罗了一桌丰盛的河鲜。

　　餐厅建在一个巨大的筏子上，三人直接上了筏子。没想到，在这平静如镜的河面下，竟有种类如此繁多的鲜美鱼虾。小可看着桌上黄灿灿的油炸小河虾，想起小时候和曲从军头凑着头，把刚出锅的小河虾一个接一个地往嘴里塞，顾不上虾须刺痛了嘴，那是老曲专门给他俩吃的补钙圣品。

　　小可问："罗处长，这片水域这么大，有没有私人的船在河面上往来啊？我记得很久以前，河上是有人家的，现在还有吗？"

　　"哪有，"罗处长笑呵呵地说，"渔民早都上岸了，谁现在还住在船上啊？河面看着大，但都是分区域承包的。水里和地里一样，谁家有多少水域，清楚着呢，不比田里的农民糊涂。"

　　席间，小可借上厕所的当口把账结了。

　　罗处长在柜台转了一圈，回来冲小可嚷嚷："你这个小同志怎么悄没声息地把账给结了？到我们的地盘上还不给我们个接待的机会！"

　　小可笑笑说："罗处长别那么客气，等我回去给你们好好做做宣传，您再请我吃大餐。"

　　罗处长连声说好，给她们联系了一艘游船，自己回林间小楼里去了。

　　午后的阳光在水面上洒下了一片金色的碎片，刺得人眼睛发涩。

下　部

　　高莹收回目光,问小可:"你还回上海吗?"

　　小可说:"回是肯定要回的。"

　　高莹斜眼笑着对她说:"那你回来待这一段时间到底是为什么？不会真是实习吧？我不太信啊。"

　　小可也笑:"不是说了吗？回来休息休息,顺便报仇雪耻。"

　　高莹笑:"好啊,那我等着看好戏。"

　　船身随波起伏,困意袭来,小可索性躺下,感觉自己像是漂在水面上:"有些事情,必须得有个交代。"

幸福先知

16. 物非，人亦非

　　小可始终有种感觉，常玉龙并没有离开本市，他一定静静地躲在某个角落里，用鹰隼一般的眼睛窥视着周遭，因为他还有事情没有完成。在这件事情完成之前，他不会离开，也不会让自己落网。

　　她对吕姜说过自己的这种感觉，吕姜不置可否。对小可的感觉吕姜还是很叹服的，但是作为警察，一切都需要证据，更何况，他有他的想法，小可在这件事里参与得越少越好。

　　曲从军发现，小可只有周末才会出现在楼下，因为周五一早，尚母会出门买一大堆菜。

　　出门上班时遇见尚母，尚母热情地和他聊了几句，邀请他晚上一起来喝汤，曲从军以加班为理由推辞了。

　　其实他今天并不加班，一到单元门口，曲从军就闻到了熟悉的香味。以前无论尚母炖什么汤，都会让小可给曲从军端一大碗上去。如今，他循着香味找

下　部

到了源头,在熟悉的房门口驻足片刻,从浓郁的鸡汤香气中依稀辨别出小可的声音,又迅速离开。

第二天一早,曲从军透过老楼不隔音的墙板听到楼下传来老尚的声音:"你们能不能快点?这都几点了?一会儿到你大姑家又是中午了!每次都赶着饭点去,你们不难为情啊!"

尚母高八度的声音从房间里传出来:"催催催,催什么催!我这一早上干了多少事?你干了多少事?你和你闺女除了把自己喂饱打理干净其他什么也没干!现在倒开始催我了,真是干活的人还落埋怨!"

老尚没话可接,小可的声音漫不经心地响起:"你们俩斗嘴别拉上我啊,我碗也洗了,地也扫了,没干活的可不是我。"

紧接着砰的关门声后,尚母絮絮叨叨的声音越来越远。曲从军再也没听到楼下传来其他声音,默默地坐起身。

今天是周六,曲母上午有半天的门诊,给曲从军留了早饭在厨房的锅里后,就匆匆出门了。曲从军此时揭开灶上的锅盖,突然觉得自己和锅里的包子鸡蛋一样,从里到外地空虚、寂寞、冷。

大姑一共生了三个孩子,两个女孩一个男孩,二表姐是大姑的小女儿,比小可大6岁,此时已经是一个2岁孩子的母亲。

小可小时候时常被送至大姑家托管,因为大表姐和她年纪相差比较大,表哥又不愿和小姑娘玩,只有二表姐带着她,两人也格外亲近。

午饭时,大表姐和表哥两家都来了,大孩子带着小孩子们闹,十分欢愉。小可看见大表姐坐在沙发上,愣愣地看着二表姐家的小宝和表哥家的咚咚,眼中有着难掩的落寞。

大表姐这些年老得很快,明明不到40,看起来却是年近50的模样。

想起高一那年,母亲带着她去看大表姐家的小外甥。小可趴在摇床边上看着新生的小娃娃白白嫩嫩,眉眼都取的父母最好看的地方,长大了一定是个

幸福先知

帅气的男孩。她静静地看着他,只觉得他睡得酣畅平静,静得像是没有呼吸一般,静得神圣。

谁知半个月后,尚母难过地对小可说:"你大表姐的孩子没了。"

小可大惊,忙问是怎么回事。

尚母说,小孩子消化系统发育不完善,没熬过危险期。

很多年后,小可才知道新生儿有种病叫"肠梗阻",其实只要救治及时是不会有性命之忧的,可偏偏就是这么个不大不小的病,要了小外甥的命,也要了大表姐的半条命。

小可从没敢把见到小外甥时那种奇怪的感觉告诉任何人,她怕自己在大人们的眼中变成不祥之人。她从未想过要诅咒任何人,那一闪而逝的感觉从哪里来,连她自己也无从知晓。

大表姐夫也老了,额头眼角已经有了皱纹,然而比起妻子,他还是显得年轻不少。

还记得十几年前,第一次见大表姐夫时的情景。那晚大姑帮小可洗漱完哄上床,掖好被子准备睡觉。这时房间门却被大表姐夫敲开了,带进来一股冷冽潮湿的冬夜气息。扑面而来的凉风让小可惊觉,这个年轻的哥哥真是个美男子,眼睛就像日本动画片里的男孩子那样,标准的平行四边形,好看又明亮。

后来,听大姑对奶奶说,若不是大表姐夫家境不好,她未必同意大表姐嫁给他。彼时她不懂两位长辈为何不愿成人之美,又怎么会觉得外形出众的哥哥配不上相貌平凡的表姐,现在想来,大姑那时的潜台词想必是,若不是大表姐夫家境不好,他未必踏实忠厚,也未必能看得上大表姐。

大表姐并不美丽,性格也不讨喜,唯一的优点便是勤励。那时的小可觉得,大表姐能找到这样的丈夫,真是幸运。

小孩子们拿着音箱上的麦克风装模作样地表演,大表姐夫蹲在地上琢磨怎么能让音响发出声音。这音响买来后总共用了三次,等到大家觉得已经能熟练操作之后,说明书就变得不那么重要了,随即便不知被扔到了哪里。新鲜劲儿一过,当时的时髦玩意儿也落寞了。沉静了几年后,如今想再次让它发出声音,大家都忘了该如何操作,没有说明书,它便开始装聋作哑。

小可站在一旁,低头看着大表姐夫头上一根根竭力挣脱出来的银丝,显得极不安分。

孩子们不一会儿便意兴阑珊,扔了哑巴话筒去找其他乐子。

高跟鞋尖细的丝绒鞋跟以前掌为圆心画了个半圆,正要离开地面,却被一只手扯住了裤脚。一瞬间,这只手让她觉得陌生,分明不是多年前把她从碧绿的河水中捞出来的那一只。当年的那只手白皙修长,椭圆的旋涡分出了骨节。可如今的这只手肤色黝黑,处处皆是年轮。

与大表姐夫四目相对的刹那,目光穿过那双虽被层层的褶皱围绕,却依然漂亮的平行四边形眼睛,小可透过记忆中的亲切和蔼看到了一丝其他的意味。这意味让小可顿在原处,为自己心中瞬间闪过的硌硬感到羞愧。她怀疑这是自己的错觉,眼前这个人是曾经带着自己玩耍,无微不至照顾自己的像长辈一样的姐夫啊。

小可向后退了一步,不着痕迹地将裤脚从那只手中扯出来,说:"别弄了,太麻烦了。"随即转身离开。

大表姐夫在房间里又待了一会儿,走出来时,小可坐在沙发上没有抬头,继续摆弄自己的新手机。

大表姐夫瞟了一眼她的新手机,笑道:"哟,最新款,不便宜啊。"

小可笑了笑,不置可否。

这部手机在市场上卖到八千多块钱,配备了更强大的拍摄和存储功能,也可以拍照后直接编辑邮件发出。小可要用它和导师、同学随时沟通项目细节,这笔钱是省不了的。只是她觉得纳闷,大表姐和大表姐夫都是普通工人,两人

幸福先知

一个月的工资加在一起恐怕也不超过两千块钱,他怎么会对电子产品这么了解呢?但是她又转念一想,很多人都对电子产品感兴趣,即使买不起,因为喜欢而关注也没什么奇怪。

回去的路上,小可感叹:"这些年,大表姐老得厉害。"

尚母叹道:"命不好啊,好不容易有个孩子,还没了。现在又摊上这些糟心事。"

小可疑惑地问:"什么糟心事?"

尚母犹豫半晌,说:"你可别多嘴说出去……"见小可点头如捣蒜,尚母继续道,"你大表姐夫在外面……有别的女人。"

仿佛印证了某种猜测,小可既没觉得太意外,同时又对自己的直觉再一次感到惊讶,原来那硌硬的感觉并非空穴来风。

"那大表姐怎么说?"小可问。

"那还能怎么说?这么大岁数了又不能离婚,还不就是装聋作哑地继续过下去!"尚母气不过,愤愤地说。

"怎么发现的呢?"小可不理解。

"哎哟!你大表姐回家撞见了!"尚母口气里净是不可思议和难掩的嫌弃。

不要脸!小可在心里骂,换作是我,一天也过不下去了,看见那张床都觉得恶心,更别提还要日日睡在上面。

她替大表姐觉得可悲。从孩子没了的那一刻起,她就像把自己封进了一个套子,关于生活,似乎再也没有多余的感受,旁人问也问不出别人眼中的不可思议对她来说意味着什么。这样的后半生,过得毫无起色,每一天只是离无望更进一步而已。小可曾经设想过,如果自己姿色平平又身无所长,嫁给一个帅气活泛的老公,是否也会在每日相对的岁月中活得越发卑微,失去了夫妻间势均力敌的平衡关系,最终心如死灰?

小可不由得叹了口气,问尚母:"他们还是做以前的工作?就那点儿死工资,姐夫还能在外面包二奶?"

尚母冷哼一声:"哼!就凭他那张脸也有人愿意倒贴!"眼神流转,她迟疑道,"不过听你大姑说,他这两年倒像是找到了其他生财的路子,除了工资以外,时不时地有些外快。只不过,这些钱他一分也不给你表姐,全都自己在外面挥霍了。你看看他那个样子,头发梳得跟狗舔的一样,苍蝇拄着拐棍儿也上不去!"

小可捂着嘴笑,尚母损起人来向来活色生香。她不由得想起大表姐夫那一身农民企业家的装扮。原本她以为,大表姐夫只是许久没见这些没有血缘关系的亲戚,想在人前显示自己过得不赖,原来,他内里早已经不再是那个朴实阳光的少年。

尚母话锋一转,问道:"我怎么觉得这次回来,你和小军怪怪的?你俩以前形影不离的,怎么现在也不在一起玩了?"

小可的脑回路随着母亲话题的转移急速运转。母亲就是母亲,即使整天忙忙叨叨嘴也不闲着,可还是能抽空发现女儿的不同寻常。

小可回答道:"都多大了还天天一起玩?那都是小时候的事了,这不上大学都分开四年了,有些生疏不是很正常吗?"

尚母又问:"那你和小许怎么样了?"母亲就像是行动作战的总指挥,随便问句话,就像总览了整场战斗的概况。

小可说:"哎哟,我俩能怎么样?就是好朋友而已。"

尚母斜了女儿一眼,说:"这么不错的两个男孩都入不了你的眼,我看你能给我领回个什么杰出的人物?!"她承认女儿这些年是有很大的变化,人更精神了,也长本事了。可再怎么长大,在她眼里,女儿也还是那个稀里糊涂不长心眼的小丫头,自己总得时不时地捎几句,免得她又跑偏了。

尚母说:"你自己的事,自己也得长点儿心思。女人的青春就那么几年,有不错的就别挑来挑去,等把自己挑黄了,人家还正当年呢。女人可不比男

幸福先知

人……"

小可赶紧在尚母的肩膀上揉搓推拿一番:"知道啦知道啦,我心里清楚着呢,你放心吧。"

下 部

17. 三人行

　　九月初开学的时候,小可回学校办了入学手续,紧接着又办了休学手续。
　　江燕玲做东,请小可吃饭,米娜作陪。
　　小可问:"你们没请吴筱榕啊?"
　　江燕玲和米娜对视一眼,米娜说:"跟她在一起,说不说话都尴尬,找她来干吗?"
　　江燕玲说:"况且……前阵子她出了点事,恐怕也不想见到我们。"
　　米娜和小可都很好奇:"什么事啊?"
　　江燕玲压低声音,怕被人听见似的:"她那个神神秘秘的男朋友,原来是有家有老婆的。"
　　米娜叫起来:"啊？那她不就是个二奶吗?"
　　小可没说话,默默喝了口水。果然东窗事发了。
　　米娜伸着脖子,手里的勺子在盘子上敲得当当响:"后来呢后来呢?"

幸福先知

江燕玲说:"那人的老婆闹到吴筱榕单位去了,听说还动了手,大耳刮子抽得吴筱榕脸都肿了,好长时间都没上班。"

"她哪是脸被抽肿了没法上班啊,我看是没脸见人了!"米娜幸灾乐祸,把手里的勺子一扔,抱着胳膊往椅子上一靠。

"那个男人呢?"小可问。

"哎哟,这种事一出,还有几个男人敢露头的?平日里说多爱多爱,真出了事,恨不得说不认识你。"江燕玲恨恨地说,"那男人的老婆指着吴筱榕的鼻子羞辱她,大概意思是,那男人是不可能放弃自己的政治前途离婚跟吴筱榕好的,让她自己清醒点。"

"你怎么知道这些事的?"小可很好奇。

江燕玲优雅地夹了一筷子菜,轻描淡写地说:"这个圈子能有多大?程教授和吴筱榕单位的领导是老同学了,他们私底下估计也没少八卦。"

米娜哧哧地笑:"谁都不是圣人,不八卦就没有烟火气了。"

晚饭后,许翔宇来接小可。

许翔宇说:"我那儿有空房,去我那儿住吧。"

小可说:"我订了酒店,离学校不远。"

许翔宇凑近了问:"你是让我跟你回酒店吗?"

小可眼睛一翻,扔给他两只卫生球:"各回各家,各找各妈!"

第二天,许翔宇帮着小可把宿舍里的东西统统搬进了留给她的那个空房间。上火车之前,小可的手里被塞进了一把崭新锃亮的钥匙。小可低头看了一会儿,把它和家里的钥匙穿在了一起。

国庆长假时,许翔宇回了滨河。

小可和吕姜一起去火车站接他,一眼就从人群中挑出了那个闪闪发光的人。

吕姜说:"这家伙越来越招摇了!"说完瞟了一眼身旁的女伴。

下 部

小可笑着说:"那我还不是看上你了?"

吕姜赶紧作揖,说:"哎哟,那我得多谢您的垂青。"

许翔宇东西不多,一副青年才俊出差公干的样子。他一见小可,就搂着她的肩膀不肯撒开,小可挣了半天亦是徒劳,也就随他去了。

吕姜大声嚷嚷:"你们俩给我分开!"他此时心里是真的发酸,却分不清到底是应该吃谁的醋,一个是自己多年的好友,一个是自己的冒牌女朋友,此时这两个人亲热地搂在一起,却把自己晾在了一边。

三人行,只是其中的一个换了人。

他们去了小院私房菜,依旧是那个脸蛋圆圆的可爱女孩接待他们。

小可看着女孩明媚的笑脸,心神荡漾。她伸手拉女孩的手,问:"你几岁啦?"

吕姜笑她:"你怎么跟个浪荡公子一样,看见漂亮小姑娘就拉拉扯扯的?"

小姑娘害羞地一笑,从口袋里掏出一个小本子,唰唰写了几笔,递给小可。

小可接过一看,上面写着"我叫唐晓,20岁"。

小可拉着唐晓的手说:"我喜欢你。"

吕姜哈哈大笑:"说你浪荡,你还就表白了!"

女孩取回小本子,又写了一句:"我也喜欢你。"

吕姜惊叫:"你们是来相亲的吧?"

女孩冲他一挑下巴,得意扬扬地笑。

吕姜对女孩说:"你先去忙吧,一会儿过来坐坐。"

女孩点点头,对小可展露一个甜入心坎的微笑,摆摆手走了。

小可望着她离开的方向说:"这姑娘真好。女人有时不说话,反而平添了不少娴静和淡雅。"

许翔宇问:"她不会说话吗?"

吕姜说:"小时候是会的,6岁的时候打针过敏了,就只能听不能说了。"说

幸福先知

完叹息一声,"唉!可惜了……"

小可白他一眼说:"怎么就可惜了?要是不哑,也逃不过你的手掌心?"

吕姜连连摆手,说:"她表姐你又不是没见过,我哪敢有那样的想法?!"

许翔宇一听有故事,忙问其中的缘故。于是小可和吕姜你一言我一语,把马亚楠堵在小可单位门口宣战的事演绎了一番,又不约而同默契地把曲从军从故事中抹去了。

许翔宇听完哈哈大笑,一只手搭在小可背后的椅背上,虚空地将她环绕在臂弯里。他懒洋洋地问小可:"你要办的事,办得怎么样了?什么时候回来啊?"

小可托着下巴想了想说:"毫无头绪,遥遥无期啊!"

吕姜端着杯子,没有参与他们的讨论。他此时的心情有些复杂。作为警察,他很希望曲所长的案子早日完结,凶手被缉拿归案。他不想帮小可做这件事不光因为小宇的暗示,也因为一个无辜的女孩本就不该被卷入这种危险之中。他很想趁着许翔宇在的时候当面劝小可放弃,可是如果劝她跟许翔宇回上海,他以什么样的立场呢?一个名义上的冒牌男朋友?他扫了一眼许翔宇,恐怕连眼前这位都不敢说自己有这个资格。

一时三人都陷入了沉默。此时唐晓端上第一道菜,名曰"会三春",就是炒芦蒿、青椒和香肠丝,红红绿绿的,煞是好看。

小可一见就觉得唾液腺发酸,口水都要流出来了,抓起筷子就夹:"我可不等你们了啊,啧啧啧!"

上完菜,唐晓被小可拉着坐了一会儿,看他们三人插科打诨,只是笑。

小可悄悄问唐晓:"你有男朋友了吗?"

唐晓很惊讶,没想到这个姐姐这么直白,她瞪着一双亮晶晶的大眼睛,摇了摇头,还是笑。

小可问:"你喜欢什么样的男孩?姐姐我给你留意着。"

220

唐晓瞄了一眼吕姜,又瞄了一眼许翔宇,有些不好意思,摇摇头,依然只是笑。

饭后,许翔宇说要送小可,打发吕姜自己回家,一副正室归位小妾回避的架势。吕姜心里好笑,心想,这尚小可也真挺厉害的,连假男友都分 A、B 角儿。

幸福先知

18. 各怀心思

第二天一大早,曲从军就听见楼下尚母的声音又高了八度:"哎哟哟,我说这是谁呢,小许啊,有日子没见你了,越来越精神了呀!"

原来是许翔宇回来了。

似乎又回到了三年前,那时老曲对小曲说,小可回来了,还带回来个帅哥!彼时他还能冲上去一较高下,如今他们三个人,兜兜转转又回到了起点。只是,他曲从军出局了。

曲从军等到楼下彻底安静了才出门。他今天约了自己的顶头上司,也是父亲生前的老朋友——市公安局的高局长。

高局长和老曲是高中时代就打篮球掐架的老相识。高局长在当年恢复高考时考上了警官大学,科班出身又有学历,所以比老曲更加平步青云。原本按高局长的能力和资历,留在北京可以有更好的发展,可是他偏又是个出了名的孝子,无论怎样分配也不能距离老母亲超过30公里。再加上高母无论如何也

下 部

不愿离开故土，所以，任凭高局长在公安系统如何资历深厚经验丰富，也只能在原地"放风筝"。

当年老曲还在的时候，高局长只知道老曲家的儿子学习成绩不错。可是成绩再好，不也还是在考清华这件事上折戟了吗？最后还是不得不沦为自己的学弟。印象里他总共见过小曲三次，第一次还是老曲为儿子考上大学请老朋友们吃饭，第二次却是在老曲的追悼会上，而第三次就是小曲作为新兵来局里报到。每一次见面，这个孩子给他的印象都截然不同，从少年的腼腆到失去至亲的悲郁，直到现如今的冷静坚毅。他目睹了这个男孩蜕变成男人的艰难历程，不由得对他多了几分关注。

曲从军放弃保研的机会回地方刑警队的心思不言自明，高局长知道他想干什么。他有些犹豫，这案子几乎是全市乃至全省警察心里的一根刺，没有人不想早日破案。一天找不到这个人，所有人心里都憋着一口气，没一天能够踏实。这个常玉龙就像当年日本人留在中国的地雷，你明明知道有，可就是不知道散落在哪个犄角旮旯里，指不定哪天一个不留心，就炸了。

无论从眼里还是心里，高局长都能看出曲从军想要拼个你死我活的决心。虽然这个年轻人看起来冷静，可高局长就是能感觉到他身体里潜藏着的躁动，这躁动让人不安。为了对老朋友有所交代，也为了安抚这颗躁动的心，思前想后，高局长想到一个两全其美的办法。

海参、蜂蜜、壮骨粉……曲从军觉得自己就像左手一只鸡，右手一只鸭，只差再背个胖娃娃的小媳妇，他很无奈地说："妈，你不觉得我这样去见高局长，有贿赂上司的嫌疑吗？"

"什么贿赂上司？！"曲母轻轻打了儿子一下，"我们老朋友许久不见，你去上门做客还能两手空空？我今天要值班，要不我就和你一起去了。见到你高叔，替我问个好。"

幸福先知

曲从军一边任由母亲往自己胳膊上挂补品，一边竖着耳朵听楼下的动静。走到小可家门口时，他觉得自己与那亲热欢腾劲儿隔了不止一道门的距离。

高悬看见曲从军的时候，眼睛一亮。女儿的这个表现自然没有逃过高局长的火眼金睛，他一边招呼小曲，一边暗自观察两个年轻人的反应。

当听到高悬的名字时，曲从军心里不禁想道：高悬？明镜高悬？如果小可在，一定会说，你们领导取名字真是应景，只是，一个姑娘家叫这么气宇轩昂的名字，怕是性格也有些傲气。

想到这儿，曲从军笑了，对高家女儿点点头。这一笑不要紧，高小姐却突然就觉得呼呼呼心肌缺血了。

高局长嗔怪道："你到我这儿来用得着拎这么多东西吗？不像话！"

曲从军说："我妈非让我拿着，说是替她问候老朋友。我妈说，她送的不是礼，是健康。"

几句话，轻松化解了尴尬，老高和小高心中都十分赞许。

高局长问："你妈妈最近还好吗？"

曲从军说："挺好的，这两年精神好多了。工作忙也有好处，没时间胡思乱想，周围的朋友邻居也都挺照顾的。"说到这儿，他想起了老尚、尚母和小可。

高局长点点头："那就好那就好。都得往前看，你们过得好，老曲才安心。"

曲从军低低地嗯了一声，一下子大家都安静下来。

高悬见话题被老高生生聊进了死胡同，轻咳一声问："听说你放弃了保研的资格？多可惜呀！"

曲从军对她掀了掀嘴角，说："没什么可惜的，学什么时候都能上。"

高悬看着曲从军若有似无地笑，心想，果然学霸考研，都是谈笑间樯橹灰飞烟灭的境界啊。她大概听父亲说了些曲家的事，此时更是觉得曲从军有情有义有担当，心中的好感呈几何倍数般增长。

一顿饭吃得宾主尽欢。

高夫人话不多,很和蔼慈善的样子,家里家外打理得井井有条。看着曲从军,她只是笑,客客气气地给他夹菜,嘴里反复念叨:"小曲吃菜!""多吃点儿。""别客气!"高局长心里明白,老婆对曲从军也很满意。

高悬问:"曲从军,你跟我爸爸是一个学校毕业的,我都还没有机会去过爸爸的母校,有机会你带我去看看呗?"

曲从军回答:"估计现在的警大和高局长上学那会儿已经大不一样了,但周围还是有些荒凉,没什么可玩的地方,去一趟折腾掉半条命。"

高悬哈哈大笑,说:"你说得也太夸张了吧,那你们这些年岂不是跟蹲监狱一样?"

曲从军说:"差不多吧,除了上课、训练、吃饭、睡觉,现在想想,好像什么也没做。"

高悬心里窃喜,这么听起来,他似乎没在学校谈恋爱?她真想直截了当地问"曲从军你有女朋友吗?",可她还没勇猛到这个地步,只能循序渐进。

高悬转头问老高:"爸,你们公安类院校是不是女生特别少啊?"

老高自然明白女儿的心思,说道:"我们那个时候专业少,学生也少,女生啊……更少,但凡有个女同学,无论美丑,那都是校花。哈哈哈……"

高悬又回过头问曲从军:"那你们现在还是这种情况吗?"

曲从军想了想,很认真地回答:"我以前在法律系,男女比例差不多,后来转到刑侦专业,女生就少多了。"

高悬问:"那你们学校不和其他学校联谊吗?北京有那么多美女如云的学校,像什么北影啊,中戏啊,北舞啊……"

曲从军说:"嗯……也有吧,只是你说的那些学校,门口有的是豪车等着接送,何必跑到这么偏远的地方来和我们联谊?"

高悬眉毛一挑,想到广播学院门口接送女生的跑车,默认了曲从军的说法。

幸福先知

老高看着女儿百转千回地打探，决定帮她一把："小军啊，你也大学毕业了，就没处个女朋友带回来？你妈妈年纪也大了，家里多一两口人，对她的身体和精神都好。"

高悬听着老爸直接问出来，紧张得都快窒息了，表面上却还故作镇静地喝汤，不动声色地等着曲从军的回答。

只听曲从军缓缓地说："没有。没那个心思。"

高悬拿着汤匙的手就停在了嘴唇边，汤从倾泻的勺子边歪出来，滴答滴答地往下滴，显得屋里越发安静。她此刻心中喜忧参半：喜的是，这么好的男人居然没有女朋友；忧的是，这么好的男人却根本不想交女朋友。

老高暗暗看了女儿一眼，等她回过神看向自己时，给了她一个安抚的眼神。

饭后，高局长把曲从军带进了书房，亲自沏了一壶茶，摆在二人中间。

曲从军端起茶壶，先给高局长倒了一杯，又给自己倒了一杯。

茶香伴着蒸汽袅袅娜娜，曲从军想，高局长怕是有话要说。

高局长一时沉浸在酒足饭饱和难得的饭后茶歇中，大脑出现了暂时的短路，待把思路厘清，抬眼看对面的曲从军，同样陷入了沉思。

眼前这个年轻人，无论从外形气质还是学历能力，高局长都越看越满意。他干公安这么多年，自认眼光是很准的，曲从军这个小伙子坚韧、执着、有担当，绝对是自家女婿的不二人选。

高局长端起小小的紫砂茶杯抿了一口："小军今年是22吧？"

胡思乱想被打断，曲从军抬起头看着对面此时慈眉善目，完全没有了平日里刚正严肃之气的领导，回答道："我是年初的生日，已经23了。"

"嗯……"高局长点点头，确实年轻，如果能读完研究生就更好了。可若是读完研究生，恐怕早已心有所属了。再说，现在开始谈恋爱的话，谈个一两年结婚，正当时。高局长任由思绪越飘越远，自觉再不控制一下，恐怕连外孙都

下 部

想出来了。

高局长说:"我刚才说的话,你还是考虑一下,你爸爸不在了,我理应替他多关心你。你也毕业了,可以考虑考虑个人问题。男人嘛,先成家,再立业,没有问题的。"

曲从军的心飘忽了一下,小可的身影从脑子里一闪而过,他愣怔了两秒说道:"高局长,我爸爸的事还没解决,目前不打算考虑个人问题,也没这个心思。"

高局长靠坐在太师椅上,手指有节奏地敲击扶手,缓缓地说:"原则上讲,这个案子……你应该避嫌。"

话说得不轻不重,却不怒自威。曲从军看着高局长的眼睛,体会对方瞳人里的风云变幻。

"已经过去三年了,依然没有结果。高局长,这个案子我没法不管。"

高局长听出曲从军话里的不满,他能理解,却不得不为自己手下的兵说句话:"当年失枪案一出,全市进入了最高级别的警戒,全员无休地工作了7个月,一刻也没有放松过,直到今天。你知道老曲走后,全市乃至全省的警察是怎么工作的吗?他们自发地停止休假,一天之内全部到位,全天24小时没白没黑地寻找常玉龙。这种状态整整持续了42天,不断有我们的同志支撑不住倒下。即使这样,其他人也一直在坚守自己的岗位,超负荷工作。没有人不想找到常玉龙,他是所有警察的仇人!"

高局长叹了口气,这口气叹得意犹未尽:"至今没有破案,我有推卸不掉的责任。专案组的成员没有一刻放松对这个案子的调查,请你相信我,也相信你的同事们。"

曲从军抬起头望着高局长,此刻才发现他已两鬓斑白。如果自己的父亲还在世,遇到这样的难题,想必也是备受煎熬吧。

高局长伸手倒掉曲从军杯子里剩下的半杯冷茶,重新斟满,又变成了慈祥

227

幸福先知

的伯父:"没事了常来家里坐坐,你和悬悬年纪相仿,应该能谈得来。"

此时,任曲从军再麻木愚钝,也听出了高局长的弦外之音。可他没法表态,只好继续装木讷,说道:"高局长,您觉得……常玉龙还有可能会再次作案吗?"

高局长眉头紧皱,抱起胳膊说:"这个案子我和你们陆教授也聊过几次。你们应该也谈过吧?"

曲从军点点头。

陆教授是曲从军在警官大学时的老师,他是高局长的大学同学,也是国内犯罪心理学方面的专家。

陆教授曾经对曲从军说过,很多犯罪动机不明晰的案件,往往要从犯罪嫌疑人的成长背景着手,一个人的童年经历会对他的一生造成非常大的影响。

而就在曲从军与高局长研究案情的时候,小可在自己的小公寓里,静静地对着面前的一张大白纸,用红笔写下几个词:

被遗弃、养父母离世、盗窃、抢劫、仇杀、隐匿……

这些到底能说明什么呢?如果我是常玉龙,我到底想干什么呢?

下 部

19. 母子冷战

沈大夫没想到,一大早急诊接到的第一个病人,竟是自己的儿子。

急诊的电话转到内科的时候,沈大夫正准备下夜班。她刚换了衣服拎起包,桌上的座机就响了。

电话响起的一瞬间,沈大夫莫名觉得心慌。

两分钟后,她出现在了急诊科的处理室。

看着儿子皮开肉绽不辨颜色的腿肚子,沈大夫脑子里一片空白。老曲毫无生气平躺在床板上的情景赫然重现在她眼前,她脑袋里嗡的一声巨响。

沈大夫三两步冲进处理室,把背着身准备缝合器具的护士小姜吓得一哆嗦。

小姜对无视她存在的内科医生说:"沈大夫,刚才徐大夫已经仔细给他检查过了,没伤到骨头。只是伤口长一些,有点儿深,没什么大问题。幸好刀口是顺着肌肉组织,没有切断肌腱和韧带,休养一段时间就可以完全恢复了。别

幸福先知

担心。"

沈大夫用肉眼上上下下左左右右地给儿子又做了一遍筛查,确认没有其他问题之后,抬起头瞪着曲从军说:"你怎么回事?! 这才上班几天就搞成这样?!"

曲从军知道母亲是真急了,他知道她心里的担忧,赶紧安抚道:"妈,你没听护士说吗,没事,都是皮外伤。"

"这次是皮外伤,那下次呢?早知道我就不该同意你回来,要是真出了什么事……"沈大夫越想越害怕,声音控制不住地哆嗦起来。

眼看母亲泫然欲泣,离爆发的边缘越来越近,曲从军赶紧对呆立一旁的小护士笑着说:"准备好了吗?开始缝吧!"

小护士心里暗暗叫苦,这简直比年终考核还紧张啊。技术考核操作不好还有机会弥补,这要是没缝好,沈大夫用眼神就能把自己做成切片。

正当小护士心神不宁地举着针找角度时,急诊科的徐大夫如天神降临一般走进来,接过她手里的针说:"我来吧,你清理伤口。"

小护士顿时松了口气,手脚麻利地拿出碘酊、棉球、纱布,能拧开的盖子统统拧开,能撕开的口子全部撕开,整装待发。

待把血渍污渍清理干净,伤口露出了狰狞的本来面目。不说肌肉裂开的程度,光是长度就有成人的一拃长,此时像咧开的大嘴,牙齿、舌头、扁桃体全都暴露出来,令人触目惊心。

沈大夫再也忍不住了,捂着嘴呜呜地小声抽泣,可一看见儿子脸上因为忍痛露出的扭曲状,她只得又把呜咽声咽了回去。

处理完伤口,曲从军被送进了病房。

沈大夫冷着脸问:"怎么回事?怎么搞成这样?"

曲从军看着母亲红红的眼睛,老老实实地说:"抓捕的时候对方反抗,没想到他身上还藏了把刀。"越说到最后,曲从军的声音越低,沈大夫的表情越

下　部

难看。

空气在一点点地凝固。

母亲死死地盯着他腿上的纱布,雪白雪白的,伤口处理得非常干净,没有一点点血迹渗出来,可她仍旧透过纱布看到了那令人心惊肉跳的伤口,即使缝合之后也面目狰狞,龇牙咧嘴像条大蜈蚣一样趴在儿子腿上。

曲从军小心翼翼地观察母亲的表情,故意嬉皮笑脸地撒娇道:"妈……我饿了……"

沈大夫噌地从椅子上站起来,头也不回地出了病房。

病房里只剩下了他一个人,曲从军从慌乱中慢慢平静下来。

他假装的满不在乎,假装的无所畏惧,此刻都摆明了摊开在眼前,让他感到茫然和恐慌。原以为自己早已经准备好了,可事到临头,他的表现却出卖了他。

曲从军呆呆地坐了许久,抓捕罪犯时的情景反反复复在脑海里回放。他使劲甩甩头,想把那些画面甩出去。

试着挪了挪受伤的腿,好像不怎么疼,曲从军想趁着麻药劲儿还没过,下床找找手机,顺便把水杯什么的拿近点儿。如果母亲真的不管他,他只能靠自己了。

刚要动,门口进来一位白衣天使,端着托盘,裙角飞扬地来到他的床边,利落地放下托盘,伸手托起他的后背,塞进一个枕头,整个动作行云流水、一气呵成。

白衣天使伸出手自我介绍:"我叫郑旻宇,你叫我小宇就行。刚才沈大夫已经跟我交代过了,有任何事你可以随时叫我。"

曲从军回握了一下对方的手说:"我叫曲从军。谢谢!"

郑旻宇笑眯眯地拿起托盘里一个白色小纸袋,倒出一粒白色的药片递给曲从军:"先把这个吃了,消炎的。一会儿麻药劲儿过去了如果实在疼得受不

231

幸福先知

了就找我要止疼片,但是尽量不要多吃。"

曲从军老老实实把药吃下:"谢谢。"

郑旻宇还是笑眯眯的:"不客气。"转身欲走。

曲从军赶紧叫住她问:"哎……呃……小宇,我妈,沈大夫有没有说,她还回来吗?"

郑旻宇哈哈笑出声来:"你怕你妈不管你啦?怎么会?她说回去做饭,一会儿给你送饭。"

"哦……"曲从军松了口气,找了个舒服的姿势靠着。

郑旻宇歪着头问他:"要手机吗?"

"谢谢!"曲从军赶紧点头,指着隔壁床上的外套说,"就在里面胸口的口袋里。谢谢!"

郑旻宇把手机递给他,又给他倒了杯水放在床头柜上,左右打量了一番说:"那行!有什么需要就叫我!"

曲母没直接回家,而是转到菜市场买了一只老母鸡,又买了些新鲜蔬菜,大包小包地拎回家准备大干一场。一想起儿子流了那么多血,曲母心尖上的肉一簇一簇地跳,跳得她心烦意乱。她恨不得立刻去找高局长,让他停了曲从军的职。可当务之急,还是先让儿子养好伤是正经。

回到家,曲母把东西往橱柜上一堆,看着层层叠叠的塑料袋,突然有些不知所措。一心想给儿子补身体,只要觉得对身体好的东西,她就毫不犹豫地买下。一路上心事重重地胡思乱想,此刻一个人静下来,看着一大堆食材,竟发现无从下手。

她把需要洗的蔬菜连同老母鸡一起,全倒进水盆里。鸡肚子里的血被水一泡,又汩汩地流出来,蘑菇青椒莴笋等一干蔬菜全都倒在了血泊中。看着这一盆血水,曲母觉得恐惧如排山倒海般袭来,瞬间淹没了她的理智,她一屁股坐在地上,放声大哭。

她想起了总是替她做饭,而今已然不在的丈夫老曲,想起了她和曲从军从此孤儿寡母相依为命,想起儿子腿上蜈蚣一般狰狞的伤口,又想到儿子如果也如老曲一般牺牲,自己就再也没有了活下去的勇气……

大脑迅速运转出无数种对策,她在拨不拨通高局长的电话这个问题上迟疑了很久,最终还是放弃了。曲母知道,这不是解决问题最好的方式,让领导停了曲从军的职,然后呢?儿子就会放弃他的想法了?儿子被单位停职了又能去做什么?研究生反正是读不成了,难道让他找个文职岗位混一辈子?……

恍惚间,曲母听见有人上楼的声音,脚步声那么熟悉,她听出是老尚一家三口。

小可的声音此时在曲母听来异常悦耳。她一骨碌爬起来,想开门叫住小可。刚走到门口,曲母想起自己哭得红肿的眼睛,不免有些难为情。她不想让老尚夫妻看见自己这副样子,不然又得给人家添不少麻烦。

她给小可发了一条短信息:"小可,上来阿姨家一趟。"发完之后,她匆忙去厕所洗了把脸,仔细理了理头发。

没多久,她听到了敲门声。

幸福先知

20. 英雄与美女们

小可一进门就发现了曲母的不对劲。

曲母极力掩饰自己痛哭过的痕迹，开了门之后就低着头赶紧回身进屋忙这忙那，不好意思与小可对视。

小可试探地问："阿姨，你没事吧？"

不问还好，小可这么一问，曲母立刻觉得自己的情绪如溃坝之洪水，一发不可收拾。

小可吓了一跳，赶紧扶着曲母坐下："到底出什么事了？"

曲母哭得上气不接下气，只把两个食指杵在小可眼前，嘴里半天也没倒出一句话来。

小可看着这两根手指头，半天也没参透其中的奥秘。

"十一？"小可问。

曲母摇头。

"那么长?"小可又问。

曲母使劲点头。

"那么长的什么?"看着曲母这样,小可开始往不好的方向猜,"那么长的匕首?曲从军受伤了?!"

曲母拼命点头,小可真聪明。她缓了缓,舒了口气:"不是……不是匕首,是……是……是伤口。那么长的伤口!"

小可被惊出一身冷汗,赶紧问:"伤在哪里?"

曲母这时终于平静下来,只是气虚,弱弱地说:"小腿上。"

小可觉得像是刚从过山车上下来,抚着胸口说:"吓死我了……现在没事了吧?"

曲母一边抹眼泪一边说:"已经缝合了,得住几天医院。"说完,她拉着小可进了厨房,给这个年轻姑娘展示了一个烂摊子。

小可看着桌上、地上和水槽里的一片狼藉,笑着搂搂曲母的肩膀,说:"阿姨您去休息吧,我来弄。"

曲母靠在门上看着小可:"我一个人待着心慌。我在这儿跟你说说话吧。"

小可利落地把开膛破肚四仰八叉的老母鸡从一片血红的汪洋中捞出来,洗干净,放在旁边的不锈钢空盆里,又把其他蔬菜一一分类、洗净、安置好,放掉水槽里的污水,顺手把水槽也刷得锃亮。

曲母看着小可有条不紊的动作,心也渐渐安稳下来。

小可问:"阿姨,有砂锅吗?"

曲母如梦方醒一般:"有!但是在哪儿……我也想不起来了。以前我都不怎么做饭,你曲伯伯有空了做一做,他的手艺比我好……"

小可弯着腰把橱柜逐个检查了一遍,终于在最深的角落里找到那个荒废许久的大砂锅,想是三年前的某天被用过以后,就再也没见过天日。

她把鸡炖上,又切了些葱段和姜片,放了几颗据说可以补血的红枣。

幸福先知

　　曲母看着小可有条不紊地把香菇切成片，把猪肉也切成片，又把莴笋和青椒都切成片，最后归到不同的盘子和碗里，然后从冰箱里找出一根过年时两家一起灌的香肠，放进电饭锅。

　　曲母觉得纷乱的心被抚平了，她轻轻地问小可："你会去看小军吗？"

　　切菜声停下来，小可想了一会儿，回过头对曲母说："可能，他不希望我去吧？"

　　曲母说："你们这回，矛盾也闹得太久了吧？到底什么原因啊？……如果你能劝劝他就好了，我还是希望他能回学校继续上学去，他爸爸的事……别管了。"说完，曲母的眼睛又被泪水蓄满了。

　　小可没有安慰她，只是说："劝也没有用的，只有让他自己想明白。这件事是一定要做的，不然，他一辈子也过不去这道坎儿！"

　　中午，曲母把四菜一汤送到医院的时候，儿子已经睡着了。

　　曲从军的眉头皱成个解不开的死疙瘩，额头上有一层细密的汗珠。她轻轻地把保温桶和饭盒放在床头柜上，到护士台问小宇："怎么样？"

　　小宇说："刚睡着没多久，也没找我要止疼片，挺能忍的。"

　　曲母说："辛苦了。有什么事就叫我，我先去科室交代一声。"

　　小宇点点头："放心吧。"

　　曲从军醒来的时候，觉得这一觉睡得真是辛苦。明明已经好几天没睡个囫囵觉了，但每当要进入深度睡眠时，就被腿上火烧火燎的痛拉回现实中，徘徊在梦与醒之间，简直比加班还累。

　　小宇帮他把饭菜摆在移动餐桌上。此时曲从军早已饿得前胸贴后背，狼吞虎咽地把饭菜吃了个精光。

　　浓香的鸡汤从保温桶汩汩流出来的时候，曲从军愣住了。一颗喝饱了鸡汤的红枣从筒底连同拆碎的鸡肉一起滚进碗里，溅出几滴汤汁。

　　小宇慌忙去拿纸巾给他擦衣服："哟哟哟，都溅身上了。"

下 部

曲从军愣愣地出神,好一会儿才问:"这饭是谁送来的?"

小宇有些莫名其妙:"你妈,沈大夫啊,还能有谁?"

曲从军一勺一勺地往嘴里送汤,喝得很认真,没再说话。

晚饭是曲母做的,其实她只煮了粥,包子是从楼下买的。

曲从军咬了一口楼下胡奶奶卖了十几年的肉包子,咂摸着浓浓的葱香味,问曲母:"妈,中午饭是你做的?手艺进步了啊,还知道往鸡汤里放红枣了。"

曲母从早上看见儿子就一直冷着脸,到现在也没解冻。她斜了一眼儿子,心想,这小子真够精的。

她放下叠了一半的衣服,抱着胳膊愣愣地盯着曲从军,半天没说话。

曲从军讨好母亲失败,打探口风也没得逞,有些讪讪地。

曲母早先一肚子的委屈和焦急此刻却不知从何说起。看了儿子半天,最终只是叹了口气,回身把叠好的衣服装进收纳箱里。

她在这个医院工作了十多年,目睹了无数的迎来送往。在她这个内科大夫的眼里,每个人身上似乎都带着无数的病菌躺下,留下一层又一层的细菌,要不是没办法,她恨不得给儿子换张新床。无奈,她只能更换了床单和枕套、被套,不管怎样,至少看起来干净了不少。

对于母亲的洁癖,曲从军一直是嘴里半推,动作半就,无奈却也习惯了,况且自己此刻有些心虚,只能任由母亲摆布。他龇牙咧嘴地从床的一边挪到另一边,忍气吞声地让母亲带着气让他撩胳膊抬腿,一个屁也不敢放。

陆续有市局的领导和同事来看望,床头柜上的水果和鲜花换了一茬又一茬。吃不完的水果连同鲜花一起,被曲从军转赠给了小护士们,弄得整个护士站成了春暖花开的桃花岛,小护士们在打针换药的间隙,讨论的全是沈大夫家的那个帅哥到底对谁更有意思。

高悬是在曲从军受伤第二天和高局长一起来的,同行的还有刑警队的队长和教导员。

幸福先知

高局长握着曲母的手,想尽量让气氛轻松平常一些:"小曲同志这次的表现值得表扬啊,嗯,等他归队了,给他记一功!"

其他几位赶紧附和:"是是是,我们已经把曲从军同志的英勇事迹上报了,这不仅是个人的荣誉,也是集体的荣誉!"

高悬对一群领导的官腔很不以为然,像是故意要唱反调似的:"曲从军!医院的伙食不行吧?我看你都瘦了。想吃什么?我给你做。"

站在一旁的几个男人一听这话没法往下接,干脆呵呵呵地干笑几声,相视一眼,心下便有了几分了然。

曲从军心想,我光吃不动,明明胖了呀。他笑着说:"还行,我本来也不挑食。我妈最近手艺有进步,"说着看了母亲一眼说,"反正过几天就出院了,别麻烦了。"

曲母心想,高局长家这位千金像是对小军动了心思呀!姑娘长得倒是标志,大大方方的,家境也好,可是……小可的身影从她脑子里闪过,让她不由得升起一丝忧虑。

可她面上还是笑呵呵的:"太麻烦各位领导了,这么忙还专门跑过来看曲从军。"继而转向高悬说,"小悬还会做饭哪?这年头会做饭的姑娘可不多见了,过阵子到家里来坐坐,给阿姨指导指导厨艺。"

高悬一听赶紧摆手:"阿姨您可别开玩笑了,我这才做几天饭,哪敢跟您比呀。不过,等曲从军恢复了,我确实要登门拜访,向阿姨学习的。"

门外的小可听病房里太极打得有来有往,就把饭盒和保温桶放在护士台,对其中一位浓眉毛细长眼睛的姑娘说:"麻烦一会儿把饭送给5号病房的曲从军。谢谢!"

那姑娘和另一位圆脸小护士聊得正欢,一听有人提到曲从军的名字,立刻停下来打量眼前的人。

小可笑盈盈地回望着她,眼波流转,大波浪的长发束在脑后,两侧各有一

下 部

绺自然地垂下来,清新靓丽得像个大学生。可是细长眼睛的护士从她那身剪裁合体考究的薄呢大衣和脚上价值不菲的高跟鞋判断出,她一定不是学生,再说学生不可能有这样淡定沉稳的气度。

她瞅了眼病房里那位正爽朗说笑的局长千金,问小可:"你……是谁呀?"

小可说:"小时工。再见!"

圆脸护士半天没合上嘴,手上那支签字笔还绕着大拇指呼啦啦地转着圈,她望着小可离开的方向说:"她骗人的吧?"

细长眼睛护士说:"你傻呀,哪有这样的小时工?八成又是一位仰慕者。不过……"她拿过饭盒和保温桶看了看,"这饭盒……我认识,这几天的午饭应该都是她做的。"她又把保温桶凑近鼻子,透过缝隙闻了闻,"今天是骨头汤。还真是一天换一种,不重样呢!"

圆脸护士凑过来说:"你觉得这俩,谁能赢?"

细长眼睛的护士眯着几乎看不见眼仁儿的眼睛,一脸深不可测,半晌说:"这个嘛……就要看沈大夫儿子的意见了……"

"废话!"圆脸护士缩回几乎凑到她脸上的圆脸,使劲拍了她一下,两人笑作一团。

病房里的人散去,只留下母子两人。

母亲说:"高悬……好像对你有点意思。"

儿子说:"有吗?"

母亲说:"你对小可到底是什么态度?"

儿子静了一会儿:"我现在……对谁都没意思,没那个心思。"

母亲说:"你不说,我们也知道你是怎么想的。"她叹了口气,接着说,"你爸就这么走了,你要是有点什么事,我一个人……活着还有什么意思……"

儿子问:"你们? 还有谁?"

母亲顿了顿:"我们,我、你尚叔和尚姨,包括高局长他们。"

幸福先知

母亲唯独没说小可,但是曲从军知道,母亲心里想的,恰恰是这个没说出口的名字。

曲从军想起了那颗连滚带爬的红枣,他总觉得,小可这次回来,似乎和自己的母亲达成了某种默契。这两个他生命中最重要的女人,像是背着他密谋策划着什么。

护士把饭盒送了进来。

曲从军想,前两天母亲都是带着饭来,可今天母亲来时没带饭。现在,饭自己长腿跑来了,他也就什么都明白了。

下 部

21. 相互慰藉

一周后,曲从军出院回家了。

这天醒来一看表,已经9点多了。很久没有睡到自然醒,曲从军伸了个懒腰,跳到厨房想找点儿吃的。

奶锅里有半锅泡饭,早已经凉透了。曲从军掀开另一个锅盖,里面有四个包子,看形状就知道是孙奶奶包的,此刻不比石头热乎多少。一想起前些天的午饭,曲从军立刻没了胃口,悻悻地跳回房间。

打开电脑,查些资料,打了几个电话,已经接近午饭时间。胃里传来一阵空虚的感觉,他忍耐了一会儿,鼠标又在某个门户网站上漫无目的地逡巡了一会儿。很快,十几个小时水米未进的胃开始表达强烈的不满,扭曲痉挛一波胜过一波。

曲从军坚持不住了,他犹豫了一会儿,在下楼的麻烦和口味的将就之间无奈选择了后者,一拐一拐地回到厨房。

幸福先知

　　他依次打开两个灶眼,愣愣地看着几簇橘黄色的火苗在蓝色的火丛中忽隐忽现。

　　忽然,传来一阵敲门声。不知道是谁,那一长两短的敲门声中分明带着迟疑。他突然开始心跳加速,一边期待自己的猜测是真的,一边又生出不知如何面对的慌张。

　　门外果然是小可。她把一个手提袋往曲从军面前一送,似乎只要对方一接过去,马上转身走人。

　　曲从军没接。

　　门内的人向后退了几步,把门开得更大一些,对门外的人说:"进来吧。"

　　门外的那只手倔强地直直伸出去,像是要捅破什么东西似的。

　　门内的人服软了:"进来吧,坐一会儿。"

　　门外的那只手僵了一会儿,慢慢地放下来,带着它的主人进了房间。

　　小可坐在客厅的沙发上一言不发,她把纸袋放在茶几上,盯着纸袋,像是老僧入定一般。

　　曲从军一瘸一拐地回房间拿了根拐杖,又嗒嗒嗒地去给小可倒水、拿水果,一趟一趟地在她眼前晃,显得无比忙碌,又显得十分可怜。

　　小可知道,他这是在装可怜。他心虚了,想在小可面前撒个娇。她在心里冷笑一声,眼珠子转都没转,像是什么都没看见,什么都没听见。

　　面对小可,曲从军从来就没有什么招数,等他把所有能忙的事忙完,就只能赤裸裸地面对他们之间的尴尬。

　　小可终于抬起头,语气中有不耐烦,也有嘲讽:"你叫我进来有什么事吗?"

　　曲从军哦了半天,也没说出个所以然。

　　小可霍地站起身要走,被曲从军一把拉住。她看了看拉着她的那只手,挑起一边的眉毛戏谑地看着手的主人。

　　曲从军慌忙收回手:"不是,那个……呃……"

下 部

小可站在原地,不说走,也不说留,就这么看着他。

曲从军慢慢地冷静下来,他握了握拳头,终于下定决心看着小可的眼睛说:"我们,就不能像以前那样吗?"

小可认真地想了想,问:"哪个以前?是你向我表白以前,还是你甩了我以前?"

曲从军看着小可脸上露出的无知和纯真,心想,就是这样的表情!小可要是想整他,就是这么一副人畜无害的表情!他明知自己给自己挖了个坑,却怎么也没办法把这个坑填平。从很小的时候就是这样,每次小可露出这个表情,他就只能坐以待毙。

可是现在情况不同,为了她好,他必须离她远一些。他一直提醒自己有个重大的任务需要完成,如今看来,这个任务比想象中更加难以实现。

小可冷眼看着曲从军,看着他自己跟自己较劲,看着他又暗暗地下了一次决心。她真想冲上去,使劲敲开他的榆木脑袋,就像小时候,他始终不明白她讲的道理,固执地坚持自己的想法,油盐不进的时候,她就用武力解决。

后来他们长大了,很多问题都不再是问题。小可说的,曲从军大部分都听得进去,听不进去的,他就假装忘了。小可多啰唆几遍,他想想,觉得不是什么原则性的问题,也就妥协了。

直到仇娅出现。

那次小可明说了讨厌仇娅,可曲从军也没妥协。

很多年后小可想,也许男人无论到什么年纪,也不可能失去小孩子的任性。女人说,这张纸是白的,男人看一眼,心情好就会附和你,对对,是白的。可是当他任性起来,这张纸就是红的、绿的、蓝的,总之是除了白色以外的任何一种颜色。也许他们只是要面子,时常要树立一下自己的权威,展示作为雄性的绝对控制权。

小可说:"吃饭吧。"说完,从纸袋里取出那个饭盒和保温桶。

幸福先知

面对小可态度的突然转变,曲从军一下子变得无所适从。他呆呆地站在原地,甚至开始怀疑小可是不是在饭菜里下了药。

"过来呀,都快一点了,你不饿呀?"小可瞪着眼睛,把筷子递给他。

"你……"曲从军拧着眉头,觉得不可思议。这女人是不是神经出了问题?难道上次分手之后受了刺激?还是……她又想出了什么更损的招来修理他?

曲从军越想越害怕,半天没动。

小可把菜、饭、汤、筷子、勺子一一摆好,站起来对曲从军说:"你吃吧,我走了。"

"哎!"曲从军醒过神叫住她,"你吃了吗?挺多的,坐下一起吃吧!"

"嗯……"小可想了想,"行,刚才忙着做完给你送过来,我也没吃呢。"

曲从军赶忙从厨房又拿出一副餐具递给小可,把米饭分出一半,又把热好的包子端出来,把菜往小可面前推了推。

小可拣起个包子,烫得两只手来回倒。曲从军把包子接过去,在最上面戳了个洞,对着包子里面呼呼地吹气。滚烫的热气从包子馅里向外涌,可曲从军拿得稳稳的,像是完全感觉不到。

小可问:"你不怕烫吗?"

曲从军把吹凉的包子递给她:"皮糙肉厚,不怕了。"

小可接过包子吃得津津有味:"米饭和菜你多吃,我好久没吃孙奶奶家的包子了。"

"你……"曲从军有些犹豫,"你不住在家里了?"

"嗯。"

"一个单身姑娘住在外面多不方便,也不安全啊!"

"我不是单身啊,我有男朋友的。"

是啊,他把那个风流倜傥的吕姜给忘了。其实从头到尾,他都不相信小可是真的在和吕姜谈恋爱,可如今听到小可如此自然地说出她有男朋友,他有些犹豫了,心里酸溜溜的。难道小可和吕姜是真的?他们已经同居了?

"吕姜这个人……"曲从军欲言又止。

"吕姜挺好的。"小可截断他的话,"他这个人,表面上看起来吊儿郎当的,其实很重感情,是个很好的人。"小可说的是真心话。

曲从军感到很无力,小可是他自己推出去的,如今她找到了喜欢的人,他凭什么横加阻拦呢?

"那你还回上海吗?"曲从军换了个话题。

小可想了想:"按理说,一年后实习期一满,我就要带着实习报告回学校了。可是……"

"可是什么?"

"可是我不想异地恋,喜欢,就要在一起。"小可说得很认真,看着曲从军的眼睛,眼波流转。

曲从军几乎沉溺在这盈盈的水光中,他多想拉着她的手说,对,喜欢,就要在一起。

可是,这句话不是对他说的。曲从军的目光从小可的目光中蹒跚离开,继续吃饭,却如同嚼蜡。

"看情况吧。"小可咬着包子说,"我们俩刚在一起没多久,一年后的事谁知道呢,到时候再说吧!走一步看一步!"

曲从军没说话,只觉得饭凉透了,吃到胃里,浑身都冷。

小可看他一眼:"倒是你,怎么这么不小心?"

"嗯?"曲从军没反应过来,愣了一下,发觉小可是说自己受伤的事,立刻更觉得沮丧。他放下碗筷,两只手从膝盖上耷拉下来,配合主人的无精打采。

"怎么了?"小可问,"听说你们领导还去看望你了,对你大加赞赏。你怎么还这么不高兴?"

她看不见曲从军的表情,却能感受到他在低着头无奈地苦笑。

幸福先知

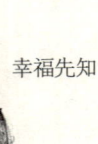

"他们只是没在我妈面前拆穿我。"曲从军的语气充满了讽刺,"什么英勇无畏？我根本就是个孬种！"

小可皱着眉头,一言不发,等着他把剩下的愤懑全倒出来。

沉默了好久,曲从军才再一次开口。

他像是自言自语:"我跟在师父后面冲进去……他已经把嫌疑人制伏了,只是让我从他口袋里把手铐掏出来而已……手铐！又是手铐！我没想到自己怎么会那样,"他死命地盯着摊开的两只手,"这两只手就一直抖,一直抖,抖得我都控制不住,好半天也没把手铐掏出来。我师父等了半天,看我那样,就撤出一只手想自己掏。没想到嫌疑人身上还藏了一把刀……"

"然后呢？"

"然后,我被他狠狠划了一刀……那一瞬间,我几乎听到刀片割裂皮肤的声音,吱……"

"最后呢？你反击了吗？"小可打断他的回忆。

曲从军点点头:"我一疼,下意识地扑了上去……"

小可伸手胡乱撸了一把他的头发:"那你还是挺勇敢的,吃亏了还敢反抗。"

曲从军自嘲地一笑,脸上净是不屑。

小可说:"我给你讲过我第一次上人体课的经历吗？"

"你不是学的景观建筑吗？怎么还要画人体？"曲从军的注意力立刻被吸引过来。

"工业设计也要研究人体工学原理啊,所以我们学校就安排了四周的人体课。第一天的写生课,我浑身都不听使唤了,不是掉了铅笔,就是碰倒颜料。无论我再怎么故作镇静,身体的反应还是出卖了我。"小可笑,陷入对往事的回忆中。

曲从军想象小可手足无措的样子,也笑了。

"下课作业点评的时候,老师敲着我的画板,当众大声点我的名字——'尚小可！你的男性生殖器呢?!'我当时慌得啊,冲口而出:'我,我没有啊——'"小可笑得把脸埋在臂弯里,浑身一抽一抽的,"全班哄堂大笑,老师都被我气笑了。"

曲从军也笑了,他的心里很温暖,这是小可独有的安慰他的方式。她从不会让他在低落的情绪里沉浸太久,而是拉着他和她一起笑,即使嘲笑的是过去的自己。

那天,小可提溜着空饭盒跨出曲家大门的时候,对曲从军说:"你去问问你师父,他第一次执行抓捕任务的时候是什么样的,记得告诉我,咱们一起乐和乐和。"

幸福先知

22. 狭路相逢

那天之后,曲从军在家附近找了个健身房,重新开始锻炼。他必须时刻保持头脑清醒和最佳的身体状态。他想明白了,就像小可说的,谁都有第一次,老江湖也不是一朝一夕练成的,上次的事是自己大意了,以后要更加警醒。

前天吃饭时小可还说,曲母对他受伤这件事耿耿于怀,曾经抱着小可大哭,这让他心里很不好受。他知道母亲怕什么,他必须小心再小心。

那顿饭之后,曲从军和尚小可似乎又回到了从前的状态,就像电影里说的,好朋友之上,恋人未满。曲从军在心里想,他们也许再也不可能成为恋人了,那么就继续做好朋友吧,一辈子的好朋友。

已经十一月中旬了,小可越来越不愿待在房间里。这里冬天没有暖气,空气又十分潮湿,外面艳阳高照,反而比房间里更暖和。

曲从军觉得她特别忙,似乎整天到处跑,今天上山明天下河的,想找她吃个饭都难。

他在电话里问:"小可,你们一个小小的园林局有那么忙吗?我怎么感觉你整天东奔西跑的。"

小可说:"他们不忙,我忙。我不是要写实习报告吗?得做课题研究,所以要把家乡的风土人情、园林植被、建筑规划都好好了解一下。"

"哦……"曲从军听着,心想原来还挺复杂。他又说,"我明天准备去上班了,今晚一起吃个饭吧,谢谢你这么多天的照顾。"

"今晚啊……"小可假模假式地想了一会儿,"应该行,我先打个电话问问吕姜有没有什么安排,一会儿给你回电话!"

不一会儿,小可的电话回来了:"我给吕姜放假了,今晚就在你家吧,别出去了,闹哄哄的,我早点回去帮阿姨做饭!"

曲从军欣然同意。刚挂了电话,又有电话进来。

"喂?曲从军吗?我是高悬。"

"呃……你好,你好!"

"听说你明天要上班了,为了庆祝你恢复,我想晚上请你吃饭,不许推辞啊!"

听说?看来是听高局长说的。他一个小兵,何须局长这么关注?曲从军隐隐感到不妙。他首先想到的是小可也许会误会,可转念一想,现在还怕小可误会什么呢?

曲从军狠狠心说:"那晚上来我家吧,我妈也在,一起吃顿便饭。"

从健身房回到家,洗了个澡,曲从军瘫在沙发上,预想今晚的场景。

过了一会儿,他起身给曲母打了个电话。

"妈,晚上小可来家里吃饭,您下班顺便买点儿菜吧……还有,高悬也来。"

"啊?"曲母很意外,"怎么她也来啊?你把她俩都约到家里来啦?"

"嗯。您要是没事了,早点儿回来吧。"

曲母坐在办公桌前直发愣。儿子这是唱的哪一出啊?她是得早点回去跟

幸福先知

儿子好好谈谈。她想了想,给小可发了条短信:"小可,晚上高局长的女儿也来家里,你可别误会。"

过了好一会儿,小可的短信过来,只有一个字:"好。"

这个"好"在曲母的嘴里颠来倒去,被她用各种语气演绎了一遍,到底是什么意思呢?

"不想了!"曲母把手机往桌上一扔,"买菜!"

等曲母大包小包地回到家,抓着曲从军正准备数落一通的时候,敲门声响了。

曲母开门一看,是小可。她想悄悄地跟小可说两句话,可是小可却像没事人一样笑眯眯地说:"阿姨,我来帮你做饭啦!晚上有客人,我又买了些熟食。"

没看出她有一点点的不开心。曲母心想,回头再说吧。她拉着小可的手,进了厨房。

两人蹲在地上配菜。

"这个和这个炒?"

"别了,还是这俩一起炒吧,好吃又好看!"

"行!听你的!"

曲从军站在门口,多好的婆媳俩呀,别人家盼都盼不来,可我却硬给推出去了。唉!曲从军心里的一声长叹,蹲在地上的两个人谁也没听见。

一个人负责洗、切,一个人负责配菜、下锅,忙得很有章法。曲从军看得出来,和小可在一起,母亲很高兴,像是又有了主心骨一般。他又何尝不是?

曲从军在厨房门口看了一会儿,热热闹闹的场景却让他看得满是辛酸,只好回到自己房间去发愣。

四个菜上桌后,门又被敲响了,高悬来了。

曲母一听见门口有声音,拍了拍小可的背:"客人来了,我去看一下。"

客厅里霎时热闹起来,一个年轻的声音传进厨房,清脆悦耳:"阿姨好!我

250

爸爸让我代他问候您!"

"哎哟!来就来吧,还带这么多东西,太客气了!"这是曲母的声音。

"没跟您客气,咱们两家是世交,以后要常走动的。"

"是是是!快坐!我正做饭呢……小军!招呼一下!"

曲母急匆匆地走回厨房,看见小可正用汤勺舀起点儿老鸭汤尝味道,便走到她身边小声说:"这是小军他们局长的女儿……我觉得吧……啧……有点儿……"

小可听出曲母的弦外之音,放下汤勺,又在汤里放了半勺盐,搅了搅,凑到曲母耳边说:"您放心吧,我明白。"

等曲母把汤端出去,小可站在原地想了想,端起刚出锅的清蒸鲈鱼,朗声叫道:"鱼来咯!"

高悬一见尚小可,顿时愣住了。厨房里走出来的这个姑娘,虽然套着围裙,马尾也有一缕散落,却还是让高悬意识到了强大的危机感。

小可把盘子放下,手在围裙上蹭了蹭,伸出手:"你好,我叫尚小可,尚可那个尚小可。我是住在楼下的邻居。听说阿姨家今天有贵客,我是来帮厨的!"

对方这么大大方方地打招呼,高悬也不愿落于人后,伸出手笑着说:"你好,我叫高悬,明镜高悬那个高悬。"

曲从军偷偷瞄了一眼小可,没看出她的表情有任何异样,只听她说:"你们先聊,还有两个菜,马上就好。"

小可回厨房,曲母一时不知是走是留。不走吧,总不能让小可一个人在厨房里忙活,可是走了吧,又感觉像是有意给小军和高悬腾地方。思来想去,曲母一跺脚,也去了厨房。

两人一走,把热闹又带回了厨房,煎炒烹炸好不快活。客厅里霎时陷入了沉静。

曲从军觉得有些尴尬,站起来说:"我给你倒杯水,你是喝茶还是喝果汁?"

幸福先知

"别忙活了！"高悬连忙阻止，"你伤还没完全好呢，坐着吧。我和我爸早就想来家里看你了，可又怕影响你休息……"高悬觉得脸上热热的，拉上她老爸，比较容易把这话说出口。

"代我谢谢高局长。"曲从军静了一会儿，"我还是给你倒杯水吧。"

倒完水，客厅里又恢复了安静。

高悬说："嗯……你都恢复了吗？怎么这么急着上班啊？"

曲从军说："在家待着也是无聊，去单位做些后援工作没问题的。"

"哦……"高悬想了想，"对了，你怎么去上班啊？没法开车了吧？要不我来接你吧！"

"啊？不用不用不用……"曲从军慌得连忙摆手，"我打车很方便的，别麻烦了！"

高悬正要再劝，曲母和小可一前一后从厨房出来，一个端着一盘红绿相间的炒时蔬，一个端着一口大砂锅。

"饭做好了，我的任务完成了，那我走啦！"小可一边摘围裙一边说。

曲母拍了小可一巴掌："说什么傻话呢，本来就是要请你吃饭，哪有做完了饭不吃就走的道理？"说着，就把小可按在了椅子上。

小可笑嘻嘻的，没再推辞。

高悬的心里有点不高兴，敢情自己是上赶着要来，这位才是被邀请的正主啊。这么想着，她不禁又多看了这个尚小可两眼。

曲母招呼高悬："小悬，来，快坐下！"

人也不多，也分不出什么主次位，高悬就挨着曲从军坐下。

小可站起来，想绕过曲从军，坐到曲母和高悬的中间去，结果被曲母半路上给截住了。曲母拉了拉她的手，不动声色地把她又按了回去。

曲母说："小悬是第一次来我们家，欢迎！来，咱们少喝点红酒。"说完，给高悬倒了半杯红酒。刚要再给小可和曲从军倒酒，酒瓶子被小可接了过去。

曲母也不客套，径自坐下，说："小可也喝一点，这些天多亏你帮忙，不然阿姨真忙不过来。"

高悬暗暗观察曲家母子和这个尚小可之间的互动，觉得他们之间似乎超出了普通邻居的关系，可是要说有什么其他的，一时倒也看不出来。曲从军明明说了没有女朋友，看曲母对尚小可的态度，倒像是对女儿，看来两家的关系不一般。

高悬说："阿姨，以前我们都小，忙着上学，以后咱们可得多走动，没事了我就常来看您，陪您说说话。您要是有什么需要就给我打电话，我随叫随到。"

曲母笑："谢谢小悬。你们年轻人都忙，不用管我。其实这几年身边的朋友和邻居都挺照顾我，我现在工作也闲不着，挺好的。"说完，拍了拍小可的手。

高悬举起杯，笑盈盈地对曲从军说："庆祝你康复！"

曲从军端起杯子，两只玻璃杯在空中发出当的一声。随即，高悬手中的高脚杯转了个方向，对准了尚小可。

高悬说："谢谢你这么多天对曲从军的照顾。"

小可端起酒杯，眼睛眨呀眨，笑眯眯地说："不客气。"

曲家母子你看看我，我看看你，都没作声。

高悬似乎想要乘胜追击："阿姨，我刚才跟曲从军说了，他上班不方便，我负责接送他。"

曲母惊讶地望着儿子，眼睛里满是询问。

曲从军急忙摆手："别别别，太麻烦了，我自己能去。再说你住得远，送我上班也不顺路。"

"没关系呀，我早上起得很早，多转一圈，就当呼吸新鲜空气了。"高悬继续献爱心。

"不用不用，真的不用……"曲从军手忙脚乱地拒绝。

双方正在争执不下，只听一个很小却很清晰的声音插进他们的对话中间：

幸福先知

"我想问问,你的车要是最近不用,能不能借给我用啊?"

曲从军转脸看见小可趴在桌子上,眼睛忽闪忽闪地看着他,满脸期盼的神色。

曲从军抓住这个话题,赶紧借题发挥:"你要车干什么?你会开吗?"

小可立刻坐直身体:"当然会了,不会开我借车干吗?我现在不是到处跑吗,有车方便些。嘻嘻……"

曲母赶紧接茬:"是啊,小军,你要是不用,就先把车借给小可用吧。"

曲从军琢磨了一下:"这样吧,车可以借给你,但是你得负责接送我上下班。这样,也不用麻烦高悬跑来跑去了。"

"行!谢谢啦!"小可满脸喜滋滋的模样,像是偷到了糖豆的小老鼠。

高悬有些气闷,明明是被人劫走了好事,可人家又说是为自己好,自己却无话可说。

她越想越觉得哪里不对劲,于是装着不经意地问道:"小可和从军是一起长大的吗?"

曲母接道:"我们是在小军四年级那年搬过来的,你曲伯伯当年刚调到九龙山派出所。后来我们就一直和小可家做邻居,他们俩小学、初中就是同学,一直到高中也是一个学校的。"

"那你们俩怎么没谈恋爱呀?"高悬问,一脸天真无邪的笑。

此话一出,曲母和曲从军都是一愣,小可却笑着说:"你的左手握着右手,可还有脸红心跳的感觉?"

高悬一听这话,疑惑道:"太熟了?没感觉?"

小可给曲母盛了碗汤,又给自己盛了一碗:"我喜欢会说话,会来事的,不喜欢闷葫芦。"说完,哈哈哈地笑起来。

"油腔滑调的男人有什么好?嘴上活泛的人多半心思也活络,这种男人也不可靠啊!"高悬听着小可明里暗里损曲从军,不高兴就直接反驳出来。

254

下 部

　　小可还是笑嘻嘻的,低头喝了口汤:"你说的也有道理。所以啊,男朋友就要多处几个,才知道哪个对你是真心。"

　　看着小可这副玩世不恭的样子,曲从军暗自纳闷,她今天这是要故意招高悬讨厌吗?

　　正疑惑,只见小可勾勾手指头,冲高悬故作神秘地说:"你要是有什么想打听的……"说着拿眼神朝曲从军一扫,"尽管来问我,我什么都知道。"

　　高悬一听这话,赶紧点点头。

　　"对了,"许久没说话的曲从军突然冒出一句,打断了两人心照不宣的眼神交流,"你开车不许穿高跟鞋。"

　　"是是是,"小可接过车钥匙,"遵命!"

　　被尚小可这么插科打诨地闹了一出,直到回到家,高悬也没琢磨透曲家的这位邻居。无疑,曲家母子对尚小可很亲近,即使她胡言乱语,也对她甚是包容。尤其是曲从军,凭自己作为女人的敏感,曲从军席间虽然没怎么说话,可她偏偏就嗅到了一丝宠溺的意味。这种感觉让她很不舒服,既然尚小可说可以由她打听,那她就趁机探探这个姑娘的底。

255

幸福先知

23. 故地重游

第二天一早,小可把车停在父母家楼下,给曲从军打了个电话:"下来吧,老板!"

曲从军拎着根拐杖从四楼咚咚咚地蹦下来,一上车就问:"你昨晚没在家住啊?"

"你怎么知道的?"小可疑惑。

"我听着你家的门一直没动静,正纳闷呢,你就在楼下了。"随即他话题一转,"你昨天喝酒了还开车走的?!"

"我就喝了一杯红酒……"小可辩解。

"一口也不行!"曲从军火大,"我警告你,你要是这样,就把车还给我!"

"好好好,我错了,下次再也不敢了。您息怒。"小可赶紧讨好他。

车里只剩下发动机的声音。

静了一会儿,曲从军问:"你现在住在哪儿呢?早晚来回跑不是也挺麻

下 部

烦吗?"

"不麻烦,顺路!"小可好脾气地说。

"那……你每天晚上下班送我,吕姜没意见吗?"

现在你想起来了?提要求的时候干吗呢?小可这么想,嘴上却说:"他没意见,他经常加班,我送完你再去找他,没问题。"

车里又一次陷入安静。

曲从军发现,小可开车其实还是挺让人放心的,加塞并道的时候动作干净利落,到斑马线附近就提前减速,什么"超车看车头,会车看车尾"之类的,完全不用提醒。

"你什么时候学的开车?"

"大二暑假。"

两人都没再说话。

那个暑假太漫长了。小可没有回家,她想回却不敢回,即使回了家,也见不到想见的人。除了学习专业知识、画画,她还给自己安排了许多事,学开车、学游泳、学跳舞……

江燕玲也没回家,每天看见小可瘫在床上就问:"成天把自己累得跟狗一样,悠着点儿啊。"

"嗯。"小可就闷闷地回她,第二天却照旧。

好在曲、尚两家父母没人知道他们好过,也没人知道他们散了,没有引起额外的纷扰。

去市局的路很顺畅,小可送完曲从军,没去园林局,而是去了趟附近的八仙山。

八仙山之所以叫这个名字,是因为据说当年有仙人在这山里留下过踪迹。

山里幽静,各种草木植被丰富。小可取出塑封袋,采集了一些种子,又摘了些花草叶子夹在速写本里,做下标注。

幸福先知

　　她循着泉水一路向上走,想起了曾经在大姑家度过的孩童时光。那时,自来水还没通到各家各户,附近全是矿区的安置房,离这座山并不远。平房一排一排,格局全都一样。各家的女人们聚在安置房中间的一处围墙外面洗衣打水,扯些闲篇,互相打趣。那个出水口的青砖被日夜捶打冲刷,干净平滑得和家里的瓷盘子差不多。

　　小可走到山腰,只听见哗哗的水声,却已然找不到泉水的踪迹。向下望去,曾经住过的那片地方早已经塌陷成了一片广阔的水域,蓝天映照,白云点缀,阳光洒金,煞是好看。

　　一路走来,小可看见一个山里的女人穿着棉毛裤棉拖鞋在小溪边洗衣服。山里比城里更冷一些,树木繁多,更加阴寒,小可越走越冷,脸蛋鼻尖变得冰凉。不远处有间平房的门四敞大开,里面黑洞洞的。小可的目光随着被吹进屋里的落叶望去,不禁感叹山里人家的生活朴陋。

　　她又往山上走了走,见到从山上走下来一位出家人。小可觉得奇怪,上前询问:"请问师父,这山里有庙吗?"

　　师父呵呵一笑:"时有时无。"

　　小可想,这师父说话真逗乐,于是又问:"山上除了寺庙,还有人家吗?"

　　师父说:"阿弥陀佛……目测……应该是没有了。"说完,鞠了一躬,径自往山下走去。

　　小可站在原地想了一会儿,追上他:"师父,这庙是这几年重新修建的吗?我小时候来山上玩,没见过。"

　　师父咔吧咔吧地拨着手里的佛珠:"是啊,前几年重建的,是按照史书上的记载复建的。"

　　小可问:"是《淮南子》上记载的吗?"

　　师父说:"是啊。"

　　出家人果然心无旁骛,与小可一问一答结束,脚步不停,任小可紧追慢赶,竟跟不上他的速度。

小可看着师父远去的背影,回头看看山顶的方向,决定原路返回。

经过来时的小溪边,那个女人已经把洗完的衣服在盆里堆成了小山,搓衣板和肥皂之类的东西靠在小山坡上。她把盆往胯上一搭,起身准备回家。

小可叫她:"大姐!"

那女人回头疑惑地看着她。

小可问:"这山里现在还有很多人住吗?"

女人答:"没几户了,就我们这几家,过几年政府把这片山开发成景区,我们也要搬出去的。"

"这几年有没有外面的人搬到这山里来啊?"小可问。

"没有,山里人都琢磨着往外走,哪还有往里搬的?"女人拍拍腿上的土,"我们家在这山里住了好几代人,对这山了解得很,别说有外人进来,就是有外面的狗跑进来我都认识,肯定没有。"

小可点点头,辞别女人,开车回到城里。

晚上,曲从军看见车轮上有些泥,也没问,心想既然把车给小可开,就随她怎么用吧。

第二天早上,曲从军下楼的时候,发现车洗得很干净,轮胎上的泥也不见了。

晚上,车里的音响换了。

以前老式的车载音响都是放的磁带,后来光盘流行起来,音响已经很多年没用过了,谁也不知道还能不能用。如今面板上其他的部分都被磨得满目沧桑,有的地方露出漆面下的本色,只有这个 CD 播放器崭新锃亮,突兀地立在当中。

曲从军说:"这车你能用几天啊?还把音响给换了。"

小可说:"就算是用几天也不能凑合啊,再说了,你那腿脚没有一两个月能

幸福先知

开车吗?"

想想也是,随她去吧。

曲从军摸了摸其他地方:"这车挺老了,但是保养得挺好,回头我抽空把能换的地方都换换,重新改装一下。"

"嗯,留着吧。"小可说。

下 部

24. 朋友？ 敌人？

　　周五晚上，小可躺在床上，手里的车钥匙在眼前摇来晃去。突然，手机叮咚一声，是一条短信息。
　　"明天一起逛街吧？我请你吃午饭。"高悬说。
　　小可想了想："好的。几点？"
　　"十点，新世界商场一层星巴克见。"
　　"好的。"
　　周六一早，小可对着镜子打理了一下自己，看似不经意，细节处却很下功夫，挑不出一点瑕疵。
　　新世界商场刚开门，星巴克里只有一个人，正是高悬。
　　两人互相招了招手，小可没坐，问高悬："去逛逛吧？"
　　"行！"高悬站起来，桌上的咖啡一口也没喝过。
　　小可说："打包带着吧，怪可惜的。"

幸福先知

高悬瞟了一眼:"算了,不要了。"

小可笑笑,两人漫无目的地往服装区走。

"你喜欢什么牌子的衣服?"高悬浏览着橱窗里的本季新款,并没有要进去细看的意思。

"嗯……有几个小众的设计师品牌,大多数人都不知道。"小可回答得很认真。

"哦?什么牌子?说来听听。"高悬没打算放弃这个话题。

尚小可一进商场高悬就看见了,把她从上到下打量了一遍。这姑娘的衣服从颜色款式到搭配都无可挑剔,却看不出是什么品牌,搞不好是从哪个路边小店淘来的。

小可有些无奈,衣服是真的没什么名气的牌子,有些是从一些小店淘的,有些则是服装系的师兄师姐自己的原创品牌。小可买过两件,设计很考究,价格也不便宜,是专门留着参加投标和行业酒会的时候穿的,国内很少有人知道。

她只好说:"是朋友自己设计的品牌。"

"哦!"高悬一副了然的腔调,"那天没来得及问你,你是学什么专业的?"

"景观建筑。"小可松了口气,庆幸高悬终于放弃了这个无聊的话题。

"在哪儿上的学啊?"高悬又问。

"上海。"小可觉得,这种一问一答,像极了未来公婆审核儿媳。

"那怎么回来了?没留在上海?"高悬想,不是什么从乱七八糟的学校毕业的人都能在大都市站稳脚跟的。

小可老老实实地胡说:"因为要回来实习一年,做一个专题报告,作为研究生论文答辩成绩的一部分。"

"哦……"又是一个"哦",却带着耐人寻味的意味。

小可在心里翻了个白眼,终于明白了什么叫话不投机半句多。她此刻真

下　部

想给曲从军打个电话,告诉他,他惹来的烂桃花让他自己收拾,她真是受不了了。

"哎!你看那件衣服!"高悬突然叫起来,指着橱窗里的一件男装问小可,"那件衣服好看吗?你帮我看看,我想买给从军。"

从军?又土又恶心。虽然从来没觉得曲从军的名字好听,但这是小可头一次觉得这名字那么难听。

"帮我拿件尺码是180的!"高悬叫店员。

小可心想,曲从军身高是180厘米没错,但他得穿185的尺码,不然太紧,但她没说。

高悬问小可:"哎,你说,从军会不会喜欢这件衣服?你看还带个帽子,显得特别年轻时尚。"

"嗯嗯嗯!"小可连连点头。

其实曲从军最讨厌带帽子的衣服。上初中的时候,那几个讨厌的男生什么都往他帽子里塞,有一回还塞了一团擤过鼻涕的手纸,把他恶心得再没穿过帽衫。

高悬对自己的品位沾沾自喜,随口问店员:"多少钱?"

店员一看这位的架势,赶紧说:"打完折1200元,你是送给男朋友吧?眼光真好。"

高悬显然对这话十分受用:"包起来!"

"好嘞!"店员一看奖金有了,调门儿也高了。

付完款,高悬像是想起什么:"对了,上次你说,男朋友还是多交几个的好。你交过几个男朋友啊?"

小可心想,你可真够八卦的,我跟你也不熟啊。她敷衍地说:"两三个吧。"

"是吗?"高悬似乎有些惊讶,"咱俩差不多大,你都交过两三个男朋友了,算是经验丰富了!"

幸福先知

我恐怕还没你经验丰富呢,小可腹诽道。

高悬突然凑近她,欲言又止,最后小声问道:"那……你和每一任男朋友……嗯……都同居了吗?"

什么?!小可惊得下巴都合不上了!这女人可真不是一般的八卦啊,怎么有人上来就问这个啊?

可偏偏人家像个小姑娘一样揽着自己的胳膊,撒娇道:"说嘛,你是从军的好朋友,那就是我的好朋友,我在这方面没什么经验。是你说的嘛,有任何想问的都可以问你……"

小可欲哭无泪,这可真是搬起石头砸自己的脚。她只得含糊其辞地说:"这种事……全看两个人的心意吧……没到那个地步,没必要勉强,到了那个份上,也没必要憋着吧……"小可只觉得自己越说越乱,只想赶紧离开。

"哦……"高悬又回应了一个"哦"。

小可烦透了这个没完没了的"哦"!原本小可觉得,高悬如果是个性格直爽的女孩,即使说话不怎么好听,也可以当朋友处一处。结果两个小时以后,她断定她们三观不合,还是相忘于江湖的好。

所以,当高悬兴高采烈地拎着送给曲从军的新衣服,邀请小可去吃饭时,小可很有礼貌地说:"实在不好意思,我男朋友来接我了,中午我得陪他吃饭。"

"你男朋友?"高悬有些意外,又有些扫兴,她还不想这么快失去这个难得的刺探军情的机会,还有很多没来得及问的问题,"把他也叫过来吧,一起吃!"高悬说。

"别别别!周末好不容易休息,他想和我单独待会儿。你再逛逛,我先走了!"小可心想,可不能把吕姜叫过来,要是让你发现吕姜也是你爸爸的下属,还不得颐指气使到天上去。她也能想象得到,吕姜会对高悬怎样嗤之以鼻,再用怎样的酸词寒碜高悬,还让高悬听不出来,即使她是他的上司的女儿。

小可站在商场门口的广场上愣了一会儿,给吕姜发了条信息:"吃饭了吗?

我刚才吃了只苍蝇,特别恶心,陪我吃顿饭,让我发泄一下吧。"

很快手机就响了:"嘿嘿,在哪儿呢?"

吕姜带小可去了一家新开的韩国烤肉店,稀里哗啦地点了一堆菜,对哭丧着脸的小可说:"苍蝇没肉,我请你吃大肉!"见小可还是那个表情,他问道,"到底怎么啦?说吧。"

小可把她应付高悬的遭遇说了一遍,还特地强调了高悬那几个高深莫测的"哦"。

吕姜拍着桌子笑:"还有人能把你这个尖酸刻薄的毒舌妇给整成这样?真是大快人心啊!哈哈哈……"

晚上回到家,小可忍不住又打电话向许翔宇吐槽。

小可承认,许翔宇和吕姜确实是一对损友,但是被他们合起伙来挤对了一通后,她的心情确实好多了。他们说得对,我怎么一遇到曲从军的事就方寸大乱、智商急剧下降呢?这么个莫名其妙的女人,理她做什么?!

幸福先知

25. 你难过，我明白

周一一早，小可恢复了神清气爽，按时等在曲从军家的楼下。

虽然她开车很认真，但还是发觉了曲从军今天不对劲。不爱说话的人，沉默也是分层次的。这种层次很微妙，而曲从军现在就属于非常低气压的状态。

以前遇到这种情况，小可只要坚持不问，曲从军最后憋不住终究会自己说出来。于是她两眼直视前方，假装什么都没感觉到。

终于，曲从军说话了："高悬说，那件帽衫是你帮她挑的。"

小可没吱声，嘴角慢慢地往下撇。

曲从军看了她一眼，知道她在偷笑。可他现在没心情陪她闹，他说："你以后离高悬远一点儿。"

"怎么？开个玩笑而已，你有必要这么生气吗？"

"她是我的朋友，你没必要和她走得那么近。"

"你什么意思？这是要和我划清界限吗？"小可也不高兴了，"我知道她在追求你,我是不该使坏,可她太讨厌了!"

"她讨不讨厌都不关你的事,以后她再找你,你拒绝就是了!"

小可的心冷了下来,又是这种感觉,当年仇娅出现的时候,也是这么冷的感觉。

曲从军见小可不说话,缓和了语气:"她没你想的那么单纯。总之你听我的,别再见她了。"

小可觉得他话里有话,皱着眉头看了他一眼:"她是不是在你面前说什么诋毁我了?"

曲从军烦躁地当当当敲着车窗,突然像下了决心一般说:"我不知道她有没有诋毁你……她说你恋爱经验丰富……那方面……那方面经验也很丰富……当然,这不关我的事,这是你的自由,但是你没必要和她说这些!"

小可恍然大悟,这个女人确实不简单,她装出一副单纯无害的样子给自己挖了个大坑,可她偏偏还自以为是地跳了进去。尚小可啊尚小可,你自以为聪明,其实只不过是嘴上厉害,说到玩心眼,根本不是人家的对手。

曲从军的话在她耳边反反复复地回荡,"你离她远点儿""这不关我的事,这是你的自由"……

小可猛打方向盘,一个急刹车,吉普车停在了路边。

她解开安全带,整个身体正对着曲从军大吼道:"曲从军!我是什么样的人你难道不知道吗?她在你面前诋毁我,你就信了?!"

曲从军也火了,但是语气却淡淡的:"我们很久没见面了,你现在什么样,我确实不了解。"

小可彻底被激怒了,从驾驶位上钻出来,拳头巴掌轮番往曲从军身上招呼,一边打一边嚷:"要不是顾忌她是你上司的女儿,我何必费劲去应付她?到最后还被她羞辱!你们凭什么合起伙来羞辱我?凭什么?!我恨你我恨你我恨死你了……"

幸福先知

曲从军觉得,此刻的小可像是一头发怒的小狮子,只差亮出牙齿扑上来咬他。他一边招架一边喊停,可小可根本不听他的。

小可觉得一直以来,心里有一团火被她拼命地压在心底最深的地方,如今有人掀开了压在上面的大石头,那股火噌地一下蹿出来,熊熊烈焰再也压不住了。

曲从军只得把她的两只手腕并在一起握住,腾出另一只手来稳住她。小可像是发了疯一样,浑身每一个能动的关节都在拼命地挣扎,按住这个又冒出另一个。

她哭了,像是很多年没哭过,把眼泪都攒到了今天,哭得痛彻心扉,直把浑身的力气都哭没了。

她感到自己被人从座位上捞起来,搂进了怀里,一个声音不停地重复"对不起,对不起"。这怀抱很温暖,曾经是熟悉的,但是此刻,她只想离开。

自己究竟在做什么呢?许翔宇说得对,他说,小可你图什么啊?人家已经跟你分手了,你还上赶着去帮人家做这做那,何必这么作践自己呢?

当时她说,许翔宇你知道吗?我可能从他一出现,就开始喜欢他了,只是我自己不知道。我们互相看着对方长大,手拉着手面对一切,如今他不需要我了,可我也没法就这么轻易地把他从生命中舍弃。

她还说,许翔宇你知道吗?我对曲伯伯的感情是什么样的,他们谁都不知道。我从小就觉得我爸妈重男轻女,他们不喜欢我,所以给我取了个名字叫尚可。可是曲伯伯说他喜欢我,还找人帮我改了名字。他有一次对我说:"小可,我知道你的想法。其实我们这一辈人,家里都是好几个兄弟姐妹一起长大的,突然国家实行计划生育,每家只能生一个,哪家人多多少少都有遗憾,这点你要理解。也许你爸妈还想要个男孩,但这并不代表他们不爱你,只是他们有他们表达爱的方式。也许他们希望你能自立自强,学会自己照顾自己。不光是你爸妈,我和你沈阿姨也有遗憾,我还想要个女儿,就像小可你这样的女儿。"

下 部

可是,这个曾经说过喜欢我的人不在了,我是很难过的,我想知道那个杀死他的人究竟在哪里。

曲从军把小可紧紧地搂在怀里,其实他不是那个意思,可话说出来就变了味道。他想说,小可你别理高悬,她跟你耍心眼呢;他想说,小可,即使我们不在一起了,你也要好好珍惜你自己;他想说,你就是你,不用为了顾忌我而委屈自己;他还想说,其实你怎么样都好,在我心里,你永远是我的小可。

她哭累了,从他的怀里挣脱出来,用尽最后一点力气推开车门走下车。

他看着她慢慢离开,想追,却知道再也追不回来了。

小可没再来找曲从军要车,那辆车被扔在停车场里,孤零零地待了很久。

徐老师发现小可这段时间情绪一直很低落。他端着杯普洱,笑呵呵地坐在小可身边说:"小同志,最近工作情绪不饱满啊,有什么事需要老同志帮忙吗?"

小可勉强挤出一个笑容:"哦,没什么,前阵子太累了。"

"嗯……"徐老师点点头,"我也觉得你怪累的,成天东奔西跑,都有什么心得啊?"

小可放下手里的资料,想了想,说:"我去了窑河渔场、舜山西南部的采石区、八仙山风景区,我发现咱们这个城市因为多年发展采矿业,出现了许多塌陷区,而这些塌陷区现在大都荒废了。其实这些地方经过一段时间的修整,如今都水草丰茂,形成了优美的自然景观。我想我的研究生论文的课题就是《如何变废为宝——浅谈城市废弃区域由功能性向实用性的转变》。"

"哎呀!哈哈哈,我就知道你不简单,旁人看你这么个年轻漂亮的大姑娘成天往外跑,都以为你不务正业,可我就觉得你是个正经做事情的人,比他们整天在单位耗着不知强多少倍!"徐老师很高兴,脸上的皱纹显得更多更深了。

小可低声问:"徐老师,是不是我总往外跑,有人说闲话了?"

徐老师也低声说:"嗯!不过都被我堵回去了,我知道我不会看错人!回

269

幸福先知

头啊,你把你的论文思路整理一下,开会的时候做个阶段性报告,把他们的嘴都堵上!以后你再出去啊,就没人敢说什么了。"

小可点点头,徐老师拍拍她的肩膀:"家里的事处理得怎么样了?"

小可苦笑:"不怎么样。"

徐老师微笑着说:"别着急,慢慢来。"

自那天后,曲从军再也没见过小可。

小可似乎周末照旧回来,然后又悄悄地消失,来无影去无踪的。

倒是高悬后来又找过曲从军几次,只觉得他的态度越发冷淡,再追着问,他说是父亲的案子没有眉目,心情不好不想见人。她隐约觉得这事和那个尚小可有关,打电话给尚小可想再约出去见面,对方只推说忙,最后干脆连电话也不接了。

她想起那天她满心欢喜地送衣服给曲从军,任她软磨硬泡,他就是不肯收,还说什么无功不受禄。他是真傻还是装傻啊?自己都这么明显地向他示好了,总不能非要让她表白吧?

原本她想着和曲从军慢慢培养感情,自然有水到渠成的一天,可是看现在这个情形,对方根本不给自己开闸放水的机会。高悬觉得,自己有生以来从未如此放低身段地追求过一个人,可是现在,自己就像一头想吃刺猬的狼,围着刺猬绕来绕去无从下口,可偏偏这一堆刺里还散发出阵阵的肉香。

高局长倒是问过女儿一次,见女儿愁眉不展,也不好说什么,只是劝她耐心一点。虽然有美好的愿望,可毕竟是自己女儿一厢情愿,总不能命令人家和自家女儿谈恋爱吧?

26. 有你们，真好

十二月底的时候，小可向单位请了两天假，加上周末和元旦三天假期，总共凑够了一周，回了趟上海。

当天下午，小可就去学校见了程教授。

程教授笑着说："没想到你这几个月没在，业务不但没疏懒，还有了许多新的想法和见识，这是好事。现在各地方城市也开始大发展，我们的眼光和业务也不可能总是局限在一线大城市，你比其他同学又快了一步，不错！"

能得到程教授的赞许，小可心里很高兴，可是许翔宇见到她的时候，还是从她脸上读出了落寞。

他像搂着哥们儿一样搂着小可："曲从军又气着你了？别生气了，回来吧，这里有大好的光景和帅哥相伴，何必委屈自己。"

小可没说话，她是真动摇过，可每到要下定决心回来的时候，她又却步了。只有在她崩溃的时候，或者曲从军不那么清醒的时候，他似乎才能有片刻的真

幸福先知

情流露,就是那么一点点的温暖,也让她不舍得放手。太没出息了！小可在心中叹息……

许翔宇说:"小可,我那里的钥匙不是给你了吗？那里就是你的家,回家住吧。"

小可看着他,多好的男人啊,真挚的眼神像钻石一样闪耀。她透过他的眼睛看进了他的心,是通透的,再也没有层层的雾障。如果没有曲从军,她或许会被这样一个男孩子迷住吧？痴痴地、暗暗地喜欢他,却不被他知道。然而这样完美的人心中也有无法言喻的痛苦,只能独自面对。好在命运安排他们相识,相互扶持着艰难前行。她不能失去这样的感情。

她伸出手,握住他的手,认真地说:"小宇,我会爱你,如亲人。"

许翔宇眼中猛然亮起的一簇星光瞬间又熄灭了,他低下头,过了一会儿,再抬起头时,眼神又亮起来,没有灼灼,却很温暖。

"我去燕玲那儿,你这两天别请假了,休息了过来找我,我们四处逛逛去。"

"行！那你先休息两天,晚上咱们一起吃饭。"

为了迎接小可,江燕玲把床单被罩全换了新的。

小可靠在门边看着她忙活:"哎哟,你折腾什么呀,你的床我又不是没睡过,不嫌你脏。"

江燕玲哈哈笑:"你不嫌我脏我还嫌你脏呢,等你走了,我就把这一套全揭下来扔了。"

小可把自己扔在床上,真舒服,再也不想起来了。她愣愣地盯着吊灯,听着江燕玲在一旁唠叨:"你总把自己弄得那么憔悴干什么呀,谁心疼你呀？"

眼泪一下子蓄满了眼眶,小可翻身趴下,让眼泪流进了深蓝色的床单里。过了一会儿她坐起来,笑嘻嘻地说:"我来你这儿是不是不方便呀？你男朋友一个星期都不能来和你厮混了,哈哈哈……"

"瞧你那样儿,那你还在这儿妨碍我们？赶紧找许翔宇去！"江燕玲坐在床

下　部

边伸手要打她。

　　小可耸耸肩:"一言难尽啊……"她把回家这段时间的经历,与曲从军如何和好又闹翻,还有那个讨厌的女人,一并讲给燕玲听。两人像在学校宿舍一样,一直聊到夜已很深,直到小可轻轻地问:"你睡着了吗?"对方气息平稳,没有任何回应。小可在黑暗中一遍又一遍回想那天在车里的情形,渐渐失去了意识。

　　第二天,小可抽空给吴阿姨打了个电话。一晃过去一年多了,她们还没有见上面。

　　这次小可依旧费了点周折才找到吴阿姨,接电话的男人给了她另一个号码。小可拨过去,从电话那头传来的声音能听出吴阿姨很高兴。

　　"小可啊,我一直在等你的电话!你快来阿姨家里,你记一下,地址是……"

　　出租车停靠在一个风景优美的小区门口。小可按图索骥,很快找到了地址上的门牌号。

　　一开门,小可还没来得及打招呼,就迎来了一个大大的拥抱。

　　"小可啊,阿姨看见你老高兴的咪!"能看得出来,吴阿姨是发自内心的喜悦,"上次跟你联系之后,我就忙开了,忙得都没抽出空再找你。今天阿姨不光请你喝咖啡,还请你吃饭!"

　　小可一直笑,她们还是朋友。

　　吴阿姨拉着小可的手,带小可参观她的家:"这是你阿姨我这一年多辛苦的成果,快看看!"

　　她们手拉手从客厅转到卧室,再从厨房转到厕所。房子虽然不是很大,但是被吴阿姨收拾得很舒适,她操持家务一直是把好手,人又有情趣,家里有这样的女人是刘叔叔的福气。

　　"小可你知道吗?阿姨刚回到上海的时候老惨了,和你叔叔连个睡觉的地

273

幸福先知

方都没有。"她们相携坐下，小可静静等着下文。

"上次你见到的那个女人，还记得哦？那是我嫂子。"看出小可惊讶，吴阿姨说，"不敢想象吧？我们在我爸妈那里凑合了几天，就被撵出来了……我和你叔叔要不是从安徽走的时候手里还有一点钱，真要露宿街头了。"

小可看过电视剧《孽债》，如今亲眼见到像电视剧中那样的情节，还是有几分唏嘘。

"不过现在好了呀，要不是他们，我也不能那么快下决心自己买房子。那时候我就下定决心，就算是借钱，我也要有自己的家！好了，现在我可比他们条件好多了！"

小可笑着说："现在一切都好了，真好！"

吴阿姨问："小可，你妈妈没跟你说我买这房子还跟她借了点钱？"

小可很惊讶："我没听我妈说过。"

"我很快就还了，第一个还的就是你妈妈的钱。你妈妈是好人，我们做邻居这么多年，虽然不说是多么要好的朋友，可是关键时刻还得靠老邻居。我怕她觉得我人都回上海了，别借了钱不还，所以一有钱赶紧就先给她了。"

"我妈刀子嘴豆腐心。"小可认真地说。

"是的是的，这份人情我一辈子都记得的。你知道伐，"吴阿姨突然笑起来，咯咯地笑了半天才说，"我跟你妈妈说，大姐，我吴岫芸就算借葱姜蒜，还的时候也不缺斤短两的，借钱你也绝对放心！哈哈哈……"

吴阿姨亲自下厨做了几样拿手菜。两人聊了很多过去的事情，包括吴阿姨在安徽毛纺厂的工作，以及在那里度过的难忘的青年时代。

吴阿姨说："年轻时候在安徽吃了那么多苦，天天盼着回上海，都没想过回来了是个什么情况。等到真回来了，现实砸在眼前，真残酷，就又开始怀念过去的生活，才发现真心实意对我的好朋友都是在安徽的时候认识的。"

"人都是有感情的呀，您在我们家对面住了这么多年，突然搬走了，我们家

274

下 部

人心里也空落落的。"小可说的是真心话。

"真是，"吴阿姨给小可盛了碗汤，"我跟你叔叔常说，这回到上海了吧，反而又开始想安徽，你说这人怪不怪。现在想想，多亏了那些年受的苦，不然哪能有现在的好日子。刚下放到安徽的时候，我一肚子的委屈啊，生活也不习惯，又人生地不熟的。厂里那些女孩子和我差不多大，没一个让我看着顺眼的。我和她们不来往，每天一睁眼就想着什么时候能回上海。可时间一长，谁都不得不向现实低头，不好好干活没有饭吃呀，既然一时半会回不来，就只能硬着头皮往前走。我记得后来厂里来了个挺不错的农村姑娘，长得挺清秀的，不爱说话，但是手巧，总帮我。我情绪不好的时候，她就特别耐心地劝我，虽然劝的那些话我也听不进去，但那时候确实很感激她。可是后来听说她家里出了事，突然就不来了，明明头一天大家还无话不谈，转天就再也见不着了……唉！我们那个年代啊，命运都是一瞬间的事，经历太坎坷，人的缘分也无常。"

从吴阿姨家出来，小可顺着精心打理过的街道慢慢向前溜达。塞翁失马，焉知非福，人的所失所得往往相依相伴。小可回想吴阿姨的话，如果父母对自己自小娇生惯养，她还有没有可能取得今天的成绩？

已经许久没有过这么懒散惬意的假期了，小可任由许翔宇安排着四处闲逛。他们去了趟周庄，乘船漂到有好吃的地方就上岸，吃完了再毫无目的地漂向远方。

许翔宇想，就这样已经很好了。男女之间并非要肌肤之亲，日日相见，把对彼此的挂念放在心里，你不说，我也知道。

临走前，江燕玲说："小可你记住，无论任何时候，都不要以伤害自己为代价。你可以难过，但是要有节制。"

许翔宇说："坚持不住了就回来，你一个姑娘家，也不是非得什么事都自己扛，个儿高的人多着呢，比如我。"

小可觉得回家的路比来时好走多了。她问了自己几个问题：

幸福先知

你回去是为了帮曲从军破案的吗?不是,我没有那个本事。

如果曲从军执意孤军奋战,你能放手吗?不能,永远不能。

如果曲从军依然用冷漠拒绝你,你还会难过吗?

小可长出了一口气,望向窗外纷纷向后奔跑的麦田,给了自己最后一个问题的答案——不会了,我知道他的心意,我不看现象,只看本质。

下 部

27. 放下

  元旦那天,曲从军听见母亲回来路过楼下的时候问尚母:"小可呢?我好些天没看见她了,晚上咱们两家一起聚聚吧。"
  尚母回答:"小可回上海了,前两天就走了。"
  母亲问:"怎么也没说一声啊,什么时候回来?"
  尚母说:"不知道。这丫头现在比小时候更有主意了,什么事也不和我们商量,直接通知我们结果。真是的!"
  ……
  母亲们还在絮叨,原本曲从军还想,如果晚上能见到小可,再向她道个歉。再怎么样,他也不想看见她伤心难过。现在好了,如果小可不回来了,就让她恨着自己吧,这样也好,也好。
  那天晚上,他一个人在车里坐了很久。小可把座椅都套上了新座套,原先磨得发白和破损的地方都被遮住了,现在座椅看起来没那么破旧。车钥匙上

幸福先知

本来什么都没有,现在被小可套上了一个毛茸茸的东西,像是兔子的尾巴,和这辆车一点也不搭,感觉怪怪的,可是摸起来很舒服。

曲从军看见音响崭新得那么突兀。他伸手打开了音响,里面显示有一张光盘。

鸟叫声、蛐蛐的叫声、潺潺的水声……四周静悄悄的,曲从军觉得忽然置身于一片空旷寂静的大草原上。吉他声起,一个质朴、略带沙哑的女声传来,莫名地,他觉得就像是小可在向他倾诉心声。

每一句歌词,他都听得清清楚楚——

我望着月亮,美丽的白月光,它是这么的漂亮。
弯弯的月牙,在宽宽的天上,想念你呀……
城市里的光,有好多的模样,可是我的心好彷徨。
我以为我已长大,却还是跌跌撞撞,我好想好想回家。
姆姆啊,姆姆啊,想抱着你说话。
姆姆啊,姆姆啊,我并不害怕,只是想家。
在高高的山上,凉凉的风吹呀,数不清的闪闪星光。
姆姆的头发,还有手心的花香,是最幸福的模样。
我望着月亮,美丽的白月光,像是你在对我说话。
看那弯弯的月牙,挂在宽宽的天上,像是你的笑脸呀。
姆姆啊,姆姆啊,想抱着你说话。
姆姆啊,姆姆啊,我并不害怕,只是好想回家。
姆姆啊,姆姆啊,像月光把我照亮。
姆姆啊,姆姆啊,我好想念你呀,天天想念你在心上。

整张光盘里,只有这一首歌。

下　部

　　已经想不起来,从父亲去世以后,自己有多久没哭过了。如果父亲还在,他和小可还能像以前一样,即使有争吵、闹脾气,可是很快就过去了。他一定会好好地对小可,大学一毕业就去上海找她,向她求婚。从此以后,她去哪儿,他就跟着去哪儿。

　　可是,没有如果。

　　吕姜看着小可从出站口走出来,整个人的气色比走的时候好了许多。

　　"怎么,回上海休整了一个星期,恢复元气了?"

　　"还好吧,有些事情想清楚了,就没那么纠结了。"

　　他们去了小院私房菜,唐晓一见到小可,立刻拿出小本子写啊写,小可就站在她面前,笑盈盈地等她写完。

　　"小可姐姐,你去哪儿了?怎么这么久没来?上次见你,气色不太好,我有些担心。"

　　小可笑着抱了抱她:"我好了,没事了,放心吧。"

　　点完菜,吕姜说:"曲所长那个案子的专案组请了警官大学的犯罪心理学专家过来,这个专家据说是高局长的大学同学,也是曲从军的老师。虽然理论上曲从军不能参与,但是案件应该有了新的进展,他会知道的。"

　　"好啊。"小可答应得很爽快。

　　吕姜感觉有些奇怪:"你怎么不问了?你对案件进展不好奇吗?"

　　小可笑了:"我想通了,破案不是我的专长,我做好我自己就行了。"

　　"哎哟!终于想明白了,这下我也放心了……"吕姜拊掌,像是卸下了心头一块大石,"你说说,之前我是配合你也不是,不配合你也不是,你一个姑娘家,就不应该管这些事。"

　　"嗯,不管了。"小可似乎也轻松起来,"我这次回来,主要就是研究本市的地形地貌、植被绿化、风土人情……做份详尽完整的报告再回去。"

幸福先知

"那……曲从军呢？不管了？"吕姜戏谑地问。

"我哪管得了他呀！"小可笑，"顺其自然吧……"

"哎哟……看这架势，我这假男朋友的身份一时半会儿既不能转正，也不能卸任，我这是招谁惹谁了……"

看着吕姜假模假式地抹眼泪，小可举起筷子打他："你放心吧，我总有一天会找个借口跟你分手的！"

"别别别，我开玩笑呢。"吕姜赶紧正经起来，"你跟我在一起，更安全一些。"

小可打心眼里感激吕姜，他是个重情义负责任的好男人，不知道最终谁能有幸得到他的真心。

小可把这段时间以来实地考察的心得在局里的周会上用PPT做了个报告，条理清晰，有图有注释。果然，再也没有关于她总往外跑、不踏实工作的言论了。再申请外出的时候，徐老师签字也签得更加爽快，还总冲她狡猾地眨眨眼。

快到春节的时候，小可已经把全市一半的地方都跑过了。

过去，全市的发展几乎都是围绕着矿区，所以整个城市谈不上规划，完全是围绕矿产分布而形成的居住区。后来，矿被采挖完了，矿区塌陷，塌陷地区的居民就全体迁移到新的地方，之前的很多配套设施也就废弃了，在新的地方重建。这就是为什么家乡经过了这么多年的建设之后，依然百废待兴的原因。

小可和徐老师聊过，政府关于城市规划确实有很多难处。老百姓总说城市规划有问题，可是正经要拆迁改建的时候，又会遇到各种阻碍和困难。已经形成的格局很难一下子改变，新城还好说，白纸画蓝图比较容易，对于老城区的改建，就只能谨慎再谨慎。

徐老师说："小可呀，眼下的很多问题也不是一时半会儿能解决的，你就把你看到的、想到的问题都收集整理起来，以后必然有用处。任何一个行业都青睐有心人。"

下 部

28. 新线索

　　这天快下班时,曲母给小可发了一条短信:"小军最近挺忙的,好像你曲伯伯的案子有进展了,我又高兴又害怕。"
　　小可回复她:"早晚要面对的事,大家一起面对,小军身后有强大的后盾,别担心。"
　　可是发完短信,小可心里却开始紧张起来。有进展是什么意思？是找到常玉龙了吗？要开始抓捕吗？
　　当天晚上,小可约了吕姜。一见面小可就问:"那个案子有进展了？"
　　"你怎么知道的?"吕姜疑惑。
　　"你别管这个,到底怎么样了？什么样的进展?"小可有些迫不及待。
　　"这个,我不能告诉你。案子没结,需要严格保密。但是我要告诉你的是,下一步你要时刻注意自己的安全,不要一个人在外面住了,回家和父母一起,有什么事立刻给我们打电话!"

幸福先知

吕姜不能说的是,贾倩倩在贾明亮的遗物里,发现了一份接生孩子的收费凭证。这份凭证出自一个乡下的私人诊所,是用复写纸手写出来的。三十多年前的凭证,字迹已经模糊。经过笔迹鉴定,凭证上的孩子母亲名字叫姜素梅,父亲一栏空着,但是在交费人的位置,签名人是贾明亮。

发现这张凭证后,贾倩倩第一时间联系了曲从军,并且告诉他,姜素梅是他们家的远房亲戚,按辈分算,她应该叫姜素梅"表姑"。

这个突然冒出来的线索到底有没有用,让所有人像是在混沌中发现了一线光明。可是这光明究竟是走出困境的一线天光,还仅是地下暗河的波光浮动,尚未可知。

市局专案组立刻对姜素梅展开调查。然而姜素梅的家人和邻居给出的答案却是:姜素梅从没生过孩子,而她和前夫离婚的原因也正是因为她不能生育!

接生凭证摆在眼前,不得不让人觉得匪夷所思,更重要的是,孩子的父亲不知道是谁,缴费的贾明亮就不得不让人浮想联翩了。

可是,作为当事人的贾明亮已经死了,这个姜素梅目前也下落不明。她的家人告诉警方,自从四年前离婚的姜素梅离开家进城打工后,就再没和家人联系过。

一个因为不能生育被夫家抛弃的女人,在全村人的眼里都是个笑话吧?曲从军看着手中微微泛黄的黑白照片,上面的年轻女人眉目清秀,望着镜头静静地微笑。

突然,电光火石之间,曲从军有了个大胆的想法。

下 部

29. 又是春节

  吕姜难得这么严肃,小可还是很听话的,她搬回了父母家。
  越到年底,医院越忙,公安局也忙,曲家母子几乎天天不着家。
  尚母开始置办年货,顺便帮曲家也置办一份。尚家有一套曲家的钥匙,尚母隔三岔五地指使小可上楼去当一回"田螺姑娘"。
  小可倒是乖巧,从来都是爽快答应。她把尚母亲自买肉灌好的香肠整齐地摆进曲家的冰箱,又把鸡蛋、肉和蔬菜分门别类地安置妥当,再把没来得及洗的衣服洗干净晾好,地板拖得纤尘不染。
  晚上,曲母站在尚家门口说:"哎哟,你也太客气了,怎么给我弄了这么多东西,吃不了!还把家里给我收拾得那么干净利落,让我怎么过意得去啊!"
  尚母先是一愣,很快反应过来,喜笑颜开地说:"咱两家的关系,你跟我客气什么呀?!都是小可收拾的,养个闺女就这点好,还能帮着干点家务。哈哈哈……"

幸福先知

曲从军已经一个星期没回家睡过觉了,偶尔回来一趟,把脏衣服扔在脏衣篮里,拿几件干净衣服又走了。

除夕前一天,许翔宇回来了。第二天,他拎着大堆的礼品来和小可一家一起过年。

曲从军和吕姜要去局里轮流值班,曲从军自告奋勇要求年三十值班,吕姜则被排在了大年初三。吕姜答应晚饭后过来找许翔宇和小可,三个人一起去河堤上转转。

晚上还没到六点,老尚已经把电视打开了,准备和全国人民一起普天同庆。尚母和曲母在厨房里一边做饭一边拉家常,许翔宇陪着老尚乐和,小可则游走在厨房和客厅之间,给厨房打打下手,给客厅添添茶水。

给老尚和许翔宇添了第三次茶水后,小可回到厨房,蹲在地上剥蒜头。

两位母亲都没发觉她进来,只听曲母小声说:"小许这是来你们家过的第几个春节了?他怎么不回家过年呀?"

尚母也压低声音:"我听小可说过一嘴,这孩子不容易,家里不太和睦。来就来吧,过年热闹点儿好。"

曲母说:"这么好的小伙子,这么些年也没处个女朋友?是不是追小可呢?"

尚母摇着头说:"谁知道啊,我也总琢磨这事。他俩吧……感觉不太像。我们家小可啊,跟我一样,刀子嘴豆腐心。老尚前几天还说,小可也不小了,也不正儿八经地交个男朋友,整天和许翔宇混在一起,就算有男孩子对她有意思,那也不敢往上贴呀!"

曲母叹口气:"唉!我是真喜欢小可……小军呀,就是在他爸爸那件事情上出不来,等他把这事解决了……唉,也不知道会是个什么结果……"

尚母伸手揽了揽好姐妹:"别多想了,顺其自然吧,好人自然有好报!"

小可觉得走也不是,留也不是,等着被发现也挺尴尬的。趁着一小盆排骨

下　部

下锅,刺啦一阵水油乱溅,她手脚并用地爬出了厨房。

坐在墙根下,小可琢磨着刚才听到的那番话。

吃完饭没多久,吕姜就来电话了。

三个人到河堤上的时候,还没到九点,但是河堤上已经有很多人。四处烟花盛开,脚下也是烟雾缭绕,一个不小心,就有几道光飞快地蹿到了脚边。

小可左蹦右跳地躲避孩子们放出的各种"武器",好不容易找了个人少的地方,坐在黑暗中看别人放烟花。天空中时亮时暗,偶尔有阵阵鞭炮声响起,吓得一群人捂着耳朵往离河边更远的地方跑,等鞭炮炸完了,一群人又像退潮的螃蟹一样拥回来。

吕姜跑去买烟花,许翔宇坐在小可身边问:"有眉目了吗?刚才听沈阿姨的意思,曲从军这段时间特别忙,应该是有新进展了吧?"

"快有眉目了吧?"小可望着远处,"我也不知道。"

一会儿,吕姜过来了,抱回来一个大纸箱。

小可说:"你怎么弄这么多,不少钱吧?"

吕姜笑眯眯地说:"玩儿呗,一年就这么一回。"说着,掏出打火机点燃两根"仙女棒"塞给小可,"去!小仙女,去给大爷们舞一曲!"

曲从军坐在办公室里,看着窗外的烟花漫天。小可是不是和许翔宇、吕姜在河堤上放烟花呢?他摇了摇头,视线重新回到电脑屏幕上。

手机滴滴、滴滴响起来,一条短信进来:"新年快乐!希望未来的每一天你都能开开心心、顺顺利利!"是高悬。

自从上次的事之后,曲从军再也没见过高悬。他拿着手机,觉得这个时候如果再不回复,实在不太礼貌。他老老实实回了一条:"谢谢。新年快乐!"

短信刚发出去,手机立刻响起来。

曲从军觉得自己躲躲藏藏,最终还是被结结实实地逮住了。他心一横,接

幸福先知

了起来。

"喂?"

"喂,从军,爸爸说,最近你们特别忙。嗯……你注意身体,等忙完这段时间,咱们见个面吧?"高悬小心翼翼地问。

"高悬,"曲从军决定摊牌,"我们……不合适,你别在我身上浪费时间了。"

"你都没试过,怎么就知道不合适了?"高悬急了,"你是不是……因为那个尚小可,所以不愿意接受我?"

"跟她没关系!"曲从军觉得说这话有点儿亏心,但他还是坚决否认,"咱俩不是一类人,跟别人没关系!"

"我不信!我们总共才见了三次面,你怎么判断我们不是一类人?肯定是尚小可在你面前说什么了,对不对?"

明明是你在我面前诋毁小可!这话从曲从军脑子里闪过,他说:"她什么也没说过。我已经说过了,我不想谈恋爱!"

"曲从军,你是不是喜欢尚小可呀?"高悬干脆把话挑明了。这段时间,她越想越觉得可疑,凭她作为女人的直觉,曲从军和尚小可之间肯定有什么!

被问中心事,曲从军不耐烦了:"我说过了,我不想谈恋爱!尚小可已经有男朋友了,你不要去骚扰她!我还有工作,挂了!"

有那么明显吗?曲从军有些头疼。

30. 大年初一

大年初一一早,街道上静悄悄的。曲从军轻手轻脚地打开门,窸窸窣窣地脱了衣服想上床补一觉。

门锁一响,曲母就听见了。她走到曲从军的卧室门口问:"吃早饭了吗?我给你煮点儿饺子吧?"

"不用了,您再回去睡会儿吧,我也睡会儿。"曲母被儿子推回房间,听见儿子回房没一会儿,就传来鼾声。

唉!儿子太累了,心里也挺苦的。曲母静静地躺着,眼泪慢慢地流下来。

曲从军一觉醒来,已经是中午了。

听见敲门声,他看了一眼闹钟,11:45了,让妈去开门吧,他想再躺一会儿。敲门声停了一会儿,又响起来。嗯?妈没在家?他一骨碌从床上跳起来。门口是小可。曲从军愣住了。

"你看你睡的,赶紧洗漱一下,梳梳头,下楼吃饭!你妈在我家呢。快点儿

幸福先知

啊!"小可笑着说完,转身下楼了。

我是没睡醒吗?曲从军在门口站了半天,直到打了个寒战,才意识到自己只穿着棉毛衫棉毛裤,赶紧回去穿衣服。

一进尚家,曲从军就觉得从冰窖进了暖炉。其实温度也没见得高多少,可就是热热闹闹的让人觉得热乎。

老尚一见他就乐:"哟!小军来了,快快快,过来坐下!最近累了吧?赶紧坐这儿歇会儿!"

小可端着一盘饺子从厨房出来,放在桌子上,翻着白眼说:"瞧把你乐的,你干儿子来了!"转身又回了厨房,不一会儿,又端出两盘饺子。

曲从军赶紧站起来去接,老尚拉着他说:"你坐着吧,一会儿负责吃就行啦!"

小可又是一记白眼:"喊……"回了厨房。

曲从军假装若无其事地偷瞄了小可几眼。真奇怪啊,就像什么都没发生过一样。那天她哭得那么伤心,他还以为他们彻底绝交了。

饭菜上齐,大家入座,尚母问小可:"小许呢?今天不来啦?"

小可一边调饺子醋一边说:"昨天睡得晚,估计下午过来吧。"

曲从军从小跟着尚家一起吃饺子,蘸料的调制也被带得颇为讲究。他看着小可把醋倒进一个大碗里,又加些海鲜酱油、糖、鸡精、胡椒粉和辣椒油。待把一大碗蘸料都调好,她再分到一个个小碟子里,递给大家。

尚母又问:"小许有几天假啊?什么时候回上海?"

"嗯……"小可想了想,"还能待一阵子,他有年假呢。"

曲从军听着尚家母女一问一答,分明就是丈母娘跟女儿询问女婿的事。可是……从头到尾,尚母一句也没打听过吕姜!

按理说,吕姜才是小可的男朋友,怎么尚母反而只问许翔宇不问吕姜呢?除非……尚母压根就不知道吕姜是小可的男朋友。照小可的意思,她和吕姜

288

搞不好都已经同居了,却连老尚夫妇都没见过!而且今天是大年初一,小可的男朋友不来给二老拜年,二老也不问!

不仅如此,自从他俩回到家乡,小可从未向他打听过一句关于他"女朋友"的事!

曲从军抬头看了看小可,心中若有所思。

老尚问曲从军:"工作有半年了吧?适应了吗?"

曲从军说:"还好,工作了才发现以前在学校里学的都是理论,一到实践,就发现不懂的太多。我们这行,经验太重要了,很多东西都是从实践中学到的。"

"是啊,"老尚感慨,"要是老曲还在,能传授给你不少经验。"话音还没落,老尚的脚在桌子底下就被狠狠踹了一下,疼得他哎哟一声。

一抬头,小可正瞪着他:"是饺子包得不好吃,还是我调的料不好吃?"

尚母也瞪着他:"吃饭也堵不上你的嘴!"

曲从军赶紧打圆场:"没什么,叔叔说得都挺对的。没关系!"

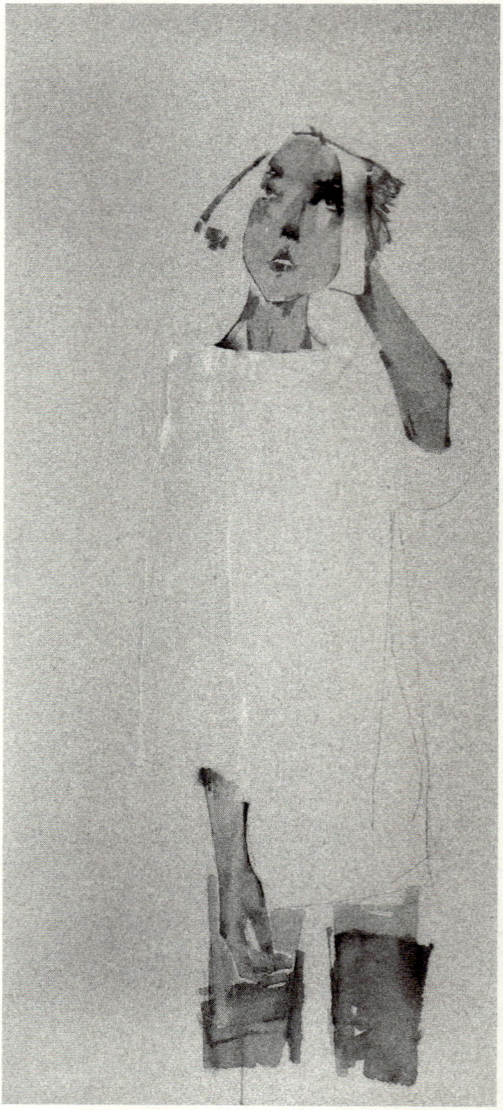

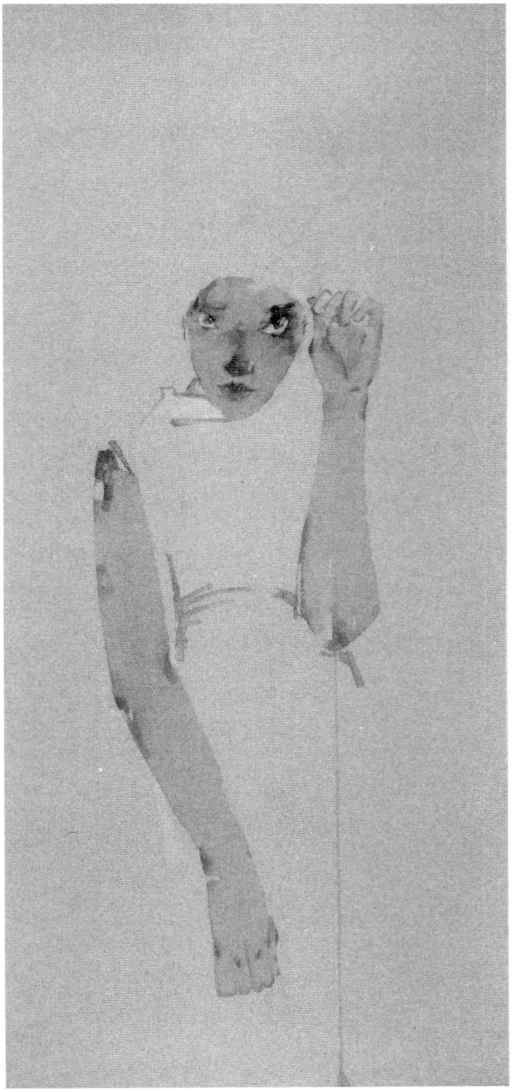

幸福先知

31. 手机丢了

"哎呀!"小可突然惊叫起来,"我手机呢?!"

"手机找不着了?"尚母搁下筷子,"再找找,是不是随手放在哪儿了?"

"没有啊……"小可一边上下来回地摸,摸遍了身上的每一个口袋,又跑到沙发上翻背包。

呼啦呼啦地翻了几遍,她干脆把包倒过来,包里的七零八碎全被抖落在沙发上,钢镚儿、唇膏之类的小零碎噼里啪啦地掉了一地。

"哎哟你慢点儿,急什么呀!"尚母赶紧过来捡,帮她把东西规整好,又仔细找了一遍。

"完了……真的没有了!"小可两眼发直,嘴里不停念叨,"放哪儿了?放哪儿了?……"

曲从军低下头,看见有一板药片散落在自己脚下,捡起来瞄了一眼,放回小可包里,说:"我给你打一个。"

手机提示音是"已关机"。曲从军皱皱眉,问道:"你最后一次用手机是什么时候?"

小可直直地看着他,眼神空洞,好半天才叫道:"拍照!我昨晚拿它拍照来着!在河堤上!"

她从沙发上一跃而起,叫了一声"我去看看!",就朝门口冲去。

曲从军对其他人说:"你们先吃,我跟她去看看。"

"慢一点!"尚母拿起小可落在沙发上的外套交给曲从军,目送他们从楼梯拐弯处消失。

小可拦了辆出租车,一头扎进去,还没来得及关门,曲从军也跟着上来了。

曲从军把外套给她披上,问:"你带钱了吗?"

"哎呀!没拿包!"小可惊叫道。

"行了行了!师傅,去河堤观景台!"

一下车,小可立即展开了地毯式的搜索,头左右摇摆,像是探雷一样。

曲从军问:"你昨晚在哪几个区域活动的?最后一次用手机是在什么地方?从哪里回去的?"

小可回想了一下,跑到离河堤比较远的一个地方,站在那儿对他喊:"我一来的时候就坐在这儿!"然后她又跑到不远处的地方喊,"然后在这里放了一会儿烟花!"最后她跑到河边上喊道,"最后一次用手机是在这儿拍照!"

曲从军走向她,环视了一圈对她说:"没了,刚才在家的时候我拨过去就提示已经关机了。不管是被人偷了还是被你不小心丢了,肯定是找不回来了。"这话从曲从军嘴里说出来,像是盖棺定论,让小可的心瞬间沉到了水底。

"啊……"小可叫得很凄惨,"这下完蛋了!好几个项目的修改意见我都存在手机备忘录里了,里面还有好多资料、照片……真的找不回来了吗?"

曲从军看着小可充满期待的可怜巴巴的眼神,无奈地点点头:"即使找回来,肯定也被处理过了,资料肯定没有了。先报案吧。"

293

幸福先知

突然，小可梗着脖子，盯着曲从军道："报案就能找到吗？你不是警察吗？你给我找啊！"

曲从军摇摇头："你知道每天丢东西的人有多少？这些案子要是全都一个一个地去破，那些杀人放火的怎么办？警察就这么多，都只有一个脑袋两只手。面对现实吧，起码报案的话，有朝一日万一要是找到了，还能还给你。"

小可一屁股坐在地上："我不想面对这个现实……"

曲从军坐在她旁边："现在好好想想，怎么把丢失的资料再整理出来吧。手机是小问题，我送你一个新的吧。"

小可斜着眼看他："你为什么要送给我？有什么企图？无功不受禄！我不要！"

"这么多年的好朋友，送你个手机算什么……再说……算我向你赔罪吧！"

"真的？"小可依然斜着眼睛，上下打量他，迅速从地上爬起来，"走！"

"干吗去？"曲从军亦步亦趋。

"买手机呀！"小可走在前面，笑得狡黠。

一进手机店，小可直接报出了手机的型号。店员拿出一台新的，开机、试机、刷卡，一气呵成。随后，他俩又去移动电话的营业厅挂失、补了一张新卡。

小可喜滋滋地摩挲着新手机，对曲从军说："回去就跟我妈说，手机找到了，千万别说是新买的！"

"我知道……"曲从军跟着她，"要说是新买的，这么贵的手机，你妈还不得骂死你。我也跑不了。"

"嘿嘿，心疼啦？"

"心疼也谈不上，只不过，好几个月白干了——"曲从军故意拖长声音，看着小可又高兴起来，钱就算没白花。

"别再弄丢了啊！"曲从军叮嘱道。

"我跟你说，"小可突然停下，认真地对曲从军说，"我的手机肯定是被人偷了！我从来不会乱放手机，因为里面有重要的资料，我绝对不会马虎的！"

"我知道！"曲从军也很认真，"昨晚河堤上人那么多，天又黑，被人偷了不奇怪。而且，这款手机这么贵，不是一般人能买得起的，你拿出来拍过照，肯定是被人盯上了。"

"嗯，以后我得小心点儿。"她小心翼翼地把手机放在衣服内侧的口袋里。

曲母听说小可的手机找到了，拍着胸脯说："哎哟哟，还好还好，这么贵的手机啊，幸亏找到了！在哪儿找到的啊？"

小可正琢磨怎么编，曲从军抢先说："河堤上打扫卫生的大爷捡到了，估计也不懂这东西值钱。"

尚母的手拍土似的啪啪地拍在小可身上："你个死丫头，整天这么毛躁，怎么不把自己给丢了！八千多呢，想想我的心脏都疼！"

"行了行了，以后我就算把自己丢了也不会把它丢了！"小可说着，冲曲从军眨了眨眼睛。

曲从军觉得，他们像是又回到了小时候，这样的感觉真好。

幸福先知

32. 疑窦

年初五的时候,小可跟着父母去大姑家拜年。大姑家人多,一过年就像流水席一样,白天晚上轮轴地热闹。

小可不会打扑克,麻将也打得特别烂。没几圈下来,口袋里那点儿零花钱就全被她输光了。

她把麻将牌一推:"不玩了!我就是个牌搭子,本来就没什么压岁钱,现在更穷了。"

大姑和大姑父哈哈大笑,一起从小抽屉里抓出一大把零钱来扔给小可:"继续继续,你放心大胆地玩,我看谁敢赢你的钱!"

"哟!"一个带着笑意的声音在背后响起,"小可,也就是你有这种待遇,我们跟妈打麻将,都得把衣服脱光了再回家。"

房间里一阵哄笑,小可回头一看,是大表姐夫。

小可站起来说:"姐夫你玩吧,我不玩了。"

下　部

"别别,你玩你玩,我就看看。"大表姐夫按着她坐下,弯着腰帮她看牌。热气呼在小可的耳朵和脖颈上,让她觉得很不自在。

正琢磨着怎么从这别扭的气氛中逃开,口袋里的手机突然响了。

小可赶紧说:"姐夫你接着打,我接个电话。"

许翔宇的声音从听筒里传出来:"你手机丢了?"

"嗯,吕姜跟你说的?"小可走到窗边,压低声音和他说话。

"是那天放烟花的时候丢的?"许翔宇问。

"嗯,估计是被人盯上了。"

"现在有手机用吗?没有的话我给你买一个。"

"不用了,我又买了一个。别让我妈知道是新买的。"小可声音更小了,怕母亲听出端倪。

"那行,你注意安全。明天我来找你!"

昏天黑地地喝完就睡,许翔宇和兄弟们连聚了好几天。今天一大早还在酣睡中,不料被两个来电彻底吵醒了。

那个人的声音从电话里传来:"晚上和你阿姨一起吃个饭吧。"

他闭着眼说:"行。"

那个人说:"抽空去你奶奶坟前看看。"

他翻了个身说:"年前去过了,现在去不都晚了吗?老太太过年连买肉的钱都没有。"

对方沉默了几秒:"我一会儿把晚上吃饭的地址发给你。"

挂断电话,许翔宇嗤笑一声,人活着的时候都不关心,现在做那点儿面子上的工作给谁看呢?

不知过了多久,电话又响起来,是吕姜,跟他说除夕晚上小可的手机丢了。

许翔宇立刻清醒了,怎么可能?小可那晚虽说挺高兴的,可也没到又蹦又跳忘乎所以的地步,手机从口袋里掉出去的可能性不大。随手放哪儿了?更

幸福先知

不可能，周围连个桌子都没有，除了口袋，没处放东西。被人偷了？那晚自己和吕姜始终在小可周围，如果有可疑的人，一定会有印象。他回想了半天，毫无头绪。那晚河堤上人太多了，天又黑，如果有人想偷，确实防不胜防。

挂断电话，小可再次回想起除夕那晚的情景——光线忽明忽暗，每个人都把注意力集中在天空和手中绚烂的烟花上，无数人从自己身边来来往往，可每个人的脸都是模糊的。

曲从军这几天也没闲着，年初一等于只休息了半天，第二天又回到单位主动加班。他给河堤派出所打了个电话，询问除夕那晚有没有人报案丢东西。

"有几个，"电话那头传来哗啦哗啦翻动书页的声音，应该是在查阅报案记录，"有4个报案的，都是丢手机，而且还都是价值不菲的型号。"

"那去年呢？"曲从军问。

"去年……你等一下，"彼端声音消失了很久，再响起时，曲从军看了眼手表，已经过去了7分钟，"也有，有2起报案，但是到现在也没找到。"

"也是手机吗？"曲从军又问。

"对，也是手机。我还顺便查了前年和大前年的，可能因为智能手机是这两年才普及起来的，前两年有智能手机的人也很少，前年只有1起关于手机的报失，大前年没有。"

"既然连续三年有报案丢手机，你们没在除夕那天加强警戒吗？"

"加强了，但是你也明白，警力有限，而且除夕放烟花，安全事故责任更重大，现场情况又很复杂，所以……"

"我明白了，谢谢你。"

"4起……"曲从军放下电话，除夕、盗窃，这几个字眼让他不由得联想到4年前除夕发生的失枪案。专挑所有人的注意力都集中在另一个点上的时候作案，究竟是惯性思维还是纯粹的巧合呢？曲从军陷入了沉思。

从大姑家回来的路上，小可对母亲说："妈，大表姐夫现在出手够阔绰的啊!"

尚母喊了一声:"在人前显摆的时候可大方了,他挣的钱又不给你大表姐花。"

望着窗外,小可想起大表姐夫拍在麻将桌上的钱包,角上有个小小的标志。她知道这个牌子,并不是普通工薪阶层能消费得起的。

过了一会儿,尚母说:"你说他在外面能靠什么挣钱呢?又不见他去兼职,平时单位的班还照常上着。"

"是吗?那是挺奇怪的……他是不是炒股啊?"小可问。

"就他那脑子,"尚母一脸嫌弃地说,"赔得他家都找不着!"

"那也不一定,炒股有时候全凭运气,有人就是运气好呢!"小可不以为然,虽然她也有怀疑,但她还是不愿把自己家的亲戚往坏处想。

在小可的心里,大表姐夫的形象越来越复杂。

小的时候,她只知道他是个好看的哥哥,叫哥哥比叫姐夫更亲切,于是她就叫他哥哥。

她还记得那年夏天,热得人要透不过气,即使坐着不动不停地扇扇子也无法阻止汗毛孔汩汩冒汗,整个人像是蒸笼里的螃蟹,油都被蒸出来了。

螃蟹在锅里热极的时候,最大的愿望应该就是回到冷水里,人也是如此。当哥哥带着刚上小学的小可和小姑姑家的表妹来到那片野塘边时,第一次见到那么大一片水域的小可还以为见到了大海。

碧波荡漾,小可玩得开心,央求哥哥抱她坐在游泳圈上。她的小屁股穿过游泳圈在水里泡着,哥哥则回头去照看小表妹。然而,当哥哥再次回过头时,救生圈上已经没有了小可的踪影,空留一个粉红色的救生圈在水面上飘荡,上面的唐老鸭笑得甚是无辜。

当时的情景小可记忆犹新。怎么掉下水的,她已经不记得了,但她还记得那种喘不上气的感觉,心里着急,一张嘴就咕咚咕咚地喝水。水可真绿啊,衬

幸福先知

得数不清的泡泡晶莹透亮,争先恐后地往头顶上蹿。

那一瞬间小可想,她得把手伸出水面,好让哥哥看见。可是,手越想往上伸,身体却越往下沉。

好在没多久,哥哥就发现她溺水了,一把将她从水里捞出来。呛水后鼻子疼、嗓子疼、胸口疼的感觉,小可早就不记得了,只记得在坐在哥哥的自行车后座上回大姑家的路上时,哥哥那句反反复复的提醒——千万别告诉你爸妈。

六七岁的小可想不通,自己差点儿淹死了,还不能跟妈妈撒个娇吗?毕竟自己也吓得不轻,但她还是乖乖地照做了。

如今想来,人的责任与担当,无论事情大小,都是能看得出来的。

下 部

33. 试探

初六的晚上,他们三个又聚在小院私房菜。

按理说正月十五之前饭馆是不开门的,可是吕姜打了电话,小院私房菜就专门为他们开火了。

小可调侃吕姜:"你的脸可真大。"

吕姜嬉皮笑脸地说:"那必须的。"

店里很清静,有些冷。小可把大羽绒服裹在身上,窝在沙发椅上像只要破壳而出的小鸡。

吕姜看看她:"你有那么冷吗?数你穿得多。"

小可把羽绒服裹了裹:"女的都怕冷。"

"谁说的?"吕姜把脸转向走过来的唐晓,"你看人家小姑娘,脸红扑扑的,你看你,一看就是气血不足。"

唐晓害羞地一笑,瞟了许翔宇一眼,上完菜,转身走了。

幸福先知

"行行行!"许翔宇不耐烦了,"显得你多懂似的。"

小可也挤对他:"交了多少个女朋友才让你如此经验丰富的?"

"哪有,"吕姜哈哈笑,"还不是我妈,成天念叨什么脾胃不和、肝气郁滞……说得一套一套的,听得多了我也知道点儿。"

许翔宇对这个问题不感兴趣,岔开话题说:"小可,过两天我就回上海了,我真不放心你。"他一想到除夕晚上曾经有个贼离小可那么近就后怕。

吕姜本想说"有我在呢不用那么担心",可是话到嘴边,他想起小可的手机正是在他眼皮子底下丢的,立刻感到气闷,底气也不那么足了。

小可安慰他们说:"放心吧,我会小心的。"

正月初九那天,许翔宇回了上海。

小可送走许翔宇,约高莹一起逛街,对她说了丢手机的事。

高莹惊讶地问:"可我刚才看见你用的还是那款手机啊,又买了一部一模一样的?这么土豪?"

小可神秘地说:"这个是曲从军给我买的。我跟我妈说手机找回来了,下次见着我妈可别说漏嘴了。"

"啊?"高莹眼睛瞪得圆圆的,"曲从军那么舍得给你花钱啊?这么看,他对你挺好的,你俩到底闹哪出啊?"

"他对不起我,买个手机算什么?"小可冷哼一声,"现在就算是让他买套房写我的名字,估计他也不会拒绝。"

"不是吧?能对你这么大方估计不是觉得亏欠,是真爱吧?"

"你说……真爱一个人,能控制得住不和她在一起吗?能控制得住,就说明不够爱。"

"这也分情况吧……"高莹思索道,"韩剧里不总演吗,相爱的人一方得了绝症,或者遇到危险的事,不愿心爱的人和自己一起受苦,就干脆拒绝对方,其实自己内心受到巨大的煎熬,越痛苦越说明是真爱!"

302

"你电视剧看多了吧?那都是导演不想让他们在一起,现实生活中谁不希望危难时刻爱人能陪伴自己?"小可不认同。

"嗯……你说的也有道理……唉!我也不知道,你俩的事只有你们自己知道。总之我劝你一句,感情的事一定要把握住,别错过了又后悔!"

"怎么把握?决定权又不在我!当年是他提的分手,就算是他因为曲伯伯的事情非得已,我又有什么办法?"

"那我教你个办法……"高莹把嘴凑近小可的耳朵,窃窃私语一番。小可的眼睛越睁越大,脸也一下子红了。她又推了一把高莹:"没正经的!"

高莹凑过来说:"你不信?"

小可红着脸不说话,但她不得不承认,这确实是个办法,如果她成了曲从军推不开的责任……

"除夕作案"这个想法一出现,曲从军再也没法把它从脑海中抹去。他承认自己这个想法有些草率,毕竟偷手机和偷手枪的差别实在太大了,任他跟谁说,对方都会笑他捕风捉影。

还有一件事一直困扰着他,就是小可丢手机那天,从小可包里滚到他脚边的那板小药片。那天他匆匆看了一眼,上面印着"妈富隆"三个字。他从没见过这种药,名字很奇怪。

单位附近有家药店,曲从军一进去,年轻的药剂师就热情地迎上来:"有什么可以帮助您的?"

"请问,妈富隆这种药是治什么的?"

"哦,"药剂师笑着说,"这是一种长期避孕药,进口的。"

"避孕药?"曲从军有些吃惊,"长期的?"

"是的,挺安全的。如果短期内不想要孩子,每天吃一粒就可以。"

曲从军眉头紧皱:"如果长期服用,有什么副作用吗?"

药剂师又笑了:"这个怎么说呢?这药经过多年临床试验证明是很安全

幸福先知

的。但中国有句话叫'是药三分毒',毕竟靠药物干涉肯定是会对身体有一定影响。如果你不放心,可以采取物理方式,有几款产品舒适度还是挺高的。"

曲从军愣了愣,手忙脚乱地离开了药店。

他以为,既然已经决定放弃,就应该不在乎了。只要小可幸福,只要她能平安,其他都不重要。可是现在,他骗不了自己,他的小可和别的男人在一起,并且长期服用一种叫作"妈富隆"的避孕药……

曲从军两只手死死地揪着自己的头发,恨不得把它们全都薅下来就彻底没了烦恼。可是,小可明明那天哭着说高莹在诋毁她,她到底说的是真的还是假的?他越来越糊涂,年初一那天,他还曾怀疑吕姜根本不是小可的男朋友,难道是他怀疑错了?

越想越糊涂,越想头越疼,曲从军决定找个机会好好探探小可的虚实。

正月十五那天下午,曲从军在单位走廊里遇到了吕姜,他笑着问:"今天过节,晚上有活动吗?"

吕姜觉得莫名其妙,平日里曲从军可真不是个热情的人,尤其对他吕姜。

吕姜客气地回答:"今天我值班!"

"辛苦了!元宵节快乐!"曲从军笑着从吕姜身边走过。

吕姜回头看着他的背影,摇摇头,回到办公室。

离下班还有半个小时的时候,曲从军给小可打了个电话:"今晚过节,叫上高莹,晚上一起聚聚吧。"似乎是犹豫了一下,曲从军接着说,"如果吕姜有空,也一起来吧。"

曲从军突然这么一说,小可有些慌张:"呃……吕姜可能想回家陪他爸妈过节吧。"这是小可在短短的几秒钟内能想到的最合理的理由。不管吕姜去不去,都能解释得通。

曲从军在这一瞬间确定,吕姜和小可,根本不是男女朋友!可是如果不是吕姜,还会有谁让小可一直服用这样的药物?难道是许翔宇吗?可如果是许翔宇的话,小可又为什么要骗自己说男朋友是吕姜呢?

高悬的话又在他的耳边响起:"你根本就不了解她是什么样的女人!"曲从军不愿相信,他得让小可自己说清楚。

小可先给高莹打了个电话,高莹一听是曲从军组局,立刻拒绝:"我可不去当电灯泡!"她嘻嘻笑了几声,声音变得狡黠,"你自己去吧,记得我和你说的办法!加油!"

小可苦笑,又给吕姜拨过去。

吕姜惊讶:"曲从军让叫着我?他今天上午问过我了呀,我跟他说了我值班……"

小可瞬间醒悟,自己这是着了曲从军的道儿。他应该已经觉察到了什么。看来今晚是鸿门宴呀!如果现在拒绝,还能说出什么理由呢?说要回家?曲从军既然邀请自己,肯定已经和家里打好了招呼。如果接受……

电话铃声突然响起,惊得她一哆嗦。算了,随机应变吧!

幸福先知

34. 摊牌

五分钟后，曲从军到了园林局门口。小可怀疑他是不是早就埋伏在附近了。

"吃什么？"曲从军问。

"吃火锅吧，冬天吃这个热乎。"小可想，吃火锅忙忙叨叨的，中间还隔着一口热气腾腾的大锅，比较容易掩饰。

曲从军笑着说："你在上海待了这么久，没学会点儿小资情调？我知道一家西餐厅味道不错，去那儿吧！"

小可斜眼看他："你都已经想好了还问我干什么？"

"嘿嘿，"曲从军一打方向盘，车驶出了园林局大门，"吕姜不过来？"

小可心中暗骂，明知故问！她今天才发现，原来曲从军装模作样起来，可以这么云淡风轻，是自己低估了他，低估了他这个刑侦专业的优秀毕业生。

"他没空！"小可甩给他三个字，转头望向窗外，假装被路边的风景吸引了。

"高莹呢?"曲从军又问。

小可转过头,语带讽刺地说:"她说……你对她的邀请缺乏诚意。"

"哪有,老同学难得聚一聚,谁说没诚意?"曲从军打哈哈。

这对话,就像谍战片里特务刺探敌情。小可突然觉得,真没意思!

这家餐厅算是不错,装修陈设还是讲究的,想必老板也是个走南闯北、有见识的人。

点完菜,曲从军要了瓶红酒。

"你今天突然搞得这么有情调,我会以为……"小可轻轻旋转高脚杯,"你要向我求婚的。"

小可心想,装腔作势谁不会?我看你能装到什么时候。

曲从军笑笑,不置可否。

"来!以前的事,是我不对,我正式地向你道歉!"曲从军举起杯,迎向小可。

小可想了想,虽然不情愿,但也举起杯,叮的一声,算是接受了他的道歉。

"我早原谅你了。要不是你,我也不会明白,这世上没有任何事、任何人是永远不变的。凡事,只能靠自己。"

曲从军的表情有些不自然,他放下酒杯,换了个话题:"你的实习报告怎么样了?"

"不错!进展得非常顺利!元旦回上海见了导师,他对我的课题很赞赏,让我继续深入挖掘。"

"祝贺你!"曲从军再次举起杯,"你学业有成,叔叔阿姨特别高兴,整天夸你。背地里夸。"

"呵,"小可笑了一声,"对他们来说,我再好也还有上升的空间,不像你,你就是那个完美的'别人家的孩子'。"小可抿了一口红酒,低低地笑起来。

烛光摇曳,小可的脸微微泛红,大波浪的长发随着她低头笑时轻轻颤动。

幸福先知

曲从军看出小可化了淡淡的妆,眉眼如画,这样的她,更让人迷醉。

曲从军也笑了:"现在你不是也成了'别人家的孩子'?"他自顾拿起酒杯,在小可的杯子上碰了一下,喝了一口。

小可端起杯子,却没喝:"我现在才知道这个称号背后的压力,太不容易了……"

"我记得你说过,你们大一的课业就很重,那后面三年岂不是更累?"

"累啊……累死了。"小可喝了一大口,就像吞下的是一大口苦水,眉头微微皱了起来,"我还给自己加了很多课,游泳课、舞蹈课、驾驶课……能学的都学了,技多不压身嘛!哈哈……"

还没吃东西就喝酒,她觉得头有点儿晕,但是脑子很清醒,很清醒地知道自己聊着聊着就有些伤感了,这样不好。于是她换了个口气问:"对了,你不是后来交了个女朋友吗?怎么没和你一起回来?"

曲从军一愣,但他反应极快:"哦,她也回老家了。毕竟,校园情侣永远扛不住现实的考验。"

虽然只是刹那,曲从军的表情却已经被小可看得一清二楚。她的一侧嘴角微翘,找到了一点儿势均力敌的快感。

"唉!真没意思!爱情这种东西,都是有钱有闲的人茶余饭后的消遣,年轻的时候单纯、没经验,所以才会相信。"

"小可,不是这样的……"曲从军犹豫了一会儿,斟酌该怎么表述自己的想法,"你……还是应该相信爱情,没有爱情的……男女关系,只能是互相索取。"

"能互相索取还不好吗?"小可不以为然,"人们常说,爱情是付出,可是付出了没人接受有什么用?还不如抱团取暖呢!"小可一口喝完酒杯里所有的酒,伸手去拿醒酒器,不料被曲从军抢先一步拿走。

他后悔了,也许他不该叫小可出来,让她重新面对伤心的过去。三年前他伤害过她一回,现在又把她的伤口撕开来仔细看,真他妈不是人啊!

下　部

"干吗？酒都开了还不让人喝啊？你陪我一起喝，咱们今天开怀畅饮，畅所欲言！"小可一副光脚不怕穿鞋的挑衅意味，她倒要看看，谁先招架不住。

曲从军抓着醒酒器不松手，小可站起身去夺。两人拉拉扯扯，周围几桌客人的目光都投向这边。此时服务员来上菜，曲从军只得松手，看着服务员把两份牛排摆好。

小可先给他倒了一大杯，对自己也没客气。她举起杯，在半空中等着他。曲从军盯着她看了一会儿，从她的眼睛里看到了如视死如归般的坚定，他也只好横下心，举起酒杯迎上去。酒杯里几乎盛满了酒，撞在一起的声音都哑了，再不复之前的清脆，只发出咔的一声闷响。

小可灌了一大口，皱着眉头咽下去，又把残留在嘴唇边的一点点红酒抿进嘴里，托着下巴，看着杯子里余下的酒出神。

曲从军也配合她的节奏，保持同样的"水位下降速度"。两人一时都陷入了沉默。

"女人和男人不一样，"小可突然说话，打破了沉默，"男人做事很理性，凡事先权衡利弊。而女人不是，女人是感性的动物，只要认定了，上刀山下油锅也不怕。可是一旦放下了，和谁在一起，都是一样的。"

曲从军皱着眉头思索她这句话里潜藏的意味。他换了个话题："许翔宇还好吧？你们……"

"我们？"小可笑，像是提起了一件开心的事。

"他各方面条件都好，估计追求者也很多吧？"

小可觉得眼皮有些沉，脸也热热的。她把冰凉的手贴在脸上，想让自己清醒一点："你是想问，我和许翔宇怎么没在一起吧？哼哼……"她笑了两声，露出一个洞察一切的笑容，"以前，你多害怕我和他好啊。怎么，现在盼着我们俩在一起了？"

虽不情愿，曲从军却不得不说："相比起来，他还是好的，毕竟知根知底，对

幸福先知

你也好。"

"知根知底有什么好？有时候更加防不胜防！"

曲从军被小可的话噎住，脸也越来越红。

"你不用这么急着把我推给谁！"小可讽刺道，"我又不是没人要！追求我的人多了去了，从我们宿舍楼下都排到黄浦江边上去了！"

就是看着你这样好，有这么多人喜欢，我才担心，担心你把自己轻易地交付给别人，错过了应有的幸福……曲从军仰头喝尽了杯子里所有的酒，胃里像塞了块大石头，堵得难受。

他看着眼前的这个女孩，从小就在语言和肢体动作上欺负他，只有学习的时候才乖乖地听他的话。按理说她是知道轻重的，如果她真的放弃了自己，那多半也是因为他。他本想把伤害降到最低，可还是低估了她对他的感情，低估了分手这件事的杀伤力。

越想越难过，越想越后悔，曲从军突然有种想哭的冲动，又给自己倒了一杯。

对面的小可叫道："哎！我的呢？"

曲从军伸长胳膊，给小可的酒杯也斟满。

两人此刻都满腹心事，可是看着对方，话又哽在嗓子眼里，只得各自品尝杯中的苦涩。

"小可，你到底跟谁在一起呢？"曲从军终于鼓足勇气问了出来。

"谁？跟谁在一起？"小可似乎很认真地想了想，"吕姜啊，吕姜是我男朋友！"说完，她还嗯了一声，使劲地点点头，确认了一下这个答案。

"吕姜……不是你的男朋友吧？"曲从军开门见山。

"是的。"小可点点头。

"他真是你的男朋友？"没想到这么快小可就承认了。

"是的！"小可急了，脸蛋红扑扑的，眼睛也瞪得圆圆的。

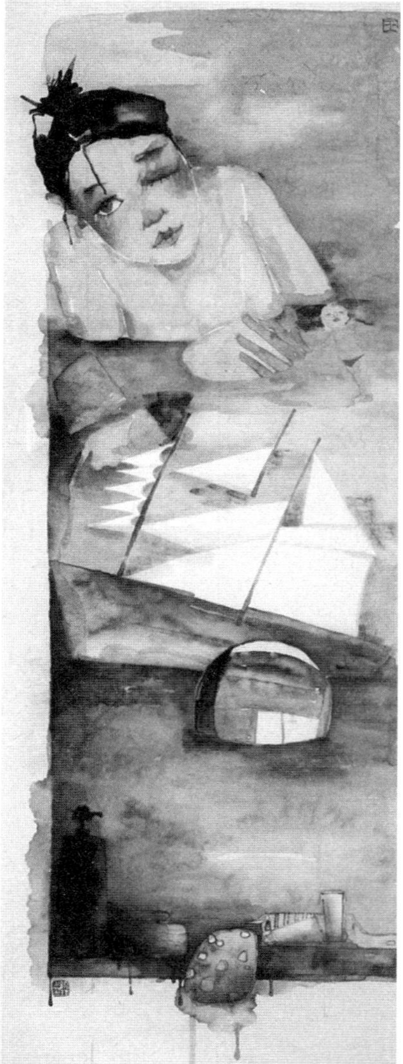

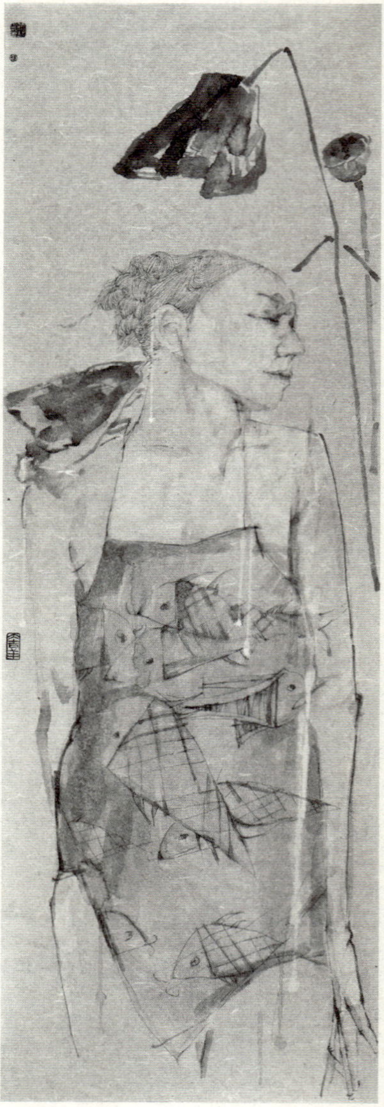

"好好好,等一下,这个问题我问得有点儿糊涂。"曲从军甩甩头,希望能清醒一点。

"我换个方式问,你是不是还有其他的男朋友?"

"嗯……"小可眯缝着眼睛想了好一会儿,"对,最要好的有三个!"她竖起三根手指,自己又数了数,"一、二、三,没错!"

"三个?"曲从军很吃惊,"都叫什么名字?"

小可一边想,一边举起酒杯又跟曲从军的碰一下,看着他喝下一大口,又再给他斟满。

剩下的红酒浅浅地铺在瓶底,成了淡淡的玫红色。

她又伸出刚才亮出的那三根手指头,一根一根仔细地数过去:"许翔宇、吕姜……"她抬起头,对曲从军嘿嘿一笑,还有些不好意思的样子,把最后一根手指头伸到曲从军的面前,"算你一个!"把最后一个名额送给了他。

曲从军一愣:"我怎么着也排不到最后一个吧?以咱俩的交情,我得排第一个!"

"第一个啊?"小可两眼向上望去,口中喃喃地说,"那许翔宇得多伤心啊……怪可怜的……你排第二吧!吕姜可以往后退退,他不会生气的。"看曲从军还是不大高兴的样子,小可安慰他说,"你别不高兴了,许翔宇比你可怜多了。你爸你妈对你多好啊……人家许翔宇呢?爸妈谁都不管他,把他往奶奶家一扔,各自找快活去了!他跟孤儿有什么两样啊……"

"是吗……"曲从军似乎释然了,"这么看来,他是比我更惨。"

"就是!"小可说完,回头招呼服务生,"再来一瓶87年的奔富!"

服务员应声而来,翩翩而去。

小可把醒酒器里最后一点酒全倒给曲从军,说:"唉!曲伯伯走的时候,我特别特别难过……"突然,她鼻子一酸,说不下去了,眼泪呼地涌上来。她赶紧放下酒瓶,用纸巾擦了擦眼睛。

313

幸福先知

此时听到小可提及自己的父亲，曲从军竟觉得有些麻木，只是愣愣地坐着，看小可不停地擦眼睛，她的眼睛像是失控的水龙头，擦干了又流出水来，无穷无尽。

过了好一会儿，曲从军才说："别说这些了，说点儿高兴的事吧……说说你的学习，学校里的同学！"

"高兴的事……哪有什么高兴的事啊……"小可苦着一张脸，泪珠还挂在脸上，"曲伯伯刚走，你就跟我分手了……这算是高兴的事吗？"

眼泪止不住，小可干脆彻底放弃了抵抗，任由眼泪鼻涕齐刷刷地往下流。

"唉！是我不对，我向你道歉！我错了……其实我也特别难过，特别特别难过……"

"你难过你就折腾我是吧？"小可把手里的纸巾砸向他，恨恨地说，"你太过分了！你再道歉一万遍我也不会原谅你的！"

曲从军也不躲，老老实实地坐着迎接对面发射过来的炮弹："对不起啊，实在是对不起……"

哭了一会儿，小可擦擦眼泪，拿起刀叉在盘子里发狠，把牛肉切成血淋淋的小块。她的动作让曲从军猛地一哆嗦，好像身中数刀的是他自己。看着小可吃牛排吃出了茹毛饮血的架势，他的心里反而轻松不少，至少小可当着他的面，骂也骂了，气也出了，其他的事情都好说。

吃完最后一块肉，小可咕咚咕咚像喝水一样把高脚杯里剩下的红酒一饮而尽，擦擦手说："我吃饱了，我要回家！"

猛一站起来，小可觉得天旋地转。她扶着桌子缓了缓，试图走成一条直线。曲从军也有些头晕，但他尽量让自己保持稳定和清醒，伸手去搀小可。

小可看见他把手伸过来，想要推开，伸出手使劲一推，却推了个虚空。她咦了一声，朝着曲从军的方向抓了一把，仍是什么也没碰到。她索性把手一甩，朝着大门的方向走去。

下 部

　　明明不远的距离,想朝着那个方向笔直地走过去却异常困难。残存的意识告诉自己,她应该是喝多了,得赶紧回家去。

　　曲从军三两步赶上她,一把抓住她的胳膊。此时小可也不再挣扎,脑子里有个声音告诉她,再挣扎,你可就走不出去了,说不定还得丢人现眼!

　　曲从军感到小可身体的重心慢慢向自己压过来,他一只手托着她,另一只手拎起她的包。两人互相搀扶着,跟跟跄跄地往门外走。

　　水边城市冬日里的晚风虽不像北方那么凛冽,但湿气和寒气混在一起,顺着缝隙钻进衣服里,像是有只冰凉的小手伸进了脖颈。小可一个激灵,头也开始疼起来。

　　曲从军本来还有几分清醒,被冷风一吹,立刻感到酒气上头。他把快要倒下的小可挂在自己的一只胳膊上,另一只手在口袋里摸索,想要找出车钥匙。

　　西餐厅里的服务生在玻璃门里看了他们半天,此时赶上来说:"先生,我给你们叫辆出租车吧。"

　　曲从军说:"我自己开车来的!"

　　服务生态度很好:"刚才看见二位喝了不少,不能开车了,还是叫辆车吧。"

　　曲从军恍然大悟一般,拍着服务生的肩膀:"兄弟你说得对,你说得太对了! 不能开车了,叫车!"

　　服务生连推带拉,好不容易把两人塞进车里。曲从军瘫在后座上,对司机说:"去……滨河小区。"

　　"不行!"半天没出声的小可突然大叫一声,把车里其他两人吓了一跳,"不能回家,不然非得挨揍不可。"说完,她凑近曲从军,悄悄地说,"我有一个秘密基地……我谁都没告诉,就告诉你一个人……呃! 你想不想去看看?"

　　"秘密基地? 走! 看看去!"

　　两人一拍即合,小可一声令下,出租车朝着小公寓驶去。

　　快到公寓的时候,小可已经睡着了,轻轻打着鼾。

315

幸福先知

曲从军推推她的肩膀："快醒醒！是这儿吗？"

车里的暖气一吹，摇摇晃晃之中，曲从军觉得眼皮有千斤重，可他愣是睁大眼睛坚持到了目的地。

小可迷迷糊糊地睁开眼："哦，到了。"便推门下车。休息了片刻，她的步伐倒是稳健了不少，一马当先地向电梯走去。

一下车，曲从军反而开始摇晃。他看着小可走在前面，越走越远，自己的腿却越来越重，眼看就追不上了。

曲从军喊道："小可！等等我！"

小可回过头看见他："你怎么到这儿来了？"

曲从军觉得莫名其妙："你带我来的呀。"

"哦……"小可想了想，"那你快点儿，我要睡觉了！"

曲从军亦步亦趋地跟着小可进了门。屋里很黑，小可没开灯，在门口把鞋一踢，径自朝某个方向走去。

在门口站了一会儿，曲从军想等眼睛适应这片黑暗，但是等了半天，眼前只出现了一片灰白色的混沌。

他朝着窸窸窣窣的声音传来的方向轻声叫："小可！小可！灯在哪儿呢？"

"别开灯！晃眼睛！我要睡觉！"小可在这片混沌中回复他。

他只好朝着声音传来的方向手脚并用地慢慢摸索着往前走，像是在过一条不知深浅的河。终于，咚的一声，他的脚碰到了无法继续向前的阻力。曲从军伸手一摸，软软的，很舒服，像是沙发或者床。

此刻，曲从军的眼睛已经彻底睁不开了。在沉入梦乡之前，他嘀咕了一句："我睡了？"没人回答，很快他就什么也不知道了。

下　部

35. 我们和好吧

　　小可给自己的小窝安排了一处神奇的景致。

　　窗帘有两层,外面一层她用了半遮光布,里面那层是镂空的花纹纱帘。夜里的时候,窗户那里什么都没有,一片漆黑。可是随着天光越来越亮,纱帘上的花纹就会渐渐显现出来。多云的时候,窗帘上会开出银色的花;阳光明媚的时候,窗帘上的花就成了金色的。

　　曲从军睁开眼,看见眼前金花朵朵,心中暗道一声:"坏了!"

　　他一骨碌从床上坐起来,看见了身旁的另一个人。一大片卷发柔软地铺散在枕头上,却看不见那人的脸。

　　小可其实早就醒了。

　　醒来的一瞬间,她有些惊讶。昨晚的一幕幕断断续续地浮现在脑海里。

　　眼前的这个人,熟悉又陌生。他的眉眼其实没有太大变化,只是奶茶中的奶味慢慢淡去,只留下醇厚的茶香,还带着一点点苦涩。

幸福先知

他们不是没在一起睡过,但那时他们还在上小学。曲从军的爸妈偶尔会同一天夜里值班,遇到这种情况他们就委托尚家代为照管曲从军。

呼吸声由深变浅,小可知道他要醒来了,轻悄悄地转身假寐。

床忽地一沉,然后便没了声响。她猜测他感到震惊,接下来应该是懊悔吧?等了一会儿,身后很安静,静得让她怀疑他已经走了。

突然,一只手轻轻地搭在她肩膀上:"小可!"声音很轻,她还没想好该怎样应对,于是假装睡得很沉。

那只手收了回去,周遭又安静下来。他是不是在想,该如何向她解释?应该道歉,还是权当发生了一件过去发生过的事?

"小可……对不起。我……我昨天喝多了……"他知道她已经醒了。

"没什么对不起的,大家都是成年人,不用大惊小怪,我不会用这个理由缠着你的。"既然装不下去了,小可索性坐起来,把波浪一样的长发拢到一边,尽显妩媚。

"小可!"曲从军无奈道,"我不是那个意思!我……"他顿住了,不知该怎么往下说,说他不想介入她和其他人的关系中,还是说他不介意对她负责?

脑子很乱,他没法继续装糊涂,就这么离开。曲从军深吸了口气,整理了一下思绪,对小可说:"我不希望给你带来麻烦。"

"这话说得真客气,"小可语带讥讽,"说反了吧?你是不希望我给你造成麻烦吧?"

"不是!"曲从军急着说,"你从来都不是麻烦。只是……"

"只是什么?只是你的生活现在很麻烦,所以你想再清静清静?"小可歪着脑袋看着他,耐心地等他辩解。

他也凝神看着她:"我没有信心……"

他停下来,像是在斟酌词句、权衡利弊。小可没有打断他,静静地等他把后面的话都说出来。

318

下 部

"一开始,是我把事情想得太简单了……是我伤害了你。可是我还有事情没解决……我真的希望能把伤害的程度降到最低,我也不知道这样做对不对……可是我现在没信心能把这件事处理好……我不敢对你承诺什么……"曲从军说得语无伦次,只希望小可能明白他的无奈。

"你酒还没醒吧?我要求你给我承诺了吗?"小可嗤笑一声道。

"可是我觉得你现在的生活……"曲从军一时语塞,不知该怎么形容才好。

"怎么?你看不惯?"小可不屑,"我好得很,不用你操心!"她翻过身去不理他。

"你听我说。"曲从军扒拉她的肩膀,想把她扒拉回来。小可和他较劲,身体弓得像个煮熟的虾米。试了半天没成功,曲从军说:"如果左右都是对你不负责任,我觉得……要不咱们……还是在一起吧。"

"你想什么呢?!你想在一起就在一起,你不想在一起就要分手,你以为你是谁呀?!"小可跳起来,从地上拎起他的衣服和鞋往门口扔,"走走走!上你的班去,昨天什么也没发生,不就一起睡了一觉吗,没什么了不起的!"

"不是……"曲从军话还没说完,小可就把被子一掀,把他从床上拽起来,和门口的衣服鞋子扔作了一堆。

他有点冷,可是现在也顾不上了。眼看着要被赶出门去,曲从军一股脑把想说的话都吐露出来:"小可你听我说,一开始我是不想连累你,可我现在越来越觉得,如果我扔下你,你也不见得过得好,与其这样,那我们就在一起吧,还像原来那样……"

小可越听越生气:"你什么意思?我现在过得不好吗?我是不思进取还是放弃自我了需要你来拯救?你是救世主吗?"她手脚并用地想推他出去,可他两条腿一前一后地撑着地面,像是在地上生了根,纹丝不动。

"曲从军——"小可头发蓬乱、眼睛发红,不知是气的还是冻的,整个人抖得像筛糠一样。

319

幸福先知

"好好好,我走!"谈话无法理智地进行下去,曲从军只得捡起地上的衣服离开。走到门口,他突然又转过身,把手里的东西全都扔在地上,跑到床边抱起一大团被子,小心翼翼地裹在小可身上。做完这一切,他又捡起地上那一堆乱七八糟的东西,才开门离去。

直到门被轻轻地关上,小可依然一动不动,像一尊拔地而起的泥塑。

气归气,班还是要上的。小可从一堆被子里把自己择出来,梳洗打扮过后,又恢复了职场女强人的形象。

下 部

36. 假男友

从小可这里打不开突破口,曲从军决定去吕姜那里找答案。

一到单位,曲从军先去了经侦处。他在门上敲了两下,同时有好几个人抬头朝这边看过来,包括吕姜。

吕姜一看曲从军的眼神,就知道他八成是来找自己的。从昨晚曲从军反常的表现,他隐隐预感到有什么事情要发生了。他用食指指向自己,对方点点头。

吕姜走到门口:"找我有事?"

曲从军问:"能和你谈谈吗?"

吕姜迟疑了一下:"行。"

曲从军也不拐弯抹角,开门见山地问:"你和尚小可究竟是不是男女朋友?"

吕姜眯起眼睛,手往口袋里一插,玩世不恭的气质就蔓延开来:"这个……

幸福先知

和你有关系吗?"

曲从军严肃地说:"有关系,你要是为她好,就告诉我实话。"

吕姜的眼睛依旧眯缝着,目光却闪烁不定。

听他这话,莫非是掌握了什么证据?那我负隅顽抗究竟还有没有意义?事已至此,到底还要不要帮小可保守秘密?几个念头从脑海中飞速闪过,吕姜决定再虚晃一枪:"你不用唬我,小可好得很,不用你操心。再说了,我们俩的事我们自己决定,在她没通知让我下岗之前,我就是她的男朋友!"吕姜并没说假话,他现在就是在完成许翔宇交给他的任务——无条件配合小可。小可没说结束,他们就是名义上的男女朋友。

"好!"曲从军气结,叉着腰盯着他的眼睛,想从中看出一丝破绽,可吕姜始终是那副不冷不热的样子,进可攻退可守,扬扬自得。

"既然你自称是她的男朋友,那她的一切你应该很了解,你知道小可一直在服用'妈富隆'这种药物吗?"

"什么'龙'?"吕姜满脸疑惑,"这是什么药,干吗用的?"

"你们……不是同居了吗?"

"呃……"吕姜的表情有些尴尬,他这瞬间的表情,被曲从军看出了破绽。

"这么说……小可除了你之外,还有别的男朋友?"曲从军语带讥诮地问。

这完全出乎吕姜的意料。先是听说小可在服用一种药,这药他听都没听过,更别提了解功效了;紧接着又听说小可还有其他的男朋友,这也让他茫然。

吕姜有些懊恼,在这场博弈中,自己失了先机。

曲从军又说:"我还是那句话,你如果真的把她当朋友,就跟我说实话。"

吕姜低头思索,在心里权衡了一下,随即抬起头问道:"你先跟我说,你说的那个药到底是治什么用的?"

曲从军可以肯定,自己已经撕破了吕姜的防线,他准备最后试探一次。虽是试探,但他还是真诚地说:"我现在终于明白,小可为什么说你是个可信、可靠的人。"

吕姜的表情变得戏谑起来:"是吗？和你的观点不一样吧？"

答案已经很明显了。曲从军说:"'妈富隆'是一种长期避孕药。"

"避孕药?"吕姜显然很惊讶,"她吃那个干什么?"

"你问我,我问谁?"

此时的两人都陷入了沉思。

片刻过后,吕姜抬起头说:"我和小可认识的时间虽然没有你们长,但是我可以肯定,我认识的尚小可坚强、果敢、有原则。就凭你知道的这些,没有充分的证据证明她和其他男人保持着超出一般朋友的关系。"吕姜收起一贯的轻佻态度,"不管你怎么想,反正我不信。而且……"他带了些轻蔑的口气对曲从军说,"如果我是你,我就直接去问她,这些年她在想什么,做什么,现在为什么这样？而不是暗地里调查她、揣测她。"

曲从军望着吕姜的背影,再一次感叹小可的眼光。在这方面,他从来都不如她。

幸福先知

37. 恍然大悟

当晚,吕姜约小可来到小院私房菜馆。

立春才刚过去不久,天气似乎已经没那么冷了。吕姜穿一件黑色羊绒衫,外搭一件黑色皮夹克,酷酷的样子。小可始终觉得吕姜的身上有种亦正亦邪的气质,他的正直善良深深地埋伏在玩世不恭的外表之下,虽然不易察觉,却真实而可靠。

吸管拥着翠绿的黄瓜片在杯子里转出了一个小小的旋涡,突然吸管抽身离去,只留下了绿纱裙的舞者继续旋转。

吕姜说:"今天曲从军来找我摊牌了,直接问我是不是你的男朋友。"

小可脸上的表情淡淡的,似乎在她的预料之中。

吕姜问:"你们是不是发生什么事了?"

"昨晚一起吃饭,喝多了。"小可还是淡淡地说。

"啊?"吕姜惊讶,随即脸上浮现出一抹诡异的神色,"难道……孤男寡女,酒后乱性……"

"没有!"小可打断他,"什么都没发生……他说……让我回到他身边。"

"你不想吗?"

"凭什么呀? 不应该是这样的! 稀里糊涂、莫名其妙地分手又和好,这算什么? 我做不到。"

"那你回来干什么来了? 度假? 你费了这么大的周折,不会告诉我说纯粹是为了老朋友之间的情谊吧?"

"我不知道,总之现在的状况不对。当年他突然连招呼都没打就消失了,现在突然又要和好,他觉得他想通了,其实他什么都没想明白! 他根本不知道我在想什么,却自作主张地为我决定未来,我不接受!"

吕姜吸了一口饮料,黄瓜片堵在吸管底部,水上不去,黄瓜片也下不来。

他说:"你俩,一个心里明镜似的,偏不明说,另一个智商高情商低,干着急使不上劲。看起来你们是互相折腾,其实都是跟自己较劲。我作为旁观者……甚是着急。"

小可扑哧一笑:"我也急,可有些事急不来,你得让他自己想明白。"

吕姜点点头:"嗯……我大概懂了。"转而,他换了种轻松的口吻问,"前阵子我说你气血虚,你没吃点儿什么药调理调理?"

"中医嘛,还没找到机会去看。目前的问题,西药调理着,等忙完这阵子再说吧。"

"行! 回头我给你介绍个好中医,好好调理一下。有些问题年轻的时候不重视,等老了就麻烦了。"

"知道啦,吕大叔!"小可嗔怪又感动地冲他一笑。

吕姜断定,小可的情况和他的猜测不相上下。他下午在网上查了那药的详细说明,此刻听小可这么说,他只叹曲从军是关心则乱。两军对垒,曲从军先自乱了阵脚,小可反倒显得运筹帷幄。

325

幸福先知

曲母发现儿子晚上从单位回来就呆呆的,不知在琢磨什么,叫他吃饭叫了三遍,他才如大梦初醒一般。

曲母给儿子添了碗粥:"想什么呢?想得那么出神,一晚上魂不守舍的。"

"妈!"曲从军此时灵光一现,问,"如果一个老实本分的女孩子,长期服用一种叫'妈富隆'的避孕药,除了生活作风问题外,还有什么原因?"

"月经不调呗!"曲母不以为然地说,"这种药不仅可以用来避孕,也可以用来治疗月经不调,西医很常规的治疗方法。你问这个干什么?"

"啊?"曲从军又惊又喜,忙掩饰道,"哦,是个案子里的线索。我一开始一直没想通……谢谢沈大夫,一下子让我茅塞顿开!"

曲母见儿子高兴,自己也高兴起来,往他手里递了个包子:"疑问解开了,快吃饭吧。"

饭后,曲母要收拾碗筷,曲从军拉住母亲说:"妈,我想和你聊聊。"

曲母擦擦手,在儿子身边坐下。其实她很久以前就想和儿子好好谈谈,如今相对而坐,反倒不知该从何说起,只拿一双沉静的眼睛望着他。

曲从军给母亲倒了杯水:"妈,你后悔嫁给我爸吗?"

"后悔吗?"曲母重复了一遍,像是在问自己。

她的两只手捧着水杯,想从杯子上汲取一点热量:"如果再让我重来一遍……我还是会选择你爸爸。"曲母靠在椅背上,陷入深深的回忆,"你爸看起来五大三粗的,其实很贴心。年轻的时候,我就不会做饭,你爸爸说结婚以后他来做。他说到做到,一做就是二十年。工作再忙,自己顾不上吃饭,也惦记着我。那时候单位没食堂,大家都带饭盒,别人家都是女人做饭给男人和孩子带着,只有我们家是反着的。有一次,他加班回来已经很晚了,大半夜的还给我弄了两个菜出来,让我第二天上班带着。这事我一辈子都忘不了,就冲这个,再让我选多少次,也还是他。"她叹了口气,"结果把我给惯得,到现在手艺还是这么差。"说完,曲母自嘲地一笑,笑容里有落寞,也有幸福。

下 部

"那你怪过他吗？怪他抛下我们？"

"怪过！怪他干吗这么拼命,这么不管不顾！有段时间我始终走不出来,恨死他了！生命难道比工作更重要吗？难道我和你加在一起都不足以让他珍惜自己的生命吗？"曲母的情绪有些激动,她抓住儿子的手轻轻地摩挲,让自己平静下来,好一会儿她才继续说道,"可是我后来想通了,他就是那样一个人啊！他要是凡事留个心眼,做事偷奸耍滑,也就不是我爱的那个人了……"

母亲目光灼灼,晶莹的泪水顺着脸颊缓缓滚落。曲从军此时才发现,母亲光洁白皙的脸上已经多了这么多的细纹。

母亲说:"我的孩子,我只有你了。"

他明白,最后这句话是对他的提醒,提醒他们相依为命。为了母亲,他必须活着,继续履行父亲留下的责任。

夜已经很深了,曲从军躺在床上一直没有睡意,他在想母亲说的那些话。

如果是小可,她会不会也这么说？他一直害怕有朝一日,因为自己的缘故,让小可也步了母亲的后尘。如今他还有事情没做完,这件事很重要,也很危险,他却非做不可。他又想起那天早上小可的话,她说,他想怎样就怎样,凭什么？是啊,他一直都只想着自己要做什么,让小可服从自己的决定,却从没问过小可愿不愿意。

我怎么会这么自私冷血？父亲走后,我把自己封闭在痛苦里,反手一推,把小可也囚禁在了被抛弃的境遇中。我不停地回想起父亲给予的短暂温柔,还没来得及回应,已是来不及了。我可以用学习和训练麻醉自己,可以对身边的人不闻不问,甚至可以无视冷漠对周遭人造成的伤害！可是,逝者已矣,对生者,我还有更长久的责任。

我这是贪生怕死了吧？也许是。上次执行任务时,我不就胆怯了吗？要是真遇到那个人,我能冲得上去吗？

曲从军不得不承认,自己开始贪恋能和母亲更长久地促膝相伴。不仅如

327

幸福先知

此,如果能每天早上醒来,一睁眼就看见小可,伸手触及她柔软如海藻般的长发,该有多好。

下　部

38. 拒绝

第二天一下班,曲从军就在园林局的门口等着了。他想把自己这几天的心得和小可分享一下,再郑重其事地向她道一次歉。如果可以,他希望他们还有在一起的可能。虽然小可说他再道歉一万次她也不会原谅他,可那是因为之前他的反思确实不够诚恳,如今他真的想明白了一些事,得让小可知道他的诚意。

小可看着他站得笔直,此刻他像是云开雾散之后,被雨水冲刷干净的翠柏树,连阳光也不吝惜多眷顾他一些。这样的曲从军,小可以前是很喜欢的。可是这样的他,却总是在她认为踏实安稳的时候,让她一脚踏空,摔得鼻青脸肿。

曲从军盯着地上凸起的一块水泥疙瘩看了好一会儿,一抬头,发现一个熟悉的身影已经越过他向大门走去,脚步没有任何的留恋和迟疑。

他扔下水泥疙瘩赶上去叫:"小可!"

那身影懒洋洋地回过头:"干吗?"

幸福先知

曲从军笑嘻嘻的,觍着脸示好:"我想请你吃饭。"

"又想套我的话啊？能知道的、不能知道的,你全都知道了,何必再浪费时间？"小可说完回头继续走,对他难得的嬉皮笑脸视而不见。

一个人在前面走,一个人在后面跟着,始终保持着可望而不可即的距离。

两人默默地走了不知多久。

后面有个声音传过来:"小可,我真的知道错了！你能再给我一次机会吗？"

小可转过身,不耐烦地说:"行了行了！我原谅你行了吧？你别再烦我了！"

曲从军紧走几步追上去,讨好地说:"那……咱们和好吧。"

小可横了他一眼说:"可以啊,反正你想怎样就怎样。"说完,转身继续往前走去。

曲从军静静地跟在她后面,用几乎只有他自己才能听得见的声音说:"我知道我很自私,只顾着自己难过,却没考虑过你的感受。"

前面的人脚步顿了顿,却没停下来。

"我自我又自大,自以为是地安排了一切,却没有顾及周围的人愿不愿意……我不负责任,我以为……就算我死了,只要报了仇,就是最好的结果……我是天底下最傻的傻瓜,以为只要离开你,你就会幸福平安。而我,总有一天会忘记你……"

"你做得挺好的,如果我不回来,你早已经彻底忘记我了。是我给你添麻烦了。"

"不是的！"曲从军急忙辩解,"我没有！我从来没有忘记过你……哪怕一天……我不知道现在向你提出和好的要求到底对不对,可是我不想继续坚持了。我想和你在一起,一起好好生活。为了妈妈,也为了你,我会加倍小心！"

小可的脚步越来越慢,最终停下。她没有回头,努力克制颤抖的肩膀。

下 部

"我曾经以为,我们是最了解彼此的人。我懂你,你也能懂我。我从不觉得在这个世界上有人会真的爱我,是你让我又燃起了信心。可是事实证明,这不过是个幻觉。我一直像个圣母一样同情许翔宇,其实,我不过是个和他一样的可怜虫。我们拼命地想要找到那个真正爱自己的人,永远都不会离开……是我们的错,我们对爱奢求得太多、太完美,让人难以企及。"

小可转过身,已是泪流满面。

曲从军从未见过这样的小可,像是被拔光了刺的刺猬,在暴风雨中奄奄一息,摇摇欲坠。他上前抱住她:"不是你奢求得太多,是我给得太少。"

"不少了……"小可悠悠地叹息,"你曾经是我唯一的精神寄托,就像洪水中的那棵大树,没有你,我早就不知道漂向何方了。"

曲从军用手把小可的头轻轻扣进自己的胸膛,想让她感受到他怀里的安稳:"我永远都是你的依靠,只要你需要我,我一直都在。"

这怀抱如此温暖、安静,小可觉得自己的心几乎就要在这里安营扎寨了。她最后贪恋了片刻,轻轻地摇了摇头说:"我不敢再指望了。人,只能靠自己。也许,过去我们都误会了……我们彼此依赖,以为习惯就是爱,其实不是。"

听到这里,曲从军突然感到一阵恐慌,明明人还在自己怀里,他却觉得小可已经离他越来越远了。他惊恐地看着小可,哆哆嗦嗦地问:"你这是什么意思?你……不爱我了?"

小可抬头,看到了曲从军眼里的恐惧:"我不知道,我们甚至没给过对方机会去看看这个世界,体会一下别样的情谊。或许,到那个时候,我们才发现,我们对彼此不过是儿时的情分和习惯性的占有,根本与爱无关。"

曲从军被这突如其来的打击震蒙了。他觉得小可似乎说得有点儿道理,可他的内心却拒绝接受。他呆呆地站在原地,直到目送她消失在路的尽头。

原来,他曾经那么肆无忌惮地来来回回,不过是潜意识里觉得她会一直等

幸福先知

在那里。他们从幼年时的争执纠葛、聚散离合,早已让他任性地以为她不会真的离开。只要他的事情解决了,他们就会重归于好。

可是,他想错了。

下 部

39. 丢失的手机

当樱花抚过这座城市的时候,小可搬回了自己的小公寓。

曲从军在小可上班的那段时间里,悄悄在她的家门口安装了一个摄像头。

这么小的城市,不想见面,居然就真的再也见不到。

转眼已是四月,离小可离开的时间越来越近了。

高莹问:"小可,你到底把他扑倒了没有?"

小可吸了一口玻璃杯里的梨汁说:"没扑,就倒了。"

"啊?那到底成功没有啊?"高莹不明所以。

小可望着杯子里舒展如云朵一般的银耳,发了一会儿呆。

过了好半天,小可悠悠地说:"我们俩,都需要一些时间。"

"可是,你们已经分开三年多了,还需要时间?那还有机会吗?"

"那三年,他都一个人沉浸在痛苦中。如今,他起码不会无所顾忌地去找人拼命,我这一趟就算没白回来。"

幸福先知

　　一起吃完午饭,高莹提议去附近的小街逛逛。天气一暖和,女孩子就要买些新式的小玩意儿打扮自己。

　　这条街,小可和高莹从中学到现在,逛了已有七年。店主很多都还是原来的,只不过有的中年发福,有的结婚生子,样貌与最初相比多多少少都有了变化。

　　文具店的老板娘一见小可就招呼:"小尚!来啦?"一如看见当年那个在自家店的柜台前,因为沉迷五颜六色的文具而丢了自行车的小姑娘。

　　"是啊!"小可热情地回应,"老板娘发达了,店面扩大这么多!"

　　"是啊是啊,托你们的福!进来坐坐!"老板娘招呼,给两位姑娘从柜台里拿出两把折叠椅,打开,又擦了擦上面的浮土。

　　"小高我常见,小尚后来去哪儿了?"老板娘问。

　　"我去上海了,去年回来实习,9月份回去读研。"小可回答,眼睛还是不住地在柜台里流连。虽然她这些年用电脑比较多,可是对这些五彩斑斓的小文具,还是没有抵抗力。

　　"哎哟!真有出息!"老板娘啧啧赞叹,"我也算是看着你们长大的,你们出息了我也高兴!等以后成了大名人,我这小店也有故事可讲了。"

　　高莹笑着说:"你这店以后就改名叫'名人文具',把凡是买过你家铅笔橡皮,后来功成名就的人的大头照都贴在店里。"

　　"好好好,这个名字不错,比我自己想的好,我还说叫个……'状元文具'呢,还是你这个高级!"老板娘说着,从柜台里取出一支钢笔,"小尚,这笔是新到的货,特别好用,阿姨给你VIP折扣,八五折!"

　　高莹叫起来:"这老板娘真会做生意,见缝插针地推销!你都让人家给你代言了,还不送一支!"

　　老板娘笑得有点尴尬,小可赶紧说:"我正好需要,顺便再挑几支绘图铅笔,说好啦,就八五折!"

下 部

"好好好!"老板娘赶紧绕进柜台,献宝似的捧出几个盒子。

小可左挑右选,逐个在纸上试用。

就在抬头与老板娘说话时,一个熟悉的身影从老板娘身后的镜子中反射出来。回头看时,那个身影已经不见了。

小可疑惑,向门口走了几步,看见街对面是个叫"常胜"的数码产品商店。

高莹问:"怎么了?"

小可往那店里看,黑乎乎的什么也看不见,回道:"好像看见个熟人。"

她回到柜台前,老板娘问:"看见谁了?"

那个身影和小可心里曾经一闪而过的某些想法瞬间碰撞出了火花,她有些不敢确定。

"对面那个店,没开多久吧?"小可装作无意地问,继续试笔。

"开了两三年了,"老板娘不以为意地回答,但刻意压低了声音,"听别人说,老板以前是个混混,进去过。后来出来了,就开了个数码店,卖些手机、CD机、笔记本电脑什么的,有新的,也有二手的。"

小可心里有了数,暗暗留意着对面的动静。十五分钟后,那个身影又出现了,很快消失在人群中。果然是他。

告别老板娘,小可和高莹顺着街南面一路逛到头,又折回头沿着街北面开始溜达。

路过常胜数码店,小可抬脚进门,高莹纳闷,但也跟了上去。

店里东西确实很杂,但凡和数码产品有关的几乎都有。小可看见有台松下录像机已经很老了,放在角落里,落了厚厚的一层土。

老板看见两个时髦的年轻姑娘进来,拿余光瞄了一眼。过了好一会儿,一个闷闷的声音问:"要什么?"

小可转悠了一圈,心里大概有了谱。

"老板,您这儿收手机吗?"

幸福先知

"收啊,什么手机?"老板懒洋洋地问,手里鼓捣着一个索尼CD机,头都没抬。

小可掏出手机递到他眼皮底下,她明显感到老板看见手机后,愣了一瞬。

老板歪着脑袋斜眼问小可:"新手机,干吗要卖啊?"

"卖了买最新款啊,"小可不以为然,"数码产品很快就过时了,旧的不去新的不来。"

老板那条又粗又短的八字眉向上一抬:"两千!"

"多少?!"小可夸张地叫,"两千?我才用了不到两个月,新机器得八千多呢!"

"你也说了,新机器得八千,你这是新的吗?"老板有些不耐烦,从抽屉里拿出一个手机,咚的一声扔在桌上,"你看看,跟你那个一样的机型,刚收的,才一千六。你这机型现在也不新鲜了!"

小可拿起那台手机,果然和自己的一模一样。突然,她愣住了,死死盯住那台手机看了半天,又默默地放了回去。

"怎么着,卖不卖?"老板懒洋洋地问,继续折腾那个可怜的CD机。

"不卖了,亏得慌。"小可拉起高莹往外走。

"不卖啦?不卖哪有钱买新的呀……"老板的声音不高不低,从黑乎乎的桌子后面传出来,充满了蛊惑的意味。

小可的心里满是震惊,她此刻迫切地想见到吕姜。

小院私房菜馆,人影闪动。

唐晓今晚很忙,小可让她不用管他们,招呼其他客人就行。

吕姜问:"你说你看到你丢的手机了?确定是你的吗?"

"百分之百确定!"小可回答得斩钉截铁,"那个手机壳右上角的接缝处,曾经被我无意间滴了一滴颜料,柠檬黄。我当时擦得很费劲,因为有一些渗进了缝里,实在擦不干净,后来反而成了记号。虽然不仔细看根本看不出来,但

下 部

是我知道,那肯定是我的手机。"

吕姜眉头紧皱,记号相同的概率微乎其微,应该不会错。那个数码店,这么看来是一个销赃的窝点。

"你说你是跟着一个熟人进去的?"吕姜问。

"嗯!"小可回答得很谨慎,"但我不敢确定这只手机是从他手里卖出去的。"

吕姜点点头:"也有可能是巧合,得进一步求证。"

小可犹豫,要不要把她怀疑的根据说出来。

吕姜看她的样子,问道:"是不是有什么想法?"

小可呼出一口气:"不好说,只是感觉……之前,这个人看见我的手机时,一眼就认出了是新款,似乎对手机很有研究。可是……可是他的收入,并不能支持他消费这个档次的东西。而且……"

"而且什么?"吕姜盯着小可,猜到她还有别的依据。

"而且我妈说,他现在似乎有别的途径可以弄到钱,但这个途径家里人并不了解。"

"嗯……确实值得怀疑。"吕姜抱着胳膊,头一点一点的,带着身体前后摇晃。他在想,这件事他是自己查,还是跟曲从军知会一声?

小可说:"我要不要深入观察一下?"

"不要!"吕姜阻止道,"这事你不要管,交给我们吧。如果有什么新的发现,不要轻举妄动,第一时间告诉我。"

小可点点头,两人各自陷入沉思。

唐晓远远地看着这边,觉得吕哥和小可姐这顿饭吃得十分安静,气氛却比过去热切交谈时更加诡谲,似乎有事即将发生。她很欣赏这位姐姐,虽然表姐很不喜欢她。温柔又泼辣、善良又刻薄、恬静又娇俏……她不知道这些意思完全相反的形容词怎么会完美地结合在一个人身上,总之小可姐姐就是如此。

幸福先知

她一直想找个机会,和小可姐姐聊聊她的理想。她也想像小可姐姐一样。唐晓曾经花了很长时间才接受不能用语言表达感情这个现实。

不能说话的人,往往有更丰富的内心,因为他们有更多的时间去观察。直到有一天,她开始试着用笔来表达。她发现这种方式有个优点——意在笔先。下笔之前她可以思虑得更周全,也可以让修辞更美妙。

于是她开始练习如何用笔和文字表达得更好,期望有朝一日,她能在字里行间构建一个属于自己的世界,在那个世界里,她是自信而优秀的,不输给任何人。

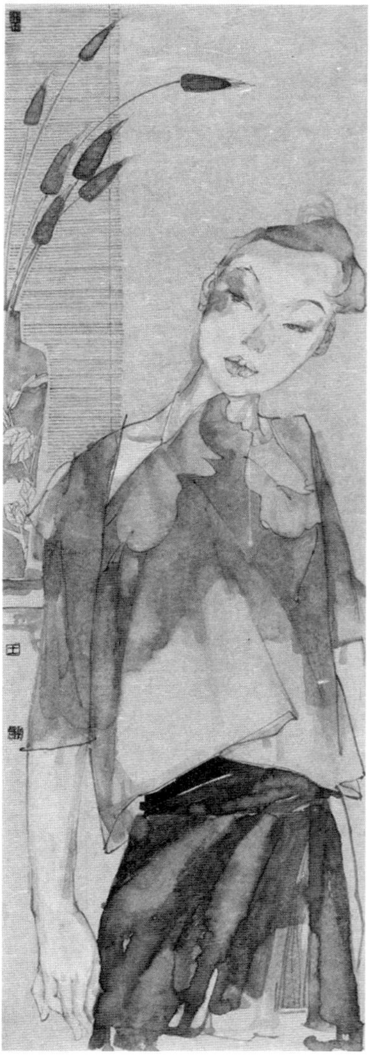

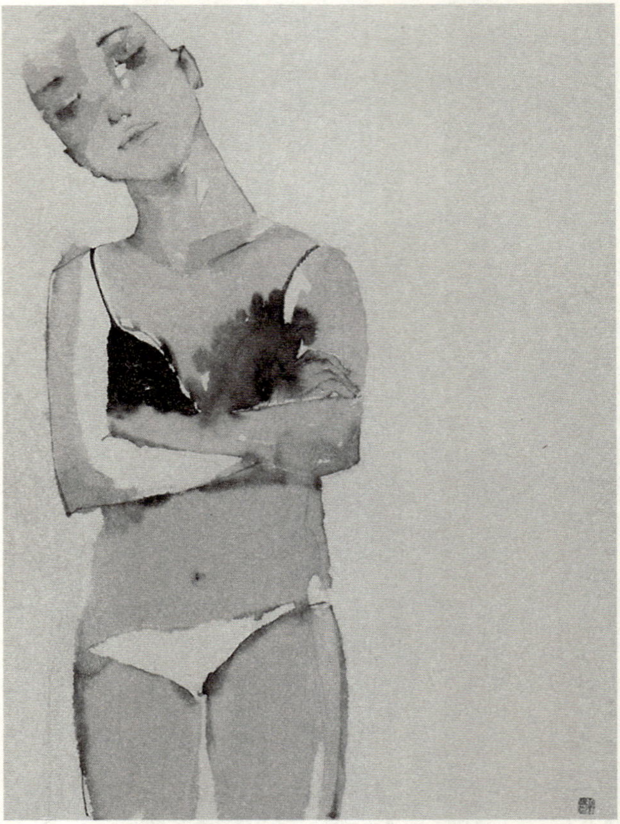

下　部

40. 请求配合

　　吕姜把小可提供的线索告诉了曲从军。

　　他隐约觉得，从盗窃到销赃，有一条隐形的线索藏在小可周围。而曲从军则是可以对小可的生活有所渗透，进一步展开调查的最佳人选。

　　两人经过上一次交锋，算是不打不成交。

　　表面上看，上次两人的谈话不欢而散。实际上，曲从军已经从心底认可了吕姜。而吕姜，除了觉得曲从军在对女人这方面不太在行以外，其他方面还是很值得肯定的。

　　他们把小可提供的线索向上级做了汇报，领导也认同了吕姜的看法，决定派曲从军暗中调查这个持续了好几个春节的手机盗窃案。

　　可以用这个理由再次接近小可，曲从军不禁暗自窃喜。

　　此时距离那次他们在路边的分离，已经过去了将近一个月。

　　五月的傍晚，已经到了该吃晚饭的时间，天却还大亮着。

幸福先知

小可在单位加了会儿班,此时溜达着往家走。

刚才接到尚母的电话:"晚上回来吃饭吗?我炖排骨汤了。"

"专门为我炖的吗?"小可嬉皮笑脸地问。

"你不回来我们就不吃饭啦?!就这样!挂了!"

电话里传来嘟嘟的声音。母亲就是这样,从来不说再见,让人连她话说完了没有都不知道。反正不管你说没说完,她说完了话题就得结束。

一进家门,小可一愣,曲从军也在。

"你怎么在这儿?"小可瞪着他。

"你这孩子!"尚母在小可胳膊上打了一下,啪的一声,小可胳膊一抽:"疼!"

曲从军笑:"我妈值班,我来蹭饭。"

"说什么蹭饭?你来我们家,就跟回自己家一样!"尚母转过头对小可说,"尚小可,过来盛饭!"

吃完饭,曲从军陪着老尚,像两个大爷一样坐在沙发上看电视。小可洗碗、扫地,一趟一趟地在他们面前走来走去。似乎每走一趟,就有一团怒火轰的一声从小可的头顶上迸发出来。

做完所有的家务,小可把手提包往肩上一甩,叫道:"干完了!我走了!"

尚母闻声从厨房跑出来,手里的水滴滴答答掉在地板上:"这么晚了还回去干吗?在家睡吧。"

"睡什么睡?活没干完呢!今晚通宵!"小可没好气地要走。

尚母急了:"那你不早说,早说就让你早点回去了,还在家里耽误这么长时间……你这老熬夜可不行……"

有什么好说的,说了就不用干了?到时候又搞得跟我找借口不干活似的!小可心里腹诽,脚下不停,准备赶紧把这一屋子烦恼关在身后。

曲从军两步跨到门边挡住门:"我也走。"

小可白了他一眼,转身就要下楼。

曲从军一把拉住她的胳膊,另一只手迅速把门带上,然后压低声音对她说:"走!我有事跟你说。"

小可任由他拉到楼上。

曲从军把她按在沙发上,毕恭毕敬地说:"你辛苦了,现在我为你服务。你喝什么?"

"珍珠奶茶。"

"呃……这个没有。茶、咖啡、白开水,任选。"

"咖啡,现磨的。我不喝速溶咖啡。"

曲从军叹了口气:"我还是给你倒杯白开水吧。"

小可看他一溜烟跑进厨房,漫不经心地喊了一声:"别忙了,你家没热水。有事就说吧,我时间很宝贵。"

曲从军从厨房返回客厅,搓着手说:"还真没热水。"

"说吧,到底什么事?神神秘秘的。"

曲从军整肃神情,拉了把椅子坐在小可对面:"你发现手机的事,吕姜跟我说了。接下来我会暗中调查这件事,你什么都不用做,该干什么干什么,听我的安排就行。"

果然是无事献殷勤,非奸即盗!

"让我配合你破案啊?那太危险了,不行不行,我害怕!"

"有我在你怕什么呀?"

"有你在我才怕,你把我卖了还不是分分钟的事!"

"哎哟……"曲从军脑袋都大了,"你不想找回你的手机了?"

"我有手机用,找不找无所谓。"说着,小可掏出手机在曲从军眼前晃了晃,"看,你买的,八千多呢!"

唉!曲从军无语地望向天花板,想了想,他认真地说:"小可,就算你帮我,

幸福先知

这是我第一次独立办案,我特别需要树立自信。"

小可看着他,慢慢地把视线移到自己的鞋尖上。那双鞋是刚刚才擦过的,锃亮如镜面。此刻小可伸直脚,把脚尖从左转到右,又从右转到左,慢吞吞地说:"要我帮忙也行,那你得绝对服从我。"

"行!"曲从军毫不犹豫地答应,"除了案子的事,其他的你怎么说我就怎么做!"

"行吧!先把我送回家!"

"好嘞!"

41. 密谋策划

　　唐晓觉得惊奇,吕姜哥带来的人都很好看。
　　今天来了一位新客人,是位高高帅帅的男生,看起来很精神。
　　更重要的是,小可姐姐和他在一起时的感觉与旁人不同。怎么说呢,小可姐和吕姜哥在一起时,感觉很平等,就是那种互相欣赏互相关心的感觉。不明显,却很温暖。和那个许翔宇在一起时,更像是姐弟。唐晓也不明白自己为什么会有这种感觉。许翔宇分明牛高马大,在小可姐面前却像是围绕太阳公转的小行星。而今天这位新加入的成员,在经过每一桌时都能让在座的人抬起眼多打量一会儿。他很有活力的样子,让人一见,就有种雨过天晴的快活和通透。可是这样的一个人,跟在小可姐后面,却显得很"狗腿"。
　　他帮小可姐拉开椅子,挂好背包,四周环视了一圈才坐下。
　　吕姜还是那副懒洋洋的样子,跷着二郎腿,举起胳膊示意唐晓点菜。
　　唐晓知道今天自己不适合参与他们的事。每当她靠近时,他们的话题就

幸福先知

会提前终止。虽然每个人都会送给她一个温柔或礼貌的微笑,但是她能感觉到,今天自己不受欢迎。

观察每一桌客人的表情,猜测他们的需求,已经成了唐晓的必修课。她穿梭在不同的群体之间,时不时抬头向这边望一眼,偶尔听见新来的那位客人说了句什么,吕姜哥和小可姐同时翻起白眼。

曲从军说出自己下一步的计划——假扮小可的男友,融入她的亲戚中间。

"你就没有点儿新鲜的提议?再说,我的男朋友可不是随便什么人都能假扮的。"小可对这个计划嗤之以鼻。

"他那么随便的人都行,我怎么就不行了?"曲从军指着吕姜,梗着脖子问小可。

不待吕姜反驳,小可冷笑着说:"只有随便做决定的人才算是随便的人好吗?"

"哎哎哎,"吕姜看不下去了,"我看呀,你俩也不用扮那种腻腻歪歪蜜里调油的情侣,就像现在这样,互相挤对互相践踏,就挺像真的。只是不要扯上我。"

曲从军吃瘪,不敢再说什么。

小可双手抱胸,凝眉思索了一会儿:"我爸妈那边得理顺了,不然会出乱子。"

曲从军赶紧说:"我想好了,这两天找个机会把两家人聚在一起,正式宣布咱俩在一起了。"

吕姜斜睨了一眼曲从军,心想,这小子恐怕是在假公济私吧?

他从小可的脸上看不出任何表情,但是凭他这段时间对小可的了解,她想必是不怎么开心的。

三年前,小可曾无数次设想过和曲从军在两家人面前宣布恋爱关系的场景。也许他们会很意外,也有可能一切都在他们的预料之中。总之,他们应该会很高兴吧?可如今,假的就是假的,永远也成不了真的。

下 部

42. 真真假假

周五晚上,曲从军张罗两家人去了市里挺不错的一家餐厅。

包间里,三位长辈先到了。

尚母脸上堆满笑,嘴里却不领情:"小军说请我们吃饭。这孩子,刚挣了工资也不能这么乱花!"

曲母也笑:"这么多年,吃了你们家这么多饭,让他请一顿算什么?孩子大了懂得孝敬长辈,挺好的。"

家常没聊几句,门开了。

曲从军先进来,后面跟着小可。

老尚招呼曲从军:"你说你这么破费干什么?在家吃,让你阿姨做菜炖汤,想吃什么点什么,一点儿不比饭店差,何必花这个冤枉钱。"

曲从军回头找小可,想拉着她的手让事情不言自明。

谁知小可绕过他,直接坐在了尚母身边。

幸福先知

曲从军挠挠头,想要挨着小可坐下。

这么一来,一张大圆桌,曲从军和尚家人坐成个半圆,倒把曲母晾在了对面。

小可推了曲从军一把:"跟你妈坐去!"

微笑还挂在脸上,心里却暗暗失落的曲母赶紧说:"没事没事,让他挨着你坐吧。"

曲从军屁股还没落在母亲身边的椅子上,刚要起身,被小可眼睛一瞪,就踏踏实实地坐了回去。

尚母看两个孩子这样,心里隐约有几分猜测。今天这顿饭,怕是两人有事要说。她暗自观察女儿,却发现小可看着不像是要宣布喜事,倒像是要任人宰割,不禁皱起眉头。

服务员推门问:"人齐了吗?可以上菜了吗?"

"可以。"曲从军挥手示意。

没想到,一向粗枝大叶的老尚此时问道:"小军今天是有什么事要宣布吗?"

曲从军一听,笑容变得有些僵硬:"是!"只说了一个字,便再无下文。

他递了个眼色给小可,想让她接个下句,这样他们就可以一唱一和,不会显得那么尴尬。

可是,小可压根没看他,一改往日冲锋陷阵的习惯,自顾自地喝起饮料来。

曲从军无奈,冲老尚干巴巴地一笑,两只手拘谨地十指交缠了一阵说:"我想……呃……我想……和小可……"

谈恋爱?处对象?在一起?突然有好几个词涌进来,曲从军有些纠结到底用哪个才能含蓄又不失慎重。

看他支吾半天,小可单刀直入:"他想让我做他女朋友,我还没想好呢。"

"哎哟!"尚母伸手打了女儿一下,"不知羞!"

"哈哈哈!"老尚笑起来,"这是好事啊!我同意!"

尚母捅了丈夫一下:"你同什么意?人家小军是要追求你吗?"

曲母看看小可,又看看儿子,只是笑。她在心里嘀咕,这两个孩子到底是真的还是假的啊?看儿子那样,高兴之余又含羞带臊,跟个大姑娘一样,不像是假的。可小可,倒看不出有多喜悦。难道这也是她计划的一部分?如果到最后,儿子彻底陷进去了,小可反而不愿意,不是让儿子白白伤心吗?

尚母说:"你们俩从小一起长大,感情自然是好,但是你俩得想清楚。我可把丑话说到前头,你们俩要是来真的,就好好谈,我们肯定支持。要是闹着玩,趁早给我打消这个念头,别最后闹得我们老姐妹之间不自在。"

"是是是!啊不不不!"曲从军急得抓耳挠腮,不知该如何回答。

小可说:"他呀,就是想正儿八经地跟你们说,他要追求我。但是我还没正式答应,得过了考察期再说。"她转向母亲,"妈,你帮我一起考察,合格了我再答应。"

"瞧把你能的!"尚母白了女儿一眼,却打心眼里高兴。

老两口对视一眼,达成了共识。这样也好,有个缓冲期,到时候即使不合适,也不至于两家人太尴尬。

这顿饭吃得算是其乐融融。

饭后,尚母挎着曲母的胳膊率先往外走:"咱们不管他们怎么折腾,随他们去!"

曲母点头表示赞同。

老尚边走边对曲从军说:"我们家小可呀,脾气不好,你得多包容她……"

"爸!你怎么胳膊肘往外拐啊!"小可一听这话不乐意了,噔噔噔地走到了最前面。

不管怎么说,老尚是高兴的。他看着前面的两个年轻人你追我赶,不禁感叹,年轻真好。老曲,你在天有灵,终于得偿所愿了吧?

349

幸福先知

曲从军终于可以名正言顺地跟在小可屁股后头转了。

一下班，小可就看见了曲从军的车停在园林局大门口。看他一副宣告主权的架势，小可不由得有些来气。

她像是什么都没看见，径直从车前走过。

曲从军急忙跳下车，拉住小可："哎，上哪儿去？"

"回家！"小可目不斜视，又要往前走。

"回什么家！你现在是警方的证人，得配合我办案！"

"你们给我发工资了吗？我还没有人身自由和回家的权利了？！"

曲从军一看小可急了，不敢再瞎逗，收起嬉皮笑脸说："说正经的，咱们找个地方，好好商量下一步的安排。你既然答应了帮我，咱们也得像个样子。"

小可想了想，转头拉开门上车。

天气慢慢热起来，白天的时间越来越长，下午五点多的光景依然天光大亮。小可坐在副驾驶座上，被落日的余晖刺得睁不开眼睛。

曲从军伸手从控制台上拿下墨镜递给小可，却发现小可已经昏昏欲睡。

小可似乎总在忙碌。过去的几年，她一直是这样度过的吗？曲从军想起母亲曾经说过，女孩子月经不调，多是因为内分泌有问题，用中医的说法是气血虚弱。如果年轻的时候调理不当，以后会引起很多的问题。可是在他以往的印象里，小可算是挺健康的呀。难道他们分开的这些年，她身心疲惫到如此地步吗？

吉普车慢慢地靠近路边，沿着人行道停下来。曲从军从座椅背上取下外套，轻轻地盖在小可身上。

一觉醒来，已是明月当空。

"我怎么睡着了？"

"你还是常常熬夜吗？"

小可有些愣怔，半天才咕咕哝哝地回答："最近忙着整理考察资料，暑假的时候要向导师提交一份实习报告。"

"你……九月份就回上海读研究生了?"曲从军小心翼翼地问。

"嗯。不出意外的话是这样的。"

曲从军沉默了。他不知道这是不是意味着他们又要分开。而这次的分离会是多久,无法预料。

车里陷入一片沉寂。

"我饿了,吃饭去吧。"小可说。

"你想吃什么?"

"吃火锅吧。"

"这么热还吃火锅?"

"你不是有计划吗?边吃边聊,吃火锅热乎。"

幸福先知

43. 试探

第二天是周六,小可吃早饭时主动要求去看望大姑。

尚母在厨房整理东西,一听小可的话,两步跨到厨房和客厅中间的推拉门门槛上,一脚内一脚外,手里拎着的芹菜还没放下,芹菜叶子青葱茂密。

小可见母亲这气势,像是抄起笤帚要打人的样子。

"你这个死丫头!要去你大姑家也不提前说一声,我昨天买了那么多菜,要是不在家吃不就浪费了!还有,你到人家去做客还不提前跟人家说,搞得你大姑慌慌张张的。真讨厌!"

小可不为这话所动,依旧慢吞吞地喝粥:"你把你的菜都带着,到大姑家做不就行了?一举两得。"

"哎?"尚母站在原地想了想,"行是行,可这么多菜,这么重,你拎着呀?"

"有人拎,你放心吧。"小可夹了根榨菜放进白粥里,慢条斯理地一起送进嘴里。

下　部

"嗯?"尚母狐疑,"你说的不是你爸吧?"

小可不准备再卖关子:"曲从军开车送咱们去。"

"你前几天不还说他考核没通过呢吗?这么快就带给亲戚看啦?有谱没谱?"

"哎哟!免费的劳动力干吗不用?不合适的话让他把咱们送到地方,再让他自己回家呗。"

"哪能那样啊?"尚母走到小可对面坐下,"你差不多得了!你俩都认识这么多年了,行就行,不行就不行,有什么好考察的?"

小可望着母亲,态度突然变得很认真:"妈,你就没想过让我找个有钱有权的,让你的晚年也风光一把?"

尚母把芹菜放在桌上,此刻那把芹菜已经叶子低垂,失去了威力。

她说:"我也想过。可是吧,我一想,你一个人在上海,那么大的城市,我们又不在你身边,谁知道你会遇上什么样的人?我和你爸爸始终不放心。曲从军不一样,你俩一起长大,知根知底。你曲伯伯和沈阿姨都是好人。你要是和曲从军结婚了,以后只要伺候一个婆婆就行,这婆婆还能真心对你好。我和你沈阿姨也能合得来,等你们有了孩子,我和你沈阿姨一起帮你们带孩子也不会吵架……"

尚母说得起劲,没注意对面低着头的小可正对着饭碗翻白眼。这个岁数的人,随便一撩拨,瞬间就从男女关系联系到婆媳关系,现在居然连祖孙关系都扯了出来。

最终,曲从军"不得不"在小可家一众亲戚的盛情邀请下,留在小可的大姑家吃了午饭。

午饭时大表姐夫和大表姐没来,只有大姑、大姑父和二表姐一家。

大姑说:"一到周末,他们都得睡到点才起来。我就让他们别来吃午饭,省得我和他们都得赶时间。下午过来一起玩玩,再帮我做做晚饭。他们有时候

353

幸福先知

都待到半夜才走,玩困了就凑合睡一夜,星期天再玩一天。"

曲从军悄悄对小可说:"真好,真热闹。我们家亲戚都住得远,我爸一走,我妈又忙,走动得少,总是冷冷清清的。"

小可的心默默地疼了一下。她转过头看了曲从军一眼,看见他笑得像是17岁那年拿到"形象大使"奖杯时一样。

大表姐夫和大表姐来时,已经是下午四点多了。他一进门,小可就用胳膊肘轻轻地碰了曲从军两下。

收到小可意味深长的信号,曲从军悄悄打量了进来的两个人。

这两个人的年龄应该都在40岁上下,一进门皆是满脸笑容。只是,男人笑得意气风发,女人却笑得木讷。男人年轻时应当相貌出众,如今虽然上了些岁数,但是很明显捯饬过,显得更年轻些。而女人相貌平平,像是年近50的样子,隐隐有了白发。二人走在路上,不认识的人更有可能会认为他们是男主人和家里的老阿姨。

曲从军敏锐地发现,在大表姐两口子进门的时候,小可大姑的表情有一瞬间不自然,但是很快又调整回来,继续和小可他们聊天。

此时,小可正和大姑、大姑父进行大姑家的传统娱乐项目——打麻将。三缺一的时候,大家都让曲从军上桌打。

曲从军连连推辞,只有小可知道他不是不会,而是那144张牌在他眼里,打出去的和没打出去的都躺在哪里,他一清二楚。

小可说:"别培养他这个兴趣,回头下了班不回家,整天在外面打麻将怎么办?!"

大姑一听,哈哈大笑:"好好好,听你的。"

于是,曲从军乖乖地坐在小可斜后方帮她看牌,悄悄告诉她打哪张留哪张。

很快,小可赢得盆满钵满,她高兴得把零钱抓了满手,兴高采烈地叫唤:

下　部

"哈哈哈,我从来没赢得那么爽过!发财啦!"

此时的小可,开心得像个小孩子。曲从军笑着看她拿着她的"万贯家财"在大家面前炫耀,不止是炫耀她的财富,也是在炫耀她男朋友的优秀。

"哎哟,我们小可这下可找到个厉害的外援。"大姑笑着说。

"小可,你还没给我介绍呢,这位是……"声音从对面的二表姐身后传来,是大表姐夫。

"哦,实习男朋友。二饼!"

所有人都笑了。

"哪有你这么介绍的,人家叫二饼呀?"大姑嗔怪道。

"我叫曲从军。"曲从军站起来和大表姐夫握手。

"哟,这个姓不多见。"

"是。"

"我的姓更少见,你都不见得认识这个字。"大表姐夫卖起关子,一边在手掌心里写,一边念,"草字头,下面一个朋友的朋,右边是个立刀。"

曲从军皱着眉头默念了一遍:"还……真不认识……"

"䓭!"小可听不得大表姐夫拿这个欺负曲从军,直接揭开了谜底。

大表姐夫笑着伸出手:"䓭朋斐。"

䓭鹏飞,曲从军心里默念。两人握了一次手。

曲从军不善于和陌生人攀谈,之后便不知道该说些什么,笑了笑,重新坐下。

"在哪儿高就啊?"大表姐夫问。

"机关公务员。"

"现在能进机关的都不是一般家庭的孩子啦,哈哈……"大表姐夫说完笑起来,可是没人陪他笑,气氛显得有些尴尬。

"没有没有,"曲从军解释,"我自己考的。"

幸福先知

"没有关系的话,考上也不一定进得去。现在干什么都得凭关系。我一个朋友,公务员考试考了第一名,结果怎么样? 人家还不是没要他……"

啪的一声,大表姐夫的话戛然而止,他看到了小可此时脸上的表情——没有任何表情。她狠狠地打出一张"一筒",终止了这场关于"走后门"的讨论。

房间里一片死寂。

二表姐处于小可和大姐夫之间,如腹背受敌,极不自在。

她把牌一推:"不打了不打了,妈,我帮你做晚饭去吧。"

大姑站起身,瞥了大女婿一眼,带着二女儿去了厨房。

锅碗瓢盆响起,打破了客厅的寂静。

小可帮着大姑父把麻将牌收起来,重新铺好桌子,等着一会儿布菜。做完这一切,她拉着曲从军坐在沙发上,掏出手机发了一条信息。

小可发完短信,又把手机放回口袋,打开电视。

很快,曲从军的手机在裤兜里震动了两声,他料到是小可发给他的,却没有看。

晚饭很丰盛,曲从军吃得很高兴,他低声问小可:"阿姨的手艺是跟大姑学的吧?"

"对啊,"小可帮他盛了碗汤,"我妈的手艺是跟大姑学的,我的手艺是跟我妈学的。"

曲从军恍然大悟道:"哦……原来是从你这儿跑偏的呀……"话刚说完,胳膊上就挨了一下子,疼得他龇牙咧嘴。

"小可,"说话的是大表姐夫,"你那个牌子的手机出新款了,回头哥哥送你一个!"

"我不要!"小可断然拒绝,心想我凭什么要你给我买手机? 你有闲钱却不给我大表姐,在我这儿献什么殷勤? 可是伸手不打笑脸人,她又缓声道,"我手机用得好好的,干吗花那个冤枉钱?"

356

大表姐夫说:"电子产品更新换代得快,旧的很快就被淘汰了。你那个,现在二手都卖不了多少钱!"

"你怎么知道?你卖过?"小可问。

"呃……"大表姐夫一时语塞,"我没卖过。我有个朋友,是开数码店的,他跟我说的。"

小可拿出手机,在眼前翻过来转过去地看了两遍,递到他眼前问:"嗯……那要是卖的话,能卖多少钱啊?"

大表姐夫低头吃菜,抬头看了一眼,咕哝着说:"唔,两千吧,搞不好都不到两千。"

"尚小可,你少给我折腾!前段时间差点把手机给丢了,现在又要换手机,还没挣几个钱呢,先学会糟蹋钱了!"尚母一看小可被说动了心,立刻出言打断。

"好好好,不折腾不折腾,我不就是让姐夫看看嘛!"小可辩解,依然被母亲狠狠剜了一眼。

回到自家小区的楼下,已经快晚上十点了。

尚父、尚母下车,小可却没动。她对尚母说:"妈,我回去加个班,你们睡吧,别等我了。明天中午我再过来。"

路上,曲从军说:"看起来,你丢的那个手机应该不是他偷的,但是确实是他卖的。他和那个常胜数码店的老板也很熟。"

"他卖的,却不承认。你说他到底知不知道那是赃物呢?"

"不好说。不承认的原因也有可能是不想让其他人知道他的收入来源,而他也有可能不知道手机是赃物。"

"嗯。"

"没关系,找机会再试探一次。"

曲从军看小可愁眉不展,就换了个话题:"你今晚又得加班到几点啊?"

幸福先知

"加什么班啊,回去睡觉!"小可伸了个懒腰说。

"那你……"曲从军突然恍然大悟。

"还有,我把他的名字发到你手机上了。"

"好,我一会儿回去看看。"

看着小可上了楼,曲从军掏出手机,打开短信。他这才明白,怪不得小可要专门发条信息给他,大表姐夫的名字并不是他想的"鹏飞",而是另外两个字:"朋斐"。他暗暗赞叹小可细心,在当时那种情况下还能想到这一点。不过,即使她不发这条短信,姓蒯的人全市也没有多少,好查得很。

第二天中午,小可睡了个懒觉。醒来的时候,金色的花朵已经开满窗棂,随风起舞,金光摇曳。

刚开机,电话就进来了。

"睡醒啦?"是曲从军。

小可四仰八叉地把自己全身捋得笔直,狠狠地散了散周身的懒劲儿。

听着电话里传来的不成调的动静,曲从军不用猜都知道她在干什么,耐心地等了一会儿说:"赶紧洗漱,我在你家楼下。"

小可像只温驯的兔子一样从昏暗的楼洞走出来,走进了温暖的阳光里,白色的七分裤搭了一件浅蓝色松松垮垮的针织衫,长卷发随意地披散着,平日里的精明干练一丝也没有了。

"你怎么跑过来了?"小可问。

"男朋友就得有男朋友的样子。我一会儿把你送到爸妈家,再去局里查查蒯朋斐的资料。"

小可"喊"一声,不以为然。

查完资料从局里出来的时候,天已经快黑了。曲从军给小可打了个电话。

"在家吗?"

"没。我和高莹在山里呢。"

下 部

"山里?怎么跑山里去了?哪座山?"

"舜山,"小可说,"你还记得我以前跟你说过,我和同学在山里烧烤吗?我俩来看看现在这个地方变成什么样了。"

"哦,这么有兴致啊!那我去接你们,一起吃饭吧。"

吃饭的时候,曲从军自然没说调查蒯朋斐的事。

高莹对两人现在的状况很好奇,犹豫了半天还是没忍住:"你俩到底什么情况啊?"

曲从军笑得神秘莫测:"涛声依旧。"

"啊?"高莹冲小可挤眼睛,"看来我教你的办法,还是有用的啊!"

"什么办法?"曲从军问。

小可赶紧在桌子下面使劲捏高莹的手,表面上却不动声色地说:"你别听他胡说,我们俩现在没什么。追不追得上我,得看他的表现。"

曲从军笑,问两人:"你们怎么想起跑到山里去了?"

高莹拿眼睛指指小可:"喏,她想去,我就陪她去咯。反正天气好,爬爬山挺不错的。"

"这么多年没进去,感觉和小时候差别挺大的。以前被开采的那片山形状都变了,有的地方植被无法恢复,光秃秃的。"

小可想,到今天为止,我终于算是把这片生我养我的土地都看遍了。那份原本并不存在,现在却歪打正着为自己争取了好成绩的实习报告,也终于可以画上完美的句号了。只是,心里有个小小的遗憾,那就是感觉还在市里某个角落的那个人,看来是找不着了。我把找人想得太简单了,更何况是找一个精心藏匿的罪犯。

小可偷瞟了几眼曲从军,他比刚回来的时候明显松弛了不少,不再是紧锁眉头,时刻要与人拼命的样子。这样已经很不错了,起码他又找到了生活的意义,自己也不用再担心了。等配合他破获这个手机盗窃案,她就可以安心地回

幸福先知

上海了。

回家的路上,曲从军说:"我看你后来有些愣愣的,是不是累了?"

"嗯,"小可点头,"报告写得差不多了,休息休息,过阵子我就回上海了。"

车猛地一刹,小可往前一冲,一只手及时护在了她的胸前。

他望着她,她也望着他。

他想说,留下来吧。可是把小可留下来干什么呢?那等于断送了她的大好前程。放弃保研和留在北京的机会,是因为他有更重要的事情要做,他不能拖她的后腿。

望着他从满怀希冀到失落神伤,小可有些不忍心。

"过几天,我再陪你去趟大姑家吧。"

"嗯。"曲从军点点头,"我们已经把常胜数码店密切监控起来了,他们只要再有接触,就可以采取行动。"

"哦,那还用去吗?"

"去。再试探一次,看看他的上线到底是什么人。如果他们一直没有动作,就想办法刺激他们一下。"

"故意打草惊蛇?"

"对!"

下　部

44. 表姐的决断

可是，还没等他们故意试探，就传来了一个令人震惊的消息——大表姐自杀了！

曲从军和小可连同尚父尚母赶到医院的时候，抢救室门口坐了一大堆人，每个人的表情都难以言说。

人群中间的大姑默默地坐在长椅上，闭着眼睛，一颗一颗捻着手里的串珠。大姑父紧挨着老伴儿，平时硬朗的骨头像是撑不起这身皮囊，撑着扶手的双手微微颤抖。

自从那个期盼已久的孩子夭折之后，大表姐似乎已经很久没有获得这么多的关注了。

小可小声问二表姐："怎么回事？"

二表姐拉着小可走到走廊尽头的窗边，压低声音说："我们也不知道怎么回事。邻居胡婶子说今天看见我姐的时候，她就神情恍惚的。胡婶子去借东

幸福先知

西,明明知道姐就在家里,却怎么都敲不开门。胡婶子不放心,找来其他邻居一起把门弄开,才发现她吞了一大瓶安眠药。"

"她怎么会有安眠药的?这种药医院也开不出这么多呀!"

二表姐沉吟片刻,像是自言自语:"她一直说失眠,睡不好觉就头疼……难道之前我帮她开的药,她都攒着没吃,一直在等着这一天?"说完,二表姐掩住嘴,呜呜咽咽地哭起来,"我要是多留个心眼,在她一开始跟我说失眠的时候就多关心关心她,她也不会走到这一步……"

真没想到,一直不声不响的大表姐,似乎对什么都已经麻木了,却在心里默默地计划着一场解脱,抑或是报复。

真的没想到吗?小可突然感到有些懊悔和羞愧。其实,大表姐的今天她并不是完全没有预料到的。明明知道她的绝望和无奈,小可却自欺欺人地告诉自己不要多想,自以为只要不想,事情就不会发生。

孩子早夭,丈夫出轨,对一个女人来说,已经是最难熬的坎。可是作为亲人,他们都做了什么?明明知道她受了委屈,却不闻不问,自以为只要不点破,勉强维持表面的平静,就可以让时间磨平一切,他们却偏偏低估了这个始终沉默的女人以生命为代价进行的最后反击。

抢救室的门开了。众人一拥而上。

医生说:"已经没有生命危险了,但是病人还没有醒来。到底什么时候能醒,现在还不好说。"

大姑哆哆嗦嗦地问:"医生,不好说是什么意思?"

医生斟酌了一下:"因为病人吞食的安眠药比较多,导致她的脑神经受到伤害,所以……最糟糕的结果……不排除植物人的可能。"

像是被人狠狠地迎头打了一下,大姑兀地向后倒去。曲从军眼疾手快,赶紧扶住老人。

小可让曲从军赶紧把大姑和大姑父送回家休息,两位老人执意不肯。

下 部

尚父走过来,扶住浑身颤抖的大姐说:"姐,先回去休息吧。还有好些事要打理,你可不能倒下。"

痛苦地斟酌了好一会儿,大姑终于点点头,和唉声叹气的大姑父一起离开了。

大表姐被送进观察室。

老人一走,年轻人之间压抑许久的情绪终于爆发了。

"怎么搞成这样,姐夫到底干什么了?"说话的是二表姐夫。

"哼!"二表姐狠狠地冷哼一声,"我们给他留着脸,他自己却不要脸。不说他之前干了什么,到现在人在哪儿呢?!也不知道死到哪儿去了!"

话音刚落,匆忙的脚步声由远及近地传来。

众人侧头看向脚步声传来的方向,疑惑、鄙夷、厌恶的眼神毫不掩饰地像一把把飞刀往来人身上招呼。

经过一轮轮视线的凌迟,来人越发显得可怜。他终于在不善的眼神中抓住一束不那么恶毒的上前询问:"怎么样了?兰子没事了吧?"

二表姐突然暴起,狠狠扯住姐夫的领子,另一只手劈头盖脸地迎上去。

大表姐夫无力地躲闪,分明比眼前的小姨子高出一头,却无力从她的手中挣脱。他就像被一个铁钳死死地扣住,两只手慌乱地既想护住头,又想护住脸,却始终徒劳。

二表姐大骂:"臭不要脸的!我们家对你不好吗?我姐那么可怜,你有没有一点点良心?在外面搞女人,搞得我姐要寻死!……你个不要脸的……我打死你!"

二表姐夫想把妻子拉开,没想到平日里安静乖巧的女人竟有一番蛮力,不得不让他感叹,女人可不能轻易招惹。

纠缠之中,一只拳头迅速斜插进来,嘭的一声,大表姐夫被这力道捶到墙上,未及站稳,迎面又是一拳。

幸福先知

　　表哥双手扯住他的衣服,像是要从里到外把他撕开,看看衣服里面包着的到底是什么:"你到底干什么了？说！你今天要是不说出个所以然,这旁边就是抢救室,你也进去体验一下！"

　　"吵什么吵！要吵出去吵！"白衣护士严厉呵斥。

　　一滴殷红的血落在大表姐夫雪白的衬衣胸口上,他的头深深埋在颈窝里,看不出血是从哪里流出来的。

　　"说！"表哥拼命前后摇晃手中的人,更多鲜红落在表哥的身上、墙上和地上。他的拳头再一次高高举起。

　　然而这一拳没再落到大表姐夫身上,而是被一只手掌牢牢包住——是匆忙赶来的曲从军。他的另一只手按在表哥肩上说:"别冲动,这里是医院。交给我们处理吧。"

　　眼前这个畏畏缩缩的人究竟是谁？小可想从他身上看出他究竟哪里可怜,或者哪里可恨。她肆无忌惮地审视他,直看得他从仓皇中渐渐镇定下来,却感到不可抑制的恐惧和无地自容。

　　小可冷冷地说:"想活活不成,想死也死不了。"

　　这是说谁？说兰子,还是说我？大表姐夫再也支撑不住,一屁股跌坐在地上。

　　曲从军蹲下来直视着他说:"你得跟我走一趟。"

　　大表姐夫狠狠地哆嗦了一下,用了很长时间,像是使尽了力气才把自己从椅子上拉起来,扑通一声跪在地上,嘴里含糊不清地替自己辩解:"我我我……我不是……不不,不是我……"

　　他根本没认出曲从军。

　　曲从军想要上前搀扶,小可快一步上前,挡在曲从军前面,对瘫在地上的男人厉声喝道:"到底怎么回事？她怎么会突然自杀的?！"

　　"我……我……"蒯朋斐支支吾吾,两只眼睛在眼眶里上下左右地画图形。

364

"说！"小可大喝一声。

蒯朋斐又是一抖："我没想到她会跟着我……她看见她了……我也不知道她们说了什么……然后就这样了。我真的不知道！"他抬起头看着小可，视线在小可和曲从军之间来回移动，期待这两人能相信自己。

曲从军拍拍小可的肩膀，走到一旁打电话。搞小三搞到这个地步，就得警方介入调查了。

幸福先知

45. 安抚与陪伴

　　回去的时候已经很晚了。尚父和尚母留在了大姑家,以防两位老人有什么事。

　　车里很静,两人都不知该说些什么。

　　曲从军侧头,发现小可有些魂不守舍。

　　"别太担心了,抢救及时,应该会没事的。"

　　"这事……我也有责任。"小可望向窗外,曲从军看不到她的表情。

　　"和你有什么关系?"曲从军不解。

　　"我和你说过吗?小外甥夭折之前,我是有预感的,可是我没说。现在大表姐出事,其实我也早有预见,依然没说。如果每次有不好的预感我都能及时说出来,哪怕所有人都觉得我是疯子、神经病,也比现在眼睁睁看着悲剧发生的好。"

　　曲从军隐约记起,很久以前,小可似乎向他提起过这样一件事,没想到她耿耿于怀了这么多年,现在又把大表姐出事的责任压到自己身上。

他说:"小可,你只是比别人更敏感,但你不是预言家,又没有特异功能,这种事怪不得你。你别胡思乱想。"

小可把头抵在窗户上,感到自己快要支撑不住了。

后背被一只热乎乎的手轻轻抚了抚,只听曲从军说:"警察也会怀疑有人犯罪,可是那个人没犯罪的时候,我们不能事先把人抓起来。也许从道德上讲,这样会减少一部分犯罪,也能避免一些人受到伤害,可这是法律所不容许的。事情发生之前,谁都不能断定它一定会发生。而且,谁也不能保证自己的判断是百分之百绝对正确的,如果抓错了人,疑犯反而成了受害者。再比如我妈,你沈阿姨,她是个有经验的医生。她看出了病人可能身患重病,无药可救,可是作为医生,她有职业操守,她要鼓励病人积极乐观,必要的时候也得隐瞒病情。所以小可,别想得太多,很多事都不是我们能左右的。你不是救世主,你只是个小姑娘,需要别人保护的小姑娘。"

小可转过头,她从没发现曲从军是这样能言善辩。

车停在小可住的公寓楼下,小可问:"你能陪陪我吗?"

曲从军看着她,点点头。

黑暗中,两个声音从房间的两个角落里响起,在混沌的夜色中交汇。

"曲从军。"

"嗯?"

"男人是不是总觉得自己的事情最重要?"

"这……"曲从军语塞。

"也许每个人都有自己的立场吧,女人想要的太多,感情、事业、家庭……"

"男人想要的也多啊,可男人要肩负更多的责任,有时候必须得有取舍。"

取舍……长大以后,似乎每一个动作都关系到取舍,小时候从没觉得是问题的问题,现在似乎都难以抉择。

幸福先知

"小军,要是我们一直不长大该多好。还像小时候一样,我不想做作业,你就说'抄我的吧!',我说'好!',多简单。"

"呵呵……"曲从军在黑暗中笑出一口白牙,"是啊!"

临睡前,小可想问,为什么有的人视责任为生命,有的人却弃之如敝屣?可她还没来得及问出口就睡着了。

人和人,不一样。

下　部

46. 突破口

　　第二天醒来的时候,沙发上的人已经离开了。他什么时候走的,怎么自己一点儿也没察觉？小可愣愣地想,这一觉睡得太踏实了。

　　她给曲从军发了条短信:"你什么时候走的?"

　　"七点,有点儿急事。"

　　"又出什么事了？"

　　"现在没法说,等有了结果我再告诉你。"

　　直觉告诉小可,肯定和大表姐夫的案子有关。

　　曲从军听审讯的同事说,蒯朋斐供出了一些很有价值的线索。

　　"搞小三"只不过是整件事中最不值一提的一环,却让蒯朋斐在他背后的那个人手里落下了把柄。

　　首先不得不提这个小三的身份——她是矿长的女人,却并不是老婆。

　　矿长有钱,但是无貌。蒯朋斐有貌,但是没钱。就在这个有了点钱却不安

幸福先知

于现状的女人第一次向蒯朋斐伸出橄榄枝后，他们便一发不可收拾。常在河边走总有一天鞋要湿的。终于有一天，矿长的"绿帽子"被人发现了。

这个叫王强的人是如何突然出现在他身边的，蒯朋斐不知道。一天在下班路上，这个人迎面向他走来，微笑着问他知不知道春风路59号怎么走。蒯朋斐大惊，像被雷劈中一样定在原地。

春风路59号，正是蒯朋斐与那个女人私会的地方。

蒯朋斐央求王强不要把他们的事说出去，王强同意了，却提出了条件。

于是，蒯鹏飞"热心"地帮助"远房亲戚"王强在矿里那片快要拆迁的家属区租了一间破平房，又帮他找了一份勉强糊口的差事。

下井的人工资不低，却是用命换来的。工人们被装进一个铁罐里，顺着窄窄的矿洞下到暗无天日的地下几十米甚至几百米处。地底深处氧气稀薄，空气中混合着一氧化碳和煤灰，被吸进肺里和人体中的水分产生物理和化学变化。有的老矿工懒得下去，愿意拿出一点钱让人顶替他们，衣服一换脸一抹，谁也认不出谁是谁。就算有人认出是生人，也不会多事说出去。

开始时蒯朋斐还有些惶惶不可终日，生怕王强出尔反尔，又怕他有更非分的要求。可是一段时间过去了，他担心的事并没有发生。王强好像原本就是矿上的一员，迅速融入矿工的集体，任劳任怨。

有一天，王强拿着一部手机找到他，让他去一家叫"常胜"的数码店卖掉。手机看起来挺新的，不像是便宜货。他很疑惑，问手机是哪来的，王强轻描淡写地说："捡的。"

从那以后，王强每隔一段时间就会"捡到"一部价值不菲的手机让他去处理掉，当然，也会给他一部分提成。

一个看起来憨厚的老实人，渐渐地向内心的欲望妥协了。他们成了一条船上的人，船长是谁，船要驶向何方，他都一无所知。

"你就没怀疑过手机的来源？"审讯的警察问。

"想过,但是不敢问,而且有好处可拿……"

曲从军盯着摊在桌子上的卷宗陷入沉思……一个手法如此老练的惯偷,和销赃的数码店老板有交情,却不愿自己出面交易,反而选择这么一种迂回的方式处理赃物,行事如此谨慎,只有一个理由——他是个见不得光的人!

现在只要找到数码店的老板,一切就明白了。

可是数码店的老板早已得到风声,跑了。

警察在常胜数码店搜到了店主的营业执照,把这个叫崔长胜的老板仔细审查了一遍。

崔长胜,男,37岁,曾因盗窃罪被判入狱4年。

长胜,常胜……有个声音对曲从军说:"就沿着这条线查下去,快了,就快到终点了。"

终于,在崔长胜服刑期间,有一个人的名字和他产生了交集——常玉龙。

曲从军浑身血脉贲张,甚至能听到澎湃的血急速地流过耳旁的大动脉,发出忽忽的巨响。

幸福先知

47. 贾家被盗

　　小可猜测手机案应该有了眉目，因为曲从军突然变得异常忙碌，原先那么积极地充当护花使者接送她上下班，现在却经常看不见人影。
　　唉！我的任务算是完成了。小可有些失落。不过这样也好，本来就是假扮情侣，现在顺势分开也好。
　　下班时小可给吕姜打电话，想请他吃饭顺便谢谢他这么长时间的照顾。
　　吕姜的电话没人接，刚挂断，曲从军的电话打进来了。
　　"抱歉，小可，这几天太忙了，都没顾得上你。我来接你，咱们吃饭去吧。"
　　一见曲从军，小可愣住了："你怎么……"
　　曲从军摸了摸下巴，不好意思地说："那天从你那儿离开我就没回家，这几天都睡在局里，连胡子都没刮。"
　　"先陪我去商场买点儿东西。"
　　"好！"

下 部

曲从军刚要拉车门,小可说:"我开吧。"

"大姑怎么样了?"曲从军问。

"血压一直降不下来,老尚也愁得不行。"

"嗯。"曲从军目视前方,好一会儿才回应,"家里发生这么多事,搁谁都得闹心。"

"蒯朋斐那边……"

曲从军看了小可一眼,为难地说:"结案之前,我不能告诉你。对不起。"

"没什么,我明白。"小可长叹一声,"这次回来,居然发生了这么多的变故。"

曲从军又嗯了一声,不置可否。

小可看了他一眼,没再说话。

在商场楼下停好车,熄了火,小可轻轻地关上车门,一个人上楼去了。

一觉醒来,驾驶座上没人,曲从军拿起手机看见一条信息:"4楼,湘味。"

看见曲从军进来,小可冲服务员挥了挥手,很快菜就上齐了。

小可扒拉旁边座位上的几个袋子说:"我给你买了几件短袖衬衫,又买了一套剃须刀,你放在单位备用吧。"

不知该怎样形容此时的感受,曲从军想起那年小可从他们学校离开的时候对他说:"你好好照顾自己啊,下次看见你,只许更壮,不许变瘦。"如今,小可为他考虑这么多,是因为她要走了。

小可说:"过阵子我要回上海了,明晚来我租的房子吧,我做饭。"

曲从军注视着她,认真地点点头。

一早到单位,曲从军被叫到了高局长的办公室。

"坐!"高局长大手一指。

曲从军规规矩矩地坐在高局长对面,一张巨大的办公桌让他感到对方气

373

幸福先知

势逼人,完全不同于在高家见到的那位和蔼的家长。

高局长两只手交叉握在一起,酝酿了一下情绪,说:"小曲,从今天起,手机盗窃案你不要管了。"

"为什么?!"曲从军从椅子上站起来,瞪着高局长。

高局长看着他,不怒自威的眼睛里传递出沉重的压迫感:"这是命令。"

原因,彼此都心知肚明。盗窃案的走向已经不再单纯,他离要追寻的目标越来越近了。

避嫌？曲从军感到前所未有的挫败感。

"高局长,上次我提议查的那个线索有结果了吗?"

高局长沉吟了一会儿,点了点头。

曲从军没再说什么,敬个礼,离开了。

一切都和自己的猜测相吻合。

常玉龙杀害贾明亮,究竟是故意还是巧合,只有等抓到他以后才知道了。现在更重要的是,贾明亮唯一的女儿贾倩倩,成了最需要被保护的人。

仿佛是为了印证自己的猜测,这个时候,贾倩倩的电话来了。

"曲警官,我家好像进贼了!"

曲从军用最短的时间赶到了贾倩倩家。

贾家并不像案发现场。

曲从军问:"你怎么知道有人进来过?"

在见到曲从军的刹那,贾倩倩的神情由恐惧变成了羞怯。"我上午上班的时候忘了带手机。中午回来取,发现家里有人进来过。"贾倩倩越说越觉得恐怖,不由自主地向曲从军靠近,"自从我爸爸出了那事……我对周围……很敏感。我妈妈这段时间不在家,家里的东西都是我收拾的,我记得东西的摆放位置。可是今天我一回来,就发现有东西被人动过了。"

"丢了什么东西吗?"

"我刚才仔细看了一下,别的东西都没丢,只有手机不见了。"贾倩倩泪光盈盈地望着曲从军。

曲从军绕过她,把整个房子细细勘察了一遍:"你确定手机是被偷了,而不是被你落在别的地方?"

"确定!"贾倩倩斩钉截铁地回答。

手机!又是手机!

在这个时候,这种行为在某种程度上实际包含了另外一种含义——威胁,或者提醒。

曲从军对贾倩倩说:"报警吧,局里会派人保护你的,不用担心。"

"那你呢?"贾倩倩不愿曲从军这么快离开,"我害怕,你能保护我吗?"

曲从军想了想,在沙发上坐下。

幸福先知

48. 声东击西

园林局已经不再给小可安排新的任务了，只等合约期一到，双方就友好地宣布合作结束。

下午小可提前去了超市，买了一大堆新鲜食材，准备再煲一锅鸡汤。

可是，月儿早已爬上树梢，也没听见敲门的声音。

忘了？不应该啊，昨天看他的样子也挺慎重的。估计又忙开了吧，原来沈阿姨以往就是这么等待曲伯伯的。

小可坐在沙发上望着树影摇曳，想到自己最孤单无助的时刻，最想念的还是母亲。脑海中母亲的温存还停留在她很小的时候，那时她可以趴在母亲温暖的腹部，怀念曾经孕育自己的温床。那时她可以放肆索取，谁要让她离开那片温暖，她就大哭大闹。可是那样的温存很短，转眼她就长大了。

菜已凉透，也失了胃口。小可拿起包准备回父母家。

心事重重地顺着路边的冬青树溜达，快到爸妈家楼下时，她突然想起父母

下 部

都在大姑家帮忙。听说大表姐依然没醒,医生觉得情况不太乐观。

去哪儿都是自己一个人。小可停住脚步,转身折回来时的路。

一边走一边拨高莹的电话,对方正在通话中。她停下来,一时有些茫然。就在小可停下脚步的瞬间,余光里有一条长长的黑影也停下了!

这条黑影被拉得很长,几乎要延伸到小可站着的位置。

是谁?曲从军?不可能,他不会玩这么无聊的游戏。许翔宇回来了?想给自己一个惊喜?不,他不敢。这样吓她,他知道后果。马亚楠?小可觉得自己猜得太不靠谱。那样的女孩子,不会这样阴暗。高悬?不,她精明得很,干不出这么损人不利己的事。

小可自欺欺人地不愿让那个名字进入自己的脑海,可是她失败了。

她微微侧过身子,扯下路边一个树枝,仔细看了很久,又假装思考了一会儿,掏出了电话。

她拨通了吕姜的电话。

吕姜开玩笑地说:"你不会现在找我吃饭吧?我都吃过了,下次早点儿!"

小可说:"我突然想起,你上次让我找的那种树,我找到了。"

吕姜丈二和尚一般:"什么树?我什么时候让你找树了?"

小可不耐烦地打断他:"你怎么记性这么差,就是上次你给我的资料里描述的那种。想起来了吗?吃火锅的时候,给了我一个档案袋。"

原本懒洋洋的吕姜一个激灵从椅子上站了起来!他想问小可你在哪儿,可他很快反应过来小可此时说话不方便,不然她不会跟他打哑谜。

她已经在那个人的控制范围内了!

这有可能是小可打给他的最后一个电话。

吕姜一脚踢开身后碍事的椅子,对小可说:"是他吗?就在你附近吗?"

"很像。我刚发现我爸妈家附近就有这种树。每天下班走这条路,怎么没注意呢?这种树两年就能成荫,种在你家院子里特别合适,夏天还能驱蚊虫。"

377

幸福先知

听着小可拉家常一样絮絮叨叨,吕姜手心里已经全是冷汗。

"你周围人多吗?"吕姜问。

"嗯……"小可左右看看,"附近就这两棵,怪不得我一直没发现。按理说绿地都是规划好的,树种花种之间的搭配很有讲究,怎么会莫名其妙地种了两棵不伦不类的品种在这儿呢?不会是用来凑数的吧……"

小可还在念叨。只有她自己知道,她停不下来。她怕一旦停下来,最后一根救命稻草也没了。

"小可,你听我说。"吕姜的声音听起来那么遥远,却让小可颤颤巍巍的心镇定下来,"你尽量走到人多光亮的地方去,不要慌,要冷静。我相信你,你也要相信我们,我们会很快找到你的。"

最后,吕姜说了两个字:"手机。"

小可明白了,如果她不见了,手机是他们找到她的重要途径。

从父母家的小区出来,走到外面的大路上,有一段忽明忽暗的路程。这段路上的路灯间隔很长,每两处光明之间都有一段令人窒息的黑暗。小可曾经暗暗数过,晚上出门,这种窒息的感觉一共要经历五次。

现在,她站在通往大马路的第三片光晕的边缘,鼓励自己假装若无其事地迈进前方的黑暗。

可是,这一步她始终没迈出去。她浑身都在颤抖,腿先拒绝了合作。

小可把手机装进贴身的口袋里,默默地按下了关机键。

身后响起脚步声,那条黑影越来越长,彻底把她笼罩在黑暗里。

曲从军接到吕姜的电话,如遭雷击。

他们中计了!

以最快的速度到达事发地点,小可早已不见踪影。

一切如往常一样,偶尔有一两个人从黑暗中走出来,都不是他们想见到的人。

他们在附近地毯式地搜寻了好几遍，什么也没找到。

曲从军一拳砸在树上。他早该想到，声东击西，趁人不备时下手正是那个人常用的手段。

他从一开始就不该心软，不该贪恋那段不该奢求的感情。如果小可有个三长两短……他不敢想下去。

吕姜又拨了一遍小可的电话，依然关机。

曲从军强迫自己坐下来，大脑飞速地运转。如果不是冲着他，常玉龙抓住小可是毫无意义的。也就是说，小可被带走，纯粹是因为自己。

这个答案让曲从军非常懊恼。

这段时间他一直和小可在一起是因为他自以为是地认为，常玉龙的目标应该不会在自己身上了。这是他分析常玉龙的作案动机得出的结论，他不得不承认，有一点点心存侥幸。

如今看来，面对常玉龙自己还嫩得很，常玉龙略施小计，自己就踏入了对方设计的圈套。如果他要找的是我，又有何企图呢？

幸福先知

49. 交流

"哟！有饭有菜,我可以坐下吃吗?"常玉龙笑着问小可,像是相识已久的老朋友。

"我给你热热吧。"一路走来,常玉龙并没有对自己动粗,小可渐渐平静下来。

"不用了！这么丰盛的晚饭,我一辈子都没吃过,凉的我也满意!"常玉龙说完拿起筷子准备开吃。

"正是因为难得吃一次,还是热乎乎地吃吧,不是更完美吗?"

常玉龙盯着小可的眼睛,对方目光平和,没有躲闪。

"也是!"他又笑了。

小可把鸡汤和菜端到厨房加热,常玉龙靠在门框上看她。

"稍等一会儿,很快就好。你喝水吗?"

常玉龙看了她一会儿,突然笑了一下:"不用客气了,我不是来做客的。"

下　部

　　回到自己的地方,小可慢慢安定下来。最起码,她知道刀和扳手在哪里。
　　她暗暗打量面前这个曾无数次出现在自己想象中的陌生人。身高普通,身材偏瘦,就像这座城市里成千上万的煤矿工人一样穿着一件辨不出颜色的粗布外套。似乎在身体的缝隙里,掩藏着怎么洗也洗不净的煤渣。相片里的那一丝清秀已经有些依稀难辨,却能让人感受到他身体里蕴藏的浑厚而绵长的力量。他比她想象的老了许多,明明只是不到40的人,看起来却像是50多岁了。也许在路上擦肩而过,她也不可能认出他来,即使看过他的照片。
　　小可问:"你为什么要找我呢?"她没用"抓"这样的字眼,那样会强化他们之间的敌我关系。
　　"嗯……我想找曲从军帮我办点事,直接找他的话不太好说。"常玉龙解释的时候,嘴角噙着一丝笑。
　　"你找他帮你办事?"小可像听见一个天大的笑话,"你杀了他父亲,他恨不得把你碎尸万段! 如果我是你,我就离他远远的,绝不会去招惹他。"
　　"唉!"常玉龙叹了口气,似乎很无奈,"我没想招惹他。曲建国抓我进监狱让我受尽折磨,我杀了他,我跟他之间的恩怨已经两清了。但是曲从军对我穷追不舍,逼得我不得不把计划提前。我有什么办法?"
　　"他查到你了? 你有什么计划?"小可不解。
　　"呵呵,你们不是已经找到你丢的手机了吗?"
　　"我的手机是你偷的?!"小可惊讶道。
　　"我看过你拍的照片,挺好看。你怎么净拍些树啊花的? 漂亮的小姑娘不都喜欢拍自己吗?"
　　"自己有什么好拍的? 再好看的人也会一天天变老,再相爱的恋人也有可能会分开。还不如拍些花啊草啊,虽然一岁一凋零,但是春风吹又生。况且……"小可说,"我本来学的就是这个专业,园林绿化、景观建筑。"
　　常玉龙挑起眉毛:"嗯……你爸妈对你不错。我要是有好爸妈,估计也能

381

幸福先知

上个好学校，找个好工作。谁知道呢？反正这辈子就这样了。"

"你爸妈对你不好吗？"

"我没有爸妈！"常玉龙回答得轻描淡写。

"养父母也是父母啊……"

常玉龙眼中精光一闪："你对我似乎很了解。"

小可自知失言，也没什么好掩饰的："嗯，和曲从军聊过。"

常玉龙眼中的精光暗下去，他冷哼一声："没什么好不好的，给口饭吃而已，跟养条狗差不多。一不小心还得挨打。那个老头，脾气大得很，不然也不会得了脑溢血。后来我才知道，我去他家之前，他打他老婆，后来我去了，就换成打我。他老婆解放了！哈哈哈！"常玉龙像是在说别人家的笑话，笑得没心没肺。

把饭菜重新端上桌，小可问："这些年，你都靠什么生活呢？"

"真香啊……"常玉龙忙不迭地抓起筷子，边吃边说，"什么都干，偶尔卖个苦力，拉石头、挖煤，就捡最苦、最累、最脏的活干。那种活正经人不愿意干，所以他们不管我是谁。到了矿上，我就不用遮遮掩掩，因为大家的脸都一样黑。我听他们侃大山，能知道不少事。"突然，他又笑了一下，看着小可说，"偶尔，我也偷部手机拿去卖。老手艺，不能丢。"

小可皱了皱眉："谁帮你销赃呢？你一出现，不就暴露了？"

常玉龙斜着眼睛看着小可："你都知道，还问什么?！你们不是已经把帮我销赃的人抓起来了吗？"他嘿嘿笑了几声，脸上却没露出丝毫的笑意，"你那个亲戚，最近挺倒霉的，日子不好过呀！"

听他的语气，他对同在一根绳上的另一只蚂蚱并没有丝毫关心，反而有些幸灾乐祸。

"他帮了你，你怎么一点儿同情心都没有？"

"帮我？哈哈哈……"常玉龙这次笑得很开心，"他敢不帮我！他要是不帮我,他那些丑事早就露出来了!再说,要不是我,他哪有外快赚?"

小可没笑,等他笑完,小可说:"可恨之人,也有可怜之处。他盼了好多年的孩子没了,这样失去,还不如从来没拥有过。每个堕落的人,也许都有堕落的理由。"

常玉龙安静地想了一会儿,点点头:"嗯,这点是挺值得同情的。哎呀!我突然开始同情起那个家伙了!哈哈哈……"

"如果那个孩子还在,他兴许能一直是个好人。"

"哼!"常玉龙冷哼一声,"有了孩子又能怎么样!狼有了崽子,不一样是狼?人饿极了,连自己的孩子都吃!没有人是好人!"

常玉龙越说越激动,瞪着小可。等她反驳,他就更加强烈地爆发。

可是小可没有反驳他。

她很认真地想了一会儿:"确实,人的本性是自私的。"

小可本想说,每个人都不一样,有的人为了孩子宁可割自己的肉。但她不想激怒他,不能让他的不幸袒露得那样彻底。那样无异于告诉他,他就是个倒霉蛋,摊上了一对无情的父母,所以他的一生注定倒霉。他手里还有枪呢,枪里还有两颗子弹。

得到了认同,常玉龙眼中的怒火消退了一些。

"可是,你为什么要杀曲伯伯?他抓你,那是他的工作。而且杀警察,是与全天下的警察为敌。你这不是自寻死路吗?"

"他活该!他就该死!如果他不死,他就会一直阴魂不散地跟着我!他耽误了我太多的时间,我没那么多时间了!"常玉龙很激动,瞪着小可像是要找她评理似的,"我只不过想查清我的身世,居然被他们一次又一次抓进牢里。最后一次更可笑,我偷了什么?不过偷了些别人家不在意的东西,他们居然判我无期徒刑!妈的!"

常玉龙越说越激动,把筷子狠狠地摔在桌上。

幸福先知

小可抓到了他话里的关键："你说你偷东西是为了查自己的身世？"

常玉龙呼哧呼哧地喘了一会儿，一把抓起小可面前那双筷子又吃起来："是啊，找找到底是哪对狗男女把我生出来，又把我扔到大街上。"

小可脑中叮的一声，一片清明。

"那你是怎么确定查找范围的呢？难道你知道他们是谁？"

"我不知道。但是……"常玉龙开始回忆，脸上的表情有些疑惑，"常老头刚死的时候，我看见过一个女人在我家附近哭。一开始我想，这女人是不是和常老头有什么特殊关系，但是后来一想，不可能啊，这女人比常老头年轻那么多，长得还挺清秀，怎么可能看上那个糟老头子，他又没钱！"

"然后呢？"小可问。

常玉龙突然觉得眼前这个姑娘真是个有趣的听众，倾诉欲不禁被激起，于是，他将自己18岁那年的经历娓娓道来。

"那时候常老头刚死，我彻底没钱了。我把家里翻了个底朝天，除了一个滚到床下的一毛钱钢镚儿，屁也没找到。学是上不成了，我就出去溜达，想找点儿事做。有一天回来的时候，我看见了一个女的。她很奇怪，站在我们家附近抹眼泪，一看见我就跑了。我偷偷跟着她，发现她去电厂见了一个男人。我想，估计又是些男盗女娼的烂事，就自己回家了。但是回来以后吧，我越想越觉得奇怪，过了几天，我就又跑到电厂去等那俩人出现。

"那女的吧，没再出现，那男的倒是一下班就回电厂家属区了。那会儿，那一大片都是那种红砖房，住了不少矿里的领导，反正没钱了，我就开始挨家挨户地翻，翻钱，也想翻出点儿什么别的东西来，好解开我心里的疑惑。"

怪不得，这就是即使后来有了更富裕的住宅区，常玉龙却始终在同一片区域盗窃的原因。

"但是你技术不好，很快就被抓了。"话一出口，小可讶异于自己此刻的肆无忌惮。

下 部

"谁一开始技术就好?"常玉龙不服气,"我第二次进去,在里面遇见了真正的高手,他教了我不少本事。嘿嘿……"

结果不还是被抓了?小可不屑,这回却没敢说出口。

常玉龙瞄了她一眼,说:"要不是那个叫曲建国的警察,我怎么会被抓住?还被判了那么多年!等我终于出来了,原来的那片家属区已经大变样了!"他眯缝着眼睛,"我不能再这么漫无目的地找下去,如果再被抓,我就再也没有机会了!所以我干脆偷了把枪。除夕……你们所有人阖家团聚的时候,就是我下手的最好时机!"他的表情充满得意,"果然我的决定是正确的。一下子就得手了!简直太顺利了!有了这把枪,谁再阻拦我,我就打死他!"

"那……你找到要找的东西了吗?"

常玉龙摇了摇头:"我偷了枪之后,警察到处疯狂地找我。我躲了大半年,等他们消停些了才又继续。没想到……那天我刚准备出手,就看见了那个男人。那么多年过去了,他老了不少。我看见他在银行的机器上取钱呢!嘿嘿……我看着他胳膊一上一下地动作,足足500下!他居然一下子取了5万块钱!我从来没见过那么多钱!"

常玉龙的眼神闪烁,至今都难忘那一瞬间的惊喜。

后面的事,小可都知道了。

"那些钱你都花了?"

"嗯……我拿它做生意了。"

"做生意?"小可惊讶地问道,"做什么生意?你怎么可能做生意?"

常玉龙更得意了,他神秘地说:"那个常胜数码店,其实是我的。崔长胜只不过是替我打工的。"

原来如此!蒯朋斐从一头拿货到另一头销赃,两头都被吃得死死的,成了他们中间牢不可破的一环。

眼前这个喜怒无常的杀人犯,通过干苦力获取消息,把抢劫的钱用来投资

幸福先知

做生意,再安排可靠的人为他打工……小可不由得惊叹,怪不得他能在如此高压的环境下生存那么久,全仰仗他细密的心思。

"你查了那么久,那个女人再没露过面?她和贾明亮到底是什么关系你知道吗?"

"他们好像是表兄妹!"常玉龙摇摇头,可能是觉得自己最初的想法很荒诞,"总之再没见过她。"

饭菜吃了大半,常玉龙心满意足地站起身,把这套单身公寓仔仔细细、里里外外地看了一遍,又回到小可对面坐下,说:"等他们到的时候,不好意思,我得先把你绑起来。你想被绑在哪儿?床上?椅子上?"

小可看了眼舒服的大床,赶紧打消了这个念头。心中默念:床是罪恶之源!"椅子!"她脱口而出。

"喊!"常玉龙嗤笑一声,这个姑娘很有意思。

"你找我……就是想引曲从军来吗?"小可小心翼翼地问。只要曲从军来了,他们势必会有一场你死我活的争斗。小可看着他在房间里走来走去,心中越发慌乱。

常玉龙从鞋柜里找到一捆绳子扔在桌上,那是小可搬家时用过的。

"那个姓曲的小子是你对象吧?"

"不是啊!"小可赶紧反驳,可是她立刻觉得自己反驳得太快了。

果然,常玉龙眯着眼睛,嘴角微挑:"真的?"

小可低下头,有些难过地说:"我们以前好过,后来分手了。最近在一起,是为了查丢手机的事。"

"哦……"常玉龙长长地哦了一声,"这样啊……没关系,反正他会来的。他不来也没关系,谁来都行,只不过我和他熟一些。你在我手里,他办事会更卖力。"

他管这叫熟?也对,曲从军恐怕日日想着他,夜夜梦见他。

386

常玉龙看她凝眉思索,觉得这姑娘着实有趣。他说:"你别猜了,我就是想让他们帮我找两个人。"

常玉龙的生身父母?!

小可猛地抬头,常玉龙知道她已经明白了。

她真是个聪明的姑娘。

幸福先知

50. 交涉

为了让吕姜和曲从军知道她遇到了危险,也怕手机铃声会引起常玉龙的注意,和吕姜通话后小可关闭了手机。她侥幸地希望常玉龙忘了手机的事,而她能在关键时刻用上它。

可是,常玉龙此时说:"把你的手机给我。"

希望落空了。她不得不掏出手机,不情愿地递给常玉龙。

"你又买了个一模一样的?"常玉龙的嘴角噙着一抹戏谑的笑。

"嗯,我妈要是知道我把这么贵的手机弄丢了,得打死我。"小可故意可怜巴巴地说。

"那我没偷错,"常玉龙还是那样笑,"你有的是钱。"

常玉龙打开小可的手机,找到曲从军的号码,给他发了一条短信:"你女朋友在我这里,给你们2个小时的时间,找到我的生身父母,带他们来见我。我会再联系你。"随后他又关了手机。

下 部

曲从军收到短信息,立刻给小可拨电话。可是手机又关机了。

吕姜终于知道热锅上的蚂蚁是什么样子——曲从军现在就是这副样子。他也很着急,一个年近50的老光棍和一个20多岁如花似玉的小姑娘在一起会发生什么,他想都不敢想。

他们找了这个人三年多,现在他主动现身,带走了小可,说明他不想再藏了,准备孤注一掷地实现他最终的目标。果然不出他们所料,常玉龙要找到当年抛弃他的那两个人,做个最后的了断。

朋友相对而坐,饭后品茗是一件极其惬意的事情。茶香伴着热气翩翩四散开去,让人不禁魂飘身外。

"找到生身父母,你想做什么呢?"小可打破了这份安逸。

常玉龙的眉毛抬了抬,表情有些令人玩味:"我还没想好……要不你帮我想想?"

小可皱着眉头认真思索。

半晌,小可问:"你恨他们吗?"

"恨……"常玉龙的眉毛一挑,似乎觉得这个字有些轻飘,不足以表达他的感受,"我有不恨他们的理由吗?"

"或许他们是被逼无奈,否则谁会忍心丢弃自己的骨肉?"

"被逼无奈就可以把自己的孩子扔到垃圾堆眼睁睁看着他冻死饿死?他们为什么不直接掐死我?因为那样他们要偿命!可是把孩子扔了,冻死了,就神不知鬼不觉。他们是盘算好的,在他们眼里我连条狗都不如!"常玉龙的拳头咚咚咚地砸在桌上,探出身子瞪着小可。

"可是你为了找到他们报复他们,付出的代价太大了。父母只是把你带到这个世上,有的父母和子女感情很深厚,有的却很浅薄,这恐怕都是缘分。如果你能好好地活出自己,即使他们想害你也还是会落空的。"

经过一段长久的沉静,"总之,"常玉龙说,"你一个幸福人家的女孩,不会

幸福先知

明白我的感受!"

"每个人都有自己的苦难。被生下来却不被珍爱的感受并不是你一个人才有,任何人都是独自一人来,独自一人走,与别人其实并没有太多的牵扯。"

小可抬起头,发现常玉龙正若有所思地看着自己。

突然,常玉龙说:"我本来没想杀他。"

小可一愣,一时没明白这个"他"指的是谁。

"他一直在后面追我,烦得要命。我躲在树后面,想躲过去。可他说我跑不了了,马上就会有更多警察来围堵我,我还要继续回到监狱里去。那个鬼地方,我再也不想回去了!"

常玉龙语气恨恨的:"他们要逼死我,我就得先下手,弄死他!"

"那贾明亮呢?你抢了他的钱,干吗还杀他?"

"我只是想要他的钱,不想要他的命。我一个刑满释放人员,没人肯用我,除了继续偷,我没别的办法。是他自己觉得钱比命还重要,怪不得我。"说完,他突然狡黠地一笑,啪的一声往桌上扔出一部手机,红色,一看就是女孩子用的。"今早我偷了他女儿的手机。我猜到警察会一窝蜂地跑去保护她,想找到你就更容易了。你知道吗?我发现你男朋友特别关心她。这个小贾姑娘一出事他就飞快地跑过去了,寸步不离地守着她。你不想看看那姑娘手机里都有什么吗?啊?你可以自己看,或者你可以问我,你问我我就告诉你。"

神经病!小可瞪了他一眼。她现在不怕他了。事到如今,最坏的结果也不过是个死。更何况,不知为什么,小可觉得常玉龙并不会伤害她。

常玉龙好整以暇地盯了小可一会儿,抱着胳膊说:"嘿!你还挺沉得住气。告诉你吧,那姑娘手机里有好多你男朋友的照片,像是偷偷拍的。她喜欢那小子。"

小可狠狠地剜了他一眼:"你不许让曲从军来!我不想看见他!你不是说谁来都一样吗?换一个人!不然我不配合!"

常玉龙摇摇头:"你不懂,我是在帮你。你得知道这世界上没几个好人,没有人会真心对你。谁欠你的,你就得讨回来。"

"我不想讨什么债!我说过我和曲从军早就分手了,他愿意跟谁好,和我没关系!"

"那你就更不用替他操心了,等他来了,我只说我们之间的事,和你没关系,你在边上看着就行了。"

幸福先知

51. 智取

市公安局指挥中心的办公室里，高局长亲自坐镇指挥。

有预谋的绑架，绑匪一般会藏匿在自认为最安全的地方。根据蒯朋斐的供述，他们找到了常玉龙曾经租住的破平房。这片区域的房子已经被拆了大半，有的房子塌了一半，露出墙上某个明星的海报，不禁让人联想房子曾经的主人。废墟里还有那么几间较为完整的房屋隐匿其中，不仔细看不那么容易发现。常玉龙租住的那间房子里除了一张床、一张破桌子和两把吱吱作响的椅子，只有一些散落的食品包装袋。显然，他离开时把那支枪也带走了。

这是一个极其危险的信号。

曲从军的心揪成了一团，他不停告诫自己越是这个时候越要冷静。

他又想起常玉龙的作案风格——很擅长找到人们的思维空隙，在正常人不那么留意的时间和地点下手。突然，曲从军一个箭步冲到最近的一台电脑前面，以最快的速度接入了一台设备。

下　部

　　发现他的举动,高局长和吕姜也跟了过来。

　　电脑屏幕上显示的是一套公寓的入户门。随着时间的推移,偶尔有邻居和清洁工闪过,并没什么异常。曲从军挪动鼠标快进,很快,画面里出现了两个人——走在前面的是小可,后面跟着的男人正是常玉龙!

　　两个人看起来都很平静,小可拿出钥匙开门,常玉龙紧跟着进了房间。

　　果然!

　　曲从军从椅子上跳起来就要往外冲,被吕姜一把拉住:"别冲动。既然我们先找到了他,做好部署才能确保万无一失。"

　　离约定时间还有17分钟的时候,所有人蓄势待发,狙击手已经找到了最合适的位置。

　　曲从军把手机紧紧地握在手里,心被无数次狠狠地按下去,又一次次不动声色地提上来。他的另一只手里死死地捏着一个档案袋,那里装着所有的结果,但那是一个潘多拉的盒子,究竟会放出什么,谁也不知道。

　　两个小时之后又过了五分钟,常玉龙还是没有打电话过来。

　　曲从军有些着急,高局长示意他少安毋躁。

　　小可在和常玉龙扯皮,因为她不想让曲从军来,她不想看见他。

　　常玉龙手里拿着那捆麻绳,渐渐露出不耐烦的神色:"少废话!你给我老实点儿,别逼我动粗!"他从怀里掏出一块黑乎乎的东西,啪的一声拍在茶几上,"我不想在你身上浪费子弹!"他用眼神示意小可乖乖配合他,坐到椅子上去。

　　小可终于看到了那个东西,体积不大,却能瞬间要了她的性命。没看见这东西的时候她不知道害怕,此刻她不自觉地抖了一下。原来人会下意识地知道什么东西危险,即使大脑还没意识到可怕,身体已经做出了反应。

　　走到椅子边,完全是下意识的动作。她坐下来,两只手腕并在一起,伸到常玉龙面前,把它们的命运交了出去。

幸福先知

在不得不顺从的时候,小可心里有一点小小的算计,她希望常玉龙没有识破她的小心思——不要把她和椅子绑在一起。主动把手脚的自由交出去,常玉龙也许会忘了和她计较。

还好,常玉龙把她的两只手、两只脚捆在一起之后,小可还是可以来回跳动的。但她坐得纹丝不动,不想让对方发现这一疏漏。

常玉龙似乎也有些紧张。小可看着他的动作明显加快了速度,在窗户和沙发之间来来回回走动,却毫无目的性。

两小时零十分钟后,曲从军的电话响了。所有人脑中的弦都绷紧了。

常玉龙知道,即使只有曲从军一个人接电话,也有无数的人在旁听。他并不遮掩,开门见山地说:"你找到那对狗男女了吗?"

曲从军说:"找到了。我要确认人质的安全。"

"可以。"常玉龙把电话拿到小可的脸旁,"说话。"

小可瞪着他,常玉龙眉头一皱,把手放在了那个黑疙瘩上。

"我说过了你不要让他来,我不想看见他,否则我不配合!"

"听见了?半个小时后,你一个人,带着他们两个到你女朋友家来。你让他俩进来,你不许上楼。不然,我直接把你女朋友从窗户里扔出去。"

"不用半个小时,我现在就带他们过去。"

常玉龙犹豫了几秒钟:"你让他们自己进来,我会盯着你,不要耍花招。"

"如果我不在,他们不会进去的。"曲从军说得笃定,反倒让常玉龙迟疑了。

略为迟疑后,常玉龙说:"你把两只手铐起来,身上不许带任何武器。"

"好。"

吕姜满脸忧虑地把手铐给曲从军戴上。

这是时隔十年后,他第二次戴上了手铐。

走到小可的公寓楼下,曲从军冲那间公寓的窗户扬了扬手。窗帘紧闭着,但他知道那后面有一双眼睛在看着他。

下　部

　　即使从背影也能看出常玉龙的焦躁不安。从进入小区开始,曲从军就只有一个人!他在搞什么鬼?!那对狗男女在哪里?难道是他们怕了不敢来?难道他们在合起伙来耍我?!他完全不考虑他女朋友的安危吗?

　　小可看着常玉龙重新合上窗帘,退回到她旁边,脸上的表情阴暗不明。曲从军真的一个人来了吗?还是被常玉龙发现了什么不寻常?如果曲从军按照常玉龙的要求把手铐在了一起,恐怕他毫无胜算。

　　心下惶然,她似乎听到曲从军向这里靠近的每一步都踩在自己的心坎上。

　　小可微微动了动手脚,绳子嵌进皮肉里,丝毫动弹不得。

　　房门没关,门缝微微张开,暗示他进去。曲从军放慢脚步,停在门前,小心翼翼地推开门。

　　门缓缓打开。房间里算不上明亮,也不十分黑暗。

　　小可离门不到十步。门一开,曲从军就看见了她。

　　她的嘴没有如他想象那般被堵上,只有手脚失去了自由。

　　她看着他,眼里是满满的忧虑。

　　曲从军此时才顺着小可的方向看见她身后的那个人。那个看起来已经年过五旬的男人,端着那支已经失踪了三年多的手枪,枪口的黑洞严丝合缝地抵在小可的太阳穴上。

　　来的路上,躁动让他每一步的步幅都超出平常,然而理智却在一遍遍重复高局长对他说的话:"在任何情况下,都要确保人质的安全。要冷静,你也一定要注意安全!"

　　如果小可此时没有位于他们两人中间,曲从军绝对控制不住自己的情绪。他终于站到了这个人的对面,这个令他无数次从午夜梦中惊醒的人,还有那把令他与父亲再无相见之日的枪。

　　突然,黑洞洞的枪口转向自己,常玉龙气急败坏地叫道:"你答应我带来的人呢?"

幸福先知

"不是我不带他们来,是他们来不了。你看看这个就明白了。"曲从军把手里的档案袋拎起来给他看。

"这是什么东西?"

"DNA 鉴定报告。你应该知道 DNA 是什么吧?我们利用在监狱里采集的你的血液样本找到了你的亲生父母,还有你的出生证明和……"说到这里,曲从军停住了。

"和什么?"

"你自己看吧,看完就什么都明白了。"

常玉龙把枪口转而又对上小可的脑袋:"你把档案袋打开!给我念!"

两只手被铐在一起,动作进行得极其艰难。曲从军把档案袋上的系绳一圈一圈地解开,从里面抽出一沓整整齐齐的 A4 打印纸。就在那一沓纸被抽出来的瞬间,纸袋掉在了地上,那沓东西四散开来,飘落一地。

常玉龙的目光随着四处飘散的 A4 纸游移不定,可那把枪始终没有离开他锁定的目标。

"捡起来!快给我捡起来!你玩什么花样?!"

曲从军蹲下身去捡地上的材料。他在不动声色地慢慢向他们靠近。小可看出他在制造机会,她也在寻找合适的时机。

常玉龙突然大喝一声:"停下!退后!别捡了!你直接告诉我结果!"

曲从军站起身,直视着常玉龙,一字一句地说:"你母亲,叫姜素梅,曾经是市毛纺厂的工人。你的父亲,是你母亲的远房表哥。三十六年前,你母亲的家人托你在城里的父亲帮忙给你母亲找份工作。没想到,两人竟日久生情,还生下了你。这样的丑事自然不能让人知道,所以,在你刚出生没多久,他们就把你扔在了一个居民区的垃圾堆附近。"

"毛纺厂?!"小可突然想起了吴阿姨。

第一次听到自己的身世,常玉龙脸上的表情也很惊讶。他似乎在拼命理解这个故事,并且试图把自己安放在这个故事情节里。

"你在编故事骂我吧?那我的亲生父亲是谁?叫什么名字?"

"贾、明、亮。"曲从军一字一顿地说出了这个名字。

这个名字一出口,其他两人都震惊异常。

"你胡扯!"常玉龙把枪口指向了曲从军。小可感觉到他的粗重气息冲击着自己的头顶,热乎乎的,灼烧着头皮。

曲从军继续说道:"后来,姜素梅发现孩子没死,被一对老夫妇捡到并且收养。老夫妇死后,这个孩子因为盗窃多次入狱。孩子第三次出狱后,姜素梅于心不忍,去找表哥,希望他能帮帮这个可怜的弃儿。那时贾明亮已经结婚,并且有了自己的孩子。也许是良心未泯,就在贾明亮思索良久,从银行取出自己多年积攒的部分积蓄5万元,想要弥补自己的亏欠时,他却遭人尾随,在自己的家门口被抢劫杀害了。"

常玉龙的眼睛眯成一条缝,从那缝里射出两道寒光:"全是胡扯!你想骗我?我一枪崩了她!"说完,他使劲用枪口抵住小可。

小可感到枪口在自己的太阳穴处晃动,按压的力度时轻时重。突然太阳穴一阵剧痛,像要被刺穿一般。小可闭上了眼睛。

曲从军伸出手,材料离常玉龙的手臂只有几步之遥。那姿势的意思是:信不信由你,我有的是证据。

常玉龙看看那沓纸,又看看曲从军:"这些都是生我的那个女人告诉你的?她人呢?"

原来,她对我还是有一丝恻隐之心的,或许当年她并不忍心把我扔掉,只是没有办法。可笑的是,我居然误打误撞地把那个有种生却没种养的男人给干掉了!真是爽快!可惜的是,这么爽快的事这么多年来自己居然不知道!不然我可以活得轻松一些,或许能逃到另一个地方,从此不再露面。

可是,如果只能是如果。这些念头只是在常玉龙的脑海里一闪,他很快回

幸福先知

到现实。

"我妈呢?"他又问了一遍。

"你妈,"曲从军露出惋惜的表情,"她一直生活得很苦。家里条件很差,她一个人到城里打工,却没想到未婚生子,又不能和那男人结婚。那时人流需要出具很多证明,几经耽误,就错过了最好的人流时机。她不得不把孩子生在城郊一个私人开的黑诊所里。生下孩子以后,她那么舍不得把他丢掉,即使男人各种劝慰,她还是舍不得。她抱着孩子走啊,走啊……走得精疲力竭。最后,她不得不把孩子放在了一个居民区附近,希望能侥幸遇到个好人,替她抚养这个可怜的孩子……"

"我妈呢?!"常玉龙跳起来吼道。他此刻迫不及待地想要见到这个女人,想看看她见到自己是什么样的表情。这么多年来,他入室行窃,除了为得到一些维持生计的钱财,更重要的是寻找身世的线索。现在他找到了,他的母亲并不如他想象那样不堪,他的心里还是有一丝安慰的。

"你妈已经死了。"曲从军说得很平静。

小可看着面前的人,真狠呀,句句话如凌迟一般让常玉龙痛不欲生。

"死了? 你胡扯!"常玉龙不可置信地叫,"怎么死的? 她为什么死了?!"

"她的表哥,曾经的爱人,被人杀死了。而杀他的人,是他们的亲生儿子。他们的亲生儿子之所以杀死他的父亲,是为了抢他父亲手里的5万块钱。可是那5万块钱是给谁的呢? 是给他儿子的,想让他重新做人! 她再也没有活下去的勇气和希望了,从她儿子杀死父亲的那座楼的楼顶跳了下来……"

"你胡扯! 全是你编的! 你敢骗我! ……"

常玉龙将枪口转动了方向,黑黢黢的枪口指向曲从军的额头。

一瞬间,小可什么都想通了。吴阿姨那个突然消失的好朋友……电厂家属楼下的石狮子……

"不要! 我知道你的母亲……她是个好女人……她是我阿姨的朋友……"

下　部

　　就在常玉龙低头看向小可的一瞬间,曲从军低头向小可的方向冲过去。他要把小可拉过来,因为他知道这是留给对面楼的狙击手最好的机会。

　　小可一跃而起,向曲从军伸出双手。

　　他们的手指几乎要触碰到一起了。幸好小可没被绑在椅子上,幸好她还能向前扑去。

　　可是所有的幸好都差了那么一点点。如果曲从军的腿没有受过伤,如果他的两只手没有被铐在一起,他就可以轻而易举地把小可一把拉到自己的身边来。

　　常玉龙的反应比他们想象的要快。

　　小可感到身体向前的趋势在半空中被生生阻断了,头皮一阵剧痛,整个人被一股巨大的力量向后拉扯,腾空而起,像一棵被锯断的老树,沉重地砸向地面。

　　失去意识的瞬间,小可听到了枪响,她的大脑嗡的一声巨响。

　　是谁开的枪?

　　警察,还是常玉龙?

　　谁中弹了?

　　是我,还是曲从军?

　　还好,好像是我……

幸福先知

52. 梦

又是那个梦,爸妈离婚了。

老尚要再婚,尚母喜气洋洋地为他张罗婚礼。

小可在热闹的人群外茫然无措。

下雨了,所有的人都撑起伞,只有小可没有伞。

远处,曲从军向她走过来。他撑着一把藏青色的大伞,能把他们俩都罩在下面。

曲从军伸出手,招呼她躲到伞下来。

小可也伸出手,然而使尽了全身的力气,还是触不到他。

用尽最后一丝力气睁开眼睛的瞬间,眼泪从眼眶里溢出来,落在了洁白的枕头上。

日光灯管亮得刺眼。这不是家,也不是小公寓。

是医院。

下 部

她想坐起来,可是没有力气,想转头看看周围,后脑勺很疼。手指轻轻一动,碰到了另一只手。那只手的指腹像是有茧,摸上去有些粗糙,骨节很大,手指挺长。

曲从军感到指尖轻微的碰触,猛然从睡梦中惊醒。他看见小可黑黑的瞳仁转来转去,睫毛忽闪。

"小可!"曲从军惊叫,"医生!医生!"

医生护士应声而来,一同进来的还有老尚。

老尚挤到床边,看着女儿,却不知该怎样亲近才能表达此刻的心情,眼圈、鼻头一下子都红了。

小可想问,妈妈呢?但是她说不出话来。

医生说:"醒了就好,颅内的出血面积不是很大,应该会慢慢吸收,好好休息,放心吧。"

曲从军问:"你想坐起来吗?阿姨一会儿送吃的来,你先喝点儿粥,慢慢再吃别的。"

小可眨眨眼,愣愣地看着他。

尚母来了,看见女儿醒来,眼泪扑簌簌地掉下来。她盛出一碗粥,用勺子刮下最上面的一层,轻轻吹几下,送到女儿嘴边。

小可喝了一口,眼泪又流下来。

尚母赶紧替她擦眼泪:"没事了没事了。"

小可嘴一撇:"我头疼……"

老尚赶紧转到女儿旁边,用手心小心地盖在她后脑勺上,像是有了手心的温度,女儿的疼痛就能减轻一些。

尚母说:"你摔倒的时候磕到头了,正好磕在椅子角上,颅内都出血了,昏迷了好几天呢。"

小可眉头紧皱,努力回忆那天的情景,可是头痛紧随而来。

幸福先知

"后来呢？我想不起来发生过什么了。"她痛苦地闭上眼睛。

"后来常玉龙被击毙了，就在你昏倒的瞬间。"曲从军说。

小可慢慢转过头看着他，问道："你是去解救我的警察吗？"

曲从军做梦也没想到，在小可故事的结局里，唯独没有自己。

他的事情完结了，心无挂碍，可以好好地爱她，多好。

可是她把他忘了。

小可醒了，可醒来的却不是那个爱着他的小可。

所有的人都对小可记不得曲从军这件事惊诧莫名。她的头脑脉络清晰、思路缜密，可唯独绕开了关于曲从军的一切。

她记得自己有个青梅竹马一起长大的朋友，但那个人叫许翔宇。

她记得自己家楼上的邻居是曲伯伯和沈阿姨，却不记得他们有个儿子。

她记得自己回家乡来实习，却坚定地否认除此以外还有其他的目的。

……

一切都像是重新洗牌，重新开始了。

曲从军依旧每天都来看小可，却不得不保持一定的距离，因为他们"不熟"。

小可的主治医生挠着短得露出头皮的寸头支吾道："这个吧……你知道的，人的大脑很复杂。它并不像电脑，可以修复坏区。病人的脑袋里有一块瘀血，究竟压迫了哪一部分神经，谁也不好说。至于后期能恢复多少，这也不好说。看她这种情况，倒有些像是应激创伤后遗症，大脑自动屏蔽了让她受到伤害的那个部分。"

"屏蔽了让她受到伤害的那个部分。"医生的这句话反反复复在曲从军脑海里回放，令他沮丧无比。

小可出院时，许翔宇和吕姜都来了。

吕姜帮小可收拾东西，许翔宇和曲从军并排站在走廊里望着窗外。

下　部

窗外的梧桐树叶繁茂得延伸进了另一棵树干中间，像是要相互拥抱。
曲从军突然觉得很无力，心中不甘，想要托付，却不知该以什么身份。
许翔宇昂了昂下巴："小可恢复记忆之前，我不会乘虚而入的。"
一时间，曲从军更不知该说些什么。
站了许久，身后有个声音说："走吧。"

尾 声

尾　声

1. 归去

转眼已是夏天。

小可在公寓里收拾东西。虽然只住了一年,却已经对这里有了感情。

许翔宇说:"回上海以后还是搬到我那儿去住吧,那个房间给你留着呢。"

小可想了想,说:"行。反正我平时大部分时间都住在学校,把不常用的东西都搬过去。对了,你还记得唐晓吗?"

"记得,那个饭店里的小姑娘。怎么了?"

"她准备去 XX 大学中文系进修,和我们一起回上海。那个房间我准备和她一起用,房租我来出。"

许翔宇眯缝着他的桃花眼说:"弄个年轻漂亮的小姑娘放在家里,你又不回家,不怕我把她……"

小可白了他一眼,说:"人家小姑娘清纯得很,你可不许胡来。平时我不在,你得替我照顾她,有任何闪失,我和吕姜都不会放过你的!"

幸福先知

　　许翔宇的脸立刻垮下来,这下可好,他的两个好朋友结成了统一战线一起来对付他,真是自作孽呀。

　　送别的日子终于到了。还是那个进站口,进站和送站的人却掉了个儿。尚母絮絮叨叨地叮嘱女儿要注意身体,又把准备好的各类吃食递到许翔宇手中。

　　老尚亦不放心,却只是拍了拍许翔宇的肩膀。男人之间的嘱托,有时不言自明。

　　即将进入闸口的时候,一直隐没在人群中的曲从军突然几步跨到小可面前,给了她一个结实而绵长的拥抱。

　　这拥抱酝酿了多久？从很久很久以前他就想这么做了,却一直没有勇气。曲从军俯下身,在小可的耳边说了一句话,眼角的余光中他看见小可的手臂轻轻抬起,又悄悄地放了下去。

尾 声

2. 归来

小可的生活像是回到了大学的时候,每天往返于学校和设计院之间,忙碌却充实。

经过多年的历练,程教授已经可以很放心地把项目交给她负责,而她始终不负所望。

小可的"黄金搭档"江燕玲研究生还没毕业就领了结婚证,反衬出尚小可依然孑然一身。每当程教授从老花镜的上面看着小可,问她什么时候考虑个人问题时,她总会想起园林局那位可亲可爱的徐老师。

她给徐老师寄过几次茶叶,徐老师打电话来道谢,问的也是"你什么时候考虑个人问题"这件事。

曲母这几年越发精神,没有了心理负担,往日的风姿竟也重新回来了。医院有同事想给她再找个老伴,可她总是婉言谢绝,她说:"我这么大年纪了,现在没心思想别的,我有我自己期望的生活。"她时常和小可通电话,聊些家长里

幸福先知

短,末了总不忘了问一句:"小可现在有男朋友了吗?"

逢年过节,小可会收到很多鲜花和礼物。在众多的追求者中,有一位很特别。他从不请小可吃饭,不请她看电影,也极少送东西,他只写信。这年头,用笔写信的人已经很少了,而他能坚持每周一封,十分难得。

小可从不回信,总是读完以后,把它们整整齐齐地叠放在抽屉里。

许翔宇问:"你真的不打算再给他一次机会吗?"

"机会是人给的,缘分却是天定的。"小可回答。

许翔宇问:"三年前你为什么要假装失忆呢?顺理成章地在一起不好吗?"

小可静静地看着窗外,许久才说:"我没有信心。我突然不确定我们俩在一起到底是因为什么了。习惯、感激和依赖,都不是我想要的。如果我忘记了我们之间的一切,他会有一个重新开始的机会。不好吗?"

许翔宇点点头,忽而又摇摇头说:"可是习惯、感激和依赖都有可能成为爱的理由啊!以前我也总觉得爱就是爱,是没有理由的。可是现在我才明白那句话的道理——这世上没有无缘无故的爱,也没有无缘无故的恨。有人说,我爱这个人,没有原因,那恐怕多半只是爱上了皮囊。相比较而言,因为习惯、感激和依赖产生的爱,难道不是因为这个人有更深层的魅力让你不舍得离开吗?"

小可低垂双眼,睫毛微微颤动。

"你们那些共同成长的经历许多人盼都盼不来。很多情侣在茫茫人海中相遇,却又遗憾错过了彼此的过去,恨不能一出生就相识相伴。而你们有令人那么羡慕的过去,却又要质疑是不是真爱,这不是太矫情了吗?"

小可抬头狐疑地看了他一眼:"曲从军没少在你这儿下功夫吧?"

"呃……"许翔宇自知说漏了嘴,"矫情"这个词在南方确实是没人说的。

"你们俩敢说我矫情?你是不是已经把我出卖了?"小可跳起来质问道。

"不敢不敢!"许翔宇也跳起来躲,"没有!我和你是一头的,只要你不松

尾 声

口,我绝对什么也不说!"

小可鄙视地看着他说:"你说的还少吗?"

"你要勇敢一点!你们俩分分合合这么多年,可是谁也没有真正地放弃过,不是吗?你看你,放着我这么个玉树临风、魅力四射的男人都不要,心心念念就是他。他呢,一有危险首先想到保护你的安全,宁可自己受苦也一个人扛。你俩这是什么样的阶级感情啊?!可不能错过啊!"他扳过小可的肩膀,认真地看着她的眼睛,"你一定要相信自己是个值得所有人爱的好姑娘!"

八月的午后,小可面对电子邮箱中的两份邮件,静静地坐了一个下午。

她在这座国际化大都市里学习、生活、交朋友,七年了,却没学会说这里的方言。每次和合作方吃饭或交流,对方听她说标准的普通话,就会问:"尚小姐哪里人呀?"

"中国人呀!"小可总是笑嘻嘻地回答。

自从七年前从北京回来,她再也没去过那座城市。如今面对来自那里的邀请,小可有些彷徨。

她不知道当时是如何鬼使神差地发送了那份简历,当一切需要付诸实践的时候,她又却步了。

小可关闭了电脑,准备拖到最后的期限再做决定。现在,她只想再躺一会儿。

迷迷糊糊间,小可听到了门铃响。她眯着眼睛看了眼床头的闹钟——17:20了。

许翔宇陪唐晓出去逛街,难道两个人都没带钥匙?

门铃又礼貌地响了两次,她不得不起床去开门。

门被打开的一瞬间,小可怀疑,也许是自己还没睡醒。

门口的曲从军站得笔直。

梦里的曲从军笑得真好看。小可想。

幸福先知

"我能做一下自我介绍吗？我叫曲从军，中国警官大学犯罪心理专业硕士毕业，刚进入上海市公安局刑警队工作。嗯……尚叔叔说他女儿也在上海工作，我给她写了三年信，她总也不回。请问，你是尚小可吗？"

小可在他的眼睛里看见了小小的自己，仰着头，傻傻的，在黝黑的瞳仁里盈盈晃动。

她想笑，眼睛却湿润了。

"俗话说，珍爱生命，远离天蝎。你可想好了？"

曲从军伸手抹掉她脸上的一滴泪珠，说："早就想好了，绝对不放手。我要是再犯错误，你就继续惩罚我。"

小可想，我始终看不透我和曲从军的爱情究竟是否会有结果，可潜意识却总是先一步做出决定。它告诉我这个男人始终会走在我的身边，不离不弃，不死不休。

（全书完。幸福仍在继续……）